호르헤 루이스 보르헤스　　Jorge Luis Borges

1899년 아르헨티나의 부에노스아이레스에서 태어났다.
1919년 스페인으로 이주, 전위 문예 운동인 '최후주의'에
참여하면서 본격적인 문학 활동을 시작한 그는
부에노스아이레스에 돌아와 각종 문예지에 작품을 발표하며,
1931년 비오이 카사레스, 빅토리아 오캄포 등과 함께
문예지《수르》를 창간, 아르헨티나 문단에 새로운 물결을
가져왔다. 한편 아버지의 죽음과 본인의 큰 부상을 겪은 후
보르헤스는 재활 과정에서 새로운 형식의 단편 소설들을
집필하기 시작한다. 그 독창적인 문학 세계로 문단의 주목을
받으며 세계적인 명성을 얻기 시작한 그는 이후 많은
소설집과 시집, 평론집을 발표하며 문학의 본질과 형이상학적
주제들에 천착한다. 1937년부터 근무한 부에노스아이레스
시립 도서관에서 1946년 대통령으로 집권한 후안 페론을
비판하여 해고된 그는 페론 정권 붕괴 이후 아르헨티나
국립도서관 관장으로 취임하고 부에노스아이레스 대학에서
영문학을 가르쳤다. 1980년에는 세르반테스 상, 1956년에는
아르헨티나 국민 문학상 등을 수상했다. 1967년 66세의
나이에 처음으로 어린 시절 친구인 엘사 미얀과 결혼했으나
3년 만에 이혼, 1986년 개인 비서인 마리아 코다마와
결혼한 뒤 그해 6월 14일 제네바에서 사망했다.

영원성의

역사

영원성의

역사

보르헤스
논픽션 전집　　2

Historia
de la eternidad

호르헤 루이스 보르헤스
박병규 박정원 최이슬기
이경민 옮김

민음사

일러두기

I.   이 작품집은 1932년 발간된 『토론』을 1부로, 1936년 발간된 『영원성
      의 역사』를 2부로 구성해 담았다. 이후 1953년 판본에서 『영원성의
      역사』에 「순환적 시간」과 「메타포」가 추가되었으며 이 책에 두 에세
      이도 함께 수록했다.

2.   원서에 실린 각주는 내용 끝에 (원주)를 표기했다.

3.   이 책의 2부 『영원성의 역사』에 수록된 「죽음을 느끼다」는 보르헤스
      논픽션 전집 1권의 2부 『아르헨티나 사람들의 언어』에도 수록되어
      있으나 각 권의 맥락을 고려하여 각각 이경민, 황수현 번역으로 싣는다.

I부

토론

작품을 출판하지 않을 때의 나쁜 점은,
퇴고만 하다가 일생을 다 보낸다는 것이다.

알폰소 레예스, 『공고라 연구의 문제』, 60쪽.

서문[1]

이 책에 수록한 글을 상세하게 소개할 필요는 없을 것이다. 「서사 기법과 주술」, 「영화 평」, 「문학에서 상정하는 현실」은 동일한 관심사에 대한 응답으로, 결국엔 해결되었다고 생각한다. 일부에서 조악한 독설 연습이라고 평한 「우리 아르헨티나인의 불가능성」[2]은 사실 그다지 자랑스러울 것 없는 우리 아르헨티나인의 특성에 대한 침통한 보고서다. 「가짜 바실리데스에 대한 옹호」와 「카발라에 대한 옹호」는 어쩔 수 없이 시대착

---

1   『토론』은 1932년에 단행본으로 출판되었다. 이후 보르헤스는 수차례에 걸쳐 수록된 작품을 수정, 삭제, 첨가했다. 1972년에 출판한 『전집』에 이르러서야 판본이 고정되었다.

2   이 작품은 지금 보니 많이 부실해서 이번 판에서는 삭제한다.(원주, 1955)

오적이다. 어려운 과거를 복원하기보다는 과거로 들어가 이모 저모를 살펴보기 때문이다. 「지옥의 존속」은 신학적 난제에 대한 나의 끈질긴 의구심을 드러낸 글이다. 「종말 직전 단계의 현실에 대한 견해」역시 마찬가지다. 「폴 그루삭」은 이 책에 있으나마나 한 글이다. 「또 다른 휘트먼」에서는 휘트먼을 이야기할 때면 항상 느끼는 열정을 의도적으로 억눌렀다. 말라르메나 스윈번의 수사보다 아름답고, 수많은 시인이 모방한 휘트먼의 수많은 수사적 발명에 대해 더 파고들지 못한 것이 유감이다. 「아킬레우스와 거북의 영원한 경주」는 여러 정보를 모아 놓은 것에 불과하다. 「호메로스 서사시의 번역본」은 어쭙잖은 그리스 연구자로서 내가 쓴 최초의 글(두 번째 글은 없을 것 같지만) 이다.

내 인생에는 삶과 죽음이 부족했다. 그런 탓에 이런 자잘한 일에 정성을 쏟는다. 제사로 뽑은 레예스의 글귀가 변명이 될는지 모르겠다.

1932년
부에노스아이레스에서

가우초 시

휘슬러에게 야경을 그리는 데 얼마나 시간이 걸리는지 묻자 '평생'이라고 대답했다는 이야기는 유명하다. 동일한 맥락에서, 휘슬러가 그림을 그리는 순간에 도달하기까지는 수십 세기가 필요했다고 말할 수 있다. 우연의 법칙을 적용하면 사건을 구성하는 미세한 요소가 무한대의 우주를 드러내기도 하며, 반대로 무한한 우주는 사건의 아주 작은 부분까지도 필요로 한다. 가우초 문학처럼 하찮은 것이라도 마찬가지다. 어떤 현상의 원인을 규명하자면 그 연원(淵源)은 무한대로 뻗어 나갈 수 있다. 하지만 여기에서는 두 가지 주요한 원인을 살펴보겠다.

가우초 문학의 연원을 찾는 작업을 선행한 사람들은 오직 팜파스와 칼이라는 이미지가 대변하는 전형적인 목가적 삶을 탐구하는 데 머물렀다. 가우초 문학의 배경을 제공하고 웅변조로 이해시키는 데나 적합한 이 연구만으로는 결코 충분하지 않다. 목가적 삶은 몬태나와 오리건에서 칠레에 이르기까지 아메리카 대륙의 많은 지역에서 전형적으로 드러난다. 하지만 이들 영토에서는 지금까지 '마르틴 피에로'라는 '가우초'를 열성적으로 수용하지 않았다. 이런 이유로 강인한 목동과 사막으로는 설명이 부족하다. 윌 제임스³가 남긴 기록과 영화에도 불구하고, 미국 문학에서 '카우보이'는 중서부 지역의 농부나 남부의 흑인보다 덜 중요한 위치를 차지한다. 가우초라는 재료만으로 가우초 문학을 추론하는 것은 명백한 진실을 왜곡하는 혼란을 일으킨다. 이 장르가 형성되는 과정에서 팜파스 지방과 칼만큼 중요한 것은 부에노스아이레스와 몬테비데오라는 도시적 성격이었다. 독립 전쟁 및 브라질 전쟁, 무정부주의 전쟁을 통해서 도시인들이 가우초 문화를 접하게 되고 이 두 삶의 양식이 위험스럽게 만나, 한쪽이 다른 한쪽에 대해 경이감을 느끼면서 마침내 가우초 문학이 태어났다. (몇몇 사람들이 그랬지만) 후안 크루스 발레라⁴나 프란시스코 에스테반 아쿠냐 데 피게로아⁵가 이 문학을 창시하거나 창작 활동을 하지 않았음을 비판할 필요가 있다.⁶ 그에 대한 송가를 쓰거나 부연 해설을

---

3   Will James(1892~1942). 주로 미국의 서부 개척 시대를 주제로 작품 활동을 한 작가이자 예술가. 『스모키, 카우보이 말 이야기(Smoky the Cowboys)』로 유명하다.

4   Juan Cruz Varela(1793~1839). 19세기 아르헨티나의 정치가이자 문인.

5   Francisco Esteban Acuña de Figueroa(1791~1862). 독립한 우루과이의 '첫 번째 시인'이라는 칭호를 가진 문인.

6   보르헤스는 가우초 문학이 가우초가 쓴 문학이 아닌

해 주는 인문학이 없었더라면, 마르틴 피에로가 50년 후에 국
경의 한 주점에서 모레노[7]를 암살하는 사건은 벌어지지 않았
을 것이다. 확장되고 계산할 수 없는 것이 예술이요, 예술이 벌
이는 놀이는 비밀을 간직한다. 가우초 문학을 가우초가 쓴 작
품이 아니라는 이유로 작위적이고 신뢰할 수 없다고 무시하는
것은 현학적이고 우스운 태도다. 그럼에도 불구하고 당대나
후세에 의해 가짜라고 비난받지 않은 이 장르의 선구자들은
존재하지 않는다. 루고네스[8]는 아니세토 데 아스카수비[9]를 "가
짜 철학자와 익살꾼의 모습이 섞인 불쌍한 악마"로 보았다. 비
센테 로시[10]에게 『파우스토(Fausto)』의 주인공들은 "두 명의 한
량이자 재담꾼"이었고, 마르틴 피에로의 등장인물 비즈카챠는
"정신 나간 노인네"이며, 주인공 피에로는 "턱수염에 긴 바지
를 입은 연방주의자 신부"였다. 이러한 정의는 단순한 호기심

도시적 관점을 포함한 아르헨티나의 국민 문학이라는
점을 강조하면서 독립 후 국가 형성 시기에 아르헨티
나 문인들이 가우초 문제에 대해서는 큰 관심을 보이
지 않았음을 지적하고 있다.

7   모레노(moreno)는 일반적으로 혼혈인을 의미하지만,
        19세기 아르헨티나적인 맥락에서는 인디오를 지칭한다.

8   레오폴도 루고네스(Leopoldo Lugones, 1874~1938).
        시와 가우초 소설을 비롯한 다양한 작품을 남긴 20세
        기 초반의 대표적인 아르헨티나 작가.

9   Aniceto de Ascasubi(1807~1875). 아르헨티나의 시인
        이자 정치가. 초기 가우초 문학의 형성에 있어 중요한
        역할을 한다. 이후 그에 대한 논의가 등장한다.

10   Vicente Rossi(1871~1945). 우루과이 문인. 가우초와
        민속학에 관한 저서를 펴냈다.

에서 나온 독설임에 틀림없다. 문학에 나오는 가우초(모든 등장인물)는 어떤 방식으로든 그 가우초를 만들어 낸 문인 자신이라는 이들의 논거는 근거가 희박하다. 셰익스피어의 영웅들도 셰익스피어로부터 독립했다. 그럼에도 불구하고 버나드 쇼(George Bernard Shaw)는 "『맥베스』는 근대 문학이 창조한 인간의 비극으로 마치 암살자나 마녀와 거래하는 고객과 같다."라고 평했다. 창작으로 형상화된 가우초의 진실성에 관해 생각할 때는 거의 우리 모두에게 이상적이고 원형적인 존재가 있다는 사실을 염두에 둘 필요가 있다. 여기에 딜레마가 있다. 만약 작가가 우리에게 제안하는 인물이 엄격하게 이 원형에 맞춰져 있다면, 우리는 이 인물을 관습적이고 전통적이라고 판단할 것이다. 반면에 차이가 난다면 속았거나 사기를 당했다고 생각할 것이다. 이제 우리는 가우초 시학의 모든 영웅 중에서 피에로가 가장 전통에 부합하지 않은 개인적인 인물이라는 사실을 확인할 것이다. 예술은 항상 개인적이고 구체적이기를 선호한다. 예술은 플라토닉한 것이 아니다.

그렇다면 이제부터 시인들의 작업에 대한 탐구를 시작해 보도록 하자.

몬테비데오 출신의 바르톨로메 이달고[11]는 이 장르에서 최초의 인간인 아담과도 같다. 1810년 당시, 이발사였던 이달고의 전력은 비평계를 매료시켰다. 그를 검열했던 루고네스는

---

11   Bartolomé Hidalgo(1788~1822). 우루과이 시인으로 아스카수비와 함께 가우초 문학의 선구자로 평가된다.

'면도사'의 목소리라고 낙인찍었다. 그를 칭찬했던 로하스[12]는 이 '이발사' 없이는 견디지 못했다. 로하스는 이달고를 펜을 가진 파야도르[13]로 칭송하고, 세심한 특징까지 상상하여 묘사했다. "해진 속옷 위에 통이 넓은 바지를 입고, 가우초들이 신는 박차 달린 부츠에, 팜파스의 바람에 부푼 어두운색 셔츠가 열려 가슴이 드러나며, 코트 날개가 이마 위로 올라가 마치 언제나 고향을 향해 질주하는 듯하고, 위엄과 영광이 담긴 기술자의 눈과 턱수염으로 인해 귀족의 얼굴을 하고 있다." 내가 보기에 각진 외양과 이발사 자격증보다 더 기억할 만한 점은 두 가지이며 로하스 또한 그것을 기록했다. 이달고가 한때 병사였다는 사실과 그가 우두머리 하신토 차노와 가우초 라몬 콘트레라스라는 인물을 창조하기 수년 전부터 파야도르라는 독창적 화자가 소네트와 12음절 송가에 상당히 많이 나타난다는 사실이다. 카를로스 록슬로[14]는 이달고가 형상화한 시골 생활은 "그것을 모방하면서 극복하려 한 이들 중 그 누구에 의해서도 아직 극복되지 못했다."라고 판단했다. 나는 그 반대로 생각한다. 지금은 많은 이들이 이달고를 넘어섰고 그의 대화는 망각과 불합리의 영역에 진입해 버렸다. 또한 나는 이달고의 역설적인 영광

---

12   리카르도 로하스(Ricardo Rojas, 1882~1957). 아르헨티나 시인으로 루고네스와 함께 가우초 문학에 대한 논쟁에 참여하였다.

13   payador는 아르헨티나 팜파스 지역에서 기타를 치며 즉흥적 노래를 부르는 가우초를 지칭한다.

14   Carlos Roxlo(1861~1926). 우루과이의 문인이자 정치가.

이 다양한 방식으로 그를 극복하게 된 것과 연결되어 있다고 생각한다. 이달고는 다른 이들 사이에 살아 있다. 그리고 이달고 역시 평범한 사람이다. 내가 화자였던 적은 많지 않지만, 한 인물이 말하는 방식을 안다는 것은 일정한 어조와 목소리, 독특한 말투를 가진 인물에 대해 이해하는 것이며 결국 한 사람의 운명을 발견하는 것이다. 바르톨로메 이달고는 가우초의 어조를 발견하였다. 그것은 대단한 것이다. 나는 그가 쓴 구절들을 반복하지 않을 것이다. 그 대신 이달고를 계승한 유명한 이들의 구절을 고전(古典)으로 사용하면서 불가피하게 그를 비난하는 시대착오적인 과오를 범하게 될 것이다. 하지만 나는 우리가 듣게 될 희미한 멜로디에 이달고가 남긴 겸손하면서도 비밀스러운 불멸의 목소리가 남아 있다는 것을 기억하는 것만으로도 충분하다고 생각한다.

1823년, 이달고는 폐병으로 인해 부에노스아이레스의 서쪽의 변두리에서 쓸쓸하게 사망하였다. 1841년까지 몬테비데오에서 코르도바 출신 일라리오 아스카수비가 건방지게도 그의 이름을 사용해 노래했다. 미래는 이달고에게 자비롭지도 정의롭지도 않았다.

아스카수비는 살아서는 리오 데 라 플라타[15]의 베랑제[16]로

---

15   아르헨티나와 우루과이 사이, 파라나강과 우루과이강
      합류점부터 그 하류를 라플라타강이라고 하며 스페인
      어로 Río de la Plata라고 한다.
16   여기서 베랑제는 프랑스의 풍자 시인인 피에르장 베

불렸으며, 죽어서는 에르난데스의 애매한 선구자로 기억된다. 이 두 가지 정의는 이미 아스카수비가 살았던 시간과 공간을 잘못 말하는 오류를 저질렀으며, 아스카수비를 그저 비범한 운명을 가진 인간 정도로 평가 절하했다. 전자가 보여 주는 동시대적 정의는 나쁘지 않다. 이를 지지하는 사람들은 아스카수비가 어떤 사람인지에 관한 직접적 개념이나, 빗대어 말한 이 프랑스 시인이 누구인가에 대한 정보가 부족하지 않다는 점을 이유로 든다. 그러나 지금은 이 두 가지 지식이 점점 약해지고 있다. 브리태니커 백과사전에서 그 유명한 스티븐슨[17]이 베랑제에 대해 세 꼭지나 할애하여 설명하고 있음에도 불구하고 베랑제의 순수한 영광은 사그라졌다. 그리고 아스카수비에 대한 두 번째 정의는 『마르틴 피에로』를 홍보하거나 알리려는 것으로 사실상 분별없는 짓이다. 이 두 작품 사이에 유사점이 존재하는 것은 우연에 불과하고, 이 둘을 엮으려는 시도에는 어떤 의미도 존재하지 않는다. 하지만 그러한 잘못된 주장이 생기게 된 연유는 궁금할 만하다. 1872년에 발간되어 절판된 아스카수비의 원본과 서점에서 겨우 구할 수 있는 아르헨티나 문화출판사에서 펴낸 1900년 판본은 그의 작품 일부를 대중에게 보여 준다. 길이와 난해함 면에서 유명한 『산토스 베가』는 3000개의 시로 구성된다. 이 작품은 모든 부분이 함축적이고 독해가 어려운 불가해한 문장의 연속이다. 이에 좌절한

랑제(Pierre-Jean Beranger, 1780~1857)를 지칭한다.

17   영국의 소설가 로버트 루이스 스티븐슨(Robert Louis Stevenson, 1850~1894)을 지칭한다.

사람들은 자신들의 무능력을 의미하는 말을 그럴 듯하게 꾸며 내는데, 그것이 바로 선구자라는 개념이었다. 아스카수비를 아스카수비 자신이 제자로 인정한 에스타니슬라오 델 캄포[18]의 선구자로 생각하는 이유는 너무나 명백하다. 아스카수비를 호세 에르난데스와 동급으로 올려놓으려는 것이다. 그 기획은 내게 불쾌감을 주는데, 이에 대해서는 이후에 논의하겠다. 드물지만 경우에 따라 선행자라는 용어보다 선구자를 우월하게 둘 때가 있는데, 이는 말론에 동이 트는 이유를 설명하는 것과 같다.[19] 일반적으로 아스카수비가 열등하다는 이 역설을 인정하지 않은 사람은 없으며, 누구나 이 사실을 주저 없이 인정한다. (이렇게 쓰려니 조금 후회가 된다. 내 책 『심문』은 아스카수비를 긍정적으로 평가하는 쓸데없는 내용을 일부 포함하고 있는데, 이런 측면에서 나도 논점을 잃은 사람에 포함된다.) 그럼에도 조금 더 생각해 두 작가가 추구하는 목표를 잘 가늠해 본다면, 아스카수비의 목표가 부분적으로 우월하다는 예상을 증명할 수 있을 것이다. 그렇다면 에르난데스는 어떤 목표를 제시하는가? 그것은 매우 제한적이라는 특성이 있다. 에르난데스의 서사시 속 주인공 마르틴 피에로의 운명은 자신의 입을 통해 구현된

---

18   Estanislao del Campo(1834~1880). 『파우스토』를 지은 아르헨티나의 시인. 이후 그에 대한 논의가 등장한다.

19   말론족은 원래 마푸체 원주민의 한 분파를 지칭하는데, 17세기부터 19세기까지 이들이 거주한 페루와 아르헨티나 지역을 일컫기도 한다. 아르헨티나의 서쪽 지방인 말론에 동이 튼다는 예를 드는 것은 논리에 닿지 않는 말을 비판하기 위해서다.

다. 따라서 실제 사건을 파악할 수는 없고, 마르틴 피에로가 사건을 이야기하는 것을 통해 추정하게 된다. 이 사실로 판단할 때 지방색이 빠지거나 엷어지는 현상은 에르난데스의 전형적인 특징이었다. 그는 낮과 밤에 보이는 말의 털 색깔을 구분하지 않는다. 이와 같이 주변 현실 묘사에 그저 시늉만 보이는 것은, 우리나라의 농부 문학에 비견되는 영국 해양 문학에서 그들의 팜파스인 바다의 어구와 항로, 돛 등을 구별하는 방식과 서로 관련되어 있다. 이들은 현실을 억누르지 않는 대신, 영웅이 내면을 통해서 그 현실을 드러내는 방식을 취한다. (조셉 콘라드 역시 바다의 환경적 조건을 이용한다.) 이런 방식 때문에 에르난데스의 이야기 「떠남」, 「세 번째 노래」, 「일곱 번째 노래」, 「열한 번째 노래」에 등장하는 많은 춤들은 결코 묘사된 적이 없다. 반면에 아스카수비는 불연속적으로 진행되는 몸의 놀이와 춤을 직접적이고 직관적으로 이해하게 해 준다.(『파울리노 루세로』, 204쪽)

> 이윽고 파트너인 후아나 로사에게
> 춤을 청하고
> 이들은 반 바퀴, 한 바퀴 돌기를
> 반복하기 시작한다.
> 아, 여인이여! 몸에서
> 허리가 떨어지고,
> 열정이 솟구칠 때마다
> 몸의 방향을 바꾸었다,
> 그리고 중간에 멈춰 버릴 때,

루세로가 그녀에게 들어왔다.

또 다른 예시가 되는 10행시도 있다.(『아니세토 엘 가요』, 176쪽)

무리 중에는 아름다운
부에노스아이레스 출신의 벨라이 필라르가
춤을 추고 있다.
세상이 경멸하는 매력을 지닌
그녀가 나타나면 다들 보세.
그중에 그 가우초는
판초[20]를 걷어 올리지 않은 채
손은 허리에 놓고
그 자세로 그녀에게 말한다.
나의 영혼이여! 나는 사내대장부라오.

마르틴 피에로에 나오는 말론족에 관한 묘사와 그들에 대한 아스카수비의 직설적인 소개를 대비해 보는 것도 주목할 만하다. 에르난데스는 「귀향」과 「네 번째 노래」에서 무질서한 약탈 앞에서 느끼는 공포를 강조하려고 한다. 반면에 아스카수비는 가우초와 원주민 사이의 거리감을 부각시킨다. (『산토스 베가』, 13번째 시)

---

20   넓은 천에 목을 끼워 뒤집어쓰는 외투의 일종으로 소
        매가 없다.

하지만 원주민들의 땅에 침입할 때
시골의 여인네는
겁에 질려 있다. 왜냐하면
둘러싸인 가축들 사이로
도망친 개, 여우, 타조, 사자들
토끼와 산양 떼가 뛰쳐나와
놀란 채 사람들 사이를
가로지르기 때문이다.

그리하여 목동들은
용감하게 개입하여
뛰어들어
소리도 지른다.
하지만, 팜파스의 깊은 곳에서
확실히
이 새로운 사건을 처음 전하는
이들은
솟구쳐 날아오르는
차하새[21]들이다. 차하! 차하!

그리고 이 야생의 새는
덤불에서

---

21   남아메리카에 서식하는 새로 팜파스의 상징으로 알려
        져 있다.

튀어나와 평원에서 뛰어오르고

반달이 뜬 밤

잔뜩 짐을 실은 말들이

서둘러 달리면서

내는 소리,

그리고 팜파스를 가득 채운

흐트러진 먼지는

구름과도 같다.

　아스카수비의 풍광에 대한 서술은 재평가해야 할 즐거움
이다. 오유엘라[22]나 로하스는 아스카수비의 독특한 분노의 미
덕을 강조한다. 하지만 나는 풍광에 대한 선호가 아스카수비
의 독창성이라고 생각한다. (아홉 번째 작품집 671쪽에서) 아스
카수비는 이 야생의 가우초 노래들이 돈 후안 마누엘[23]에게 일
으키는 불편함을 상상하며, 몬테비데오에 위치한 광장에서 벌
어진 플로렌시오 바렐라[24]의 암살 사건을 떠올린다. 잡지《엘

22　칼릭스토 오유엘라(Calisto Oyuela, 1857~1935). 고전
　　주의를 표방한 아르헨티나의 시인으로 수준 높은 문
　　학 이론서를 집필하기도 했다.

23　후안 마누엘 데 로사스(Juan Manuel de Rosas, 1793~
　　1877). 19세기 아르헨티나의 독재자. 가우초 의용군
　　을 조직해 원주민들을 정벌하고 부에노스아이레스를
　　장악해 주지사가 되었다. 공포 정치를 펼치다 추방당
　　해 영국에서 사망하였다.

24　Florencio Varela(1807~1848). 아르헨티나의 문인이자
　　언론인, 정치가. 우루과이에 망명하여 로사스 정부에

코메르시오 델 플라타》를 창간하고 필자로도 활동하던 바렐라는 국제적으로 알려진 인사였다. 사건은 비교가 불가능하지만 천성이 파야도르인 아스카수비는 팜파스를 소재로 재치 있는 비유를 통해 즉석에서 시를 지었다.

아스카수비는 잔인한 도시 몬테비데오에서 행복한 증오를 노래했다. 유베날리스가 말한 "분노가 노래할 것이다."[25]라는 어구는 우리에게 서술 형식의 중요성을 강조하지 않는다. 아스카수비 역시 문장을 직조하는 능력이 더할 나위 없이 뛰어나, 공격을 받으면서도 자유롭고 편안하게 서술하여 마치 그 공격을 유희나 축제로 즐기는 것 같다. 1849년에 쓴 10행시에서 이에 대한 증거를 충분히 확인할 수 있다.(『파울리노 루세로』, 336쪽)

주인님, 거기로 편지가 갑니다.
나의 꽃이여!
여기에서 편지를 통해
질서를 회복하는 당신과 만납니다.
편지를 끝까지 읽으신다면
제가 쓴 것을 보고
거기서도 웃을 것입니다.
왜냐하면

대항하여 싸우다 암살되었다.

25   고대 로마 시인 데키무스 유니우스 유베날리스(Decimus Iunius Iuvenalis, 55~140)의 『풍자』에 나오는 구절이다.

돈 후안 마누엘이 가우초라는 것은
사실이기 때문입니다.

하지만 아스카수비는 지나치게 가우초적이었던 로사스에
반대하여 군대가 대열을 바꾸듯이 춤을 다시 소재로 꺼내 온
다. 즉 춤을 통해 자유로운 이들의 모습을 형상화한다.(『파울리
노 루세로』, 117쪽)

카간차[26]에서 돈 프루토스
십 년 동안 아무도 타지 않은
말에 올라
편안함을 느끼며
말을 아주
엄격하게
다시 확인한다.
타고난 조련사인 동방인들과 같은
내 삶을 사랑한다.
리베라 만세! 라바예 만세!
나에게는 흔들리지 않는 로사스가 있다.
반 바퀴 돌고
내 동료요,
한 바퀴 돌고

---

26   로사스 장군이 지휘한 카간차 전투(1839)가 일어난
      장소이다.

어떻게 되든지 간에,

우리 바다나가 있는 엔트레 리오스[27]로 가서,

이 춤을 출 수 있는지 보자.

그 너머에는 라바예가 바이올린을 연주하고,

돈 프루토스는 그녀를 세상 끝까지 따라가길 원하지,

카간차의 사람들은

어디에서도

악마에게 마음을 준다네.

이런 투쟁적 기쁨은 다른 곳에도 나타난다.(『파울리노 루세로』, 58쪽)

밝게 빛나는 하늘이여

어느 순간에서도 아름다운 것

총탄 가운데를 거닐며 그 열정적인 남자는

즐거워한다네.

이렇게 찬란하게 표현된 분노가 밝은색과 귀한 물건들에 대한 애호와 함께 아스카수비를 정의할 수 있다. 아수카수비의 다른 시 『산토스 베가』의 첫 구절은 다음과 같다.

가지런한 갈기를 지닌

27　　　우루과이와 인접한 아르헨티나 주(州)의 명칭

갑옷 입은 말이
가볍고 매끈하게
바닥을 디딜 때면
아름다운 한 필의 준마와도 같다.

그리고 한 인물에 대해 언급한다.(『아니세토 엘 가요』, 147쪽)

진정한 사나이, 벨라이는
5월 25일
진정한 조국의
국기를 수호하고 있다.

『라 레팔로사』에서 아스카수비는 살육이 진행되는 가운데 공황 상태가 일상이 되어 버린 사람들의 모습을 보여 준다. 하지만 날짜가 명확하기 때문에 1914년 전쟁 당시의 두려움에 대한 존경스러운 대처를 허구적으로 창작하는 시대착오를 범하지는 않는다. 그러한 창작은 역설적으로 러디어드 키플링에게서 시작되었고, 이후 로버트 케드릭 세리프에 의해 세심하게 다듬어지고, 유명한 레마르크가 저널리즘의 형태로 지속시켰는데, 1850년대의 사람들에게는 아직 먼 이야기였다. 아스카수비는 이투사잉고[28]에서 싸웠고, 몬테비데오의 참호를 방

---

28   부에노스아이레스주(州)의 도시이다. 이곳에서 아르
      헨티나군이 우루과이를 합병한 브라질과 전투를 벌여
      승리했다.

어했으며, 세페다[29]에서 싸웠고, 그가 살아온 날들을 빛나는 시
로 옮겼다. 그의 시에는 『마르틴 피에로』가 지닌 운명에 대한
매혹이 존재하지 않는다. 그 대신 행동하는 인간의 무덤덤한
모습, 순수함과 강인함, 모험을 좋아하지만 결코 놀라지 않는
여행객이 있다. 그의 운명은 시끄럽게 연주하는 동료의 기타
나 군대의 모닥불 같기 때문에 뻔뻔스러운 행동 또한 존재한
다. 마찬가지로 (악덕과 관련 있는 미덕이기도 하며 대중적인) 운
율적 기쁨이 있다. 오직 하나의 어조를 가진 보잘것없는 시조
차도 그러하다.

　아스카수비의 많은 가명 중에서는 아니세토 엘 가요가 가
장 유명하다. 아마 그것이 가장 마음에 드는 이름일 것이다. 그
를 모방한 에스타니슬라오 델 캄포는 아나스타시오 엘 포요라
는 가명을 택했다.[30] 그 이름은 델 캄포의『파우스토』[31]라는 매
우 유명한 작품과 연결된다. 운 좋게 성공한 그 모작은 창작 동
기가 알려져 있다. 그루삭[32]은 불가피하게 신의를 저버리면서

29　1820년 중앙 집권주의자와 연방주의자 사이에 전투
　　가 일어난 곳.

30　엘 포요(El pollo)는 어린 닭을 의미하는데 수탉을 지
　　칭하는 엘 가요(El gallo)를 패러디한 것으로 일종의
　　언어유희다.

31　가우초가 구노의 파우스트를 보러 갔다가 공연이 실
　　제로 일어난 것으로 믿는 바람에 벌어지는 사건을 그
　　린 일종의 풍자시.

32　폴 그루삭(Paul Groussac, 1848~1929). 프랑스 출신의
　　아르헨티나 작가. 보르헤스는 작품 곳곳에서 이 작가
　　를 언급하고 있다. 이『토론』에도「폴 그루삭」이라는

다음과 같이 언급했다.

　이미 다양한 형태의 시를 쓰고 있었지만 큰 반향을 얻지는 못했던 지방 정부의 시장이자 판사, 에스타니슬라오 델 캄포는 1866년 8월 콜론 극장에서 가우초인 아나스타시오로 분장한 채 구노의 『파우스트』를 관람했다. 그리고 자신만의 방식으로 이 소작인 캐릭터를 환상적으로 창조했다. 덧붙이자면 그 패러디는 너무 유쾌한 것이어서, 나도 잡지 《레비스타 아르헨티나》에 실렸던 유명한 악보 "기타를 위한 편곡"을 좋아했던 것으로 기억한다. 이 모든 것이 성공으로 이어졌다. 오페라는 최근 부에노스아이레스에서 초연되어 상당히 유행했다. 파우스트가 악마와 의사 사이에서 '희생자'가 되는 코믹한 패러디는 괴테의 시 이전의, 민중적이고 중세적 기원을 가지는 과거의 드라마로 되돌아간다. 레돈디야스[33]라는 쉬운 소네트에서는 감정적 효과가 굵은 소금 한 줌과도 같이 강렬하고 효과적으로 전달된다. 크리오요[34]가 승리하는 시기가 도래하자 힘을 잃어 가는 가우초들의 대화에 드러나는 야생 마테차의 향에는 팜파스의 아들이 가지는 취향이 담겨 있다. 설령 현실은

글이 실려 있다.

33　Redondillas. 8음절로 된 4행시를 의미함.

34　19세기 독립의 주도 세력이자 지방 호족이었던 백인 크리오요들은 '문명과 야만'이라는 이분법을 앞세워 신흥 독립 국가인 아르헨티나의 유럽화를 추구하였는데, 이때 가우초는 '야만'의 상태를 상징하는 집단으로 간주되어 주변화 과정을 겪게 된다.

그렇지 않았다고 해도 적어도 50년 동안 저급한 문학[35]을 형성하고 '관습화'시키게 되었다.

여기까지가 그루삭의 의견이다. 이 박학다식한 문인이 남아메리카인들을 경멸하는 것을 당연하게 여긴다는 것은 모두가 알고 있다. (직후에 '관공서 파야도르'라고 부르게 된) 에스타니슬라오 델 캄포에 대해서는 이러한 경멸에 속임수를 더하거나, 진실을 제거하여 이야기한다. 그는 에스타니슬라오 델 캄포를 단순히 공무원으로 정의하면서 그가 부에노스아이레스에서 싸웠으며, 세페다와 파본,[36] 1874년 혁명에서 전투에 참여했었다는 사실 역시 의도적으로 지운다. 에스타니슬라오 델 캄포와 함께 복무했던 나의 할아버지 중 한 분은 델 캄포가 전투에 들어가기 전에 군장과 유니폼을 착용하고, 오른손을 군모에 얹은 채 파본의 첫 번째 총탄을 향해 돌진했다는 것을 떠올리곤 했다.

『파우스토』는 매우 재미있다는 평가를 받았다. 가우초 작가들에게 전혀 호의적이지 않았던 칼릭스토 오유엘라도 이 작품을 보석 같은 작품이라고 평가했다. 가우초들의 시는 대부분 기억에 의지하기 때문에 원시적이고 활자가 필요 없는 시였는데, 특히 여자들에 대한 내용이 많다. 검열하는 것은 중요

35　가우초 문학이 비판받은 당대의 상황을 비꼬는 표현이다.

36　아르헨티나 연방과 부에노스아이레스의 마찰로 전투가 일어났던 장소들이다.

치 않다. 마르셀 프루스트, D. H. 로렌스, 버지니아 울프와 같이 남자보다 여자가 더 좋아하는 가치 있는 작가들이 존재하기 때문이다. 그러나 『파우스토』를 비난하는 이들은 이 작품의 무지와 오류를 지적한다. 영웅이 타는 말의 털 색깔까지 조사받고 비난받았다. (호세 에르난데스와 형제 관계인) 라파엘 에르난데스는 1896년 다음과 같이 첨언하였다. "이 경주마는 분홍색으로 물든 털을 가졌는데 사실 경주마에게는 결코 없는 색깔이며, 그런 것은 삼색 털을 가진 수고양이만큼이나 드물다." 1916년에 루고네스는 다음과 같이 검증한다. "주인공처럼 선한 크리오요 기병은 결코 분홍색 말을 타지 않는다. 분홍색 말처럼 보잘것없는 동물의 운명은 농장에서 물건을 옮기거나, 심부름꾼을 태우는 역할이다." 마찬가지로 가장 유명한 10행시의 마지막 구절 또한 비난받았다.

> 말을 데리고 가서
> 달에 매어 놓을 수 있다.

라파엘 에르난데스는 말에 재갈을 씌우는 대신 여물을 주어야 하며, 말을 매어 놓는 것은 아르헨티나 기수가 아닌 포악한 미국인이나 하는 짓이라고 지적한다. 루고네스는 이를 검증하고 기록해 두었다. "어떤 가우초도 말에게 재갈을 물려서 복속시키지 않는다. 이것은 정원사의 암말을 타고 다니는 미국 얼간이가 아르헨티나적인 것을 잘못 모방한 것이다."

나는 지방색에 관한 논쟁에 개입하는 것이 불편하다. 실제로 나는 비난을 받은 에스타니슬라오 델 캄포보다 훨씬 더 무지하다. 그렇지만 교조적인 가우초들이 분홍색으로 물든 털을 폄하한다고 해도 "분홍색으로 물든"은, 신기하게도 나를 매혹시킨다는 사실을 고백해야겠다. 나는 이 표현이 관습법의 단순한 예시인지에 관한 질문을 무시한다. '분홍빛'이 어떤 특별함을 가지는가에 대해서도 생각하지 않는다. 이런 해석의 다양함이 나를 견딜 수 없게 만들 것이라는 사실을 알고 있다. 마찬가지로 촌놈(가우초)들이 오페라의 의미를 이해하고 토론할 수 있다는 점도 검열의 대상이 되었다. 이 논쟁에 참여하는 사람들은 모든 예술이 관습적인 것이라는 사실을 잊고 있다. 『마르틴 피에로』가 그리는 전기적 서사 또한 그러하다.

말의 색깔에 대한 논쟁이 지나가고, 상황이 바뀌고, 시인의 총명함도 사라진다. 하지만 사라지지 않는 것, 고갈되지 않는 것은 아마도 이 시 속의 즐거움과 우정을 고찰하는 것이 주는 기쁨일 것이다. 나는 우리의 현실뿐 아니라 글에도 심심치 않게 등장하는 즐거움이 시의 중심적 가치가 된다고 생각한다. 많은 이들이 『파우스토』에서 팜파스의 여명과 석양을 묘사하는 것을 칭송하였다. 그렇지만 『파우스토』 무대의 배경을 우선적으로 언급함으로써 이 묘사가 왜곡되었다는 것이 내 생각이다. 이 작품에서 중요한 것은 대화이고, 그 대화에서 나오는 아름답고 빛나는 우정이다. 『파우스토』는 아르헨티나의 현실에 속하지 않는다. 오히려 탱고나 투르코,[37] 이리고옌[38]과 같이 아

---

37   아르헨티나 등지에서 행하는 전통적인 카드놀이.
38   이폴리토 이리고옌(Hipólito Yrigoyen, 1852~1933).
      20세기 초 아르헨티나 과두층의 권력 남용을 막는 사

르헨티나의 신화에 속한다.

에스타니슬라오 델 캄포보다 아스카수비에 가깝고, 아스카수비보다 에르난데스에 더 가까운 사람은 이제 언급할 안토니오 루시치[39]다. 내가 아는 한 그의 작품에 대해 두 가지의 정보가 돌아다니는데, 둘 다 탐탁지 않다. 내 호기심을 자극하는 데는 첫 번째 것만 언급하는 것으로도 충분하다. 그것은 레오폴도 루고네스[40]가 쓴 것으로『파야도르』의 189쪽에 나온다.

"안토니오 루시치 씨는 에르난데스가 좋아할 만한 책을 막 출간하였다. 이 책,『동방의 세 가우초』는 아파리시오 전쟁이라고 불리는 우루과이 혁명 시기의 가우초를 다룸으로써 적절한 호기심을 자아낸다. 에르난데스에게 이 작품을 보내자 즐거워했다.『동방의 세 가우초』는 1872년 6월 14일에 부에노스아이레스의 트리부나 출판사에서 출간되었다. 에르난데스가 루시치에게 책을 보내 준 데 대한 감사와 축하를 담아 보낸 편지는 같은 해 같은 달 20일에 작성되었다.『마르틴 피에로』는 그해 12월에 나왔다. 농부들의 언어와 특징을 훌륭하고 적절

회 개혁을 주장해 '가난한 자들의 아버지'로 불렸으며, 두 번에 걸쳐 대통령직을 역임하였다. 20세기 초반기의 가장 주요한 정치 인사 중 한 명으로 개혁파를 대표한다.

39   Antonio Lussich(1848~1928). 우루과이의 작가. 가우초 문학의 성립과 발전에 공헌하였다.

40   루고네스는 가우초 시를 아르헨티나 민족주의 문학의 정전으로 만들려고 노력했다. 시집『파야도르(El Payador)』외에도 많은 작품을 남겼다.

하게 사용한 루시치의 시들은 4행, 8행, 10행으로 이루어져 있었고 에르난데스가 가장 대표적인 파야도르의 형식이라고 주장한 6행시가 포함되어 있다."

바르톨로메 이달고와 아스카수비, 에스타니슬라오 델 캄포, 리카르도 구티에레스,[41] 에체베리아[42]를 무조건적으로 비난하고 마르틴 피에로를 찬양하는 루고네스의 민족주의적 성향을 고려한다면 이러한 찬양은 놀라운 것이다. 또 다른 정보는 범위나 그 깊이가 비교 불가능한데, 카를로스 록슬로가 쓴 『우루과이 문학 비평사』에 등장한다. 2권 242쪽에 루시치가 "뮤즈가 과도하게 너저분하고 시적 풍취가 부재하여 감방에 사는 것" 같으며, "그의 묘사는 생생한 풍경 묘사가 부족하다."라고 쓴 구절이 있다.

루시치 작품의 주요한 관심은 『마르틴 피에로』 이전과 이후를 명확히 예상한 것이다. 그의 작품은 산발적으로 『마르틴 피에로』와의 차이를 예언한다. 잘 알다시피 『마르틴 피에로』에는 루시치의 원본[43]에는 없는 탁월함이 존재한다.

루시치 책의 초반부는 『마르틴 피에로』를 예고하기보다는

---

41   Ricardo Gutiérrez(1836~1896). 아르헨티나의 작가이자 의사.

42   에스테반 에체베리아(Esteban Echeverría, 1805~1851). 19세기의 대표적인 낭만주의 작가로 대표작은 『도살장(El matadero)』이다.

43   『동방의 세 가우초』를 뜻한다. 보르헤스는 이 작품을 가장 대표적인 가우초 문학 작품인 『마르틴 피에로』의 선조 격으로 평가하고 있다.

오히려 라몬 콘트레라스와 차노의 대화"를 반복한다. 냉소적인 두 인물 사이에서 퇴역 군인 세 명이 그들이 참여했던 반란에 대해 이야기한다. 그 과정은 특별할 것이 없지만, 루시치가 만들어 낸 인물들은 역사적 사실에 얽매이기보다는 개인적 성격이 충만하다. 이렇게 루시치의 작품에는 이달고나 아스카수비가 무시하던 주관적이고 감상적인 이야기가 종종 나오는데 그 어조와 사건, 동일한 단어의 반복은 이미 『마르틴 피에로』 이전에 형성되었던 것이다.

　루시치의 작품이 실제로는 미발표되었기 때문에 인용문을 실어 보겠다.

　다음은 첫 번째 필사본에 나오는 10행시이다.

　　하지만 나를 도망자라 부른다.

　　내가 칼을 사용해

　　과녁에 닿을 때

　　귀에 날카로운 소리가 나기 때문이다.

　　나는 자유로운 팜파스 출신으로

　　언제나 자유롭게 살았고

　　어머니의 배 속에서

　　나올 때부터 자유로웠다.

　　내가 걸어가는 이 운명에

　　나를 향해 짖어 대는 개는 없다…….

44　　바르톨로메 이달고가 쓴 『대화(Diálogos)』에는 콘트레라스와 차노라는 두 인물이 등장해 언쟁을 벌인다.

나에게는 독이 든 잎사귀가 있다.
뒤에는 이런 글이 쓰여 있다.
내가 등장할 때는
누군가를 절름발이로 만들기 위해서다.
내 운을 시험할 때
나는 허리를 낮춘다.
나는 항상 강인했고
사자처럼 용맹했다.
심장이 나를 배반하지 않고
죽음을 두려워하지 않는다.

나는 남자답다.
잘생겼고, 즐길 줄 알고,
공정하게 살면서도
일 순위는 신중함이다.
한 번 더 도약하기 위해
편한 것을 찾지 않을 만큼
내 정신은 씩씩함으로 무장되었다.
모질고 강인한 성격으로 인해
이런! 거친 주먹에 쥐어진 검으로
살육을 행하게 된다네.

다른 구절에서는 즉각적인 추측과 반응을 볼 수 있다.
루시치는 말한다.

난 양과 농장을 소유하고 있었다.
말, 집 그리고 축사
나는 행복했었다.
오늘 나에게서 족쇄가 풀렸다!

닭과 양 떼, 그리고 귀소 본능은
고향으로 날아오른다.
나는 부재한 상황에서 떨어지는……
쇠락한 나뭇가지에 대해서까지 알고 있었다.
전쟁이 모든 것을 삼켰고
과거의 흔적들은 지나갔다.
내가 고향으로 돌아가면
그 자취를 만나게 될 것이다.

에르난데스는 루시치에게 다음과 같이 말할 것이다.

한때 내 고향에는
아이들과 아내, 농장도 있었지.
하지만 내가 병들자
나를 변경으로 보내 버렸다네.
돌아갈 방법을 어떻게 찾을 수 있을까!
오직 친구인 타베라를 만날 수 있을 뿐이었네.

루시치가 다시 답한다.

나는 마구를 들어 올렸다.
쇠로 제작한 튼튼한 말의 재갈
그리고 정성스레 꼬아 놓은
새로운 고삐
잘 무두질된
소가죽으로 만든 안장
매우 튼튼한 덮개까지
닭장을 지나 가져온다.
비록 좋은 마구가 행진을 위한 것은 아니더라도
이제 말은 준비되어 있다.

나는 결코 영악한 사람이 아니었기 때문에
주머니를 털어서 주었다.
내 몸을 보호하기 위해
발목까지 내려오는
양털로 된 판초를 입고
모포를 둘렀다.
배고픔과 추위를 피하고
집을 떠나
쇠사슬의 속박도 없이
폭풍우를 통과하고 싶었다.

내가 소유한 박차,
쇠고리가 달린 채찍,
뾰족한 칼과 구슬,

족쇄와 줄을 꺼냈다.
그 어떤 곳에라도 몸을 맡기기 위해
멜빵 안에서
은화 십 페소를 찾는다.
나는 카드 게임을 좋아하는데
게임에서는 손의 그 어떤 실수도
허용하지 않는다.

재갈, 턱과 허리의 끈,
등자와 가죽 장식 굴레
우리가 준비한 완벽한 무기
동방 부대의 무기,
나는 그와 같이 충직한 동료를
결코 다시 보지 못했다.
아! 준마 위에 올라
태양을 향해 달리는
술에 취한 성인(聖人) 같은 모습을
결코 기억해 내고 싶지 않아.

가벼운 빛과도 같이
야생마에 올라탔다.
근본 없는 말 치고는
너무나 훌륭했다!
말의 편자는
달처럼 빛나고

언덕을 넘어갈 때

나는 진심으로 자랑스럽게

그 말 등에 앉아 있었다.

그러면 에르난데스는 다음과 같이 말할 것이다.

나는 정말 훌륭한

아랍 혈통의 말 한 필을 몰았다.

그 말로 아야쿠초[45]에서

성수(聖水)보다 많은 돈을 벌었다.

가우초는 생계를 위해

항상 말을 필요로 한다.

여러 번 움직이는 대신

방석과 판초 등

가져갈 수 있는 모든

집 안의 물건을 실었다.

그날 반라로 있던

내 여자는 남겨 두었다.

한 포기의 풀조차 부족하지 않았다.

난 나머지 소유물을 버렸다네.

45 　 Ayacucho, 남아메리카의 독립을 위한 전쟁(1809~
　　　 1826) 중에 스페인 군에 대항하여 최후의 전투가 벌어
　　　 졌던 곳으로 현재는 페루의 영토이다.

재갈, 줄, 고삐도
포승줄, 구슬, 족쇄도
지금 나를 가난하다고 생각하는 사람은
이 모든 것을 믿지 않으리라.

이에 루시치는 말한다.

나를 감싸는 은신처
많은 산과 고원들은
맹수가 거닐며
마찬가지로 인간이 머문다.

다시 에르난데스가 말하리라.

그렇게 저녁이 오면
나는 은신처를 찾아다닌다.
맹수가 어슬렁거리는 곳을
마찬가지로 인간도 지나간다.
하지만 나는 마을에서
방황하기를 원치 않는다.

에르난데스는 1872년 6월에 친구인 루시치가 그에게 헌정한 시를 1872년 10월 혹은 11월에도 여전히 기억하고 있는 것으로 밝혀진다. 마찬가지로 에르난데스의 간결한 문체와 순수함 또한 밝혀질 것이다. 다음에 인용하는 구절을 말하고 난 뒤 피에로는 '자녀들, 농장 그리고 아내'에 대하여 언급한다.

지금 나를 가난하다고 생각하는 사람은
이 모든 것을 믿지 않으리라.

도시의 평론가들은 이러한 불일치를 즐거워할 것이다. 반면에 더 자발적이고 열정적인 루시치는 이런 방식으로 행동하지 않았다. 그의 문학적 열망은 다르게 작동했으며, 종종 『파우스토』에 대한 애정에서 출발한 영악한 모방에서 멈추어 버리곤 했다.

내게는 월화향 꽃이 있었다.
그것을 너무나 아낀 나머지
그토록 순수한 매혹이
적어도 한 달간 지속되었다.

하지만, 아! 한 시간의 망각으로 인해
마지막 이파리까지 말라 버렸네.
그렇게 즐거운 상실에 관한 환상도
시들어 버렸다.

1873년의 후반기에 들자 안토니오 루시치 박사 자신이 주장한 것 같이 『마르틴 피에로』의 다른 복제판을 모방하는 것으로 바뀌게 된다.

다른 논쟁거리가 남아 있다. 하지만 이 결론에 다다르기 위해서는 지금까지 말한 것만으로도 충분하다. 루시치와의 대화는 에르난데스 작품의 바탕이 되었다. 이 대화는 무절제하고, 활력이 떨어지고, 우발적이지만 유용하고, 예언자적인 초고이다.

드디어 가장 훌륭한 작품인 『마르틴 피에로』를 살필 차례다. 아르헨티나의 저작물 중에 비평의 영역에서 이보다 더 무용한 낭비를 조장하는 작품은 존재하지 않을 것이다. 우리가 『마르틴 피에로』에 대해 저지르는 오류에는 세 가지가 있다. 하나는 암묵적으로 이 작품에 동의하는 것이고, 조잡하게 작품을 끊임없이 찬양하는 것이 다른 하나이며, 마지막은 역사적, 문헌학적 맥락을 벗어나 비평하는 경향이다.

첫 번째 오류는 관습적이다. 그 오류의 원형은 처음 인기를 얻은 판본을 누락한 편지와 신문의 짧은 기사들에서 보이는 관대한 무능력함이다. 이런 이유로 이후의 비평은 다른 판본을 사용하였고 그것이 널리 퍼지게 되었다. 또 사람들이 이구동성으로 찬양하는 가운데 생기는 무의식적인 문제는 『마르틴 피에로』에서 수사의 부족을 칭송하는 것을 결코 멈추지 않는다는 것이다. 부족한 수사에 대한 명칭을 부여할 단어가 존재하지 않기 때문이다. 악천후와 몰락, 붕괴의 의미를 전달하기 위해 '건축'이라는 단어를 사용하는 것과 같은 맥락이다. 이는 글자가 없는 책을 상상하는 것과 같다. 『마르틴 피에로』는 예측 불가능한 방식으로 수사의 궁핍에 대한 이단적 선동을 이끌어 내 반지성적인 즐거움을 주었다. 이런 예는 로하스의 문장으로도 알 수 있다. "비둘기의 울음이 노래가 아니라고 비난하는 것은 바람의 노래를 송가(頌歌)가 아니라고 하는 것과 같다. 풍경에 대한 노래는 그 형식이 세련되지 못한, 순수함을

기반으로 한 자연 그대로의 목소리에서 나온다는 사실을 고려
해야 한다."

　두 번째는 터무니없이 최고의 찬양을 늘어놓는 것인데, 이
오류는 아직도 고쳐지지 않았다. 그 대신 가우초 문학의 '선구
자들'이 이룩한 공헌을 무시하면서 이 작품을『엘 시드(El cid)』
나 단테의『신곡』과 동급으로 올려놓으려는 강제적 시도만 남
게 되었다. 앞서 아스카수비 대령에 관해 말할 때, 나는 암묵적
으로 작품에 동의하는 첫 번째 오류에 대해 토론하였다. 이번
에 논할 두 번째 오류에 대해서는 오래된 서사시에 나오는 구
절을 모방하거나 그대로 갖다 쓰는 방식이 지속되는 경향(동일
한 실수가 증거가 되는 것)을 언급하는 것으로 충분하다. 그 외에
『마르틴 피에로』를 찬양하기 위한 모든 전략은 미신으로부터
나온다. (이 경우에는 영웅 서사시를 가리키는) 이미 성립된 문학
장르가 그 형식 면에서 다른 장르보다 더 낫다고 가장하는 것
과 같다.『마르틴 피에로』가 서사시여야만 한다는 엉뚱하면서
도 순진한 요구는 1870년대를 살아간 이 칼잡이가 동시대인들
과 함께 투쿠만[46]과 이투사잉고의 전투에서 겪은 추방과 고뇌
의 경험, 그리고 세속의 역사를 상징적인 방식으로 억누르기
까지 한다. 오유엘라는 (『이스파노아메리카 시학 선집(Antología
poética híspano-americana)』, 3권의 주석에서) 이러한 공모를 다음

46　　Tucumán. 아르헨티나 북쪽 지역의 주. 1812년 스페인
　　　군대를 상대로 한 독립 전쟁 중 이곳에서 승리를 거뒀
　　　고, 1816년에는 '투쿠만 회의'를 통해 아르헨티나의
　　　독립을 선언했다.

과 같이 비판한다. "『마르틴 피에로』의 경우는 민족적인 것도 인종적인 것도 아니며, 결코 민중으로서 우리의 기원과 관련이 있는 것도, 그렇다고 정치적으로 성립된 국가에 관한 이야기도 아니다. 지난 세기의 마지막 30년간은 쇠퇴의 시기로, 이런 형태의 지방적 색채가 처음으로 사라지는 우리 시대의 전환기였다. 이 작품은 당시 자신을 절멸시키는 사회적 분위기 앞에서 스스로를 주인공으로 노래하고 이야기하는 가우초의 고난에 가득 찬 삶을 다루고 있다."

세 번째 오류가 가장 큰 유혹으로 다가온다. 이는 매우 사소한 실수라고 할 수 있는데, 예를 들어『마르틴 피에로』가 팜파스에 대한 하나의 소개라는 식의 관점이다. 도시인들에게 시골은 마치 경험을 통해 점진적으로 발견되어야 할 장소로만 제시되는 것이 사실이다. 허드슨의『퍼플랜드』(1885)나 구이랄데스의『돈 세군도 솜브라』(1926)에서 팜파스는 성장 소설의 주인공이 거쳐 가야 할 과정이다. 두 소설의 주인공은 시골과 자신을 점점 동일시하게 된다. 에르난데스는 이 과정을 따르지 않는다. 그는 신중하게 팜파스와 팜파스의 일상생활을 그리고 있지만, 그것을 결코 상세히 기술하지는 않으며, 한 명의 가우초로서 다른 가우초를 대신해 말하는 것과 같은 대표성은 생략된다. 어떤 이는 내가 이 시구를 제시하는 것을 좋아하지 않을 것이다.

나는 이 땅을 알아 왔다.
거기에 동포들이 살면서
자신의 목장을 소유하고

자녀와 부인이 살고 있었다.

그들의 삶을

보는 것이 하나의 기쁨이었다.

이 구절의 주제는 참혹하게 변해 버린 과거의 황금시대가 아니다. 오히려 화자의 소멸이고, 그에 대한 현재 시점의 노스탤지어가 핵심이다.

로하스는 시를 문헌학적으로 연구하기 위해 미래에 자리를 마련한다. '칸트라미야(cantramilla)'가 맞는지 '콘트라미야(contramilla)'가 맞는지[47]를 놓고 우울한 논쟁을 벌이려면 우리가 사는 상대적으로 일시적인 기간보다는 지옥이 무한히 지속되는 미래가 더 적합할 것이다. 다른 상황과 마찬가지로 고의적으로 지방색을 넣는 것은 『마르틴 피에로』에서 전형적으로 나타난다. 이전의 '선구자'들과 비교했을 때, 에르난데스가 사용하는 어휘는 지방 언어의 독특한 특징을 거부하고 일반인들이 공유하는 세속적 언어를 활용하는 점이 다르다. 이런 에르난데스의 소박함이 어린 나에게 인상을 주었으며, 이 때문에 그가 동포로서가 아닌 백인 동료로 다가왔음을 기억한다. 시골에 대해 조금 더 많은 지식을 갖게 된 지금의 내 기준으로 『파우스토』는 지방의 언어를 사용한다. 사용하는 지방 언어의 어휘와 함께 반복적으로 등장하는 공격적 감탄사와 위압적인 말투 때문에 수줍지만 부지런한 동포보다는 시골 주점의 포악

---

47   두 단어 모두 막대기 끝에 뾰족한 못을 박아 놓은 도구를 가리킨다. 소떼를 몰 때 사용한다.

한 칼잡이가 훨씬 강렬하게 드러난다.

시에 주목하지 못하게 만드는 또 다른 요소는 속담이다. 루고네스는 이를 안타까워하는데, 이 책을 구성하는 본질적인 요소로 여러 번 언급되었다. 『마르틴 피에로』의 윤리는 제시된 운명이 아니라, 시간의 흐름을 방해하는 유전적이고 구조적인 저속함이나 외부의 도덕으로부터 추론된다. 이는 전통을 숭배함으로써 얻을 수 있는 즐거움일 뿐이다. 나는 그러한 장광설보다는 단순한 사실과 직접적인 스타일을 선호한다. 명목상의 가치에 집착하면 무한한 모순에 빠지게 된다. 이런 측면에서 『떠남』[48]의 일곱 번째 노래에는 동포 전체를 표상하는 4행 민요가 나온다.

목초지에서 날카로운 칼을 정비하고
나의 말을 풀어놓는다.
말에 천천히 올라, 나는
협곡에 도달하기 위한 문턱으로 나아간다.

이후 계속되는 장면을 인용할 필요는 없다. 사내는 살인하

---

[48] 『마르틴 피에로』는 원래 1872년에 발표되었다. 그 성공으로 인해 후속편 격인 『마르틴 피에로의 귀향(La vuelta de Martín Fierro)』이 1879년에 나왔는데, 이후 아르헨티나 문학사에서는 이 두 편을 하나의 작품으로 간주하게 되었다. 그리하여 후편에 해당하는 부분은 「귀향」, 전편에 해당하는 부분은 「떠남」이라는 부제를 갖게 되었다.

기를 단념한다. 그런 후에 우리가 다음과 같은 도덕을 실천하
기를 바란다.

> 몸을 순환하는 피를
> 목숨이 다할 때까지 잊지 못한다.
> 그러한 운명을 맞이할 것 같은 예감
> 그럼에도 불구하고 부정하지 않으리.
> 나는 물방울처럼 떨어져
> 영혼으로 쏟아져 내려온다.

크리오요의 진정한 윤리가 이 이야기에 담겨 있다. 사실 피
를 흘리는 것은 대단히 기억할 만한 사건이 아니며, 사람들 사
이에서는 종종 살인이 발생한다. (영어에는 'kill his man'이란 표
현이 있다. 이 표현을 직역하면 '그 남자를 죽인다.'인데, '마땅히 죽여
야 하는 사람을 죽이는 것'으로 해석된다.) 어느 오후 "누가 나에게
죽음을 빚지지 않았겠는가."라고 어떤 노인이 부드럽게 불평
하는 것을 들은 적이 있다. 또 어떤 시골 사람이 내게 심각한 목
소리로 이야기한 것도 잊지 못할 것이다. "보르헤스 씨, 나는
여러 번 감옥에 갈 겁니다. 항상 살인죄로요."

이렇게 전통적인 문제들을 제거하면서 시에 대한 직접적
이해에 도달하게 된다. 시의 거의 모든 행은 1인칭으로 시작한
다. 이것이 내가 중요하다고 생각하는 점이다. 피에로는 삶이
그에게 찾아온 평온한 시기가 아닌, 노년의 나이에 자신의 역
사를 이야기한다. 그것은 우리들의 기대에 어긋난다. 우리는
유년기를 창조한 디킨스의 영향으로부터 아직 벗어나지 못했

다. 인물이 성인으로 완성되어 가는 형태를 선호하며, 이 인물이 어떻게 마르틴 피에로가 되어 가는지, 그 과정을 원하는 것이 사실이다.

그렇다면 에르난데스의 의도는 무엇인가? 그것은 매우 명확하다. 마르틴 피에로와 운명의 관계는 마르틴 피에로의 말속에 존재한다. 그 관계 속에 그 인물이 있다. 책의 모든 에피소드가 증거가 된다. 일반적으로 두 번째 노래에서 가장 좋다는「과거가 언제라도(cualquiera tiempo pasado)」는 사실 로사스가 집권하는 시대의 황폐화된 삶보다는 영웅이 느끼는 감정에 관한 시다. 일곱 번째 노래에 나오는 원주민(흑인)과의 용맹한 싸움은 싸우는 것을 인상적으로 그리지도, 사건에 대한 기억에 종속되는 영광과 실패를 소란스럽게 다루지도 않는다. 오히려 싸우는 자의 금욕적인 이야기로 구성된다. 우리는 싸움을 느끼기보다, 그 싸움을 이야기하면서 동포인 마르틴 피에로를 느끼게 된다. (우리가 들었던 것처럼 기타를 치면서 말을 타고 수행하는 가우초의 슬픈 용기를 강조한다.) 모두가 이에 동의한다. 이를 확인하기 위해서 몇 개의 연을 소개하고 싶다. 어떤 운명에 대한 완전한 이해로 시작해 보겠다.

　한 미국인 포로가 있었다네.
　그는 항상 배에 대해 이야기했었지.
　그런데 역병으로 인해
　그를 늪지에 묻고 말았다.
　마치 푸른 망아지같이
　그는 하늘색 눈을 지니고 있었다네.

그 죽음은 생의 잔학함과 삶의 무용함이라는 측면에서, 무사히 바다를 건넜지만 결국 팜파스에서 익사하게 된 드문 상황을 기억하도록 만든다. 안타까운 상황 중에서도 기억을 통해 이 시에 후기를 추가한 것은 효과적이었다. "마치 푸른 망아지같이 그는 하늘색 눈을 지니고 있었다네."라는 구절은 암시적이어서 누구에 대해 말하는지 짐작하게 하며, 그 사람에 대한 기억에 더 많은 이미지를 제공한다.

아래의 구절에서 I인칭 화자를 가정하는 것은 어렵지 않다.

> 부처에게 무릎을 꿇고
> 나는 그를 예수에게 맡긴다.
> 내 눈에서 빛이 사라졌다,
> 심한 어지러움을 느꼈다.
> 나는 크루스가 죽는 것을 보았을 때
> 번개에 맞은 것처럼 무너졌다.

여기서 화자인 마르틴 피에로가 동료 크루스가 죽는 것을 보았을 때를 묘사한 부분에 주목해 보자. 수치심과 고통으로 인해 피에로는 동료의 죽음을 받아들이며, 죽음을 보았던 것처럼 서술한다.

현실에 대한 이러한 입장은 작품 전체에 있어 중요한 의미를 지닌다. 다시 한번 반복하지만 그 주제는 한 인간의 의식을 관통하는 모든 사건을 보여 주려는 불가능한 시도도 아니요, 사건들의 최소 부분인 손상된 기억을 되살리려는 것도 아니다. 오히려 이야기의 대상인 한 남자, 동포에 대한 서술이다.

이를 위해 두 가지 방식을 새롭게 보여 준다. 하나는 에피소드를 창조하는 것이다. 다른 하나는 당시의 시점에서, 혹은 회고적 방식을 통해 영웅의 감정을 보여 주는 방법이다. 감정의 변화로 인해 세부 사항을 구체적으로 기술하는 것은 불가능하다. 예를 들어 암살당한 원주민의 아내를 채찍질하려는 유혹을 느끼는 것은 술주정뱅이의 야만성, 혹은 우리가 선호하는 표현인 일종의 절망적인 어리석음에서 나온 것이라고 한다면, 그 당혹스러운 동기가 가혹한 행위를 더욱 현실적인 것으로 만든다. 이 에피소드를 논의할 때 결정된 논거를 강제하는 것보다는 『마르틴 피에로』의 본질이 소설에 대한 향수라는 확신이 들어, 그것이 더 나의 관심을 끈다. 『마르틴 피에로』는 본능적이면서도 미리 계획된 구성을 갖춘 소설인 것이다. 이것이 바로 우리에게 제공하는 즐거움의 정체를 정확하게 전달할 수 있고, 어떠한 문제도 일으키지 않고 그 시대에 조응하는 유일한 정의라고 할 수 있다. 다시 설명하자면 그 시대란 도스토예프스키, 졸라, 버틀러, 플로베르, 모파상의 세기라고 할 수 있는 소설의 세기를 의미한다. 이런 중요한 이름들을 인용하였지만, 다른 한편으로는 우리 크리오요의 이름을 아메리카 대륙의 인사들 사이에 나란히 두고 싶다. 그 유명 인사들 중에는 다양한 모험과 기억이 넘쳐 나는 삶을 살았던 『허클베리 핀』의 저자 마크 트웨인도 포함된다.

　나는 소설에 대해 언급하였다. 오래된 서사시는 소설 이전의 형태를 의미한다는 말이 떠오른다. 이런 사실에도 불구하고 에르난데스의 작품을 원시적인 형태로 분류하는 것은 우연을 가장한 방식으로 이 작품을 고갈시키는 태도이며, 연구의 모든 가능성을 무화시키려는 시도일 뿐이다. 주인공의 영웅적인 면모, 신에 대한 봉헌, 영웅이 처한 정치적 상황을 들어 서사시로 구분하려는 시도는 맞지 않는다. 이러한 요소들은 바로 소설적 조건이다.

종말 직전 단계의 현실에 대한 견해

최근 프란시스코 루이스 베르나르데스[49]는 코르지브스키[50] 백작이 쓴 『성년기 인류』가 다루는 존재론적 사색에 대해 자신의 견해를 열정적으로 표명한 바 있다. 『성년기 인류』를 읽지 않은 나로서는 그 책의 형이상학적 사고를 개괄적으로 고찰한 베르나르데스의 간결한 해석을 따라가는 것이 옳을 것이

49　　Francisco Luis Bernárdez(1900~1978). 아르헨티나의 시인이자 외교관.

50　　알프레드 코르지브스키(Alfred Korzybski, 1879~ 1950). 폴란드에서 태어나 미국으로 귀화한 논리학자. "지도는 영토가 아니다."라는 명언으로 유명하다. 1921년에 인류는 아동기를 벗어나 성년기에 접어들었다는 취지의 책 『성년기 인류(Manhood of Humanity)』를 출판하였다.

다. 물론 확신도 없고 장황하기까지 한 나의 말이 단정적이고 명료한 베르나르데스의 글을 대체할 수 있다고 생각하지 않는다. 첫 부분을 옮겨 보겠다.

코르지브스키에 따르면 삶은 길이, 넓이, 깊이의 3차원을 지닌다. 1차원을 식물의 삶이라 본다면, 2차원은 동물의 삶, 3차원은 인간의 삶이라 할 수 있다. 식물의 삶은 길이의 삶이고, 동물의 삶은 넓이의 삶이며, 인간의 삶은 깊이의 삶이다.

위 설명에서 근본적인 문제점을 파악하기란 어렵지 않아 보인다. 하나의 사상에 입각한 깨달음이라기보다는 관습적인 3차원이 그러하듯이 그저 분류의 편리함에 안일하게 기대고 있는 것은 아닌지 의심스럽기 때문이다. 내가 '관습적'이라고 말한 이유는 각각의 차원이 분리되어서 존재하는 것이 아니기 때문이다. 언제나 부피가 있을 뿐, 점이나 선이나 면이 따로 존재하지 않는다. 여기에서는 최대한 간단히 설명하고자 생물을 식물, 짐승, 인간으로 분류하는 세 가지 관습적 사고를 명확히 하려 한다. 이를 위해 관습적이란 점에서는 결코 뒤지지 않을 공간의 질서, 즉 길이, 넓이, 깊이(이 깊이는 시간의 비유적 의미이다.)를 동원한다. 하지만 헤아릴 수 없을 정도로 불가해한 현실을 마주했을 때, 인간의 갖가지 분류법 중에 성격이 유사한 이 두 가지 분류법으로는 수수께끼를 푸는 데 충분하지 못할 것으로 보인다. 공허한 산술적 즐거움이나 찾는 것이 아니라면 말이다. 이어지는 베르나르데스의 해설은 다음과 같다.

식물의 생명력은 태양에 대한 갈망으로 정의되며, 동물의 생명력은 공간에 대한 욕구로 정의된다. 전자는 정적이며, 후자는 동적이다. 직접적 존재인 식물이 살아가는 양식이란 고요함의 극치이다. 간접적 존재인 동물의 삶의 양식은 자유로운 움직임으로 가득하다.

식물의 삶과 동물의 삶을 가르는 본질적인 차이는 하나의 관념, 즉 공간 관념에서 비롯된다. 식물에게는 공간 관념이 없는 데 반해 동물에게는 있다. 코르지브스키의 설명에 따르면, 식물은 에너지를 비축하며 사는 반면 동물은 공간을 축적하며 산다. 이러한 정태적 생존과 동태적 생존을 넘어선다는 점에서 인간 생존의 혁신성이 드러난다. 인간의 지고한 혁신성이란 과연 어디에서 비롯된 것일까? 그것은 바로 에너지를 비축하는 식물과 공간을 축적하는 동물 곁에서, 인간은 시간을 독차지한다는 사실에서 연유한다.

위와 같이 세계를 해석하는 세 가지 분류법은 루돌프 슈타이너의 네 가지 분류법에서 파생되었거나 이를 차용한 것으로 보인다. 분류 단위가 하나 더 많은 슈타이너의 분류법은 기하학이 아닌 자연사로부터 출발하여, 인간에게서 만물의 존재 형태, 만물의 축소판을 찾아낸다. 광물의 비활성 상태는 죽은 인간에 대응하고, 식물의 정중동 상태는 자고 있는 인간에 대응한다고 보았다. 오로지 현재에 몰입하여 쉽게 망각하는 동물은 꿈꾸는 인간에 대응한다. (분명한 것은, 우스꽝스럽게도 너무나 분명한 것은 우리가 광물의 영원한 시체를 부수고, 식물은 수면 상태를 틈타 먹어 치우거나 꽃을 훔치는가 하면, 동물의 꿈은 악몽으

로 망가뜨린다는 것이다. 우리는 말에게 단 1분(마지막 1분, 개미만
한 1분, 기억이나 희망 속에서도 연장되지 않는 그런 1분)도 허용하
지 않고, 마차에 묶어서 마부의 크리오요 정권, 즉 마부의 '연방주의
정권'[51] 치하에 둔다.) 루돌프 슈타이너는 네 가지 분류에서 마지
막 존재, 즉 처음 세 가지의 주인은 바로 자의식을 가진 인간이
라고 이야기한다. 인간의 자의식은 다른 말로 하면 결국 과거
의 기억과 미래의 예감, 즉 시간이다. 이렇게 인간을 시간의 유
일한 거주자이자 예견자인 동시에 역사적인 존재로 바라본 것
은 코르지브스키만의 독창적인 생각은 아니다. 동물이 순전히
현재에, 시간을 벗어난 영원에 머문다는 경이로운 생각 또한
그만의 것은 아니다. 슈타이너도 같은 주장을 했으며, 쇼펜하
우어 역시 『의지와 표상으로서의 세계』 2권의 죽음을 다룬 논
고(쇼펜하우어는 겸손하게 '장'이라고 말하지만)에서 동일한 가설
을 제시하고 있다. 마우트너(『철학 사전』, 3권, 436쪽)는 반어적
으로 이렇게 말한다.

　　동물에게는 시간의 연속성과 지속성에 대한 막연한 예감
밖에 없는 것 같다. 반면에 인간은, 특히 새로운 학파의 심리
학자는 겨우 500분의 1초 차이의 서로 다른 인상을 구별할 수
있다.

부에노스아이레스의 형이상학자 가스파르 마르틴은 동물

51　　연방주의 정권이란 19세기 중반 아르헨티나의 로사
　　　스 독재 정권을 가리킨다.

뿐 아니라 어린아이들에게도 시간관념을 찾아볼 수 없다는 것은 잘 알려진 사실이라고 주장하면서, 동물에게 결여된 시간 개념은 진보한 문화권의 인간에 이르러서야 처음으로 나타난다고 말했다.(『엘 티엠포』(1924)) 사실 쇼펜하우어든 마우트너든 신지학 전통이든 상관없이, 심지어 코르지브스키까지 포함해서, 찰나의 우주 앞에서 인간이 연속적이고 정돈된 의식을 가졌다고 바라보는 시각은 진실로 대단하다고 할 수 있다.[52] 다시 가스파르 마르틴의 주장으로 돌아와 보자.

물질주의는 인간에게 공간의 부자가 되라고 말했다. 그리고 인간은 고유의 과업, 즉 시간을 축적하는 자신의 숭고한 과업을 잊어버렸다. 이는 인간이 사람과 영토처럼 가시적인 것을 정복하는 데에 전념했다는 뜻이다. 그렇게 진보주의의 오류가 태어났다. 그리고 그 끔찍한 결과로, 진보주의의 그림자가 태어났다. 제국주의가 탄생한 것이다.

그렇기에 인간의 삶에 본래의 3차원을 복원하여 더 깊이 천착해야만 한다. 인류가 이성적이고 가치 있는 운명으로 돌아가도록 인도하는 것이 필요하다. 거리를 중시하는 대신에 다시 시간을 중시하기를 바라야 한다. 인간의 삶이 확장하는 대신에 깊어지기를 바라야 한다.

나는 위의 내용을 도무지 이해하지 못하겠다. 공간과 시간

---

52   여기에 세네카의 이름도 추가해야 할 것이다.(『루실리우스에게 보내는 편지』, 제124 편지(원주)

이라는 비교 불가능한 두 개념을 대립시키는 것은 현혹에 불과하다고 생각한다. 이와 같은 오류를 범한 저명한 대가 중에는 스피노자의 이름도 들어 있다. 스피노자는 무심한 신(자연신)에게 사유의 속성(감각된 시간)과 연장의 속성(공간)을 부여한 바 있다. 훌륭한 관념론에서 공간은 시간이 가득 메운 흐름을 아우르는 다양한 형태 중 하나일 뿐이다. 공간은 시간의 에피소드 중 하나이며, 비형이상학자들이 자연스레 합의한 바와는 달리 공간은 시간 안에 속해 있는 것으로 그 역은 성립할 수 없다. 다르게 설명하자면, 공간 관계(더 위로, 오른쪽으로, 왼쪽으로)는 다른 많은 관계와 마찬가지로 공간을 구체화하는 것일 뿐, 연속을 의미하지는 않는다는 것이다.

더욱이 공간을 축적하는 것은 시간을 축적하는 것의 반대가 아니다. 오히려 시간 축적이라는 우리의 유일한 과제를 실현할 방법 중의 하나인 것이다. 클라이브[53]나 워런 헤이스팅스[54] 같은 일개 서기의 우발적이고 기발한 추진력으로 인도를 정복한 영국인들은 공간뿐 아니라 시간 역시 축적했다. 시간의 축적은 말하자면 경험의 축적이다. 이는 밤, 낮, 황무지, 산, 도시, 교활함, 영웅주의, 배신, 고통, 운명, 죽음, 역병, 맹수, 행복, 의례, 우주 발생론, 방언, 신, 숭배의 경험을 축적한다는 의미이다.

53　로버트 클라이브(Robert Clive, 1725~1774). 영국의 군인이자 정치가. 동인도 회사의 서기로 근무하며 후일 프랑스를 격퇴함으로써 인도에 대한 영국의 지배권을 확보했다.

54　Warren Hastings(1732~1818). 동인도 회사의 서기에서 출발하여 후일 초대 벵골 총독의 자리에 올랐다.

다시 형이상학적 성찰로 돌아가자. 공간은 시간 안에 존재하는 하나의 부수적 사건이지, 칸트가 명명한 것처럼 직관의 보편적인 형태가 아니다. 후각이나 청각 같은 존재의 어떤 영역은 공간을 필요로 하지 않는다. 스펜서는 형이상학적 추론을 가혹하게 검증하는 과정에서(『심리학 원리』, 7부 4장) 공간의 독립성에 대해 한참을 설명하고, 아래와 같은 귀류법으로 논지를 강화했다.

직감적으로 냄새와 소리가 공간을 가지고 있다고 생각하는 사람은, 소리의 좌우 측면을 찾으려 하거나 냄새를 뒤집어 상상하려고만 해도 자신의 오류를 깨닫게 될 것이다.

쇼펜하우어는 이미 약간의 기이함과 넘치는 열정으로 이러한 진리를 밝혔다. 쇼펜하우어에 따르면 음악은 "세계가 그러하듯, 전체 의지의 직접적인 객관화이자 모사"(전게서, 제3권 52장)이며, 이는 음악이 세계를 필요로 하지 않는다는 것을 상정한다.

이상의 저명한 두 철학자의 상상을 나의 보잘것없는 상상으로 보완하려고 한다. 인간이라는 종 전체가 오로지 청각이나 촉각을 통해 현실을 받아들인다고 상상해 보자. 시각, 촉각, 미각을 인지하는 능력과 이러한 감각이 규정되는 공간에 아무것도 존재하지 않는다고 상상해 보자. 이에 따른 필연적인 전개로, 나머지 감각이 기록하고 있는 것을 더 섬세하게 인지하는 어떤 감각을 상상해 보자. 이러한 재앙을 상상하면 상상 속의 인간은 지금의 우리에게는 유령이나 다를 바 없이 느껴지지만, 이들은 여전히 역사를 만들어 가려고 애쓸 것이다. 인류는 공간이 있었다는 사실조차 망각할 것이다. 앞도 보이지 않고 육신도 없는 그런 삶도 지금 우리의 삶과 마찬가지로 열정적이고 또 절실할 것이다. 나는 우리만큼 의욕적이고 다정하며 즉흥적일 가상의 인류가 저 유명한 호두 껍데기[55]에 들어갈 것이라고 말하지는 않겠다. 그러나 그 가상의 인류는 모든 공간의 밖에 있으며 어느 공간에도 없을 것이 분명하다.

1928년

---

55   셰익스피어의 『햄릿』 2막 2장에 나오는 구절("나는 호두 껍데기에 갇혀서도 무한한 제국의 왕으로 생각할 수 있네.")에서 따온 것이다.

독자의 미신적인 윤리

우리 스페인어권 문학은 빈궁한 상태로 독자의 마음을 끄는 능력이 부족하여 문체에 대한 미신을 만들어 냈고, 일부 요소에만 주목하여 작품을 건성으로 읽게 되었다. 문체의 미신에 빠진 사람들은 문체가 글의 효과를 좌우한다는 사실을 이해하지 못한다. 그저 비유, 소리, 구두점과 문장같이 겉으로 드러난 작가의 솜씨가 바로 문체라고 이해하는 것이다. 이들은 작가의 고유한 신념이나 감정에는 관심이 없다. 오로지 기교 나부랭이(우나무노가 사용한 어휘다.)나 찾아서 글이 마음에 드는지 여부를 결정한다. 또 형용사를 가볍게 사용해서는 안 된다고 들었기에, 명사와 형용사의 결합이 놀랍지 않으면 글의 목적을 달성했더라도 나쁜 글이라고 판단한다. 간결성이 미덕이라고 들었기에, 긴 문장을 다루는 사람보다 짧은 문장 열 개로 우물거리는 사람이 더 간결하게 쓴다고 생각한다.(수다스러운 짧은 문장, 정신 사나운 훈계의 전형적인 사례는 『햄릿』에 등장하는 저명한 덴마크 정치인 폴로니어스나 스페인어권의 폴로니어스라고 할 법한 발타사르 그라시안[56]의 어법에서 찾을 수 있다.) 어떤 음절은 곧바로 반복하면 귀에 거슬리는 불협화음이 된다고 들었기에, 산문에서 이를 읽으면 괴로운 척할 것이다. 그러다 운문에서 읽으면 특별한 즐거움을 느낀다고 할 텐데, 이 역시 그러는 척할 뿐이다. 바꿔 말해서 글의 구조적 효과보다는 구성 요소의 배치에만 관심을 쏟는다. 감정보다는 윤리학(차라리 반박 불가능한 불문율이라고 해야겠지만)을 더 중요하게 여기는 것이다. 이제 이런 일이 일상화되어 순수한 의미의 독자는 사라지고 잠재적인 비평가만 남았다.

이 미신이 어찌나 만연한지 이제는 그 어떤 비평가도 대상 작품의 문체 부재를 인정할 수 없게 되었다. 특히 고전 작품이 그러하다. 고유한 문체가 없는 훌륭한 책이란 없다는 사실은 누구도 부인할 수 없을 것이다. 작가 본인만 제외하면 말이다. 일례로 『돈키호테』를 보자. 이 검증된 걸작 앞에서 스페인 비평계는 작품의 가장 중요한(그리고 아마도 유일하게 반박 불가능한) 가치가 심리 통찰에 있다는 점을 부정하고 빛나는 문체에 있다고 주장하는데, 아마도 많은 독자는 의아하게 생각할 것이다. 사실 세르반테스가 문체(적어도 현재 통용되는 음성학적,

---

56   Baltasar Gracián(1601~1658). 스페인 작가. 교훈적이고 철학적인 산문을 창작했다. 주요 저작으로는 「비판자」, 1648년에 출간한 『천재의 기교와 기술(Agudeza y arte de ingenio)』 등이 있다.

장식적 의미로)가 뛰어난 문장가는 아니라는 점을 확인하고 싶으면『돈키호테』몇 줄만 읽어 봐도 충분하다. 세르반테스는 자기 목소리에 정신을 빼앗기기에는 돈키호테와 산초의 운명에 지나치게 관심이 많았다는 것을 알 수 있기 때문이다. 발타사르 그라시안은『천재의 기교와 기술』에서『구스만 데 알파라체』[57]를 비롯한 여러 작품에 극찬을 아끼지 않으면서도『돈키호테』얘기는 꺼내지도 않는다. 케베도[58]는 자신의 죽음을 농담처럼 시로 풀어냈지만 역시 잊혀졌다. 누군가는 이 두 사례가 부정적이라고 반대할 것이다. 그런데 우리 시대의 문인 레오폴도 루고네스 역시 비판적인 견해를 밝혔다.

문체는 세르반테스의 약점이며, 그 영향력으로 말미암은 피해는 심각하다. 세르반테스의 문장은 특색 없이 빈곤하며, 구조는 불안정하고, 문단은 끝없이 말려들어 가며 헐떡일 뿐 처음과 끝이 맞아떨어지지도 않는 데다가, 반복으로 인해 균형이 부족하다. 이것이 바로 문체가 돈키호테와 같은 불멸의 작품의 궁극적인 성취라고 간주하는 사람들이 받들어 온 유산이다. 그들은 진정한 힘과 풍미를 숨기고 있는 내부를 보지 않고 표면의 울퉁불퉁한 껍데기만 긁어 왔던 것이다.(『예수회 제국』, 59쪽)

---

57   스페인 작가 마테오 알레만(Mateo Alemán, 1547~1614)의 피카레스크 소설로, 1559년과 1604년에 각각 1부와 2부를 출간했다.

58   프란시스코 데 케베도(Francisco de Quevedo, 1580~1645). 스페인 바로크 시대의 대표적 작가. 간결한 양식에 풍자와 유머를 담은 기지주의 시학의 대가이다.

폴 그루삭도 마찬가지였다.

사실을 가감 없이 이야기하자면, 우리는『돈키호테』의 적어도 절반 이상이 느슨하고 난잡한 형식으로 쓰였다는 것을 인정해야만 한다. 그건 세르반테스의 적수들이 스페인어가 비천한 언어라고 공격했던 것을 충분히 정당화시키고도 남을 것이다. 내가 지적하는 것이 동사의 오용이나 지루한 반복이나 언어유희만은 아니다. 또한 우리를 압도하는 지루한 호언장담의 조각들만을 이야기하는 것도 아니다. 나는 전체적으로 식사 후에 축 늘어진 것과 비슷한 글의 구성을 지적하고 싶은 것이다. (『문학 비평』, 41쪽)

식후 산문, 연설조 산문이 아니라 대화조 산문, 이것이 바로 세르반테스의 산문이다. 이외의 다른 것은 필요 없다. 아마도 도스토예프스키나 몽테뉴나 새뮤얼 버틀러 같은 작가의 경우에도 동일한 얘기를 할 수 있을 것이다.

문체에 대한 이 자부심은 완성도에 대한 자부심이라는 더한심한 자부심으로 부풀려지기 마련이다. 아무리 이름 없고 변변찮은 시인일지라도, 완벽한 소네트를 조각하려고(이 동사는 대화 도중에 흔히 등장한다.) 시도하지 않은 시인은 없을 것이다. 남들 눈에는 시시하게 보일지라도 시인은 불후의 명성을 보장해 주고 세월의 풍상도 경의를 표하는 기념비적 작품이 되리라고 생각하는 그런 완벽한 소네트 말이다. 보통 이런 소네트는 불필요한 단어를 삽입하지 않지만, 실은 시 전체가 불필요한 단어이다. 바꿔 말해서 찌꺼기 같은 작품, 쓸모없는 작품이다. 플로베르는 이런 영원한 오류(토마스 브라운[5])의『호장론』참고)를 다음과 같은 문장으로 정리한 바 있다.

　퇴고(가장 고상한 의미로)가 생각에 미치는 영향은 스틱스
강 강물이 아킬레우스의 몸에 미친 영향과 같다. 난공불락으
로, 불멸로 만든다.(『서간집』제2권, 199쪽)

　플로베르의 얘기는 단호하다. 그러나 나는 아직까지 이 말
을 경험으로 확인하지 못했다.(나는 스틱스강의 철갑 효과는 고려
하지 않는다. 그리고 지옥이 연상되는데, 이는 논지가 아니라 강조이
다.) 완벽한 글, 단어 하나만 고쳐도 글 전체가 무너지는 글이 가
장 위태로운 글이다. 다른 언어로 번역하면 글의 부차적인 의미
와 뉘앙스는 사라진다. '완벽한' 글이란 이처럼 미묘한 요소로
구성된 글이며, 너무나 쉽게 망가지는 글이다. 반대로 불멸의 운
명을 타고난 글은 오탈자, 오역, 오독, 몰이해의 불길을 통과하
며, 갖은 시련에도 영혼을 방기하지 않는다. 공고라[60]가 공들여
쓴 글은 단 한 줄도 함부로 손댈 수 없다.(원본 복원 작업에 참여
한 사람들은 이렇게 단언한다.) 그러나 기사 돈키호테는 사후에
도 번역가들과 싸워서 승리했으며, 엉터리 번역본에서도 살아

59　　Thomas Browne(1605~1682). 영국의 작가. 보르헤스
　　　는『심문』의「토마스 브라운 경」에서 그를 다루고 있다.
60　　루이스 데 공고라(Luis de Gongora, 1561~1627). 프란
　　　시스코 케베도와 더불어 바로크 시대를 대표하는 스
　　　페인 시인. 고도로 간결하고 압축적인 시는 지금까지
　　　도 난삽하기로 유명하다. 생전에 작품을 출판한 적이
　　　없다.

남았다. 하이네는 돈키호테의 말을 스페인어로 들어 본 적이 한 번도 없었는데도 극찬을 아끼지 않았다. 언어의 기교에 노심초사하던 문장가보다 돈키호테의 독일 유령, 스칸디나비아 유령, 인도 유령이 더 생동감 있다.

　나는 이런 사실이 주는 교훈이 절망이나 허무주의로 이해되기를 바라지 않는다. 부주의한 태도를 조장하고 싶지도 않을뿐더러, 둔중한 문장이나 천박한 성질 형용사에 모종의 장점이 있다고 믿지도 않는다. 내 말은 작품에 불쑥 출현하는 두세 가지 소소한 즐거움(시각적으로 잘못 쓰인 비유, 청각적으로 맞지 않는 리듬, 뜬금없이 등장하는 감탄사나 도치법)은 일반적으로 주제에 대한 작가의 열정을 증명한다는 것, 그 이상도 이하도 아니다. 진정한 문학은 매끄러운 문장과 무관하듯이, 거친 문장과도 무관하다. 예술에서 운율 체계는 서법이나 정서법이나 구두법 못지않게 생소하다. 수사학의 사법적 기원과 노래의 음악적 기원은 영원히 알 수가 없다. 오늘날 문학이 애용하는 착각은 지나친 강조다. '유일한', '절대로', '항상', '완벽', '완료'와 같은 극단적인 단어, 신이나 천사처럼 모든 것을 알고 있다는 투의 단어, 인간 세상의 확실성을 초월한 단어를 '모든' 작가가 습관적으로 사용한다. 이런 작가는 하나를 더 말하는 것이 아무것도 말하지 않는 것보다 어설픈 일이라고 생각하지 않는다. 부주의한 일반화나 강조는 빈약하며, 독자도 그렇게 느낀다는 사실 역시 모른다. 경망스러움이 언어의 가치를 떨어뜨리고 있다. 프랑스어에서 '미안하다(je suis navré)'라는 표현이 종종 '너희들과 차를 마시러 가지 않을 거야.'를 의미하거나 '사랑하다(aimer)'라는 단어가 '좋아하다'라는 의미로 격하된 것이 그런 결과이다. 프랑스어의 과장하는 버릇은 글에도 그대로 드러난다. 명쾌한 글을 쓰기로 유명한 폴 발레리가(누군가를 공격하기 위해) 아무도 기억하지 못하고 또 기억할 만한 가치도 없는 라 퐁텐의 문장을 가져와서 "세상에서 가장 아름다운 시구"라고 천명한 것이 그 예이다.(『바리에테』, 84쪽)

이제 나는 과거가 아닌 미래를 기억하고 싶다. 지금은 책을 소리 내어 읽지 않는다. 좋은 징조이다. 시를 묵독하는 독자도 있다. 이런 묵독에서 순수한 표의 문자(소리를 통한 소통이 아니라 경험을 직접적으로 소통한다.)까지의 거리는 아마득하다. 하지만 미래와의 거리보다는 멀지 않다.

이러한 부정적인 견해를 다시 읽고 나니, 음악이 음악에 절망할 수 있거나 대리석이 대리석에 절망할 수 있는지는 모를 일이지만, 문학은 묵독의 시대를 예언할 수 있는 예술이라는 생각이 들었다. 또 고유의 장점과 격렬하게 싸울 줄 알고, 자신의 소멸과 사랑에 빠질 줄 알며, 종말을 자초할 줄 아는 예술이다.

1930년

또 다른 휘트먼

먼 옛날 『조하르』의 편찬자는 모호한 신에 대한 이야기를 전하기 위해서 경이로운 방법 하나를 생각해 냈다. 신에게 '존재한다.'라는 속성을 부여하는 것만으로도 신성 모독이 될 정도로 순수한 신을 이야기하기 위해, 신의 얼굴은 만 개의 세계를 합친 것보다도 370배 더 넓다고 썼다. 거대한 것이 눈에 보이지 않는 것, 추상적인 것을 설명하는 하나의 형태가 될 수 있다고 이해했기 때문이다. 휘트먼의 경우가 그러하다. 그의 힘이 너무나 압도적이고 자명한 나머지 우리는 그저 휘트먼이 강하다고만 인식할 뿐이다.

이것은 본질적으로 누구의 잘못도 아니다. 우리는 같은 아메리카 대륙에 살면서도 교류가 없기 때문에 유럽이 전하는 이야기를 통해서야 겨우 간접적으로 서로에 대해 알 수 있다. 이 경우 유럽은 파리의 제유(提喩)이다. 파리는 예술보다 예술

의 정치에 더 관심이 있다. 온갖 위원회가 좌지우지하는 파리
의 문학과 회화의 패거리 전통을 보라. 위원회에서 떠들어 대는
정치 용어, 좌파와 우파 같은 의회 용어, 전위와 후위 같은 군사
용어로 가득 차 있다. 더 정확히 이야기하자면 그 사람들은 예술
의 결과물보다 예술의 경제에 관심이 더 많다. 휘트먼의 시 세계
라는 말을 처음 들어볼 정도로 휘트먼을 알지 못했다. 그래서 휘
트먼을 분류했다. 휘트먼의 '당당한 파격'을 격찬했고, 수많은
'자유시 가내 발명가'의 선구자로 만들었다. 게다가 휘트먼의
어법에서 해체하기 쉬운 부분을 모방했다. 미국다운 것을 노래
하는 시인에 관해서 에머슨이 예언한 바[61]를 이루기 위해 휘트
먼이 지리, 역사, 환경에 대해 마음대로 열거한 것을 모방한 것
이다. 이런 모방과 기억이 미래주의이고, 일체주의[62]였다. 현대
프랑스 시는 모두 이런 모방과 기억으로 이루어졌다. 다만 에
드거 앨런 포에게서 파생된 것(결함 많은 시가 아니라 훌륭한 이
론에서)은 제외한다. 대다수 시인은 열거가 가장 오래된 시작
법이라는 사실조차 알아차리지 못했다.(성경의 「시편」과 『페르
시아인들』[63]의 첫 코러스, 호메로스의 함선 목록을 생각해 보라.) 게
다가 열거의 핵심적 가치는 길이가 아니라 언어의 섬세한 조

---

61   에머슨은 1845년 「시인」이라는 평론에서 미국의 이
       모저모를 노래하는 시인이 등장할 필요가 있다고 말
       했다.
62   일체주의(unanimisme)는 20세기 초 프랑스에서 쥘 로
       맹 등이 제창한 아방가르드 문학 운동이다.
63   『페르시아인들』은 고대 그리스의 시인 아이스킬로스
       가 기원전 472년에 창작한 비극이다.

정, 단어 사이의 '교감과 차이'에 있다는 것도 알지 못했다. 다음 시구에서 보듯이, 휘트먼을 이런 점을 무시하지 않았다.

그리고 별을 연결하는 실의 목소리, 자궁과 정자의 목소리.

또는

신성한 남편이 알고 있는 것으로부터, 아버지의 일로부터.

또는

나는 육체에서 분리된, 승리한, 죽은 자와 같다.

그럼에도 불구하고 휘트먼에 대한 경탄은 그가 세계적으로 알려진 인사성 밝은 사내라든가 고집 센 위고 같다는 왜곡된 이미지를 만들어 냈다. 물론 휘트먼이 사람들에게 지각없는 얘기를 반복했으며, 상당수 시에도 그런 면이 있다는 점을 부정하지는 않는다. 하지만 휘트먼의 훌륭한 시를 읽는다면 그가 깜짝 놀랄 정도로 간결한 시를 쓰는 시인이며, 선언하기 위해 태어난 사람이 아니라 소통하기 위해 태어난 사람임이 증명되고도 남는다. 시를 몇 편 번역해서 보여 주는 것보다 이를 더 잘 설명할 수 있는 방법은 없을 것이다.

인구가 많은 도시를 지나간 적이 있었다, 나중에 쓸 수 있도록 그곳의 구경거리, 건축, 관습, 전통을 마음에 새기면서.

하지만 지금은 그 도시에서 내가 기억하는 것은 오직 사랑 때문에 나를 붙들어 두었던, 우연히 마주쳤던 한 여자뿐이다.

낮이 밤이 되고 밤이 낮이 되어도 우리는 함께 있었다. ── 다른 모든 것들은 잊은 지 이미 오래되었다.

열정적으로 내게 애정을 주었던 그녀를, 오직 그녀만을, 나는 기억한다.

우리는 또 여기저기를 돌아다닌다, 우리는 사랑한다, 우리는 다시 헤어진다.

그녀는 다시 내 손을 잡는다, 나는 떠나서는 안 된다.

나는 내 곁의 그녀를 본다, 그 고요한 입술을, 가슴 아파하며 떨리는 입술을.

──「인구가 많은 도시를 지나간 적이 있었다」

그 책을 읽었을 때, 그 유명한 전기를,

그리고 이것은 그러니까 (나는 말했다.) 작가가 한 인간의 생애라고 부르는 그것인가,

그리고 내가 죽으면 이렇게 어떤 사람이 나에 대해서도 쓸 것인가?

(마치 누군가 내 인생에 대해서 뭐라도 알 수 있다는 것처럼,

나조차도 나의 실제 인생에 대해 조금 알거나 하나도 모른다고 생각하는데.

오직 약간의 신호, 약간의 흐릿한 암호과 표지 뿐,

나 스스로의 정보를 위하여, 여기에서 답을 찾아내려 한다.)

──「그 책을 읽었을 때」

내가 박식한 천문학자의 말을 들었을 때,

내게 증명과 숫자를 줄지어 제시했을 때,

내게 측정하고 나누고 더하기 위한 지도와 도표를 보여 주었을 때,

갈채를 받으며 강단에서 강의하던 그 박식한 천문학자의 말을 내 자리에 앉아서 들었을 때,

갑자기 알 수 없는 이유로 어찌나 어지럽고 진저리가 났던지,

결국 밖으로 빠져나와 홀로 멀리 나올 정도로

신비롭고 습한 밤공기 속에서, 문득문득,

완전한 침묵 속에서 별을 바라보았다.

—「내가 박식한 천문학자의 말을 들었을 때」

월트 휘트먼은 이런 식이다. 굳이 지적할 필요도 없겠지만 (나는 최근에 알게 되었다.) 이 세 개의 고백은 동일한 주제를 다루고 있다. 즉 자유의지와 상실에 대한 독특한 시이다. 기억은 결국 단순해진다는 것, 우리 인생은 알 수 없으니 겸손해야 한다는 것, 지식인의 도식을 거부하고 원시적인 감각이 알려 주는 것을 귀하게 여기자는 것이 이 세 편의 시에 나타난 교훈이다. 휘트먼은 마치 이런 얘기를 하려는 것 같다. 세계는 예측하기도 포착하기도 힘들지만, 바로 세계의 이 우연성 자체가 풍요라고 말이다. 우리가 얼마나 미약한 존재인지 모르는 우리에게는 모든 것이 선물이기 때문이다. 겸양에 대한 신비주의의 가르침, 이것이 북미의 가르침일까?

마지막으로 하나만 덧붙이고 싶다. 나는 휘트먼(무한히 창의적인 인간인데, 생경하게도 그저 거인이라고 부르는 사람)이 미국

을 집약한 상징이라고 생각한다. 숲을 뒤덮은 나무에 대한 마술적 이야기를 마술적으로 뒤집으면 나의 의도가 명확해질 것이다. 숲이 어찌나 끝도 없이 펼쳐졌는지 그 누구도 그 숲이 나무로 이루어졌다는 것을 기억하지 못했던 것처럼, 두 바다 사이에 있는 나라가 어찌나 강한지 종종 사람들이 만든 나라라는 사실을 기억하지 못하기 때문이다. 그래도 그 나라는 사람이 만든 나라며, 사람다운 사람들이 사는 나라다.

1929년

카발라에 대한 옹호

카발라에 대한 나의 옹호가 최초의 시도도, 최후의 실패도 아닐 테지만, 두 가지 점에서 다른 옹호와 구별된다. 첫째는 히브리어에 대해 내가 거의 완벽하게 무지하다는 것이며, 둘째는 내가 옹호하려는 것이 교리 자체가 아니라 교리에 이르는 암호화된 해석학적 방법이라는 점이다. 이 특유의 방식에는 성스러운 텍스트를 수직으로 읽는 법과 이른바 좌우 교대 서법,(한 행은 오른쪽에서 왼쪽으로 읽고, 다음 행은 왼쪽에서 오른쪽으로 읽는다.) 알파벳의 몇몇 문자를 규칙적으로 다른 문자로 치환하여 읽는 법, 해당 문자의 숫자에 대응하는 수를 더하는 방법 등이 있다. 이러한 작업을 비웃기는 쉽지만, 나는 이해하는 편을 택하겠다.

이 같은 독서법은 기계적 영감설에서 비롯된 것이 분명하다. 복음서 저자와 선지자가 비인격적 서기가 되어 하느님의 말을 받아 적었다는 이 관념은 성경의 자음과 발음 구별 부호(초기 판본에는 없었다.)에도 권위를 부여하는 스위스「일치신조」[64]의 경솔한 열정과 일맥상통한다. (이렇게 하느님의 문학적 의도가 인간 속에서 완벽하게 실현된 것이 영감 또는 열광인데, 이 단어의 정확한 의미는 '신에게 홀림'이다.) 이슬람교도는 기독교도의 과장법을 넘어서는 자부심을 뽐내기에, 그들은 쿠란의 원본(책의 모체)은 자비나 분노 같은 하느님의 속성 가운데 하나이며 언어 이전, 창조 이전의 것으로 간주한다. 이와 마찬가지로 루터파 신학자 역시 성경을 하느님의 창조물 가운데 하나로 포함할 엄두를 내지 못한 채 성령의 육화로 정의한다.

성령을 언급하는 순간 이미 우리는 신비를 접하고 있는 것이다. 성경을 구술한 존재는 일반적인 신이 아니라 삼위일체의 세 번째 위격이다. 통념이 그러하다. 1625년 프랜시스 베이컨은 "성령의 붓은 솔로몬의 영화보다도 욥의 고난을 그리는 데 더 많은 공을 들였다."[65]라고 썼다. 베이컨과 동시대인인 존 던 역시 "성령은 유창한 작가이자, 열정적으로 방대한 양의 글을 쓴 작가지만, 장황한 말을 늘어놓지 않는다. 성령은 부족하지도 넘치지도 않는 문체로 글을 쓴다."라고 말한 바 있다.

성령을 정의하면서 무서운 삼위일체에 대해서 침묵하기란

---

64   1675년 취리히의 존 헨리 하이데거(John Henry Heidegger)가 스위스 국회의 요청을 받아 작성한 개혁파 신앙 고백이다.

65   라틴어본의 "diffusius tractavit Jobi afflictiones"을 따른 번역이다. 영어로는 "hath laboured more"라고 훨씬 명확하게 표현했다.(원주)

불가능하다. 성령도 삼위일체의 일부이기 때문이다. 가톨릭 평신도는 삼위일체를 진실로 옳으면서도 한없이 따분한 합의체 같은 것으로 간주한다. 자유주의자들은 삼위일체를 쓸데없는 신학적 케르베로스[66]라고 여긴다. 이 시대의 수많은 진보주의자들이 삼위일체를 철폐할 미신으로 간주한다는 뜻이다. 그러나 삼위일체는 분명 이런 통념을 넘어선다. 아버지와 아들과 유령이 단일한 조직체 내에서 결합되었다는 돌연한 상상은 지적인 기형학의 한 사례, 즉 오직 악몽의 공포만이 낳을 수 있는 기형물 같다. 나는 이렇게 생각하지만 우리가 최후를 모르는 모든 대상은 잠정적으로 기괴할 수밖에 없다는 사실을 염두에 두려고 노력하고 있다. 그러나 이런 일반적인 견해는 삼위일체라는 고도의 신비 때문에 보잘것없어 보인다.

구원의 개념과는 별개로 하나로 된 세 가지 위격이라는 특성은 자의적일 수밖에 없다. 삼위일체를 믿음의 필수 조건으로 간주하면 근본적인 신비는 풀리지 않지만 그 의도와 용도는 드러난다. 삼위일체(적어도 이위일체)를 포기하면 예수는 우리의 기도를 영원히, 끊임없이 들어주는 존재가 아니라 하느님의 일시적인 대리인, 역사적 사건이 되어 버린다. 만약 성자가 성부가 아니라면, 구원은 하느님이 직접 행한 역사(役事)가 아니다. 성자가 영원하지 않다면 예수가 인간의 몸으로 내려와 십자가에 못 박힌 희생도 영원한 것이 아니다. 제레미 테일러[67]는 "무한한

---

66   그리스 신화에 나오는 상상 동물이다. 머리가 셋 달린 개로 하데스의 명계를 지키는 문지기이다.

67   Jeremy Taylor(1613~1667). 영국의 성공회 주교이자

시대에 걸쳐 타락한 영혼을 구속(救贖)할 수 있는 것은 무한한 탁월함밖에 없었다."라고 주장했다. 이렇게 삼위일체의 교리는 정당화될 수 있다. 비록 성자가 성부로부터 생성되고 성령이 성자와 성부로부터 발현된다는 관념은 이단적인 생각일 수 있고, 단순한 비유로서의 흠결은 차치하고라도 우선의 문제는 여전히 남지만 말이다. 이 두 가지 생성과 발현을 집요하게 구별하는 신학은, 첫 번째 결과가 성자이고, 두 번째 결과는 성령이기에 혼동할 이유가 없다고 결론지었다. 성자의 영원한 생성, 성령의 무한한 발현이 이레니우스의 단호한 결론이다. 즉 삼위일체는 무시간적 행위, 절단된 "무시간적 말씀(zeitloses Zeitwort)"으로 창조한 것이니, 우리는 이를 배격하거나 신앙할 수는 있어도 토론할 수는 없다. 지옥은 순전히 물리적 폭력이지만, 불가분의 세 위격은 지적 공포를 야기한다. 숨 막히고, 허울 좋고, 마주 보고 있는 거울처럼 무한한 것이다. 단테는 삼위일체를 여러 가지 색으로 빛나는 투명한 세 고리의 반사광으로 형상화[68]했으며, 존 던[69]은 풀 수 없을 만큼 무수히 뒤얽힌 뱀으로 표현했다. 성 바울리노[70]는 "Toto coruscat Trinitas mysterio."라고 썼는데, 이는 "삼위일체는 완전한 신비 속에서 빛난다."라는 뜻이다.

만일 성자가 하느님과 세상의 화해라면 성령(아타나시우스

작가.

[68]　단테의 『신곡』 「천국편」 33곡을 가리킨다. 이 작품의 구성(3편, 각 33장)은 삼위일체를 암시하고 있다.

[69]　John Donne(1572~1631). 영국의 성직자이자 시인.

[70]　아퀼레이아의 성 바울리노(San Paulino de Aquiliea, 726~802?). 이탈리아 아퀼레이아의 주교이자 신학자.

에 따르면 신성화의 시초이고, 마케도니우스에 따르면 여느 천사와 같은 천사이다.)은 우리와 친밀한 하느님, 가슴에 임재(臨在)한 하느님이라는 정의가 가장 훌륭한 정의이다. (소시누스[71]파가 보기에 — 나는 타당하다고 생각한다. — 성령은 의인화 어법, 하느님의 작용에 대한 비유이다. 아찔할 정도로 줄곧 갈고닦아 온 그런 비유 말이다.) 언어적 형태에 불과하든 아니든, 분명한 사실은 복잡한 삼위일체의 눈먼 제3위격이 저 유명한 성경의 저자라는 것이다. 에드워드 기번은 이슬람을 다룬 저서[72]의 한 장에서 성령의 출간물을 전수 조사한 결과를 밝히고 있는데, 아무리 적게 잡아도 100여 편에 이른다. 하지만 내가 더 흥미롭게 생각하는 것은 바로 카발라의 재료가 되는 창세기이다.

요즘 많은 기독교인과 마찬가지로 카발라주의자들은 창세기의 신성성을 믿었다. 무한한 지성이 공들인 글이라고 믿었다. 이러한 믿음이 끼친 영향은 실로 다양하다. 평범한 텍스트를 부주의하게 배설하다 보면(예를 들어 저널리즘의 덧없는 언급) 꽤나 많은 우연을 허용하게 된다. 어떤 사건을 전달한다고 가정해 보자. 어제 어떤 거리, 어떤 골목, 오전의 어떤 시간에 뜻밖의 강도 사건이 발생했다는 기사는 사건의 당사자는 없고, 오로지 사건이 발생한 어떤 장소만 알려 줄 뿐이다. 이러한 글쓰기에서 문단의 길이와 소리는 우연적일 수밖에 없다. 운

---

71   Socinus(1539~1604). 이탈리아 출신의 신학자 그리스도의 신성과 삼위일체 교리를 부정했다.

72   기번과 오클리가 공저한 『사라센 제국의 역사』(1870)를 가리킨다.

문에서는 반대의 현상이 일어나는데, 시에서는 보통 활음조의 필요성(또는 미신) 때문에 의미는 뒷전으로 밀린다. 시에서 우연적인 것은 소리가 아니라 바로 의미이다. 초기 테니슨의 시, 베를렌의 시, 후기 스윈번의 시가 그러하다. 이들은 각기 다양한 운율을 시험하면서 일반적인 상태만 표현하고자 했다. 그렇다면 제3의 작가, 즉 지식인의 경우를 생각해 보자. 이 지식인은 산문을 다룰 때든(발레리, 드 퀸시) 시를 다룰 때든 우연을 완전히 배제하지는 못해도 가능한 한 피했고, 우연과의 셀 수 없는 결합을 통제했다. 이렇게 하면 조금이나마 하느님에게, 우연이라는 애매한 개념이 아무런 의미도 없는 하느님에게 근접하게 된다. 또 신학자들의 완벽한 하느님, 충만한 이 세계에서 일어나는 모든 일뿐만 아니라 이곳에서 가장 덧없는 것이 변하면 일어날 일과 불가능한 일까지 단번에 모든 것을 아는 (uno intelligendi actu) 하느님에게 근접하게 된다.

이제 저 영적인 지성을 상상해 보자. 이 지성은 왕조나 소멸이나 새가 아니라 오로지 기록된 목소리에서 자신을 드러낸다. 마찬가지로 아우구스티누스 이전의 축자적 영감설에 의거하여 하느님이 말하고자 하는 바를 한 자 한 자 불러 주어 받아 적었다고 상상해 보자.[73] 카발라주의자들이 취한 이 전제 덕분

---

73   오리게네스는 성경의 말에 세 가지 의미를 부여했다. 역사적 의미, 도덕적 의미, 신비적 의미는 각각 인간을 구성하는 몸, 영혼, 정신에 대응한다. 요하네스 스코투스 에리우게나는 공작새 꼬리 깃털에 반사되는 무지개 빛깔처럼 성경의 의미는 무한하다고 보았다.(원주)

에 성경은 절대적인 텍스트가 되며, 그곳에 우연이 끼어들 여지는 산술적으로 0이다. 이런 문헌을 단독으로 구상했다는 것은 성경에 기록된 모든 일을 뛰어넘는 경이다. 우연이 침투할 수 없고, 목적이 무한하고, 변형해도 오류가 없고, 계시가 숨어 있고, 광채가 중첩된 책인데 어떻게 터무니없을 때까지, 과도한 숫자 놀음이 될 때까지 천착하지 않을 수 있단 말인가? 카발라가 그랬듯이.

1931년

가짜 바실리데스에 대한 옹호

1905년 경, 나는 몬타네르 이 시몬 출판사에서 발간한 『이스파노아메리카 백과사전』[74] I권의 전지적(全知的) 지면에(A부터 All까지) 작지만 심상찮은 삽화 하나가 들어 있다는 사실을 알게 되었다. 왕 비슷한 모습을 그린 이 삽화는 수탉의 가늘고 길쭉한 머리 아래로 연결된 남성적인 인간의 상반신이 양팔을 벌린 채 방패와 채찍을 휘두르고 있고, 그 밑에는 그저 돌돌 말린 꼬리 하나가 몸통 역할을 하고 있었다. 이후 1916년경, 나는 케베도의 다음과 같은 미심쩍은 글을 읽었다.

---

74   *El Diccionario enciclopédico hispano-americano.* 보르헤스가 여러
       작품에서 언급한 책으로, 1887년부터 1899년까지 발
       간되었으며, 총25권이다.

저주받은 이단 창시자 바실리데스가 안티오케이아의 니콜라스와 카르포크라테스, 케린투스와 악명 높은 에비온과 함께 있었다. 그리고 바다와 침묵이 모든 것의 기원이라 선언한 발렌티누스가 왔다.

1923년경, 제네바에서 독일어로 된 이단 연구서를 훑어보다가 그 불길한 삽화가 바로 저 바실리데스가 지독히 숭배하던 어떤 잡신을 묘사한 것임을 깨달았다. 아울러 절망에 빠진 영지주의자[75]들이 얼마나 대단한 사람들이었고, 얼마나 격정적으로 사색했는지 알게 되었다. 얼마 지나지 않아 조지 미드(『잃어버린 믿음의 파편들』(1902), 독일어본)와 볼프강 슐츠(『영지주의 문서』(1910))의 전문 서적을 접하게 되었고, 빌헬름 부세트가 『브리태니커 백과사전』에 쓴 항목까지 읽었다. 그리고 나는 영지주의자들의 우주 발생론 중 하나를 정리하여 설명하기로 결심했다. 바로 이단자 바실리데스의 우주 발생론이다. 이를 위해 여기에서는 전적으로 이레니우스의 설명에 의존할 것이다. 많은 사람들이 이레니우스의 입장을 인정하지 않는다는 것을 알고는 있지만, 이미 활력을 상실한 꿈에 대한 이 지리멸렬한 검토는 누군가 꾸었을지도 모르는 꿈에 대한 검토일

---

75   영지주의(Gnosticism)는 고대의 기독교와 토속 신앙이 어우러진 하나의 종교적 경향이다. 구원이 믿음을 통해 가능하다는 정통 기독교에 반해 영지주의자들은 앎(그노시스)을 통해 가능하다는 입장을 가지고 있다. 이 글에 언급되는 인물들은 모두 초기 영지주의자들이다.

수도 있다고 생각한다. 한편 바실리데스의 이단은 매우 소박한 형태의 이단이었다. 바실리데스는 알렉산드리아에서 태어났는데, 예수 그리스도가 십자가에 못 박힌 지 100년 후였고, 시리아인과 그리스인 사이에서 살았다고 전한다. 당시 사람들은 신학에 열광했다.

　바실리데스의 우주 발생론을 보면, 태초에 신이 하나 있다. 이 신은 마땅히 이름도 없고 기원도 없다. 따라서 대강 유사한 이름을 붙여 '천부적인 아버지(pater innatus)'라고 부른다. 이 신의 세계는 플레로마(pleroma), 즉 충만이라고 부르는데 상상조차 불가능한 박물관 같은 곳으로, 플라톤의 원형, 가지적(可知的) 본질, 보편자가 모두 모여 있다. 이 신은 절대불변이지만, 휴식할 때 이 신에게서 하급신 일곱 명이 유출되었다. 이 일곱 신이 기꺼이 움직여 첫 번째 하늘을 창조하고 주재했다. 이 첫 번째 조물주 왕관에서 천사, 능천사, 좌천사와 함께 두 번째 왕관이 나왔다. 이들은 첫 하늘 아래 하위 하늘을 만들었는데, 첫 하늘과 대칭을 이루는 복제였다. 이 두 번째 하늘은 세 번째 하늘에 그대로 재생되었으며, 세 번째는 또 네 번째를 만드는 식으로 365개의 하늘이 만들어졌다. 가장 낮은 하늘의 주인이 바로 성경에 등장하는 하느님으로, 신성은 거의 0에 가깝다. 하느님은 천사들과 함께 이 눈에 보이는 하늘을 세우고, 우리가 지금 밟고 있는 하찮은 땅을 빚어 분배했다. 이 우주 발생론에서 인간의 기원을 정확하게 얘기하는 우화는 합리적인 망각이 지워 버렸다. 하지만 동시대의 다른 상상력의 산물 덕분에 비록 막연하고 어림짐작일지언정 삭제된 것을 건져 낼 수 있다. 힐겐펠트[76]가 발표한 바실리데스 단장(斷章)을 보면, 암흑과 빛은 서로를 모른 채 항상 공존했다. 마침내 그 둘이 만났을 때, 빛은 어둠을 보자마자 뒤돌아섰지만, 사랑에 빠진 어둠은 빛의 기억, 즉 잔광을 취했고 그것이 바로 인간의 시초였다. 이와 유사한 관점을 가진 사투르니누스[77]의 견해도 마찬가지이다. 하늘이 천사들에게 순간적으로 환영을 보여 주자, 이 모습을 본떠 인간을 만들었다. 그러나 인간은 뱀처럼 바닥을 기어 다녔다. 이를 가엾이 여긴 하느님이 인간에게 자신의 권능을 아주 조금 전해 줄 때까지 말이다. 중요한 것은 이런 이야기들의 공통점인데, 바로 결함 있는 신이 하찮은 재료를 사용해 아무렇게나 졸속으로 만든 것이 우리 인간이라는 것이다. 다시 바실리데스로 돌아가면, 히브리 신의 말썽꾸러기 천사들에게 내쳐진 비천한 인류는 무시간적 신의 동정을 샀고, 이 신은 인간에게 구세주를 보냈다. 구세주는 환상에 불과한 육신, 즉 비천한 몸에 의탁해야만 했다. 무감각한 구세주의 환영은 공개적으로 십자가에 매달렸지만, 본질적인 그리스도는 층층이 쌓인 하늘을 관통해 플레로마로 복귀했다. 그가 상처 하나 입지 않은 채 수많은 하늘을 통과할 수 있었던 것은 신들의 비밀스런 이름을 알고 있었기 때문이다. 이레니우스가 전하는 신앙 고백은 다음과 같이 결론짓고 있다.

---

76   아돌프 힐겐펠트(Adolf Bernhard Christoph Hilgenfeld, 1823~1907). 헤겔의 변증법을 성서 비판에 적용한 튀빙겐 학파에 속한다.

77   Saturninus. 2세기경 시리아의 안디옥에서 활동하던 영지주의 지도자.

그리고 이 이야기의 진실을 아는 자들은, 스스로가 이 세계를 세운 왕자들의 권력에서 자유롭다는 것을 알게 될 것이다. 각각의 하늘과 그 하늘의 천사, 하느님, 하늘의 권능 하나하나 모두 다 고유의 이름을 지니고 있다. 그 비길 데 없는 이름을 아는 자는 구세주가 그랬듯이 눈에 띄지 않고 안전하게 겹겹의 하늘을 가로지를 수 있을 것이다. 또한 누구도 구세주를 알아보지 못한 것처럼, 영지주의자 역시 마찬가지였다. 이 비밀은 발설해서는 안 될 것이며, 침묵을 지켜야만 한다. 너는 모든 사람을 알라. 그러나 그 누구도 너를 알아서는 안 된다.

숫자로 이루어진 우주 발생론의 기원은 결국 숫자의 마술로 변질되었다. 하늘이 365층이고 각각의 하늘을 지키는 능천사가 7명이므로 기억해야만 하는 구두 부적(비밀스러운 이름)만 무려 2555가지에 달한다. 이런 구술 부적은 결국 시간이 지남에 따라 구세주의 귀한 이름 카우락카우(Caulacau)와 불변의 하느님 이름 아브락사스(Abraxas)로 줄어들었다. 이 환멸에 빠진 이단에게 구원이란, 구원자의 고통이 시각적 환영이듯이 망자가 기억술을 부단히 수련하는 것이다. 이 두 환영은 각자 세계의 불안정한 현실과 신비로운 조화를 이룬다.

이 우주 발생론의 이름뿐인 천사들과 복제된 하늘의 헛된 증식을 조롱하는 것은 전혀 어려운 일이 아니다. "실체가 필요 이상으로 늘어나서는 안 된다."라는 오컴의 제한 원리를 적용하면 바실리데스의 이론을 무너뜨릴 수도 있을 것이다. 그러나 내가 보기에는 이런 엄격함이 오히려 시대착오적이거나 쓸모없는 일이다. 중요한 것은 골치 아프게 오락가락하는 상징을 멋지게 변환하는 것이다. 나는 상징에서 두 가지 의도를 읽을 수 있다. 첫 번째 의도는 상투적인 비평과 다를 바 없다. 그러나 두 번째는(내가 발견했다고 내세우고 싶지는 않지만) 이제껏 아무도 밝히지 못한 것이다. 우선 가장 명백한 의도는 물의를 일으키지 않고 악의 문제를 해결하려는 것이다. 이를 위해 바실리데스는 가설적인 신과 현실 사이에 다른 가설적인 신을 단계적으로 삽입했다. 이런 체계에서 신으로부터 파생된 것은 신과 거리가 멀어질수록 점점 작아지며 쇠약해진다. 이렇게 제일 밑바닥에 이르면, 혐오스러운 힘이 천한 재료를 뒤죽박죽 섞어 인간을 만들기에 이른다. 발렌티누스의 이론(바다와 침묵이 모든 것의 기원은 아니다.)에서는 아카모트라는 이름의 타락한 여신에게 하나의 그림자를 지닌 두 아들이 있는데, 이들이 각각 세상의 창조자와 악마이다. 또 다른 영지주의자 시몬 마구스는 헬레네 이야기를 망쳐 놓았다고 비난받았다.[78] 신의 첫 딸로 태어나 천사들에게 고통스러운 윤회를 선

---

78   마법사 시몬이라고도 부르는 시몬 마구스는 I세기에 활동하던 영지주의자로 사마리아인의 종교적 지도자였다. 보르헤스는 언급한 이야기는 시몬과 헬레네의 전설이다. 이 전설에 의하면 최초에 신의 생각 에노이아(Ennoia)가 있었다. 여성이던 에노이아는 낮은 곳으로 내려가 천사를 만들었다. 하지만 질투에 빠진 천사들의 계략으로 에노이아는 여성의 육체에 갇히게 되었다. 에노이아는 끝없이 환생하며 갖은 모욕을 겪었다. 에노이아의 수많은 환생 중 하나가 트로이아의 헬레네였고, 티레(레바논 남부에 있는 항구 도시)의 매춘부로 태어난 것이 에노이아의 마지막 환생이었다. 신은 시몬 마구스의 몸으로 세상에 내려가 에노이아를 구원하고, 천사들의 반역으로 망가진 세계를 파괴

고받고 티레 사창가에서 선원을 상대하던 트로이아의 헬레네를 구해 냈기 때문이다.[79] 예수 그리스도가 33년 동안 인간으로 살다가 십자가에서 스러져 간 것도 엄격한 영지주의자들이 보기에는 충분한 속죄가 아니었다.

이제 이 어두운 세계관의 다른 의미를 생각해 보자. 층층이 쌓인 바실리데스의 아찔한 하늘, 증식하는 천사, 지상을 어지럽히는 조물주의 거대한 그림자, 플레로마에 대항하는 하부 세계의 간사한 계책, 상상하기 어려울 정도로 미미하고 유명무실하긴 해도 오밀조밀 모여 사는 인간. 이 방대한 신화에 등장하는 모든 것은 이 세상의 축소판이기도 하다. 이 모든 것들이 암시하고 있는 것은 우리의 악에 관한 것이 아니라, 우리가 근본적으로 하찮은 존재라는 것이다. 마치 평원 위의 거대한 석양처럼 하늘은 열정적이고 거창한데 땅은 한심하다. 이것이 바로 멜로드라마 같은 발렌티누스 우주 발생론을 정당화

---

79   할 것이라고 천명했다.
      신의 비통한 딸, 헬레네. 신의 혈통이라고 해서 그리스
      도 전설과 헬레네 전설이 무관하다고 여기지 않았다.
      바실리데스의 추종자들은 그리스도에게 가공의 육
      체를 부여한 것처럼, 비극적인 여왕 헬레네도 같은 방
      식으로 생각했다. 이를테면 트로이아로 납치당한 것
      이 헬레네의 허깨비 또는 복제품이었다는 것이다. 아
      름다운 유령 하나가 우리를 구원했고, 또 다른 유령
      은 전쟁을 일으키고 호메로스 서사시까지 만들어 냈
      다. 헬레네의 가현설에 관해서는 플라톤의 『파이드로
      스』와 앤드루 랭의 『책 사이의 모험(Adventures among
      books)』, 237~248쪽을 참조하라.(원주)

할 만한 의도이다. 무한한 변주 속에는 언제나 반복되는 줄거리가 있다. 초자연적인 존재인 두 형제가 서로를 알아보고, 타락한 여성이 등장한다. 사악한 천사들은 권력을 이용해 강력한 음모를 꾸미고 인간을 조롱하며 마지막에는 결혼이 등장한다. 이 멜로드라마 혹은 연재소설에서, 이 세계의 창조는 그저 곁가지로 일어나는 일일 뿐이다. 경탄을 자아내는 생각이다. 천상의 세계에서 오랜 시간에 걸쳐 일어나는 사건의 가장자리를 비추는, 본질적으로 하찮은 과정에서 만들어진 것이 우리가 사는 세계인 것이다. 창조는 우연한 사건이었다.

이 기획은 영웅적이었다. 정통파 종교와 신학 모두 충격을 받고 이러한 가능성을 부정했다. 이들은 최초의 창조가 자유롭고 필연적인 하느님의 행위라고 생각했다. 성 아우구스티누스는 우주가 시간이 생긴 후에 만들어진 것이 아니라 시간과 동시에 시작되었다고 주장하는데, 그것은 창조자의 우선권을 부정하는 판단이다. 슈트라우스[80]는 최초의 순간에 대한 가설을 환상으로 여기는데, 그 이유는 최초의 순간이 이후의 순간뿐 아니라 영원 '이전'까지도 시간성으로 오염시킬 것이기 때문이다.

기원후 2~3세기에, 영지주의자들은 기독교도와 논쟁했고 전멸당했다. 하지만 우리는 영지주의자들이 승리했다고 상상해 볼 수 있다. 로마가 아니라 알렉산드리아가 승리했더라면, 내가 이곳에 요약한 터무니없고 혼탁한 역사는 조리에 맞고 위

---

80   다비드 슈트라우스(David Strauss, 1808~1874). 독일의 자유주의 신학자. 역사적 예수 연구의 선구자이다.

엄 있으면서도 일상적인 이야기가 되었을 것이다. 노발리스의 "인생은 영혼의 질병이다."[81]와 같은 경구나 "진정한 삶은 부재한다. 우리는 세계 속에 있지 않다."라는 랭보의 절망적인 경구는 정전에서 번쩍였을 것이다. 생명은 별에서 시작되어 이 행성에서 우연히 확산되었다는 리히터의 폐기된 이론 같은 것은 독실한 연구소가 무조건 인정했을 것이다. 아무튼 우리가 기대할 수 있는 것 중에서 무의미한 존재가 되는 것만큼 좋은 선물이 어디 있겠는가? 어느 신의 입장에서는 세상으로부터 사함을 받는 것만큼 큰 영광이 또 어디 있겠는가?

1931년

---

81   노발리스의 이 단정적 견해(Leben ist eine Krankheit des
       Gastes, ein leidemchaftliches Tun.)가 널리 알려진 것은
       토머스 칼라일이 1829년《포린 리뷰》에 실은 논문에
       서 강조했기 때문이다. 또한 영지주의의 사투와 영광
       을 재발견할 수 있었던 것은 우연이 아니라, 윌리엄 블
       레이크의 『예언서』가 있었기 때문이었다.(원주)

문학에서 상정하는 현실 [82]

흄은 버클리의 주장이 최소한의 반론의 여지도 주지 않지만 그렇다고 최소한의 확신을 주는 것도 아니라고 말했다. 나에게도 크로체의 주장을 무너뜨릴 만큼 고상하고 치명적인 경구가 하나 있었으면 좋겠다. 흄의 얘기가 내게 소용없는 이유는 크로체의 투명한 이론에 설득력이 있기 때문이다. 비록 설득력이 그 이론의 전부일지라도 말이다. 크로체 이론의 단점은 다루기가 어렵다는 것이다. 문제를 해결하지 않고 논의 자체를 중단하기 때문이다.

내 글 [83] 을 읽은 독자는 기억하고 있을 테지만, 크로체 이론

82　원제는 '현실에 대한 상정(La postulación de la realidad)'인데, 의미가 명확하지 않아 바꾸었다.

83　보르헤스는 1927년에 발표한 「이미지의 가장(La

의 공식은 미(美)적인 것과 표현적인 것은 동일하다는 것이다. 내가 이 공식을 거부하는 것은 아니다. 그러나 고전주의 성향의 작가는 도리어 표현을 배제하려고 애쓴다는 점을 이야기하고 싶다. 이런 주제는 이제껏 전혀 논의하지 않았으므로 여기서 설명하려고 한다.

대부분 불행한 삶을 산 낭만주의자는 끊임없이 무엇인가를 표현하고자 했다. 반면 고전주의자는 대개 '선결문제 요구의 오류'를 저지르곤 한다. 고전주의자와 낭만주의자라는 단어가 역사적으로 어떤 의미였는지를 살펴보려는 것은 아니다. 다만 고전주의자와 낭만주의자를 작가의 두 가지 원형(두 가지 행동 양식)으로 이해하고자 한다. 고전주의자는 언어를 불신하지 않는다. 언어 기호 하나하나가 충분한 힘이 있다고 믿는다. 예를 들어 이런 식이다.

고트족이 떠난 뒤, 동맹군과도 멀어진 아틸라[84]는 샬롱의 평원을 지배하는 광활한 침묵에 놀랐다. 그 적막함이 적군의 책략이 아닐까 하는 의구심 때문에 아틸라는 마차로 에워싼 영내에서 며칠을 머물렀다. 그가 결국 라인강 너머로 철수를 명한 것은 서로마 제국의 이름으로 성취한 최후의 승리를 인정한 셈이었다. 메로베우스가 이끄는 프랑크족은 신중히 거리

---

simulación de la imagen)」서두에서 "미는 표현이다."라는 크로체의 명제를 언급하고 있다.
84   Attila(406~453). 434년부터 유럽을 지배하던 훈족 최후의 왕.

를 가늠하는 동시에 매일 밤마다 불을 잔뜩 피워 병사의 숫자를 부풀리는 전략을 사용하며, 튀링기아 지역의 경계에 닿을 때까지 계속해서 훈족의 후방을 따라갔다. 튀링기아족은 아틸라의 군대에서 싸웠으며, 진격할 때나 후퇴할 때나 프랑크족의 영토를 지나갔다. 80여 년 후에 클로비스의 아들이 튀링기아족에게 보복한 것은 아마도 이때 이들이 저지른 잔혹 행위 때문이었을 것이다. 튀링기아족은 인질을 참수했다. 그들은 사그라들 줄 모르는 격렬한 분노로 처녀 200여 명을 고문했다. 야생마에 몸을 매달아 찢어 죽이거나, 밑에 깔아 놓고 그 위로 마차를 몰아 뼈를 으깨어 버렸다. 그리고 팔과 다리는 매장하지 않고, 개와 독수리 먹이로 길거리에 내버렸다. (에드워드 기번,『로마제국 쇠망사』, 35장)[85]

문장의 시작인 "고트족이 떠나고"라는 구절만으로도 위 글의 중개적 성격을 감지하기에 충분하다. 즉 구체적인 것은 하나도 보이지 않을 정도로 추상화하고 일반화하는 방식이다. 저자는 일단의 언어 기호만 제시하고 있다. 이 언어 기호들은 치밀하게 짜인 것이 틀림없지만, 글에 생동감을 부여하는 것은 결국 독자의 몫이다. 따라서 이런 글쓰기는 표현적이지 않다. 현실을 기록할 뿐 재현하지 않기 때문이다. 과거에 일어난 여러 가지 일 중에서 죽은 사람들에 대해 언급하는 것은 다양한 경험과 인식과 반응이 담겨 있지만 이런 경험, 인식, 반응은

---

[85]　　에드워드 기번, 송은주 옮김,『로마제국 쇠망사』3권 (민음사, 2009)에서 인용하였다.

이야기에서 추론할 수 있을 뿐, 이야기에 내재된 것은 아니다. 좀 더 정확하게 말하자면, 저자는 눈으로 목격한 현실이 아니라 최종적으로 관념화된 현실을 서술하고 있다. 이것이 바로 고전주의 방식으로 볼테르, 스위프트, 세르반테스는 항상 이런 방식을 준수했다. 남용하는 면이 없지 않으나, 세르반테스의 『돈키호테』에서 한 단락을 옮겨 두 번째 예로 사용하겠다.

마침내 로타리오는 안셀모가 없는 틈을 타 카밀라의 요새를 포위해 압박해 들어가는 것이 필요하리라 생각했다. 그는 카밀라의 아름다움에 대한 칭찬을 퍼부으며 그녀의 자부심을 공략했다. 아름다운 여성의 허영심이라는 고고한 탑을 무너뜨리기에 알랑거리는 말에 깃든 허영심처럼 효과적인 방법은 없기 때문이다. 아닌 게 아니라 로타리오는 온 힘을 다해 아첨의 무기를 갈고닦아 카밀라의 완전무결한 바위를 두드렸으니, 그녀가 청동과 같은 강건함으로 만들어졌다고 한들 넘어가지 않을 도리가 없었다. 로타리오가 어찌나 많은 감정과 진실성을 담아 울고, 애원하고, 약속하고, 아부하고, 졸라 대고, 속이기를 반복하며 카밀라의 정숙함을 휘저어 놓았는지, 결국 생각지도 않았지만 간절히 원하던 유혹은 성공하기에 이르렀다.(『돈키호테』, I권, 34장)

위의 예와 같은 글쓰기가 대부분의 세계 문학은 물론, 세계 문학이라고 하기에는 부족한 작품들을 차지하고 있다. 특정 공식에 맞지 않는다고 이를 배격하는 것은 유해하고 무익하다. 그러나 아무런 효과도 없는 것 같은데도 효과가 있다는 모순을 해결할 필요가 있다.

내 가설은 이런 것이다. 문학에서 부정확성은 용인할 수 있다. 다시 말해서 부정확해도 핍진성이 있다. 현실에서 우리는 항상 부정확한 경향이 있기 때문이다. 많은 경우 우리는 복잡한 상태를 즉시 개념으로 단순화한다. 인지하고 주목하는 것 자체가 선택 행위이다. 우리의 의식은 주목하고 집중할 때마다 관심사가 아닌 것을 고의로 배제한다. 우리는 기억을 통해서, 두려움을 통해서, 예상을 통해서 보고 듣는다. 신체 면에서 보면, 무의식은 물리적 행동의 필요조건이다. 이해하기 어려운 이 구절도 우리의 몸은 표현할 줄 안다. 계단을, 매듭을, 교차로를, 도시를, 급류를, 개를 다룰 줄 안다. 차에 치이지 않고 길을 건널 줄 알고, 아이를 만들 줄 알고, 숨을 쉴 줄 알고, 죽일 줄도 안다. 이 모두는 지성이 아니라 몸이 알고 있는 것이다. 삶은 일련의 적응 과정, 바꿔 말해서 부지불식간에 받는 교육이다. 놀랍게도 토마스 모어가 들려주는 유토피아의 첫 번째 소식은 어떤 강을 가로지르는 다리의 진짜 길이가 혼란스럽다는 이야기다.[86]

나는 고전주의의 글쓰기를 좀 더 알아보려고 앞서 인용한 기번의 글을 다시 읽다가 눈에 잘 띄지 않을 뿐더러 전혀 무해

---

[86]   토머스 모어는 『유토피아』의 첫머리에 지인에게 보내는 편지 형식으로 쓴 글을 실었다. 여기서 그는 자신이 뱃사람에게 들은 '유토피아'에 대한 이야기 중에 아마 우로트시의 아니드루스강을 지나가는 다리의 길이에 대한 기억이 확실하지 않다고 얘기한다.

한 '침묵의 지배'라는 비유를 발견했다. 이 비유는 표현적인 시도로, (실패한 것인지 성공한 것인지는 모르겠지만) 글 나머지 부분의 엄격하고 정확한 표현 방식과 어울리지 않는 것처럼 보인다. 당연하지만 침묵은 눈에 보이지 않는다는 관습적인 성질이 이 비유를 정당화한다. 이 비유를 통해서 우리는 고전주의의 또 다른 특징을 정의할 수 있다. 한번 굳어진 이미지는 공공의 자산이 된다는 믿음이다. 고전주의의 관념에서 인간과 시간의 다양성은 부수적인 것이며, 문학은 항상 하나뿐이다. 공고라를 옹호하던 사람들은 놀랍게도 그가 혁신적이라는 비난을 모면하게 하려고 공고라 메타포의 현학적 기원을 증명하는 자료를 제시했다. 이 사람들은 훗날 낭만주의가 발견할 개성을 전혀 예상하지 못했다. 하지만 이제는 문학이 지나치게 개성에 함몰된 나머지, 개성을 부정하거나 경시하는 것조차 '개성적이 되는' 교묘한 방법 가운데 하나가 되었다. 시 언어는 하나여야만 한다는 고전주의의 명제와 관련하여, 이를 쓸데없이 부활시키려고 노력한 매튜 아놀드를 떠올릴 수밖에 없다. 아놀드는 호메로스 서사시의 번역자는 흠정역 성경의 단어만을 사용해야 한다고 주장했다. 부득이한 경우에는 셰익스피어 작품에서 가져온 단어를 삽입해도 된다는 정도가 유일한 예외였다. 아놀드의 주장은 성경 언어의 힘과 확산에 근거한 것이었다.

고전주의 작가가 제시하는 현실은 신뢰의 문제가 있다. 일례로 『빌헬름 마이스터의 수업 시대』에서 어떤 인물을 아버지로 부를 때가 그러하다.[85] 이에 비해 낭만주의가 천착하고자 애쓰는 현실은 고압적인 성격을 띠고 있으며, 낭만주의자가 꾸준히 사용하는 방법은 강조, 즉 편파적인 거짓말이다. 구체적인 예를 들지는 않겠지만, 산문이든 운문이든 지금 전문가들 사이에 통용되는 글은 모두 여기에 해당될 것이다.

고전주의자가 현실을 상정하는 방법은 세 가지인데, 방법마다 접근법은 매우 다르다. 가장 쉬운 방법은 중요한 사실을 포괄적으로 전달하는 것이다.(앞서 인용한 세르반테스의 텍스트는 눈에 거슬리는 몇몇 알레고리를 제외한다면 첫 번째 방법이자 자연스러운 방법인 포괄적 사실 전달의 나쁘지 않은 예다.) 두 번째 방법은 작품 속의 현실이 독자에게 밝힌 것보다 훨씬 복잡하다고 암시하고, 한 가지 현실(사건)에서 파생된 여러 가지 현실과 결과를 언급하는 것이다. 앨프리드 테니슨의 영웅시 「아서왕의 죽음」 첫 연보다 더 좋은 예는 없다. 산문으로 바꾸면 음조가 맞지 않지만, 기법을 알 수 있도록 문자 그대로 옮긴다.[88]

이렇게 하루 종일 겨울 바다 옆의 산중에서 전쟁 소리가 울려 퍼졌고, 아서왕의 원탁까지도 사람들이 하나둘 아서왕을 둘러싼 리오네스에게 떨어졌다네. 아서왕의 상처가 깊었기에, 기사 중의 마지막 기사 베디비어 경, 용맹한 신하 베디비어 경이 왕를 들어 올려, 부서진 제단과 부러진 십자가, 가까운 평

---

87   이 소설에는 등장인물인 미뇽이 부른 노래가 네 편 실려 있는데 여기서 언급한 것은 가장 유명한 「그대는 아는가. 남쪽 나라를」의 마지막 행이다. 여기서 미뇽이 '아버지'라고 부른 것은 주인공 빌헬름으로, 그는 실제 미뇽의 아버지가 아니다.

88   보르헤스의 의도를 존중하여 산문 형태의 축자역으로 옮긴다.

원의 예배당으로 모셨으니, 한쪽에는 대양이 누웠고, 다른 한
쪽에는 거대한 물이 있었고, 만월이었다네.

이 이야기는 세 번에 걸쳐 복잡한 현실을 상정하고 있다. 첫
번째는 부사 "이렇게"라는 문법적 장치를 통한 것이다. 두 번
째가 훌륭한데 "아서왕의 상처가 깊었기에"처럼 부차적인 방
식을 통해 사건을 전달한 것이다. 세 번째는 "만월이었다네."
라는 뜻밖의 부연을 통한 것이다. 복잡한 현실을 상정하는 방
법의 또 다른 훌륭한 예는 윌리엄 모리스[89]의 작품이다. 강의
요정들이 이아손의 노 젓는 선원을 신비하게 납치한 사건을
이야기한 후 이렇게 마무리한다.

> ...... 강물이
> 볼을 붉힌 요정과 근심 없이 잠든 남자를 숨겼네.
> 그러나 물이 그들을 앗아 가기 전에, 요정 하나가
> 목초지를 가로질러 내달리다가 붙잡혔다네.
> 청동의 창과 갖은 장식의 둥근 방패,
> 상아 손잡이 검, 쇠사슬 갑옷, 그리고 물살을 탔다네.
> 바람이 전하지 않는다면, 갈대밭의 새가
> 보고 듣지 않았다면 누가 이 이야기할 수 있겠는가.

---

89   William Morris(1834~1896). 영국의 건축가, 사회운
      동가, 작가. 보르헤스가 인용한 작품은 아르고호 원정
      대를 다룬 서사시 『이아손의 삶과 죽음』이다.

우리에게 중요한 부분은 마지막 구절, 전혀 언급한 적이 없는 존재의 증언이다.

가장 효과적이고도 어려운 세 번째 방법은 정황의 창조이다. 그 예는 『돈 라미로의 영광』[90]에서 절대 잊지 못할 다음 구절이다. 먹음직스러운 "돼지 비곗살 스프, 게걸스런 몸종들이 손을 대지 못하도록 자물쇠를 채운 접시에 내왔다." 이 문장은 품위 있는 빈궁, 줄지은 하인들, 수많은 계단과 모서리, 등불이 어른거리는 휑뎅그렁한 집을 잘 암시한다.

방금 든 예는 짧고 단순하지만, 방대한 작품도 있다.(엄밀하게 구성된 H. G. 웰스의 풍부한 상상력이 만들어 낸 소설,[91] 과도할 정

---

90   *La gloria de don Ramiro*. 16세기 스페인을 다룬 역사 소설로, 아르헨티나 작가 엔리케 라레타(Enrique Larreta, 1873~1961)의 작품이다.

91   『투명인간』이 그러하다. 이 인물은 런던에서 절망적인 겨울을 보내는 고독한 화학과 학생으로서, 남들 눈에 보이지 않는다는 특전에는 그에 못지않은 불편함이 따른다는 사실을 결국 깨닫게 된다. 외투 자락이 저 홀로 휘날리고 구두가 저 홀로 도시를 돌아다니는 것을 보면 사람들이 경악할 것이므로 맨발에 맨몸으로 다녀야만 한다. 투명한 손에는 권총 한 자루 숨기는 것이 불가능하다. 소화되기 전에는 삼킨 음식 역시 감출 수가 없다. 해가 뜨면 유명무실한 눈꺼풀은 빛을 차단하지 못하고, 잠을 자도 눈을 뜨고 자는 것 같다. 유령과 같은 팔로 눈을 가려 봐도 소용없다. 거리에서는 교통사고의 위험이 높아 항상 깔려 죽을지도 모른다는 두려움에 떤다. 그는 런던에서 도망쳐야만 한다. 그는 가발로, 까맣게 그을린 코안경으로, 카니발의 코 장식과 의심스러운 턱수염으로, 장갑으로 덮어서 '그가 보

도로 핍진한 대니얼 디포의 소설이 그 예이다.) 이런 작품에서 자주 사용하는 방법은 함축적인 의미를 띤 간결한 세부 사항을 늘어놓는 전개이다. 이와 마찬가지로 조셉 폰 스턴버그의 영화 소설도 의미심장한 장면으로 구성된다. 이 세 번째 방법은 훌륭하고 어렵지만, 일반적인 적용 가능성이라는 관점에서 봤을 때 앞의 두 가지 방법, 특히 두 번째 방법보다 문학성은 떨어진다. 두 번째 방법은 순전히 문장을 통해서, 순전히 언어 능력을 통해서 작동하곤 한다. 이는 조지 무어의 시구에서도 입증된다.

　　나는 너의 연인이자, 금발의 여인
　　목젖은 내 입맞춤 밑에서 떨리고,[92]

　이 시의 묘미는 소유 대명사에서 정관사로의 이행으로, 놀랍게도 여자를 의미하는 정관사 'la'를 사용했다는 데 있다.[93]

이지 않는다는 것을 아무도 보지 못하도록' 해야 한다. 정체가 탄로 난 그는 내륙 지방의 벽촌으로 들어가 비참한 공포 시대의 막을 연다. 그곳에서 존경을 받으려고 어떤 남자에게 부상을 입힌다. 그러자 경찰국장은 수색견을 풀어서 주인공을 기차역에 몰아넣어 죽인다. 정황을 능숙하게 다룬 또 다른 예로는 1893년에 편찬한 키플링의 『창작집(Many Inventions)』에 수록된 「세상에서 가장 멋진 이야기」를 들 수 있다.(원주)

92　　George Moore(1852~1933)의 자서전 『한 젊은이의 고백』에 실린 프랑스어 시 「구월 밤」의 일부이다. 원문은 다음과 같다. "Je suis ton amant, et la blonde/ Gorge tremble sous mon baiser."

93　　이 시의 '연인'은 남성형 명사이다.

이와 정반대의 경우가 러디어드 키플링의 시이다.

바다표범을 그의 바다에서 멈추게 하는 스패로우더스트를 그들은 믿지 못했다.[94]

당연히, 소유 대명사 '그의'는 '바다표범'을 가리킨다.

1931년

---

94   Rudyard Kipling(1865~1936)의 시 「세 바다표범 사냥꾼의 노래」(1893) I절이다.

영화 평

최근 개봉한 영화에 대한 내 의견을 적는다.

여타 작품과 비교할 때, 최고의 영화는 단연 「살인자 드미
트리 카라마조프」다. 표도르 오체프[95] 감독은 한때 칭찬을 받
던 독일 영화와 그 약점(음울한 상징주의, 동일한 이미지의 헛된
반복 혹은 동어 반복, 외설, 기형적인 것에 대한 애호, 악마 숭배)을
노련하게 피해 가는 동시에, 독일보다는 조금 못한 소비에트
학파의 약점도 피해 갔다. 인물의 완전 삭제, 사진을 찍는 것
처럼 단순한 촬영, 소비에트 이념 고취를 위한 영화위원회의

---

95   Fyodor Alelcsandrovich Otsep(1985~1949). 러시아
      모스크바에서 태어난 감독이자 시나리오 작가이다.
      「살인자 드미트리 카라마조프(The muderer Dimitri
      Karama)」는 1931년 작이다.

조악한 유혹과 같은 오류 말이다.(프랑스 영화에 대해서는 말하지 않겠다. 지금껏 프랑스 영화가 추구한 것은 미국 영화처럼 보이지 않겠다는 것뿐인데, 애초에 그렇게 보일 위험은 없다.) 나는 이 영화의 원전인 방대한 소설을 알지 못한다. 이런 행복한 잘못 덕분에 눈앞에서 펼쳐지는 장면과 내가 읽은 작품이 얼마나 일치하는지 비교하고 싶은 부단한 유혹에 시달리지 않고 영화를 즐길 수 있었다. 이처럼 원전을 극심하게 모독했다거나 원전에 충실한 작품이라는 관념(둘 다 중요하지 않다.) 없이 보았을 때, 이 영화는 이루 말할 수 없이 굉장하다. 어디에도 종속되지 않고 아무런 일관성도 없는 영화 속 현실은 순전한 환상임에도 불구하고 조셉 폰 스턴버그[96]의 「뉴욕의 선창(The docks of New York)」 못지않게 압도적이다. 주인공이 살인 후 순진하고 천진하게 행복을 표현하는 장면은 이 영화 최고의 장면이다. 또한 다가오는 여명, 부딪치기 직전의 거대한 당구공, 돈을 챙기는 성직자 스메르자코프의 손을 보여 주는 장면은 탁월한 구상과 연출의 결과이다.

다음으로 이야기할 영화는 찰리 채플린의 「시티 라이트(City lights)」이다. 이 수수께끼 같은 제목의 작품에 대해 아르헨티나의 모든 비평가는 무조건적인 찬사를 보냈다. 사실 이 공공연한 찬사는 허세 가득한 개인적 행위의 결과라기보다는 우리의 우편 및 전신 서비스가 나무랄 데 없다는 증거다. 찰리 채

---

96   Josef von Sternberg(1894~1969). 오스트리아계 미국
      인 영화감독. 강렬하고 시적인 영상미로 큰 주목을 받
      았으며, 채플린에게 천재라는 찬사를 받기도 했다.

플린이 우리 시대의 신화에서 가장 인정받은 신들 중 하나이
자 키리코[97]의 움직이지 않는 악몽, 스카페이스 알 카포네의 불
뿜는 기관총, 한계가 없다고 하나 유한한 우주, 그레타 가르보
의 치솟은 어깨, 간디의 안경 쓴 눈과 동급이라는 사실을 누가
모른다는 말인가? 새로 나온 채플린의 최루성 코미디[98]가 놀라
운 영화라는 사실을 짐작하지 못할 사람이 누가 있겠는가? 현
실에서, 내가 현실이라 믿고 있는 현실에서 「황금광 시대(The
gold rush)」의 근사한 주인공이자 창작자인 채플린이 제작한
이 영화는 수많은 관객이 감상했지만, 실은 감상적 이야기에
경미한 소동을 덧씌워 놓은 지루한 영화에 지나지 않는다. 몇
몇 에피소드는 신선하지만, 청소부가 신의 섭리로 마주친 가
짜 코끼리가 이후 존재 이유(raison d'être)가 된다는 설정은 흘
러간 영화 「트로이아의 헬레네 사생활(The private life of Helen of
Troy)」[99]에 등장하는 트로이아의 청소부와 그리스인들의 목마
사건을 그대로 베낀 것이다. 「시티 라이트」는 일반적인 성격의
비판도 면할 수 없다. 이 영화는 현실성이 결여되었을 뿐만 아
니라 비현실성 또한 결여되어 실망스럽다. 「변호를 위하여」[100],

---

97   조르조 데 키리코(Giorgio de Chirico, 1888~1978). 살
      바도르 달리, 르네 마그리트 등의 초현실주의 화가에
      게 영향을 끼친 형이상회화파의 창시자.
98   comédie larmoyante. 18세기 프랑스에서 유래한 감성적
      희곡 장르.
99   헝가리 출신의 영국 영화감독 알렉산더 코다(Al-
      exander Korda, 1893~1956)의 1927년 작품이다.
100   원제는 For the defense. 존 크롬웰(John Cromwell,

「기회의 거리」[101], 「군중」[102], 「브로드웨이 멜로디」[103]처럼 현실
적인 영화가 있고, 의도적으로 비현실적인 영화가 있다. 이를
테면 극도의 개인주의를 그려 낸 프랭크 보제이즈[104]의 영화,
해리 랭던,[105] 버스터 키튼,[106] 세르게이 예이젠시테인[107]의 영화
가 그렇다. 이 비현실적인 영화에 상응하는 것이 채플린의 유
치한 장난질인데 그 수단은 얄팍한 영상, 유령 같은 속도의 액
션, 가짜 콧수염과 터무니없는 가짜 턱수염, 요란한 가발과 경
이로운 프록코트다. 「시티 라이트」는 현실성을 획득하지 못하
고 부자연스러운 상태로 남아 있다. 눈부시게 아름다운 맹인
여성과 언제나 변장에 능하고 마음 약한 찰리 채플린을 제외

　　　　1886~1979) 감독의 1930년 작품이다.

101　　원제는 Street of Chance. 존 크롬웰 감독의 1930년 작
　　　　품이다.

102　　킹 비더(King Vidor, 1894~1982) 감독의 1928년 작품
　　　　으로 원제는 The crowd.

103　　The broadway melody. 해리 버보트(Harry Beaumont,
　　　　1888~1966) 감독의 1929년 작품이다.

104　　Frank Borzage(1894~1962). 1927년 「제7의 천국」으로
　　　　최초의 아카데미상을 수상한 미국 감독으로 「무기여
　　　　잘 있거라」 등의 작품을 남겼다.

105　　Harry Langdon(1884~1944). 수십 편의 무성 영화에
　　　　출연한 희극 배우로 잘 알려져 있으며, 5편의 영화를
　　　　감독했다.

106　　Buster Keaton(1895~1966). 찰리 채플린과 함께 무성
　　　　영화 시대의 두 거장으로 꼽히는 배우이자 감독, 각색
　　　　자로 액션 코미디로 잘 알려져 있다.

107　　Sergei Eisenstein(1898~1948). 「전함 포템킨」으로 세
　　　　계적 명성을 얻은 소련의 영화감독.

하면, 이 영화에 나오는 모든 인물은 지극히 평범하다. 허술한 플롯은 20년 전의 산만한 연결 기술에 의지하고 있다. 시대착오와 의고주의는 문학에도 있다는 사실을 모르는 바는 아니지만, 의도적인 추구와 참담한 실패는 전혀 다른 것이다. 내 견해가 틀렸기를 바란다.(이런 바람이 이뤄지는 경우도 아주 많다.)

폰 스턴버그의 「모로코」 역시 따분하다. 다만 따분함의 정도가 압도적이라거나 죽고 싶을 지경까지는 아니다. 이 감독이 「암흑가(Underworld)」에서 구사하던 간결한 영상, 정교한 구성, 모호하지만 적절한 기법은 이 영화에서 엑스트라를 대거 등장시키고 과도하게 지역색을 입히는 것으로 대체되었다. 폰 스턴버그는 영화의 배경이 모로코임을 드러내기 위한 방편으로 할리우드 외곽에 가짜 모로코 도시를 세우고, 호화로운 아라비아 망토, 분수, 새벽에 기도 시간을 알리는 중저음의 목소리, 대낮의 낙타로 채웠다. 반면에 전반적인 플롯은 훌륭하고, 사막에서 맞이하는 결말은 우리 아르헨티나 문학의 『마르틴 피에로』 제I권[108]이나 미하일 아르치바셰프의 러시아 소설 『사닌(Sanin)』[109]처럼 처음으로 돌아가는 구조를 가지고 있다. 「모로코」를 즐겁게 감상하는 사람은 있겠지만, 그의 다른 작품인 훌륭한 「드라그넷(The dragnet)」에서처럼 지적 쾌락을 느끼기는 힘들 것이다.

---

108 아르헨티나 작가 호세 에르난데스가 1872년에 출판한 『가우초 마르틴 피에로』를 가리킨다.

109 러시아 소설가 Mikhail Artsybashev(1878~1927)가 1907년 출간한 장편 소설이다.

* * *

러시아인들은 커다란 병, 황소의 목덜미, 기둥을 사각 촬영
(이미지 왜곡)하는 것이, 순식간에 아시리아인으로 변장한다
거나 세실 B. 데밀[110]이 뒤죽박죽으로 뒤섞어 버린 할리우드 엑
스트라 I001명보다 조형적 가치가 월등하다는 사실을 발견했
다. 또한 미국 중서부 지역의 관습(고발과 스파이의 장점, 해피 엔
딩과 결혼, 매춘부의 때 묻지 않은 순수성, 술에 취하지 않은 젊은이
의 결정적인 어퍼컷)이 이에 못지않게 감탄스러운 다른 관습으
로 바뀔 수 있다는 것도 발견했다. (이를테면 소비에트 최고의 영
화에서는 전함이 인구가 많은 오데사 항구를 근거리 포격하는데도
대리석 사자상 말고는 사상자가 나오지 않는다. 사람이 다치지 않게
조준하는 이런 솜씨는 포템킨이 러시아 최고의 전함, 고귀한 전함이
기 때문에 가능한 것이다.) 할리우드 제작 영화에 신물을 내던 세
계는 이런 발견을 추앙했으며, 여기저기서 쏟아진 찬사를 보
면 소비에트 영화가 미국 영화를 영원히 쓸어버린 듯했다.(알
렉산드르 블로크[111]가 월트 휘트먼 특유의 어조로 러시아인은 스키타
이 출신이라고 말하던 시절이었다.) 소비에트 영화의 최고 장점은
할리우드의 장기 집권을 중단시킨 데 있다는 사실을 잊거나
잊고 싶었던 것이다. 몇 편의 훌륭하고 탁월한 폭력 영화(「폭군

---

110   Cecil B. DeMille(1881~1959). 스펙터클 시대극의 창
시자라고 부르는 미국의 영화감독.

111   Alexander Blok(1880~1921). 20세기 초 러시아 상징주
의를 주도한 시인.

이반」, 「전함 포템킨」, 어쩌면 「시월」[112]까지)가 비교 불가능한 코미디(찰리 채플린, 버스터 키튼, 헨리 랭던)부터 순수하게 환상적인 작품(신화적인 크레이지 캣[113]과 빔보[114])에 이르기까지 모든 장르에서 훌륭한 성과를 거둔 복잡하고 방대한 문학과 견준다는 것은 불가능하다는 사실을 잊었던 것이다. 소비에트 영화에 대한 경종이 울렸고, 할리우드는 소비에트 영화의 영상 기술을 개선하거나 향상시켰을 뿐, 크게 걱정하지 않았다.

그러나 킹 비더는 달랐다. 오래도록 기억에 남을 작품「할렐루야」[115]를 만드는가 하면 변변찮고 쓸모없는 「빌리 더 키드」[116]를 만든 기복이 심한 감독, 바로 그 킹 비더 말이다. 「빌리

---

112   모두 에이젠슈테인의 영화로 「전함 포템킨(The battle-ship Potemkin)」은 1925년, 「시월(October)」은 1928년 제작되었으며, 「폭군 이반(Ivan the terrible)」의 경우 1944년 만들어진 1부를 시작으로 1958년 2부가 개봉되고 3부는 미완성으로 남았다. 보르헤스가 「폭군 이반」을 언급하는 것은 후에 글을 수정했기 때문인 것으로 보인다.

113   미국의 만화가 조지 헤리먼(George Herriman, 1880 1944)이 1911년부터 1944년까지 신문에 연재하던 카툰이다.

114   1930년대 유명해진 카툰 캐릭터 '베티 붐'의 남자 친구 이름.

115   킹 비더 감독의 1929년 작으로, 할리우드 메이저 영화사 최초로 흑인들로만 캐스팅을 시도한 뮤지컬 영화이다.

116   서부 개척 시대 당시 전설적인 무법자 빌리 더 키드의 이야기를 다룬 킹 비더 감독의 흑백 서부 영화로, 1930년 작품이다.

더 키드」는 애리조나의 악명 높은 총잡이가 스무 명을 살해한 (멕시코인은 계산하지 않았다.) 사건을 다룬 영화로, 사막을 표현 하기 위해 체계적으로 클로즈업을 배제하고 패닝 쇼트를 남용 한 것 이외에는 아무런 장점이 없는 영화이다. 킹 비더의 가장 최근작은 한때 표현주의를 추구하던 엘마 라이스[117]가 쓴 동명 의 희곡을 각색한 「거리의 풍경」이라는 작품인데, '표준'처럼 보이지 않겠다는 부정적인 열정 하나로 만든 영화다. 이 영화 의 줄거리는 지나치게 간략해서 만족스럽지 못하다. 예를 들 어 고상한 주인공이 있는데, 악당의 손아귀에 들어간다. 낭만 적인 커플이 있는데 법률적, 종교적으로 결합이 금지되어 있 다. 과하게 원기 왕성한 허풍쟁이 이탈리아인이 있는데, 작품 에서 담당한 양념 역할이 지나쳐서 다른 배우도 비현실성에 물든다. 진짜처럼 보이는 인물도 있고, 가짜처럼 보이는 인물 도 있다. 본질적으로 사실적인 작품이라기보다는 실패하거나 어정쩡한 낭만주의 작품인 것이다.

이 영화에는 두 개의 명장면이 있다. 하나는 새벽 장면으 로, 어둠이 사라지는 과정이 음악을 통해 압축적으로 표현된 다. 다른 하나는 살인 장면인데, 요란한 소리와 격정적인 얼굴 을 통해 간접적으로 표현하고 있다.

1932년

---

117   Elmer Rice(1892~1967). 미국의 극작가. 「거리의 풍 경(Street scene)」은 1929년 작품이다.

서사 기법과 주술

    소설의 여러 가지 기법에 대한 분석은 그다지 널리 알려져 있지 않다. 그동안 이 문제를 등한시한 데는 다른 문학 장르가 시기적으로 앞섰다는 역사적 이유도 있지만, 이보다 근본적인 이유는 소설에는 여러 기법이 복잡하게 얽혀 있어서 구성에서 떼어 내기가 힘들기 때문이다. 추리물이나 애가(哀歌)를 분석하는 사람은 전문 용어도 갖추고 있고, 적절한 예문을 제시하기도 용이하다. 반면에 주동 인물이 많이 등장하는 장편 소설을 분석하는 사람은 적절한 용어가 없어 곤란을 겪을 뿐만 아니라 주장하는 바를 뒷받침할 수 있는 예문을 제시하기도 쉽지 않다. 사정이 이러하므로 이어지는 논의에는 독자 여러분의 적지 않은 인내가 필요할 것이다.

    먼저 윌리엄 모리스의 『이아손의 삶과 죽음』(1867)에서 소설적 측면[118]을 다루겠다. 이 글의 목적은 문학에 있지, 역사에 있지 않다. 따라서 모리스의 작품과 헬레니즘의 관련성에 대한 연구나 언명은 모두 배제하기로 한다. 다만 하나 언급해 둘 것은 고대인들(아폴로니오스 로디오스[119]도 그중 한 사람이다.)은 아르고호의 원정 이야기를 시로 썼다는 것이며, 그 후 1474년에 「용감한 귀족 기사 이아손의 편력과 무용담(Les faits et prouesses du noble et vaillant chevalier Jason)」이 나왔다는 것이다. 이 작품은 당연히 부에노스아이레스에서는 접할 수 없지만, 영국 학자는 참고할 수 있을 것이다.

모리스가 직면한 어려움은 이올코스의 왕 이아손의 기상천외한 모험을 핍진하게[120] 서술하는 것이었다. 표현의 참신성이라는 서정시의 일반적인 기법은 1만여 행이나 되는 이 작품에서는 불가능한 것이었다. 이런 작품은 무엇보다도 진짜 이야기라는 외양이 필요했다. 그럼으로써 콜리지의 말처럼 "시적 믿음을 구성하는 불신의 자발적 유예"를 이끌어 낼 수 있어야 했다. 모리스는 이런 시적 믿음을 고취하는 데 성공했는데, 이제 그 방법을 살피고자 한다.

I책[121]에서 예를 들어 보자. 나라를 빼앗긴 이올코스의 왕

---

118   모리스의 이 작품(*The life and death of Jason*)은 '이야기 시(narrative poem)', 다시 말해서 시로 쓴 이야기이다.

119   Apollonios Rhodios는 기원전 3세기 초반에 활동한 그리스 작가로, 『아르고호 원정대』라는 작품을 남겼다.

120   이 글에서 'verosilitud'은 '핍진성(逼眞性)'으로 옮기고, 'verosímil'은 '핍진한', '핍진하게'로 옮긴다.

121   『이아손의 삶과 죽음』은 모두 17책(book)으로 구성되어 있다. 이때 '책'은 현대의 장에 해당한다.

이아손은 숲속에 사는 켄타우로스(半人半馬) 케이론에게 아들을 맡겼다. 여기서 문제는 켄타우로스라는 존재가 핍진성을 획득하기 어렵다는 데 있다. 모리스의 해법은 요령부득이다. 처음에는 켄타우로스족의 내력을 언급하고, 이어 켄타우로스만큼 이상한 맹수들의 이름을 이야기에 뒤섞어 놓는다. 그리고 전혀 놀라지도 않고 이렇게 설명한다.

  "켄타우로스들의 화살이 곰과 늑대를 발견하는 곳"

이렇게 우연인 듯 처음으로 켄타우로스를 언급하고, 30행이 지나도록 다른 얘기만 하다가 이윽고 켄타우로스를 묘사한다. 노왕(老王)은 노예에게 아이를 산발치에 있는 숲으로 데리고 가서 뿔피리를 불라고 명한다. 그러면 켄타우로스가 나타날 것인데 "중후한 얼굴에 사지(四肢)가 길다"고 하면서, 그 앞에 무릎을 꿇으라고 일러 준다. 이밖에도 여러 가지 명령을 연달아 내리다가 세 번째로 켄타우로스를 언급하는 대목에서 은근슬쩍 부정적으로 얘기한다. 왕은 노예에게 켄타우로스를 보더라도 두려워하지 말라고 타이른다. 그리고 아이를 떠나보낼 생각에 괴로워하다가 "눈 밝은 켄타우로스들"(켄타우로스의 장점인데, 활을 잘 쏘기로 이름난 데서도 알 수 있다.)과 함께 숲에서 살아갈 아이의 장래를 상상해 본다.[122] 노예는 아이를 태우고 말을 달려 동틀 무렵 숲에 도착하여 말에서 내린다. 아이를 업

---

122   다음 시구를 참고하시오. "무장한 카이사르, 매의 눈
         초리"(단테,『신곡』「지옥편」, 4곡 123행)(원주)

고 떡갈나무 사이로 걸어 들어간 노예는 뿔피리를 불고 기다
린다. 아침이 밝아 검은 티티새 한 마리가 울고 있는데도 하인
은 말발굽 소리를 구별해 낸다. 두려움 때문에 심장이 두근거
려서 아이가 온통 금빛으로 반짝이는 뿔피리를 잡으려고 버둥
거리는 줄도 모른다. 켄타우로스 케이론이 나타난다. 전에는
케이론의 머리칼이 얼룩덜룩하다고 했는데, 이제는 하얀 것
이 사람 머리칼 색깔과 별 차이가 없다. 그리고 짐승 몸과 사람
몸의 접합부는 떡갈나무 잎으로 만든 테를 둘러 가렸다. 노예
는 무릎을 꿇는다. 이왕 말이 나왔으니 하나 더 얘기하자면, 모
리스는 켄타우로스의 생김새를 묘사하지 않아도 되고, 독자의
상상력을 자극하지 않아도 된다. 독자인 우리가 현실 세계를
믿듯이 그의 말을 믿도록 만들면 충분하다.

　이와 동일하지만 한층 점진적인 설득 방식은 14책의 세이
렌 일화에서 찾을 수 있다. 세이렌이 등장하기 전의 이미지는
감미롭다. 온화한 바다, 오렌지꽃 향기를 실어 오는 미풍, 마녀
메데이아가 누구보다 먼저 인지한 위험한 음악, 선원들이 뭔
지도 모르고 행복한 표정을 짓다가 이내 음악이 들려오고 있
음을 알아차린 일, 그리고 간접적으로 이야기하기 때문에 처
음에는 말〔言語〕이라는 사실이 잘 드러나지 않아서 핍진성 있
어 보이는 사건이 그렇다.

　　그리고 선원들의 얼굴에서 여왕은 알 수 있었다네.
　　비록 말은 없었지만 거친 바다 위에서
　　고생한 선원들에게는 얼마나 감미로웠던가를.

한 무리의 세이렌이 출현하기 전까지는 그렇다. 드디어 세이렌 무리가 노 젓는 선원들 눈에 들어오지만, 다음 구절이 암시하듯이 항상 일정한 거리를 유지한다.

…… 세이렌들이 가까이 있었기에
거센 저녁 바람이 불어와 긴 머리채가
하얀 몸을 가로질러 어떤 간절한 환희를 가리면서
황금빛 물보라로 흩날리는 것을 보았다네.

마지막 행의 상세한 묘사 "황금빛 물보라"(흩날리는 머리칼을 말함인가? 비산하는 파도인가? 둘 다인가? 그도 아니면, 어느 것이라도 상관없다는 말인가?)와 "어떤 간절한 환희를 가리면서"라는 표현은 다른 의도가 있다. 세이렌의 성적 매력을 의미하는 것이다. 이러한 이중의 의도는 다음 시행에서도 반복된다. "세이렌의 몸은 …… 눈물의 안개에 가려 선원들의 눈에 보이지 않았다." (이 두 가지 기법은 켄타우로스의 몸에 두른 떡갈나무 테의 기법과 동일하다.)

세이렌에게 극도로 분노한 이아손은 이들을 '바다의 마녀'라고 부르면서[123] 오르페우스에게 감미롭기 이를 데 없는 노래

---

123   시간의 흐름에 따라서 세이렌의 모습도 달라진다. 세이렌을 최초로 언급한 사람은 음유 시인 호메로스로 『오디세이아』 12책에서 나오는데, 세이렌이 어떤 모습인지는 말하지 않는다. 오비디우스에 따르면, 세이렌은 처녀 얼굴에 깃털이 발그스름한 새다. 아폴로니오스 로디오스는 상반신은 여자고 하반신은 물새라고

얘기하고, 스페인 극작가 티르소 데 몰리나(Tirso de Molina)는 "반은 여자이고, 반은 물고기다."라고 얘기한다.(문장(紋章)에 묘사된 세이렌도 마찬가지다.) 세이렌이 어떤 종류의 동물인지도 의견이 분분하다. 렘프리에르(Lemprière)는 『고전학 사전』에서 님프라고 기술하고, 키세라(Quicherat)는 『라틴어 시학 사전』에서 괴물, 그리말(Grimal)은 『고대 그리스 로마 신화 사전』에서 악마라고 기술한다. 세이렌은 서쪽에 있는 키르케섬 근처의 어느 섬에 사는데, 세이렌 가운데 하나인 파르테노페의 시신이 캄파니아에서 발견되었다. 이 세이렌의 이름을 따서 도시 이름을 한동안 파르테노페라고 불렀는데, 그 도시가 지금의 나폴리이다. 그리스 지리학자 스트라본(Strabon)은 이 세이렌의 무덤을 보았으며, 정기적으로 열리는 추모 행사인 체조 경기와 횃불 들고 달리기를 구경하였다고 한다.

『오디세이아』에 따르면, 세이렌은 선원을 유혹하여 뱃길을 잃게 만든다. 오디세우스는 목숨을 잃지 않고 세이렌의 노래를 듣고 싶었다. 그리하여 노 젓는 선원들에게 밀랍으로 귀를 막으라고 명령하고, 자기를 돛대에 묶게 하였다. 세이렌은 오디세우스를 유혹하려고 세상의 온갖 일을 다 알려 주겠다고 약속했다.

우리 입에서 나오는 감미로운 목소리를 듣지 않고 검은 배를 타고 이곳을 지나간 사람은 아무도 없었답니다. 마음은 황홀해지고 생각은 더 지혜로워진답니다. …… 신들의 뜻에 따라 드넓은 트로이아에서 아르고스인과 트로이아인이 얼마나 많은 고초를 겪었는지 우리는 알고 있답니다. 또 풍요로운 대지에서 앞으로 일어날 일도 모두 알고 있답니다.(『오디세이아』, 12책).

신화학자 아폴로도로스의 『도서관(Bibliotheca)』에 수

를 부르라고 명한다. 여기서 긴장이 야기된다. 모리스는 놀랄
만큼 솔직하게 세이렌의 순결한 입에서 나온 노래와 오르페우
스의 노래가 예전에 부르던 것을 기억나는 대로 부른 것에 지
나지 않는다는 점을 밝힌다. 이와 동일하게 색채에 대한 정확
한 묘사("노란 바닷가", "황금빛 물보라", "잿빛 절벽")도 저 아득한

록된 전설에 의하면, 오르페우스가 아르고호 선상에
서 세이렌보다 더 감미롭게 노래하자 세이렌은 바다
로 몸을 던져 바위로 변했다고 한다. 유혹에 넘어가지
않은 사람이 있으면 자살하는 것이 세이렌 세계의 율
법이었던 것이다. 스핑크스 또한 수수께끼를 맞히는
사람이 나타나자 높은 곳에서 몸을 던졌다.
6세기에 웨일즈 북쪽에서 세이렌이 붙잡혀 세례
를 받았다. 이 세이렌은 고대의 책력을 보면 무르간
(Murgan)이라는 이름의 성녀로 나온다. 1403년에는
또 다른 세이렌이 제방 틈으로 들어와 죽을 때까지 네
덜란드의 하를렘에서 살았다. 이 세이렌의 말을 알아
듣는 사람은 아무도 없었는데도 세이렌에게 실 잣는
법을 가르쳐 줬다고 한다. 또 이 세이렌은 본능적으로
십자가를 숭배했다고 한다. 16세기 어느 연대기 작가
는 세이렌이 실을 자을 줄 아는 것으로 보건대 물고기
가 아니며, 수중에서 살 수 있는 것으로 보건대 여자가
아니라고 주장했다.
영어에서는 고전에 등장하는 사이렌(Siren)과 사람 몸
에 물고기 꼬리가 달린 인어(mermaid)를 구별한다. 인
어의 이미지는 포세이돈을 수행하는 반인반어(半人
半魚)의 해신 트리톤에서 유추한 것이다.
플라톤의 『국가』 제10책을 보면, 여덟 명의 세이렌이
여덟 개의 동심원 하늘 회전을 주재한다.
어느 조야한 사전에서는 "세이렌: 상상의 바다짐승"
이라고 정의하고 있다.(원주)

옛날의 황혼에서 살아남은 듯해서 우리를 감동시킨다.

세이렌은 "황금으로 치장한 가녀리고 어여쁜 육신"을 노래하면서 물처럼 아련한 행복이 있다고 유혹한다. 이에 맞서 오르페우스는 뭍에도 갖가지 기쁨이 있다고 응수한다. 세이렌은 "변화무쌍한 바다를 지붕으로 삼고 있는"(이 시구는 2500년 후에, 아니면 50년 후에 폴 발레리가 되풀이한다.[124]) 한가한 해저 천국을 약속한다. 세이렌은 계속 노래한다. 그런데 이런 세이렌의 노래를 바로 잡으려는 오르페우스의 노래는 위험하기 짝이 없는 감미로움에 얼마간 오염된다. 마침내 아르고호가 위험 지역을 통과하여 긴장이 풀리고 긴 항적을 남길 때쯤, 키가 큰 어느 아테네인이 줄지어 노 젓는 선원들 사이로 달려가더니 선미에서 바다로 몸을 던진다.

두 번째 픽션을 살펴보기로 한다. 에드거 앨런 포의 『아서 고든 핌의 이야기』(1883)이다. 이 소설의 숨은 줄거리는 흰 것에 대한 공포와 비방이다. 포는 끝도 없이 하얀 남극 근처에 어떤 종족이 살고 있다고 얘기한다. 대대로 외지인과 백색 폭풍에 시달리며 살아온 이 종족은 흰색을 극도로 혐오하는데, 안목 있는 독자라면 마지막 장 마지막 구절에 다다를 즈음에는 역시 흰색을 싫어하리라고 생각한다. 이 작품의 줄거리는 다음 두 가지

124　폴 발레리가 1920년에 발표한 유명한 시 「해변의 묘지」를 가리킨다. 2500년은 아르고호 원정대를 기점으로 1920년까지 계산한 것이고, 50년은 윌리엄 모리스의 『이아손의 삶과 죽음』이 출판년도인 1867년을 기점으로 계산한 것이다.

이다. 하나는 표면적인 것으로 바다에서의 모험이다. 다른 하나는 확실하고 은밀하고 점증하는 것으로 작품 말미에 밝혀진다. 언젠가 말라르메는 이런 말을 했다고 전한다. "대상을 명명하는 것은 시에서 느낄 수 있는 즐거움의 4분의 3을 앗아 가는 일이다. 시의 즐거움은 짐작해 보는 데서 오는 행복에 있기 때문이다. 꿈이 무언가를 암시하는 데 있듯이 말이다." 나는 용의주도한 말라르메가 4분의 3이라는 수치를 제시할 정도로 경박하다고 생각하지는 않는다. 하지만 전반적으로는 말라르메다운 말이며 낙조에 대한 다음 두 행은 이를 잘 예시하고 있다.

아름다운 자살은 의기양양하게 도망갔으니,

영광의 잉걸이요, 거품을 일으키는 피요, 황금이요, 폭풍우였어라![125]

의심할 나위 없이 이 구절은 『아서 고든 핌의 이야기』에서 영감을 얻은 것이다. 비인격적인 흰색이 말라르메 것이 아니라고? (포는 멜빌이 눈부시게 현란한 『모비딕』의 42장 제목 '고래의 흰색'에서 밝힌 것과 동일한 이유 혹은 직관에서 이 흰색을 선택했다고 생각한다.) 여기서 포의 소설 전부를 예로 들어 분석하기는 불가능하므로 숨은 줄거리에 속하는 하나의 측면만(다른 측면도 그러하지만) 예로 들기로 한다. 바로 앞서 말한 검은 피부의 종족과 이 종족이 사는 곳의 시냇물 이야기다. 시냇물을 적색

---

125   스테판 말라르메의 소네트 「아름다운 자살은 의기양양하게 도망갔으니」의 첫 구절이다.

이거나 청색이라고 했다면, 이는 흰색의 가능성을 완전히 부
정하는 처사였을 것이다. 포는 이 문제를 다음과 같이 해결함
으로써 우리의 상상력을 풍성하게 만들어 준다.

　　물이 특이해서 우리는 마시지 않겠다고 사양했다. 오염됐
다고 생각했기 때문이다. …… 그 시냇물의 성격을 명확하게
설명하기는 어렵다. 한두 마디로는 안 되고 장황하게 얘기하
는 수밖에 없다. 경사진 곳에서는 일반적인 물처럼 빠르게 흘
렀지만 폭포에서 떨어질 때를 제외하고는 일반적인 물과 달리
전혀 투명하지 않았다. 그렇지만 사실은 이 세상의 여느 석회
암 지대의 물처럼 아주 맑다. 단지 겉모습만 다를 뿐이다. 언뜻
봤을 때 특히 경사가 없는 곳을 흐를 때는 일반적인 물에 아라
비아고무를 많이 섞은 것과 흡사한 농도를 보였다. 그러나 그
물의 이상한 성질은 이것이 전부가 아니었다. 물은 무색도 아
니었고, 색상도 균일하지 않았다. 흐를 때 보면 반짝이는 비단
처럼 다채로운 보라색으로 아른거렸다. …… 물을 한 그릇 가
득 떠서 출렁거림이 멎을 때까지 기다려 봤더니, 상이한 색조
의 수많은 결이 뚜렷하게 드러났다. 한 결은 다른 결과 뒤섞이
지 않았다. 결마다 자기들끼리는 입자가 완벽하게 응집했으나
옆에 있는 결과는 응집하지 않았다. 결을 가로질러 칼로 그으
면 보통의 물과 마찬가지로 곧바로 다시 모였고, 칼이 지나간
자리는 즉시 사라졌다. 그러나 두 결 사이로 정확하게 칼을 넣
으면 완벽하게 갈라졌고, 곧바로 응집하지도 않았다.

　　이상의 예로부터 소설의 주요 문제가 인과성임을 알 수 있

다. 소설 가운데 느린 템포의 성격 소설은 다양한 모티브를 결합하여 소설이 실제 세계와 다르지 않다는 것을 보여 주려고 한다. 그러나 이런 소설은 흔치 않다. 복잡한 사건을 다루는 소설에서 그러한 모티브 결합은 적합하지 않다. 짧은 단편 소설이나 무한정한 '구경거리 소설'[126](할리우드에서 은막의 여왕 조앤 크로포드[127]를 등장시켜 제작하고, 수많은 도시에서 읽고 또 읽는 소설)에서도 마찬가지로 부적합하다. 이런 작품에서는 매우 상이한 법칙, 아주 오래되고 명료한 법칙이 지배한다. 다시 말해서 주술이라는 원시적인 명료성이다.

이러한 고대의 방법 또는 열망을 프레이저는 공감이라는 단 하나의 일반 법칙으로 묶었다.[128] 상이한 사물이라도 생김새가 유사하거나(동종 주술 또는 모방 주술), 이전에 접촉한 적이 있으면(감염 주술) 필연적으로 상호 작용한다는 것이다. 감염 주술의 예는 케넬름 딕비[129]의 연고인데, 이 연고는 동여맨 상처에 바르는 것이 아니라 상처를 낸 금속에 바른다. 그러면 별

---

126   보르헤스가 영화를 소설로 간주하여 만들어 낸 신조어.

127   Joan Crawford(1904~1977). 미국의 영화배우이자 텔런트.

128   영국 인류학자 제임스 조지 프레이저(James George Frazer, 1854~1941)가 『황금가지』에서 전개한 이론이다.

129   Kenelm Digby(1603~1665). 영국의 조신(朝臣)이자 외교관, 자연철학자. 공감 가루약(powder of sympathy)을 발명했다고 주장했다. 새뮤얼 존슨은 『영어사전』(1755)에서 이 약을 무기 연고(weaponsalve)라고 불렀는데, 아마도 보르헤스는 이 사전을 참고한 듯하다.

다른 치료를 하지 않아도 상처가 아문다는 것이다. 동종 주술의 예는 무수히 많다. 네브래스카의 홍인종[130]은 들소가 몰려오도록 들소 가죽을 둘러쓰고 뿔과 갈기를 단 채로 덜거덕거리며 사막에서 밤낮으로 요란하게 춤을 추었다. 중앙 오스트레일리아의 주술사는 아래팔에 상처를 내어 피를 흘렸다. 그러면 하늘도 그를 모방하여 비를 뿌린다는 것이다. 말레이반도에 사는 사람들은 원수를 죽이고 싶으면 밀랍상을 만들어 괴롭히거나 위해를 가했다. 수마트라의 불임 여성은 나무로 만든 어린아이상을 넓적다리에 간수하면 임신한다고 믿었다. 이와 동일한 유사성의 논리에 따라 강황의 노란 뿌리는 황달 치료에 사용했고 쐐기풀 달인 물은 두드러기 치료에 사용했다. 이처럼 터무니없고 우스운 예를 모두 열거할 수는 없다. 그렇지만 내가 제시한 예만으로도 주술은 인과성의 모순이 아니라 인과성의 왕관 혹은 악몽이라는 점을 증명하기에 충분하다. 기적은 천문학자의 세계에서 그렇듯이 이 세계에서도 낯설지 않다. 모든 자연법칙이 이 세계를 지배하며, 상상의 법칙 또한 이 세계를 지배한다. 미신을 믿는 사람에게는 탄환과 죽음 사이에만 필연적인 관계가 있는 것이 아니라 밀랍 인형을 학대한다거나 거울이 깨진다거나 소금을 엎지른다거나 식탁에 열세 명이 둘러앉는 것과도 필연적인 관계가 있다.

　이처럼 무서운 관계, 다시 말해서 황당하지만 틀림이 없는 인과 관계는 소설 또한 지배한다. 호세 안토니오 콘데[131] 박사

130　아메리카 대륙의 원주민을 예전에 홍인종이라고 불렀다.
131　José Antonio Conde(1766~1820). 스페인의 아랍 연구

의 책『아랍인의 스페인 지배사』를 보면, 사라센의 역사가는 왕이나 칼리프가 '죽었다.'라고 기술하지 않고 '큰 상과 보답을 받게 되었다.', '전능하신 분의 자비에 안기셨다.', '수많은 해와 달의 나날 동안 운명을 기다리셨다.'라고 기술한다. 말이 씨가 되어 두려운 일이 현실이 되지 않을까 하는 우려 때문이다. 이런 우려는 현실 세계에 대한 아시아인의 혼란스러운 인식에서는 엉뚱하고 쓸데없는 것이지만 소설에서는 그렇지 않다. 소설은 주목을 끄는 것, 반향을 일으키는 것, 연관성 있는 것의 엄밀한 유희가 되어야만 한다. 잘 짜인 이야기에서는 모든 일화가 결말의 징후이다. 이를테면 체스터턴의 환영 같은 이야기 가운데 한 작품을 보면, 어떤 사람이 트럭이 달려오는 것을 보고 위험하다고 생각하여 낯선 사람을 와락 밀친다. 불가피하지만 깜짝 놀랄 수밖에 없는 이런 폭력 행사는 마지막 행동을 예시하는 것으로, 가해자는 정신 이상자로 판명되어 범죄를 저질렀음에도 처벌을 받지 않게 된다.[132] 다른 작품에서는 한 남자(수염, 가면, 가명을 사용한다.)가 꾸며 낸 위험천만하고 거대한 음모가 2행 연구(二行聯句)에 앙큼하다 싶은 정도로 정확하게 예고되어 있다.

가. 1820년부터 1821년까지 3권으로 된『아랍인의 스페인 지배사』를 출판했다.

132   길버트 키스 체스터턴(Gilbert keith Chesterton, 1874~1936)의「정직한 사기꾼(The Honest Quack)」을 가리킨다.

모든 별이 단 하나의 태양에 희미해지듯이

말은 많으나 '그 말(The Word)'은 하나다.[133]

이 구절은 나중에 대문자로 쓴 단어가 바뀌면서 해독된다.

말은 많으나 그 말은 '하나(One)'다.

　세 번째 이야기[134]에서 처음의 이야기 구도(단도를 던져 사람을 죽이는 원주민에 대한 간략한 언급)는 탑 꼭대기에서 친구의 화살에 찔려 죽는다는 줄거리와 정반대다. 단도는 날아가고, 화살로 찌르기 때문이다. 이런 서술은 작품에서 두고두고 영향을 미친다. 언젠가 지적했듯이 무대 배경에 대해 한마디라도 미리 언급하는 것은 언급도 에스타니슬라오 델 캄포가『파우스토』에 삽입한 동틀 녘, 팜파스, 해 질 녘의 묘사를 눈에 거슬리는 비현실성으로 오염시키는 것이다. 이러한 서술과 일화의 목적론[135]은 훌륭한 영화에서도 흔히 찾아볼 수 있다.「쇼다운(The showdown)」(1928)의 도입부에서 서부인들은 창녀를 차지하려고 카드 게임을 한다. 마지막에서는 서부인 가운데 한 명이 진정으로 사랑하는 여자를 소유하기 위해 카드 게임을

133　인용문은 체스터턴의「충성스러운 반역자(The Loyal Traitor)」이다.

134　체스터턴의「하늘에서 날아온 화살(The Arrow of Heaven)」을 가리킨다.

135　여기서 '목적론'은 아리스토텔레스의 용어다.

벌인다. 「암흑가」(1927)의 첫 대화는 밀고에 관한 것이고, 첫 장면은 길거리 총격전이다. 이런 대화와 장면은 중심 사건에 대한 예고이다. 「불명예(Dishonored)」(1931)에서는 칼, 키스, 고양이, 배신, 포도, 피아노 등의 테마가 되풀이된다. 그러나 작품에 대한 보강 진술로, 또 작품이 암시하는 바와 기념비적인 작품의 구절로 자율적인 세계를 구축한 가장 완벽한 예는 조이스의 『율리시즈』해설서이다. 이는 길버트의 연구서[136]만 살펴봐도 충분한데, 이 책이 없으면 현기증 나는 작품을 읽어 보기 바란다.

이상의 논의를 요약하겠다. 나는 인과 관계가 작용하는 두 가지 과정을 구별했다. 하나는 자연적인 과정으로, 여기에서는 통제 불가능하고 무한한 인과 관계가 부단히 작동한다. 다른 하나는 마술적인 과정으로, 여기에서는 인과 관계가 명쾌하고 제한적이어서 세부 사항까지도 예견할 수 있다. 소설에서는 후자만이 유일하게 진실하다고 생각한다. 전자는 심리적 모의 실험용이다.

1932년

---

136   스튜어트 길버트(Stuart Gilbert, 1883~1969)의 『제임스 조이스의 율리시즈 연구』(1930)를 가리킨다.

폴 그루삭[137]

서재를 찾아보니 폴 그루삭의 저서가 열 권이나 있다. 나는 쾌락을 추구하는 독자로, 단 한 번도 책 구입과 같은 지극히 사적인 취미에 의무감이 끼어들도록 용인한 적이 없고, 이전에 읽은 책이 재미없다고 새 책을 집어 드는 식으로 짜증나는 작가에게 운을 두 번 시험한 적도 없으며, 아무 책이나 무더기로 사들인 적도 없다. 그렇다면 차근차근 모은 저 열 권은 그루삭의 책이 꾸준히 읽을 만했다는 증거이다. 영어에는 이런 조건을 갖춘 책을 일컫는 명사 '읽어 볼 만함(readableness)'이 있는데, 스페인어로 쓴 책에서는 좀처럼 찾기 힘든 덕목이다. 스페인어 책의

---

137   이 글은 프랑스계 아르헨티나 작가 폴 그루삭이 서거한 직후, 잡지 《노소트로스(Nosotros)》(1929년 7월)에 발표한 것이다.

까다로운 문체는 그런 글을 쓰느라 고생한 작가만큼은 아니더라도 독자를 매우 힘들게 만들기 때문이다. 그루삭을 제외하면 알폰소 레예스[138]만이 고생한 흔적을 잘 감춰서 겉으로 드러나지 않게 글을 쓴다.

찬사만이 능사는 아니므로, 그루삭을 정의할 필요가 있다. 그루삭이 용인하거나 추천하는 정의(파리에서 건너온 분별력 있는 여행자에 불과하다거나 혼혈인들 가운데 사는 볼테르 전도사라는 정의)는 그루삭을 인정해 준 나라와 극찬하고 싶은 사람을 맥빠지게 만들고, 그저 교직자로만 생각하게 만든다. 그루삭은 고전주의적인 인간은 아니었으며(본질적으로는 호세 에르난데스가 훨씬 더 고전적이었다.) 그의 글을 읽기 위해 고전주의 교육이 필요하지도 않았다. 예를 들어 아르헨티나 소설을 읽을 수 없는 이유는 절제가 없어서가 아니라 상상력이 없어서, 열정이 없어서다. 우리의 삶도 마찬가지라고 생각한다.

분명 폴 그루삭의 글에는 교수다운 질책, 다시 말해서 무능에 대한 지식인의 추상같은 분노 외에도 무언가가 있었다. 그루삭의 경멸에는 사심 없는 즐거움이 있었던 것이다. 그루삭의 문체는 항상 멸시하는 투였다. 그러나 글을 쓴 사람을 못마땅하게 여기지는 않았다고 생각한다. "분노가 노래할 것이다."라는 어구가 그루삭 글의 동기는 아니다. 잡지 《도서관》에 게

---

138   Alfonso Reyes(1889~1959). 멕시코의 문인으로, 수십 권의 저서를 남겼다. 라틴아메리카 최고의 문장가라는 명성을 얻은 레예스는 주 아르헨티나 멕시코 대사관에 근무할 때 보르헤스와 교분을 나누었다.

재한 유명한 논박 글[139]에서 보듯이, 무자비한 필봉을 두어 번 휘두르기는 하였으나 일반적으로는 겉으로 드러내지 않고 아이러니로 감추었다. 그루삭은 상대방의 기를 꺾을 줄도 알고 어를 줄도 알았다. 이를 칭찬하기는 애매하고 또 부절적한 일이다. 그 이유는 두 번에 걸쳐 세르반테스를 다룬 강연(훌륭하지만 신뢰할 수 없는 강연)과 후에 셰익스피어를 막연하게 신격화한 글을 훑어보면 알 수 있다. 그도 아니면, 다음 글에서 표출한 분노만 살펴봐도 충분하다.

우리는 피녜로 박사[140]의 변론이 시중에 나온 정황이 그 변론의 유통에 심각한 장애가 될 것이며, 외교관으로 떠돈 I년 반 동안 잘 익은 그 열매가 코니 출판사에 '인상'을 주는데 그칠까 염려된다. 별일 없는 한, 그런 일은 없을 것이다. 적어도 우리 손에 달려 있는 한, 그런 불상사는 일어나지 않을 것이다.

139　그루삭은 1885년 아르헨티나 국립도서관 관장으로 취임한 뒤, 1896년에는 월간 잡지 《도서관(La biblioteca)》을 창간했다. 이 잡지는 국립도서관의 기관지일 뿐만 아니라 종합 문예지였는데, 제I권 제I호에 노르베르토 피녜로(Norberto Piñero, 1858~1938)가 발굴해서 1896년에 출판한 마리아노 모레노(Mariano Moreno, 1778~1811)의 『작전 계획(Plan de operaciones)』이 위작이라고 비판하는 글을 게재함으로써 피녜로와 논쟁이 촉발되었다. 그루삭은 《도서관》2권 7호에도 피녜로에 대한 재반론을 게재했다.

140　노르베르토 피녜로는 아르헨티나의 변호사이자 정치인으로 재무부 장관을 역임했다.

혹은 아래처럼 창피한 생각을 토로한 것만 봐도 된다.

나를 반겨 주리라고 생각하던 황금빛 들녘은 사라지고, 파란 안개로 흐릿해진 지평선에서 지금 눈에 보이는 것은 흥겨운 포도 수확 축제다. 포도를 짓이겨 포도주를 담그는 풍요로운 산문을 건전한 시라는 거대한 꽃 장식으로 포장한 축제다. 불모의 대로와 무시무시한 극장에서 멀리, 아주 멀리 떨어진 곳에서 나는 다시 발밑에서 영원히 풍요롭고 젊은 고대 키벨레 여신의 전율을 느낀다. 이 여신에게 겨울의 휴식은 이듬해 봄을 잉태한 것에 다름 아니다.[141]

오로지 공포를 조성할 목적으로 고상한 취향을 동원한 것이 설득력이 있는지 없는지는 모르겠지만, 사적 용도로는 바람직하지 않다.

작가의 부음이 들리면 어김없이 허황한 질문이 따라다닌

---

141   이 인용문의 출처는 1898년 8월 파리에서 쓴 「정치와 종교」이다. 이 글에서 폴 그루삭은 드레퓌스 사건을 폭로한 재심과 언론을 비판한다. 이어 프랑스는 전통적으로 가정적이고, 보수적이고 가톨릭적인 나라이며, 프랑스의 혼이 살아 있는 곳은 파리와 같은 도시가 아니라 조용한 농촌이라면서 드레퓌스 사건의 진실이 드러날 때까지는 침묵을 지키자고 주장한다. 그러면서 지금처럼 도시와 진보 언론이 계속 떠들어 대면 키벨레가 상징하는 농촌이 봉기할 수도 있다고 위협하는데, 그루삭이 이 글을 쓸 때는 이미 진범이 감방에서 자살함으로써 진실이 드러난 뒤였다.

다. 어떤 작품이 살아남을지 알아보려는(또는 예언하려는) 것이
다. 참으로 너그러운 질문이다. 작품을 창작한 개인이나 여러
가지 상황보다는 영원한 지적 행위의 존속 가능성을 상정하기
때문이다. 그렇지만 야박한 질문이기도 하다. 벌써 부패의 냄
새를 풍기는 듯하기 때문이다. 내 생각에 불멸의 문제는 매우
극적이다. 인간이 고스란히 존속하느냐 아니면 소멸하느냐 하
는 문제인 것이다. 불멸의 문제에서 작가가 저지른 실수는 그
다지 중요하지 않다. 실수가 그 작가의 특성이라면, 이 또한 소
중한 것이다. 개성이 강한 그루삭, 영예를 얻지 못해 불평하는
르낭[142] 같은 그루삭은 살아남지 못할 리가 없다. 남미인에게만
불후한 그루삭은 영국인에게만 불후한 새뮤얼 존슨과 같다.
두 사람 모두 권위적이고, 박식하며, 신랄하다.

　그루삭이 유럽의 I등 국가나 미국에서는 무명작가나 다름
없었으리라는 불편한 심기 때문에 분해된 이 나라에서 사는
많은 사람은 그루삭의 탁월성을 부정했을 것이다. 그럼에도
불구하고 그루삭은 탁월하다.

1929년

142　　에르네스트 르낭(Ernest Renan, 1823~1892). 프랑스
　　　의 언어학자이자 철학자.『민족이란 무엇인가』,『예수
　　　의 생애』와 같은 저서를 남겼다.

지옥의 존속

세월이 흐르면서 점점 맥이 빠진 견해가 있으니 바로 지옥에 대한 견해이다. 이제는 설교자조차 지옥을 도외시하는데, 아마도 한심하지만 쓸모가 있던 암시, 즉 종교 재판의 모닥불이 이 세상에서 암시하던 바가 곤혹스럽기 때문일 것이다. 화형의 고통은 물론 현세의 고통이지만 지상이라는 제약 조건을 고려하면 불멸의 비유로, 하느님의 분노를 산 사람들이 영원히 경험하게 될 파괴 없는 완벽한 고통의 비유로 모자람이 없었다. 이런 가설이 만족스럽든 어떻든, 가톨릭교회의 프로파간다에 만연한 무기력은 논란의 여지가 없다.(여기서 '프로파간다'가 상업계 용어가 아니라 가톨릭 용어라는 점에 놀랄 필요는 없다. 다시 말해서, 추기경으로 구성된 포교성성[143]을 가리킨다.) 2세기에 카르타고 출신의 테르툴리아누스는 지옥을 상상하고, 그 광경을 이렇게 예상했다.

구경거리를 좋아한다면, 구경거리 중에 가장 거창한 구경
거리, 세상에 대한 최종적이고 영원한 심판을 기다려라. 내 얼
마나 감탄하고, 웃고, 즐거워하고, 또 얼마나 기뻐하면서 이
런 광경을 볼 것인가. 오만한 왕과 기만적인 신은 모조리 암흑
의 심연 밑바닥에서 고통으로 신음하고, 주의 이름을 박해하
던 판관은 모두 기독교인을 불태운 불보다 더 맹렬한 불에 녹
아내리고, 현명한 철학자는 현혹된 제자와 함께 뜨거운 화염
속에서 시뻘겋게 달아오르고, 저명한 시인은 전부 미노스[144]의
심판정이 아니라 그리스도의 심판정에서 바들바들 떨고, 비극
배우는 온몸에 느껴지는 고통 때문에 공연 때보다 더 울부짖
고……(테르툴리아누스, 『구경거리에 관하여』. 기번의 번역을
인용함)

단테도 일화라는 방식을 동원하여 이탈리아 북부 지방에
관한 하느님 공의의 판결을 예상해 보려고 심혈을 기울였으나
테르툴리아누스만큼 열광하지는 않았다. 그 후 케베도의 문학
적 지옥[145](시대착오적인 흥밋거리에 불과하다.)과 토레스 비야로

---

143   포교성성(Sacra Congregatio de Propaganda Fide)은
       1982년 인류복음화성(Congregatio pro Gentium
       Evangelisatione)으로 명칭이 바뀌었다.
144   원문은 미다스(Midas)다. 그러나 보르헤스가 출처로
       명시한 에드워드 기번의 『로마제국 쇠망사』에 의거하
       여 미노스(Minos)로 옮긴다.
145   프란시스코 데 케베도는 작품 『꿈(Sueños)』에서 성경
       에서 언급한 지옥을 문학적으로 풍자했다.

엘의 문학적 지옥[146](비유에 불과하다.)은 갈수록 심해지는 이 교리의 남용을 증명할 뿐이었다. 이들의 작품에서 지옥이 내리막길을 걷듯이 보들레르의 작품에서도 그러한데, 영원한 고통을 믿기 어려운 나머지 매우 좋아하는 척한다. (의미심장한 어원이 있다. 프랑스어의 공손한 동사 '폐를 끼치다(gêner)'는 성경의 강렬한 단어 '지옥(gehenna)'[147]에서 파생되었다.)

이제 지옥을 살펴보자. 『이스파노아메리카 백과사전』에서 이 항목의 기술은 부실하지만 그래도 읽어 볼 만한데, 그 이유는 빈약한 정보 때문도 아니고 저급하고 섬뜩한 신학 때문도 아니다. 그보다는 기술에서 엿보이는 당혹감 때문이다. 이 백과사전은 먼저 지옥이라는 관념이 오로지 가톨릭교회에만 있는 것이 아니라고 얘기한다. 일종의 예방 조치인 셈인데, 진정으로 하고 싶은 말은 이런 것이다. "교회가 그런 무자비한 일을 도입했다는 말을 프리메이슨이 못하게 해야 한다." 그러나 곧바로 지옥은 교리라는 점을 인정하고 이렇게 덧붙인다. "시들 줄 모르는 기독교의 명성은 사이비 종교에 산재하는 모든 진리를 끌어왔다는 데서 비롯된다." 지옥이 자연 종교의 요소든 계시 종교에만 있는 요소든, 한 가지 분명한 사실은 적어도

---

146   디에고 데 토레스 비야로엘(Diego de Torres Villarroel, 1694~1770)은 『케베도와 함께 왕도를 둘러본 토레스의 상상(Visiones y visitas de Torres con don Francisco de Quevedo por la Corte)』에서 왕도(王都) 마드리드를 지옥에 비유했다.

147   gehenna의 원래 의미는 '힌놈 아들의 골짜기'(「예레미야서」7장 31절)인데, '지옥'이라는 의미로 통용되었다.

나에게는 지옥이 신학의 그 어떤 문제보다도 더 강렬하고 매력적이라는 것이다. 내가 말하는 지옥이란 항간에 단편적으로 떠도는 이야기(분뇨, 굽기, 불, 집게)가 아니다.(모든 작가는 이런 이야기를 되풀이함으로써 자신의 상상력과 품위를 떨어뜨렸다.)[148] 그보다는 교리에서 애기하는 엄격한 관념(악한 자들이 영벌을 받는 곳)으로 '특정한 곳(in loco reali)', '선택받은 사람들이 거주하는 곳과는 다른 곳(a beatorum sede distincto)' 그 이상도 이하도 아니다. 이와 다른 것을 상상하는 것은 사악한 일이다. 기번은 『로마제국 쇠망사』14장에서 지옥의 이상한 광경을 배제하려고 시도한다. 그리고 통속적으로 널리 알려진 불과 어둠이라는 두 가지 요소만으로도 고통의 감각을 야기하기에 충분하며, 여기에 끝없는 지속이라는 관념이 더해지면 고통의 감각은 무한히 증폭된다고 서술하고 있다. 이 불만 가득한 비판은 어쩌면 이런저런 지옥에 대한 마음의 준비를 하기는 쉬워도 지옥의 창조라는 감탄할 만한 경악을 완화시키는 못한다는 것

---

148   그렇지만 지옥에 관해 아마추어라면 다음과 같이 훌륭한 예외는 경시하지 않는 편이 좋다. 먼저 사비교(Sabianism)의 지옥이다. 이 지옥에서 중첩된 4개의 방은 바닥에 더러운 물줄기가 흐르지만, 주실은 널찍하고, 먼지가 쌓여 있고, 아무도 살지 않는다. 다음은 스베덴보리의 지옥이다. 이 지옥은 캄캄한데, 그곳으로 간 사람들은 천국이 자기들을 거부했다는 사실을 인지하지 못한다. 마지막은 버나드 쇼의 지옥이다.(『범인과 초인』) 이곳에서는 사치품, 예술, 에로티즘, 명성으로 지옥이 영원하다는 사실을 잊게 만들려고 한다.(원주)

을 증명한다. 영원이라는 속성은 소름끼치는 것이다. 연속이
라는 속성(하느님의 핍박은 쉼이 없고, 지옥에는 잠이 없다는 것)은
훨씬 더 끔찍하지만 상상하는 것은 불가능하다. 벌의 영원성
은 논란의 여지가 있다.

　　두 가지 중요하고도 아름다운 논증은 이러한 영원성이 틀
렸다고 얘기한다. 가장 오래된 논증은 조건부 불멸설, 즉 멸절
설이다. 이 방대한 논증에 따르면 불멸은 타락한 인간의 본질
적 속성이 아니라 그리스도 안에 있는 하느님의 은사(恩賜)다.
그러므로 이 은사를 받은 개인에게 불리하게 불멸을 적용할 수
없다. 불멸은 저주가 아니라 은사다. 천당에 갈 만한 사람이 천
당에 가는 것이다. 천당이 합당하지 않은 사람은 버니언의 말
로 "죽음을 죽는다."[149] 즉 쉼 없이 죽는다. 이 독실한 이론에 따
르면, 지옥이란 하느님의 망각을 일컫는 신성 모독적인 인간
의 말이다. 이런 이론을 설파한 사람 가운데 한 사람이 내가 자
주 언급하는 소책자 『나폴레옹 보나파르트에 대한 역사적 의
심』[150]의 저자 와틀리이다.

　　이보다 더 흥미로운 견해는 복음주의 신학자 로테[151]가

149　　존 버니언(John Bunyan, 1628~1688)의 『천로역정』에
　　　　나오는 말이다.

150　　영국의 수사학자이자 신학자인 리처드 와틀리(Ri-
　　　　chard Whately, 1787~1863)의 이 책(*Historic Doubts
　　　　Relative to Napoleon Buonaparte*)은 신학서가 아니라 나폴레
　　　　옹을 가상의(imaginary) 영웅, 만들어진(fabrication) 영
　　　　웅으로 분석한 정치서이다.

151　　리하르트 로테(Richard Rothe, 1799~1867). 독일 신

1869년에 제시한 것이다. 로테의 주장(죄인의 영벌을 부정하는
은밀한 자비를 베풀어 고상해진 주장)은 영벌은 악을 영원하게 만
든다는 것이다. 하느님은 그분의 세상에 그러한 영원을 원치
않는다면서 죄인과 마귀가 하느님의 선한 의도를 영원히 조롱
한다고 상정하는 것은 언어도단이라고 주장한다.(신학에서 세
상 창조는 하느님이 사랑으로 한 사역이다. '예정'이라는 용어는 영광
의 예정을 의미한다. 영벌은 단지 그 반대, 즉 지옥 벌이라고 번역할
수 있는 유기[152]이지만, 하느님 선함의 특수한 작용은 아니다.) 마지
막으로 로테는 죄인의 생명은 감퇴하고 쇠약해진다고 주장하
고, 죄인은 남은 생 동안 창조의 변두리를 어슬렁거리거나 무
한한 공간의 빈 곳을 돌아다닐 것이라고 예견한다. 그리고 다
음과 같이 결론을 맺는다. 마귀는 절대적으로 하느님과 멀리
떨어져 있으며, 무조건 적이기 때문에 마귀의 활동은 하느님
왕국에 반하는 것이다. 마귀는 왕국을 세우고, 우두머리를 선
출한다. 이러한 마귀 왕국의 우두머리는(마왕)는 바뀌는 것으
로 생각해야 한다. 마귀 왕국의 왕좌에 오른 마귀는 자기 존재
의 유령적 성격을 어쩔 수 없이 받아들여야 하지만, 마귀의 후
손이 다시 뒤를 잇는다.(로테,『교리론』I권, 248쪽)

이제 내 작업 가운데 가장 믿기 어려운 부분에 다다랐다.
바로 지옥의 영원성을 옹호하기 위해 인류가 만들어 낸 논리
이다. 여기서는 중요도가 낮은 것부터 살펴보기로 한다. 첫 번

---

152 학자로 1863년에『교리론(Zur Dogmatik)』을 펴냈다.
유기(遺棄)는 '선택하지 아니함'이라는 뜻으로 불택
(不擇)으로 옮기기도 한다.

째 논리는 징계의 성격을 띠고 있다. 징벌에 대한 두려움은 정확하게 영원성에 근거하고 있으며 이를 의심하는 것은 교리의 효과를 약화시키는 것이고 마귀의 손아귀에 놀아나는 것이다. 이러한 논리는 경찰의 논리이며 반박할 가치도 없다고 생각한다. 두 번째 논리는 다음과 같다. "고통은 무한해야 한다. 왜냐하면 무한한 존재인 하느님의 위엄을 해치는 죄가 무한하기 때문이다." 이 주장은 지나치게 많은 것을 증명하고 있어서 아무것도 증명하지 못하는 것처럼 보이는데, 가벼운 죄는 없으며 그 어떤 죄도 용서할 수 없다는 주장이다. 여기서 하나 덧붙이자면 이 주장은 학문적 경박성의 완벽한 사례이며, 속임수는 '무한한'이라는 단어의 다의성에 있다. 이 단어를 주(主)에게 적용할 때는 '무조건'을 의미한다. 그리고 내가 이해한 바로는 이 단어를 죄에 적용하면 아무런 의미도 없다. 게다가 죄가 하나라고 할지라도 이는 무한한 존재인 하느님에 대한 폭거이므로 무한하다는 주장은 하느님이 성스럽기 때문에 성스럽다거나 호랑이가 낸 상처는 반드시 줄무늬여야 한다고 생각하는 것이나 마찬가지다.

이제 세 번째 주장으로 넘어가 보자. 이 주장은 아마 이렇게 표현할 수 있을 것이다. '천국도 지옥도 영원한데, 존엄한 자유의지가 이를 요구하기 때문이다. 바꿔 말해서 우리에게는 영원히 행할 힘이 있거나 이 자아가 망상이거나 둘 중 하나다.' 이 주장의 장점은 논리적인 데 있다기보다는 순전히 극적이라는 데 있다. 다시 말해서 우리는 무서운 게임을 할 수밖에 없다는 것이다. 잔인한 권한을 양도받았기에 우리는 타락할 수 있고, 악을 고집할 수 있으며, 은총을 배격할 수 있다. 또한 꺼지지 않는 불의 연료가 될 수 있고, 하느님이 우리 운명을 좌우하지 못하게 만들 수 있고, 영원히 유령 같은 육신이 될 수 있으며 '마귀와 혐오스러운 결합(detestabile cum cacodaemonibus consortium)'[153]을 할 수도 있다. 이것이 말하는 바는 네 운명은 진짜이며, 영벌이든 영생이든 네 손에 달렸으므로 그 책임도 네 몫이라는 것이다. 이와 유사한 정서는 버니언의 말에서도 나타난다. "하느님께서는 장난으로 저에게 확신을 주신 것이 아니고, 마귀도 장난으로 저를 시험한 것이 아니며, 저 또한 장난으로 바닥 없는 구렁텅이로 떨어져 지옥의 고통에 시달렸던 것이 아닙니다. 그러므로 저는 이런 이야기를 장난으로 할 수 없습니다."(존 버니언,『죄인의 괴수에게 넘치는 은혜』서문)

　내 생각에는 상상할 수 없는 우리 운명, 육신의 고통 같은 욕된 일이 지배하는 우리 운명에서는 온갖 이상야릇한 일이 가능하다. 지옥의 영벌까지도 가능하지만, 이를 믿는 것은 반종교적이기도 하다.

153　이 구절은 다비드 홀라츠(David Hollatz, 1648~1713)가 1707년에 출판한『학문적 신학 고찰(Examen theologicum acroamaticum)』에서 따온 것이다.

후기

　단순한 정보를 나열한 이런 글에서는 꿈 이야기도 할 수 있다. 나는 뒤숭숭한 꿈에서 깨어나는 꿈을 꾸었다. 꿈속에서 꿈을 깬 곳은 낯선 방이었다. 날이 밝아 오고 있었다. 한 줄기 빛이 들어와 철제 침대 발치와 딱딱한 의자와 닫힌 방문과 창문과 빈 탁자를 비추고 있었다. 나는 두려운 생각이 들어 '여기가 어디지?' 하고 생각하다가 알 수 없다는 것을 깨달았다. '내가 누구지?'라고 생각했지만 이 역시 알 수 없었다. 두려움이 증폭됐다. 그리고 이런 암담한 깨어남이 바로 지옥이고, 운명을 알 수 없는 이런 깨어남이 나의 영원이라고 생각했다. 그 순간 진짜로 깨어났다. 온몸을 떨면서.

호메로스 서사시의 번역본

번역의 문제만큼 문학과 문학의 소소한 비밀과 불가분의 관계에 있는 문제도 없다. 우쭐한 심정에서 비롯된 망각, 평범하게 여길까 두려워 정신적 과정을 밝히기 꺼려하는 마음, 무수한 불명료성을 고스란히 유지하려는 노력이 작가가 집필한 작품을 뒤덮고 있다. 이에 반해 번역은 미학적 논의를 보여 주는 것 같다. 번역에서 모방할 모델은 가시적인 텍스트지, 미로처럼 복잡한 과거의 작품 구상이 아니요, 일시적인 유혹을 못 이기고 뽐내는 솜씨도 아니다. 버트런드 러셀은 외부 대상을 사방으로 발산하는 여러 가지 인상의 체계로 정의하는데, 텍스트 역시 언어적인 것의 무수한 반향이라는 점에서는 이와 마찬가지다. 텍스트의 변천에 대한 소중한 기록 가운데 일부는 번역본에 남아 있다. 채프먼[154]에서 마니엥[155]에 이르는 수많은 『일리아스』 번역본은 변천하는 하나의 텍스트에 대한 다양한 관점을 보여 준다. 이것이 장기간에 걸쳐 강조와 누락을 실험한 복불복 게임이 아니면 무어란 말인가? (언어가 달라지는 것은 필수 조건이 아니다. 이러한 의도적인 복불복 게임은 동일한 문학에서도 불가능하지 않다.) 원본의 요소를 재결합하면 필연적으로 원본보다 못하다고 상정하는 것은 '초고 9'가 '초고 H'보다 못하다고 상정하는 것인데, 어차피 둘 다 초고에 지나지 않는다. '결정본'이라는 개념은 원고에 종교적 확신을 가진 사람이나 퇴고에 지친 사람에게나 해당하는 말일 뿐이다.

번역본이 열등하다는 미신(이탈리아의 유명한 금언[156]에서 유래한 말이다.)은 어설픈 경험에서 연유한 것이다. 훌륭한 텍스트 치고 불변하고 완벽한 것처럼 보이지 않는 텍스트는 없다. 다만 여기에는 충분하다 싶을 정도로 수없이 들여다봐야 한다는 조건이 붙는다. 흄은 인과 관계라는 일상적인 관념과 연속을 동일한 것으로 여겼다. 좋은 영화는 다시 보면 더 좋게 보이듯이, 우리는 반복에 불과한 것을 필연적인 것으로 간주하는 경향이 있다. 이와 마찬가지로 유명한 책은 사실 첫 독서가 재독이다. 이미 그 책의 내용을 알고 있는 상태에서 펼쳐 보기 때

154 　조지 채프먼(George Chapman, 1559~1634). 영국의 극작가이자 시인. 1616년 호메로스의 『일리아스』와 『오디세이아』의 영어 완역본을 최초로 출판했다.

155 　빅토르 마니엥(Victor Magnien, 1879~1952). 프랑스 고전학자로, 1924년에서 1928년까지 호메로스의 『일리아스』 주해본 24권을 출판했다.

156 　번역자는 배신자(Traduttore, traduttore)라는 이탈리아 금언을 가리킨다.

문이다. "고전은 여러 번 읽어라."라는 격언은 있는 그대로의
진실을 말한 것이다.

　　얼마 전, 마을 이름까지 기억하고 싶지는 않은 라만차 지
방의 어느 곳에 시골 귀족이 살았는데, 그 집에는 창걸이에 걸
어 놓은 창과 낡은 방패와 삐쩍 마른 말과 사냥개가 있었다.

　이 구절이 불편부당한 신에게도 훌륭한 것인지 모르겠다.
내가 아는 것이라고는 어떤 변경도 신성 모독이며, 이와 다른
『돈키호테』의 첫 구절을 생각하지 못한다는 것뿐이다. 세르반
테스는 이런 미신 같지 않은 미신에는 관심도 두지 않았다. 아
마 저 구절이 특별하다고 생각하지도 않았을 것이다. 반면에
나는 어떤 변경도 배격할 수밖에 없다. 태어나면서부터 스페
인어를 사용했기 때문에 나에게 『돈키호테』는 원본 그대로의
걸작이며, 출판인, 제본업자, 식자공에 따른 변화 외에는 어떤
변화도 없는 작품이다. 그러나 그리스어를 모르는 나에게 『오
디세이아』는 다행인지 불행인지 운문 작품과 산문 작품으로
이루어진 국제적인 서점과 같다. 이 서점에는 채프먼의 2행 연
구 번역본부터 앤드루 랭(Andrew Lang)의 흠정역본, 빅토르 베
라르(Victor Bérard)의 프랑스 고전 희곡식 번역본, 윌리엄 모리
스(William Morris)의 역동적인 사가(saga)식 번역본, 새뮤얼 버
틀러(Samuel Butler)의 아이러니한 부르주아 소설식 번역본까지
비치되어 있다. 영국인을 많이 언급했는데 그 이유는 영국 문
학이 항상 저 바다의 서사시(『오디세이아』)와 관계가 있었고,
일련의 『오디세이아』 번역본은 수 세기에 걸친 영국 문학사를

예증하기에 충분하기 때문이다. 이처럼 풍부하고, 이질적이고, 어쩌면 모순적인 번역본들이 존재하는 것은 영어의 변천 탓도 아니고, 원본의 방대함 때문도 아니며, 번역자 역량의 편차 때문도 아니다. 그보다는 호메로스 특유의 상황 탓이다. 다시 말해서 호메로스와 관련된 것 그리고 언어와 관련된 것을 파악하기가 곤란하기 때문이다. 다행히도 이런 곤란 때문에 진지하고 독창적이고 일탈적인 번역이 가능하다.

나는 호메로스의 서사시에 등장하는 형용사보다 더 훌륭한 예를 알지 못한다. "성스러운 파트로클로스", "만물을 부양하는 대지", "포도주색 바다", "발굽이 견고한 말", "눅눅한 파도", "시커먼 배", "검붉은 피", "사랑받는 무릎" 같은 표현이 반복적으로 등장하면서 불시에 감동을 야기한다. 어떤 곳에서는 "아이세포스강의 검은 물을 마시는 부유한 자들"[157]이라고 하고, 또 어떤 곳에서는 비극적인 왕을 가리켜 "카드모스 후예의 통치자인 오이디포데스는 사랑스러운 테바이에서 신들의 잔혹한 계획에 따라 고통받은 것이오."[158]라고 한다. 알렉산더 포프(Alexader Pope)는 이러한 제거 불가능한 형용사는 의례적인 성격의 형용사라고 생각했다.(포프의 화려한 번역본에 대해서는 뒤에 언급할 것이다.) 레미 드 구르몽은 문체를 다룬 긴 글[159]에서

---

157   『일리아스』2책에 나오는 구절이다.

158   『오디세이아』11책에 나오는 구절이다.

159   Remy de Gourmont(1858~1915)이 1899년에 출판한
       『프랑스어의 미학(Esthétique de la langue française)』을
       가리킨다.

그런 형용사가 예전에는 주술적이었지만, 지금은 그렇지 않다
고 썼다. 내 추측으로는 명사 앞에 꼬박꼬박 붙는 그런 형용사
는 예전과 마찬가지로 지금도 일부 단어 앞에 의례적으로 붙
는 소리이며, 이에 대해 독창적 견해를 제시할 일은 아니다. 우
리는 '발로 가다.(andar por pie)'가 아니라 '걸어가다.(andar a pie)'
가 바른 표현이라고 알고 있다. 호메로스는 파트로클로스에게
'성스러운'이라는 형용사를 붙이는 것이 바르다고 알고 있었
다. 어떤 경우에는 미학적인 목적도 있었다. 조심스럽지만 내
생각을 밝히자면, 언어에 속한 것에서 작가에게 속하는 것을
분리할 수 없다는 것이다. 아구스틴 모레토의 작품에서

> 그렇게 우아한 집에서
> 그 사람들은 온종일(todo el santo día) 뭐 할까?[160]

라는 구절을 읽을 때(아구스틴 모레토의 작품을 읽기로 작정한
다면 말이다.) 강조를 의미하는 산토(santo)라는 단어가 등장한
것은 스페인어 때문이지 작가 때문이 아니라는 것을 안다. 그
러나 호메로스의 작품에서는 어느 단어가 '산토'와 같은 강조
인지 도무지 알 수가 없다.

서정 시인이나 애가 시인의 경우, 우리가 시인의 의도를 확

---

160   아구스틴 모레토(Agustín Moreto, 1618~1669). 바로
크 시대의 스페인 극작가. 이 구절은 그의 희곡 『굴러
온 돌이 박힌 돌을 뽑는다(De fuera vendrá quien de casa
nos echará)』의 3막 7장에 나온다.

신하지 못하면 큰 재앙이 된다. 그러나 방대한 이야기를 명확하게 표현하는 호메로스의 경우는 별 문제가 안 된다.『일리아스』와『오디세이아』에 등장하는 사건은 온전히 살아남았지만, 아킬레우스와 오디세우스라든가, 호메로스가 이런 이름으로 의미하고자 한 것이라든가, 실제로 이들에 대해서 호메로스가 생각한 것은 사라졌다. 호메로스 서사시의 현재 상태는 미지수 사이의 정확한 관계를 표현한 고차 방정식과 유사하다. 번역하는 사람에게 이보다 더 풍요로운 대상은 없다. 브라우닝의 작품 가운데 가장 유명한 작품[161]은 단 하나의 범죄에 대한 열 사람의 상세한 이야기로 구성되어 있다. 열 사람은 모두 같은 범죄의 연루자이다. 각각의 이야기에서 차이는 사건이 아니라 등장인물의 성격에서 연유하는데, 호메로스의 서사시의 열 가지 번역본처럼 이야기가 아주 강렬하고 난해하다.

　헨리 뉴먼과 매튜 아놀드의 멋진 논쟁은 논쟁 당사자인 두 인물보다 훨씬 중요한데, 번역의 두 가지 기본 방법을 광범위하게 다루고 있다.[162] 이 논쟁에서 뉴먼은 호메로스 서사시의 독특한 어휘를 모두 살려야 한다면서 축자역을 옹호한다. 이

161 　　로버트 브라우닝(Robert Browning, 1812~1889)이 1869년에 출판한『반지와 책』을 가리킨다.

162 　　이 논쟁에 대해서는 헨리 뉴먼의『호메로스 서사시 번역의 이론과 실제. 매튜 아놀드에게 보내는 답변(Homeric Translation in Theory and Practice: a reply to Matthew Arnold)』(1861)과 매튜 아놀드의 강연집『호메로스 서사시 번역론(On Translating Homer)』(1862) 을 참고하라.

에 반해서 아놀드는 독자를 멈칫거리게 만들거나 주의를 산만하게 만드는 세부 사항은 단호히 제거하고, 서사시 각 행에 항상 나타나는 불규칙한 호메로스는 평이한 구문, 평이한 관념, 빠른 전개, 고매함 같은 본질적이고 관례적인 호메로스에게 종속시켜야 한다고 주장한다. 이런 방식은 일관성과 무게감이라는 즐거움을 주며, 뉴먼의 방식은 지속적이고 소소한 놀라움을 야기한다고 말한다.

나는 여기서 호메로스 서사시의 문장 가운데 하나가 얼마나 다르게 번역되었는지 살펴보려고 한다. 오디세우스가 끝없는 밤에 킴메르인의 도시에서 아킬레우스의 유령에게 아킬레우스의 아들 네오프톨레모스의 소식을 전하는 장면이다.(『오디세이아』, 11책). 버클리(Theodore Alois Buckley)의 축자역은 이렇다.

그러나 우리가 프리아모스의 우뚝 솟은 도시를 약탈했을 때 프리아모스는 자기 몫과 탁월한 상(賞)을 챙겨 다치지 않은 몸으로 배에 승선했다. 군신이 미쳐 날뛰기 때문에 전쟁에서 흔한 일인데도, 프리아모스는 날카로운 청동에 맞지도 않았고 백병전에서도 부상을 입지 않았다.

버처(Samuel Butcher)와 랭의 공역 역시 축자역이나 고어투를 사용하고 있다.

그러나 우리가 프리아모스의 비탈진 도시를 약탈했을 때, 프리아모스는 본인 몫의 전리품과 고귀한 상을 획득하여 무

탈한 몸으로 승선했다. 예리한 창에도 타격을 입지 않았고, 육
박전에서도 부상을 당하지 않았다. 전쟁에서 그런 위험은 다
반사인데, 군신 아레스가 앞뒤를 가리지 않고 광분하기 때문
이다.

1791년에 출판한 쿠퍼(William Cowper)의 번역은 다음과 같
다.

> 마침내 우리가 프리아모스의 우뚝 솟은 도시를
> 약탈했을 때, 그는 넘쳐 나는 전리품을 짊어지고
> 무사히 배에 올랐다. 장창에도, 칼로 벌이는
> 근접전에서도 전혀 부상을 입지 않았다.
> 전쟁에서는 불같은 군신의 뜻에 따라
> 부상이 난무하는 일이 흔한 데도 말이다.

1725년 포프의 번역을 살펴보자.

> 신들이 우리의 무기에 정복이라는 왕관을 씌워 줬을 때
> 트로이아가 자랑하던 보루가 땅바닥에서 흙먼지를 일으
> 켰을 때
> 그리스는 용맹한 병사들의 노고에 보답하기 위하여
> 무수한 전리품을 함대에 가득 실었다.
> 요란한 전쟁에서 이렇듯 큰 영광을 안고
> 상처 하나 없이 무사히 귀환하였다.
> 비록 창은 강철 폭풍우로 사방에 비를 뿌렸으나

헛된 창 놀림은 부상 하나 입히지 못하였다.

아래는 채프먼의 1614년 번역이다.

> 드높은 트로이아의 인구를 줄이고,
> 수많은 노획물과 보물을 가지고 아름다운 선박에
> 무사하게 승선하니, 멀리서 던진 창도
> 근접전의 칼날도 흔적을 남기지 못했다.
> 부상은 전쟁이 흔히 남기는 표징인데,
> 그 사람은 (피하지 않았으나) 전쟁의 흔한 대가를 놓쳤다.
> 백병전에서 군신은 싸우는 대신에 격노했다.

버틀러의 1900년 번역은 아래와 같다.

> 우리가 프리아모스의 도시를 약탈했을 때 그는 자기 몫의 전리품을 받고 승선했는데, 멀리서 던진 창이나 백병전에서도 상처 하나 입지 않았다. 주지하듯이, 전쟁에서 이런 일은 대단한 행운이다.

처음 두 번역(축자역)은 여러 가지 이유로 감동적이다. 약탈을 겸손하게 언급하고, 전쟁에서는 흔히 부상당할 수 있다고 담백하게 인정한 뒤에 돌연 전쟁의 혼란상과 군신의 광기를 연관시키고 있다. 이 밖에도 소소한 즐거움이 있는데, 내가 인용한 번역 중 하나는 "배에 승선했다."라고 불필요한 단어를 중복 사용하고 있으며, 다른 하나는 "그리고 전쟁에서 그런 위

험은 다반사인데"라고 연결 접속사로 인과 관계를 표현하고
있다.[163] 세 번째 번역(쿠퍼의 번역)은 가장 무미한 번역이다. 축

---

163 호메로스의 또 다른 버릇은 역접 접속사의 남용이다.
몇 가지 예를 제시한다.

죽어라! 그러나 내 죽음의 운명은 제우스와 다른 불
사신이 이루기를 원하는 때에 언제든지 받아들이겠
다.(『일리아스』, 22책).

악토르의 딸 아스티오케는 정숙한 처녀의 몸으로 다
락방에 올라갔다. 그러나 아레스는 은밀히 아스티오
케를 품에 안았다.(『일리아스』, 2책).

(미르미도네스 사람들은) 가슴에 말할 수 없이 투지
가 넘쳐흐르는, 날고기를 먹는 이리 떼와 같았다. 이리
떼는 산속에서 뿔 달린 큰 사슴을 죽여 갈기갈기 뜯어
먹는데, 그렇지만 하나같이 주둥이가 빨갛게 피로 물
들었다.(『일리아스』, 16책).

도도네 왕 제우스 펠라스기코스여, 멀리 사시는 분이
여. 그대 엄동설한의 도도네를 다스리는 분이여! 그러
나 그곳에 사는 그대의 신하들은 발도 씻지 않고 땅바
닥에서 잡니다.(『일리아스』, 16책).

여인이여! 그대는 우리의 사랑을 기뻐하라. 한 해가
지나면 그대는 빼어난 아이들을 낳게 되리라. 불사신
들의 포옹은 결코 헛되지 않은 법이다. 그러면 그대는
아이들을 보살펴라. 지금은 집에 가서 참고 말하지 마
라. 그러나 나는 대지를 흔드는 포세이돈이다.(『오디
세이아』, 11책).

자역인데, 호메로스가 어느 부분을 강조해야 하는지도 알 수 있을 정도이다. 포프의 번역은 유별나다. 포프의 화려한 표현법은 (공고라의 표현법처럼) 거창한 어휘를 무분별하게 기계적으로 사용하고 있는 데서 드러난다. 예컨대 주인공의 검은 배한 척을 함대로 부풀리고 있다. 이런 과장은 도처에서 드러나는데, 여기에는 두 종류가 있다. 하나는 순수한 웅변조요,("신들이 우리의 무기에 정복이라는 왕관을 씌워 줬을 때") 다른 하나는 시각적인 것이다.("트로이아가 자랑하던 보루가 땅바닥에서 흙먼지를 일으켰을 때") 웅변과 시각적인 묘사, 이것이 포프 번역의 특징이다. 격정적인 채프먼의 번역 또한 시각적이나 그 방식은 웅변적이 아니라 서정적이다. 반면에 버틀러의 번역은 시

그다음으로 나는 강력한 헤라클레스를 보았소. 물론 그것은 그의 환영에 불과하지요. 그렇지만 그 자신은 불사신들 사이에서 주연을 즐기고 있고, 위대한 제우스와 황금 샌들의 헤라의 딸인, 복사뼈가 예쁜 헤베를 아내로 삼고 있으니까요.(『오디세이아』, 11책).

바로 위에서 인용한 대목을 채프먼의 현란한 번역으로 소개한다.

강력한 헤라클레스의 환영이
불쑥 나타났다오. 그러나 정작 본인은
그런 운명에 억눌리지 않는다오.
불사의 나라에서 잔치를 즐기면서
복사뼈가 하얀 헤베와 짝을 맺어
행복한 결혼 생활 누리고 있으니까요. 헤베는 주피터와
황금 샌들의 주노 사이의 사랑스런 딸이오.(『오디세이아』, 11책)(원주)

각적인 것을 모두 배제하고, 호메로스의 서사시를 차분한 뉴스로 만들고 있다.

이상의 여러 가지 번역 가운데 어느 것이 가장 충실한 번역인가? 아마도 독자는 궁금할 것이다. 다시 말하지만 충실한 번역은 하나도 없거나 모든 번역이 충실하다. 만약 충실하다는 것이 호메로스의 상상력, 호메로스가 재현했으나 이제는 돌이킬 수 없는 시대와 사람들을 가리킨다면, 우리에게는 그 어떤 번역도 충실하지 않다. 그러나 10세기의 그리스인에게는 모든 번역이 충실할 것이다. 만약 충실하다는 것이 호메로스의 의도를 가리킨다면, 내가 인용한 번역 가운데 축자역을 제외한 모든 번역이 충실하다. 축자역은 현대의 관행과 대비할 때 나름의 장점이 있다. 그렇더라도 버틀러의 차분한 번역이 가장 충실하다 말하지 않을 수 없다.

1932년

아킬레우스와 거북의 영원한 경주

보석이라는 단어가 함의하는 바는 작지만 귀중하고, 영롱하지만 부서지지 않고, 운반이 용이하고, 투명하면서도 단단하고, 세월이 흘러도 꽃처럼 아름답다는 것이다. 그렇다면 여기서 이 단어를 사용하는 것이 마땅하다. 내가 아는 한, 아킬레우스의 역설에 이보다 더 좋은 평가는 없다. 이 역설을 타파하기 위해 23세기 전부터 여러 차례 결정적인 논박이 제기되었음에도 불구하고 불멸을 누리고 있는 것 같다. 이처럼 풀리지 않는 수수께끼를 인류가 반복적으로 방문해도, 찾아온 인류에게 무심한 태도를 보이는 것은 이 역설의 대범함을 보여 주는 것으로, 이에 우리 인류는 감사를 표하지 않을 수 없다. 우리는 이 역설을 다시 한번 되새김으로써 역설이 야기하는 당혹감과 우리에게 익숙한 미스터리를 확인해 보려고 한다. 이 글에서는 몇 페이지(또는 몇 분)를 할애하여 제논의 역설을 소개하고,

가장 유명한 논박을 살펴볼 것이다. 이 역설을 주창한 사람은 엘레아의 제논으로, 파르메니데스의 제자이며, 세상에서 어떤 일이 일어난다는 사실을 부정한 사람이다.

내 서재에는 이 영예로운 역설을 다룬 두 가지 판본이 있다. 첫 번째는 『이스파노아메리카 백과사전』으로, 23권에 다음과 같이 약소하게 설명하고 있다. "운동은 존재하지 않는다. 아킬레우스는 느림보 거북을 따라잡을 수 없을 것이다." 나는 이러한 약소한 설명을 제쳐 두고, 그보다는 좀 더 긴 게오르그 헨리 루이스[164]의 설명을 찾아보았다. 루이스의 『인물로 본 철학사』는 내가 처음으로 사색하면서 읽은 책이다. 지적 허영심에서 그랬는지 호기심에서 그랬는지 잘 모르겠지만, 아무튼 그때 루이스의 설명을 이렇게 메모해 놓았다. "빠르기로 유명한 아킬레우스는 느리기로 유명한 거북을 따라잡아야만 한다. 아킬레우스는 거북보다 열 배나 빠르므로, 거북은 10미터 앞에서 출발한다. 아킬레우스가 10미터를 가는 동안에 거북은 1미터를 간다. 아킬레우스가 1미터를 가는 동안에 거북은 10센티미터를 간다. 아킬레우스가 10센티미터를 가는 동안에 거북은 1센티미터를 간다. 아킬레우스가 1센티미터를 가는 동안에 거북은 1밀리미터를 간다. 아킬레우스가 1밀리미터를 가는 동안에 거북은 10분의 1밀리미터를 간다. 이런 식으로 끝없이 진행되므로 아킬레우스는 영원히 거북을 따라잡을 수 없다." 이

---

164   George Henry Lewes(1817~1878). 영국의 철학자이
       자 문학비평가. 1846년에 『인물로 본 철학사』를 출판
       했다.

상이 이제는 불멸이 된 역설이다.

이어서 이른바 논박을 살펴봤다. 예전의 논박(아리스토텔레스와 홉스의 논박)은 스튜어트 밀의 논의에 포함되어 있다. 밀에게 이 문제는 수많은 '혼동의 오류' 가운데 하나에 불과했다. 밀은 다음과 같은 탁월한 논증으로 이 역설을 타파했다고 생각했다.

(제논의) 궤변 결론에서 '영원'이란 상상 가능한 어떤 기간을 의미한다. 그러나 전제에서 영원은 세분된 시간의 수를 의미한다. 다시 말해서 10개의 단위를 10으로 나누고, 그 몫을 다시 10으로 나누는 식으로 우리가 한없이 세분하더라도 달린 거리의 세분은 끝이 보이지 않고, 그에 따라서 걸린 시간도 끝이 보이지 않는다. 그러나 세분에서 나타난 무한정한 수는 한정된 것 안에서 나타난다. 이 궤변이 증명하는 바는 지속의 무한성이며, 이러한 무한성은 5분 안에 포함된다. 5분이라는 시간이 다 흘러가지 않았다면, 남아 있는 시간을 10으로 나눌 수 있고, 이를 다시 10으로 나누는 식으로 얼마든지 나눌 수 있다. 그렇더라도 그 시간은 모두 5분이라는 지속과 양립할 수 있다. 결론적으로 이 궤변이 증명하는 바는 유한한 공간을 통과할 때 필요한 것은 무한히 나눌 수 있는 어떤 시간일뿐, 무한한 시간은 아니라는 것이다.(존 스튜어트 밀, 『논리학 체계』(1843), 5책 7장)[165]

---

165   보르헤스의 스페인어 번역이다. 의미 중심의 번역이어서 일부 구절은 스튜어트 밀의 원문과 차이가 있다.

독자의 견해가 어떤지 모르겠지만, 내가 느끼기에 스튜어트 밀의 야심찬 논박은 역설의 설명에 지나지 않는다. 아킬레우스의 속력이 초당 1미터라는 데 주목하면 소요 시간을 아래와 같이 계산할 수 있다.

$$10 + 1 + \frac{1}{10} + \frac{1}{100} + \frac{1}{1000} + \frac{1}{10000} \cdots\cdots$$

이 무한 등비급수의 합은 12, 더 정확히는 $11\frac{1}{5}$, 좀 더 정확히는 $11\frac{3}{25}$, 이런 식으로 진행되는데, 결코 끝이 보이지 않는다.[166] 바꿔 말해서 아킬레우스의 경로는 무한이며 영원히 달릴 것이지만, 12미터가 되기 전에 지칠 것이고, 그 영원은 결코 12초의 끝을 보지 못할 것이다. 이러한 점진적인 소멸, 갈수록 극미해지는 절벽에서의 끝없는 추락이 이 문제의 진정한 걸림돌은 아니다. 문제는 상상조차 쉽지 않다는 데 있다. 아울러 잊어서는 안 되는 사실은, 경주자의 크기가 갈수록 작아진다는 것이다. 원근법적으로 작아질 뿐만 아니라 극미한 장소를 점유해야 하기 때문에 작아지는 것이다. 게다가 부동성과 무아경이라는 극한의 핍박 속에서 줄줄이 늘어선 벼랑은 공간이라고 할 만한 것도 없어지고, 시간 또한 현기증이 날 정도로 미세해진다.

또 다른 논박은 1910년 앙리 베르그송이 유명한 『의식의 직접 소여에 관한 시론』에서 시도한 바 있다. 이 책은 제목부터 문제를 시사하고 있다. 책의 일부를 인용하기로 한다.

---

166   이 급수의 합은 소수점 1이 무한히 반복된다. 수식으로 나타내면 11.1이다.

우리는 한편으로 사물은 나눌 수 있지만 행동은 나눌 수 없다는 것을 잊고, 사물이 지나간 공간의 가분성을 운동에 적용한다. 다른 한편으로 우리는 행동 자체를 공간에 투사하거나 운동체가 지나간 선에 투사하는 데 익숙하다. 한마디로 고체화하는 데 익숙하다. …… 우리의 견해로는 운동과 운동체가 지나간 공간을 혼동함으로써 엘레아학파의 궤변이 생겨난 것이다. 왜냐하면 두 점 사이의 간격은 무한히 나눌 수 있고, 또 운동이 이러한 간격과 같은 부분으로 구성되어 있다면, 그 간격은 결코 통과할 수 없을 것이기 때문이다. 그러나 진실은 아킬레우스의 발걸음 하나하나는 단일한 행동이므로 나눌 수 없으며, 이런 행동을 몇 번만 하면 아킬레우스는 거북을 앞지른다는 것이다. 엘레아학파의 착각은 이처럼 일련의 불가분적이며 독자적인 행동을 그 무대가 되는 동질적인 공간과 동일시한 데서 비롯된다. 이런 동질적인 공간은 어떤 법칙에 따라서 분할되고 재구성될 수 있으므로 엘레아학파는 아킬레우스의 운동 전체를 재구성해도 된다고 당연하게 생각했다. 아킬레우스의 걸음이 아니라 거북의 걸음으로 말이다. 이리하여 엘레아학파는 거북과 거북을 뒤쫓는 아킬레우스를, 사실상 일정한 간격을 유지하는 거북 두 마리로 대체했다. 이 거북 두 마리는 보폭이 같고 동시에 움직이기 때문에 뒤 거북은 결코 앞 거북을 따라잡을 수 없다. 아킬레우스는 어떻게 거북을 앞지르는가? 아킬레우스의 걸음과 거북의 걸음은 운동이라는 측면에서 나눌 수 없으며, 공간이라는 측면에서 큰 차이가 있기 때문이다. 그러므로 곧 결과가 나온다. 아킬레우스가 주파한 공간의 합은 거북이 주파한 거리와 출발 전에 확보한 거리의 합보다 월등하게 많다. 제논은 이런 점을 깨닫지 못하고, 거북의 운동과 동일한 법칙에 따라서 아킬레우스의 운동을 재구성했다. 이는 공간만이 자의적인 해체와 재구성 방식에 적합하다는 사실을 망각한 것이며, 그럼으로써 운동과 공간을 혼동한 것이다.(바르네스가 번역한 스페인어판 89~90쪽. 번역상의 오류는 필자가 수정했다.)

베르그송의 논변은 절충적이다. 공간은 무한히 분할 가능하다고 인정하지만, 시간의 분할 가능성은 부정한다. 거북도 한 마리가 아니라 두 마리를 제시함으로써 독자의 주의를 산만하게 만들고 있다. 게다가 양립 불가능한 시간과 공간을 한데 묶어서 논하고 있다. 다시 말해서 윌리엄 제임스의 말처럼 "새로움이 완벽하게 비등하는"[167] 돌연히 불연속적인 시간과 무한정 분할 가능하다고 통상적으로 생각하는 공간을 하나로 묶어서 논하고 있다.

이제 다른 논박은 건너뛰고, 내가 잘 아는 논박 한 가지만 살펴보겠다. 이 논박은 유일하게 지성의 미학에 필수 요소인 독창적 영감에서 나온 것인데, 바로 버트런드 러셀이 제기한 것이다. 나는 이 러셀의 논박을 윌리엄 제임스의 유명한 저서 『철학의 제 문제』에서 접했다. 러셀은 최근 저서 『수리 철학의 기초』(1919)와 『외계의 지식』(1926)에서 완전한 형태로 피력

---

167   이 어구 "perfect effervescence of novelty."는 보르헤스가 윌리엄 제임스의 『철학의 제 문제』(1911), 151쪽에서 인용한 것이다.

하고 있는데, 이런 저서는 비인간적일만큼 명쾌하고, 마뜩잖고, 집약적이다. 러셀에게 계산 작업은 (본질적으로) 두 수열을 등식으로 만드는 것이다. 예를 들어 천사가 대문에 빨간 표시를 해 놓은 집의 장남만 빼놓고 모든 이집트 가정의 장남을 죽였다면, 빨간 표시를 해 놓은 만큼 살아남을 것이다. 살아남은 사람의 수가 얼마나 되는지는 중요하지 않다. 그 수는 값이 정해지지 않은 부정수(n)이다. 마찬가지로 다른 계산에서도 수는 부정수이다. 자연수 수열은 무한하다. 그러나 우리는 홀수만큼 많은 짝수가 있다는 사실을 증명할 수 있다.

I에 2가 대응하고

3에 4가 대응하고,

5에 6이 대응하고……

이 증명은 반론의 여지가 없을 만큼 평범하다. 그러나 아래처럼 3018씩 더해도 차이가 없다.

I에 3018이 대응하고

2에 6036이 대응하고

3에 9054가 대응하고,

4에 I2,072가 대응하고……

거듭제곱의 지수가 제아무리 커진다고 해도 마찬가지다.

I에 3018이 대응하고

2에 3018^2, 즉 9,108,324가 대응하고

3에……

이런 사실을 흔연히 받아들임으로써 다음과 같은 공식이 탄생했다. 무한 집합(자연수 수열)이란 그 집합의 요소가 무한 수열로 전개되는 집합이다. 이러한 고도의 나열에서 부분은 전체보다 작지 않다. 우주에 있는 점의 정확한 수량은 우주의 1미터 안에 있는 점의 수량과 같고, 10센티미터 안에 있는 점의 수량과도 같으며, 가장 멀리 떨어진 별의 궤도에 있는 점의 수량과도 같다. 아킬레우스의 문제도 이런 과감한 대답에 포함된다. 거북이 점유한 각각의 자리는 아킬레우스가 점유한 각각의 자리에 비례하며, 거북의 자리와 아킬레우스의 자리 사이의 일대일 대응은 양자가 동일하다는 것을 밝혀 준다. 출발하기 전에 거북이가 앞서 있던 거리는 갈수록 좁혀지지만 그렇다고 일대일로 대응하지 못하고 남는 경우는 전혀 없다. 거북이가 도달한 마지막 점과 아킬레우스가 도달한 마지막 점, 그리고 경주 시간의 마지막 점은 수학적으로 동일한 끝이다.[168]

이상이 러셀의 해답이다. 윌리엄 제임스는 러셀의 전문가다운 탁월성을 부정하지 않지만, 논의에 동의하기는 꺼려한다. 그리고 이렇게 설명한다. 러셀의 설명은 진정한 난점을 회피하고 있다. 그 난점이란 무한의 점증하는 범주와 관계가 있

---

168   이 단락은 보르헤스가 윌리엄 제임스의 설명(『철학의 제 문제』, 181쪽)을 요약한 것이다.

는데, 러셀은 오로지 무한의 고정적인 범주만 다루고 있다. 그래서 러셀은 경주가 이미 끝났고, 문제는 두 경로 사이의 동등성이라고 상정한다. 게다가 경로가 두 개일 필요는 없다. 두 경주자 가운데 어느 한 경주자의 경로일지라도, 빈 시간의 경과조차도 난점을 포함하고 있다. 첫걸음을 내딛는 데 필요한 시간 간극이 계속 반복되면서 길을 막게 되므로 목표 지점에 도달하기 어렵다.(윌리엄 제임스, 『철학의 제 문제』(1911), 181~182쪽)

우리의 사색은 끝이 없지만 이제 이 글을 마무리할 때가 되었다. 윌리엄 제임스가 지적하듯이 제논의 역설은 공간이라는 현실에 대한 위협일 뿐만 아니라, 시간이라는 가장 침해하기 어렵고 미묘한 현실에 대한 위협이기도 하다. 육체적 생존, 부동하는 영속성, 인생에서 어느 날 오후의 흐름도 제논의 역설 때문에 섬뜩한 위험에 처하게 된다. 이러한 해체는 무한이라는 단 하나의 단어를 통해서 이뤄진다. 우리는 이 성가신 단어(이자 개념)를 두려움으로 출산했고, 사유 속에 받아들이기는 했어도 결국에는 폭파하고 살해했다.(옛날에는 기만적인 말을 퍼뜨린다고 처벌하기도 했다. 그 예는 중국 양나라의 막대기 대한 전설인데, 새 왕이 즉위할 때마다 막대기를 절반으로 자른다면 여러 왕조가 지난 후일지라도 막대기는 여전히 남아 있다는 이야기이다.)[169] 지금까지 고매한 논의를 소개했으므로 내 견해는 엉뚱하고 하찮게 보일지도 모르겠다. 그럼에도 불구하고 굳이 얘기하자

169   이 우화의 출처는 『장자』 33편인데, 보르헤스가 윤색했다.

면, 제논의 역설은 반박의 여지가 없다. 단 우리가 시간과 공간의 관념성을 받아들일 때는 예외이다. 만약 우리가 관념론을 받아들인다면, 즉 지각된 것의 구체적인 증가를 받아들인다면 역설의 심연이 우글거리는 일은 피할 수 있을 것이다.[170]

그런데 저 그리스인의 알쏭달쏭한 논리가 우리의 우주관에 영향을 미칠까? 독자에게 묻는 바이다.

1929년

---

170 경험적 관념론자 조지 버클리(George Berkeley)에 따르면, "존재하는 것은 지각된 것이다." 그리고 공간과 시간은 우리 바깥에서 그 자체로 존재하는 것이 아니라 우리가 지각하는 바에 따라서 그 내용이 규정된다. 이런 전제 아래, 보르헤스는 『말하는 보르헤스(Borges oral)』에서 제논의 역설에 대해 이렇게 얘기한다. "그런 재분할이 존재하지 않는다고 생각하는 것은 우리가 그것을 느끼지 못하기 때문은 아닐까요? 유일하게 존재하는 것은 우리의 느낌입니다. 우리의 지각이며 우리의 감정만 존재하는 것입니다. 그러나 재분할은 상상적인 것이지 현실적인 것이 아닙니다." 바꿔 말해서, 우리는 무한하게 분할된 시간과 공간을 경험하거나 지각할 수 없다. 그러나 아킬레우스와 거북이가 쉬지 않고 달리는 경우에 공간이 연장되고 시간이 지속됨으로써 지각된 것이 구체적으로 증가한다. 이런 점을 받아들인다면 무한 분할에 따른 역설은 발생하지 않는다는 뜻이다.

월트 휘트먼에 관한 노트

글쓰기 훈련을 하다 보면 절대적인 책 한 권을 완성하고 싶은 야망이 생긴다. 플라톤의 원형과 같이 모든 것을 포함하면서, 세월이 흘러도 그 가치가 사라지지 않는 책 중의 책을 말이다. 이런 야망을 부추기는 이들이 다음과 같은 사건들을 선택하였다. 위험한 바다를 건너는 첫 번째 항해를 다룬 아폴로니오스 로디오스, 독수리가 독수리에 대항해 싸운 카이사르와 폼페이우스의 전투를 노래한 루카누스,[171] 동방에서 온 루시타니아족의 무기에 대해 기록한 카몽이스,[172] 피타고라스 원리

---

171   마르쿠스 루카누스(Marcus Annaeus Lucanus,
        39~65). 로마 시대의 정치가이자 서정 시인.
172   루이스 드 카몽이스(Luis Vas de Camões, 1524~1580).
        포르투갈의 시성(詩聖)이라 불리는 시인. 애국적 내

에 의해 만들어진 영혼의 윤회를 다룬 존 던, 가장 오래된 형태의 죄와 천국에 대해 쓴 밀튼, 샤나메 왕조를 기록한 피르다우시[173]가 그들이다. 공고라[174]는 중요한 책은 실제로 중요한 주제를 담지 않은 책임을 간파한 첫 번째 사람이다. 그의 책『고독(Soledades)』이 보여 주는 허영기 많은 역사는 주도면밀하게 하찮게 쓰여졌다고 카스칼레스(Francisco Cáscales)와 발타사르 그라시안에게 비판받았다.(『문헌학 편지 8(Cartas filológicas VIII)』; 『크리티콘 2(El Criticón II)』, 4쪽) 말라르메는 사소한 주제들로 만족할 수 없었다. 꽃이나 여성의 부재, 시를 쓰기 위해 펼친 종이의 빈 공간 등을 부정적으로 보았다. 말라르메는 페이터[175]와 마찬가지로 모든 예술은 형식 그 자체가 배경인 음악과 같다고 생각하였다. 그가 신앙 고백처럼 읊조린 모든 것은 책 한 권으로 연결된다는 구절은, 신들은 후대인들이 노래할 것이 부족하지 않도록 하기 위해 불행을 직조했다고 말한 호메로스의

용을 담은 서사시「우스 루시아다스(Os Lusíadas)」로 유명하다.

173　아볼 카셈 피르다우시(Abu 'l-Qasim Ferdowsi Tusi, 940?~1020?). 흔히 호메로스에 비견되는 페르시아의 시인. 페르시아의 신화와 역사를 토대로 한 민족적 서사시『샤나메』를 썼다.

174　루이스 데 공고라는 난해한 문체와 기교적인 수식, 복잡한 비유를 사용한 것으로 유명하다.

175　월터 페이터(Walter Pater, 1839~1894). 영국의 문학가로 그가 사용한 "모든 예술은 형식 그 자체가 배경인 음악과 같다."라는 말은 보르헤스의『또 다른 심문들(Otras inquisiciones)』에도 등장한다.

구절과 닮아 있다.(『오디세이아』8권, 결말) 1900년대까지 예이
츠는 한 사람의 마음 속에 고동치는 거대한 기억 혹은 특별한
기억을 깨우는 상징을 다루는 데 있어 완벽함을 추구하였다.
그 상징은 융(Carl Gustav Jung)의 원형과 비교할 만하다. 부당하
게 잊혀진 책『지옥』을 쓴 바르뷔스(Henri Barbusse)는 인간의 기
본 행위를 시적인 이야기로 표현하면서 시간의 한계를 피했
다.(혹은 피하고자 했다.)『피네간의 경야』에서 조이스는 먼 시
대의 특징을 동시에 재현하는 방식을 선택한다. 영원성을 강
조하기 위해 시대착오적인 모습을 교묘하게 보여 주는 이러한
형태는 파운드나 T. S. 엘리엇에게도 나타난다.

　몇 가지를 더 기억해 보겠다. 이미 나온 것 중 가장 흥미로
운 것은 1855년 휘트먼의 사례다. 이를 구체적으로 논의하기
전에 앞으로 말할 것을 미리 보여 주는 몇 가지 사례를 적어 보
도록 하겠다. 첫 번째는 영국 시인 라셀레스 애버크럼비의 의
견이다. "휘트먼은 자신의 숭고한 경험에서 활기차고 개성 있
는 인물을 창조하는데, 이는 근대 문학에서 드물지만 위대한
경우였다. 그것은 자신을 작중 인물로 창조한 것이었다." 두 번
째는 에드먼드 고스 경이다. "진정한 월트 휘트먼은 없다. ……
휘트먼은 원형질 상태에 있는 문학이다. 단순한 지적인 유기
체로서 그에게 다가오는 모든 것들을 반영한다." 세 번째는 바
로 나다.[176] "휘트먼에 관해 쓰여진 거의 모든 것은 두가지 오류
에 의해 왜곡되어 있다. 하나는 돈키호테를 키호테로 생각하

176　　이 판본의 206쪽(원주). 이 책의「또 다른 휘트먼」
　　　　(71~76쪽)의 내용을 가리킨다.

는 것처럼 문인인 휘트먼을 『풀잎』의 반신적인 영웅과 동일시하는 것이다. 다른 하나는 그가 쓴 시의 스타일과 단어를 분별없이 적용하는 것이다. 그것을 설명하려는 것 역시 놀라운 현상이라고 할 만하다."

　(아가멤논, 라에르테스, 폴리페모, 칼립소, 페넬로페, 텔레마코스, 돼지치기, 스칼라와 카리브디스의 증언에 기초한) 오디세우스에 관한 전기에서 그가 이타카를 결코 떠나지 않았다는 상황을 가정해 보자. 즐겁게 상상해 보건대 이 책이 우리에게 가져올 실망감은 휘트먼에 관한 모든 전기가 가져올 실망감과 같다. 그의 시 주위를 맴돌다가 그의 삶에 관한 김빠진 연대기로 넘어가는 것은 일종의 멜랑콜리한 전환기인 셈이다. 역설적으로 이러한 불가피한 멜랑콜리는 전기 작가가 두 명의 휘트먼이 있다고 속일 경우 더 심화된다. 『풀잎』에 나오는 '사교적이고 유창한 야만인'인 휘트먼과 그것을 창조해 낸 가련한 문인으로 나누어지는 것이다.[177] 이 문인은 결코 캘리포니아나 플레이트 협곡에 가 본 적이 없다. 전자의 휘트먼은 두 번째 장소에서 상소리를 지어 내었고(「이 장면을 형성하게 한 영혼」) 그리고 캘리포니아에서는 광부였다.(「포미녹을 떠나며」) 후자인 문인 휘트먼은 1859년에 뉴욕에 있었다. 전자는 그해 12월 2일에 버지니아의 늙은 노예 폐지론자인 존 브라운의 처형을 목격하

177　내가 아는 바로는 그 누구보다도 헨리 사이델 캠비 (*Walt Whitman*(1943))와 바이킹 출판사에서 출간한 『선집』(Viking Press, 1945)의 마크 반 도렌이 그 차이를 아주 잘 구별하였다.(원주)

였다.(「유성의 나날들」) 문인은 롱아일랜드에서 태어났고 전자
도 마찬가지였다.(「포미녹을 떠나며」) 하지만 남부의 어느 한 주
에서 태어났다고도 한다.(「고향을 그리며」) 문인인 휘트먼은 순
결하고 내성적이며 과묵했다. 반대로 전자는 다정하고 부산스
러운 성격을 지녔다. 이러한 부조화를 증폭시키는 것은 쉽다.
하지만 더 중요한 것은『풀잎』에 나오는 시들이 형상화하는 행
복한 방랑자는 그 시들을 쓸 능력이 없다는 점을 이해하는 것
이다.

　바이런과 보들레르는 그들의 유명한 저작에서 자신들의
불행을 극화한 반면, 휘트먼은 행복을 드라마화하였다.(참고
로 30년 후 니체는 실스마리아 지역에서 차라투스트라를 발견했다.
이 교육자는 행복하였거나 혹은 모든 경우에 있어 행복을 권장하였
다. 하지만 존재하지 않는다는 단점이 있었다.) 바테크[178]에서 시작
해 에드먼드 테스트[179]로 끝나는 다른 낭만적인 영웅들은 그 차
이를 장황하게 강조한다. 너무나 겸손했던 휘트먼은 모든 다른
인간들과 비슷해지기를 원했다. 그는『풀잎』이 "남녀에 구분없
이 대중적이고 집합적인 위대한 개인의 노래"라고 설명한다.
혹은 계속적으로 (「나 자신의 노래」 17연) 다음과 같이 말한다.

178　Vathek. 윌리엄 베크포드(William Beckford)가 쓴 동명
　　　소설의 주인공이다. 아바스 왕조의 아홉 번째 칼리프
　　　로 초자연적인 힘과 지식에 대한 열망을 갖춘 영웅적
　　　인물로 그려진다.

179　Edmond Teste. 폴 발레리의 저작에 등장하는 허구적 인
　　　물로 순수하고 기이한 지식인으로 그려진다. 후대의
　　　평론가들은 발레리 자신을 투영한 것으로 평가한다.

이것들은 모든 시대와 모든 지역에 사는 사람들의 사고다.
나 자신의 독창적인 사고가 아니다.

만일 그대들이 나처럼 생각하고 있지 않다면, 이것들은 모
두 공허한 것이거나 공허한 것에 가깝다.

만일 이것들이 수수께끼가 아니거나 풀 수 있는 수수께끼
가 아니라면, 이들은 공허한 것이다.

만일 이것들이 멀리 있는 것만큼이나 가까이 있지 않다면,
이들은 공허한 것이다.

이것은 흙과 물이 있는 곳이라면 어디서든지 자라는 풀이다,
이것은 지구를 목욕시키는 공기와도 같다.

범신론은 신이 모순적이고 (심지어는) 사소하기까지 한 다
양한 사물이라고 선언한 구절을 유포한다. 그 범례는 다음과
같다. "나는 의례이고, 제물이며, 녹인 버터이자, 불이다."(『바
가바드기타』, 9장 16절) 헤라클레이토스의 67번째 구절은 그 이
전에 나왔지만 좀 더 애매하게 표현되어 있다. "신은 낮이자 밤
이고, 겨울이자 여름이며, 전쟁이자 평화이고, 풍족함이자 배
고픔이라." 플로티노스는 제자들에게 형언할 수 없는 하늘을
묘사하면서 그 안에서 "모든 것이 어느 곳에나 있으며, 어떤 것
도 모든 것이 되며, 태양은 모든 별이고, 각각의 별은 모든 별이
자 태양이다."라고 말한다.(『엔네아데스』 5권, 8장 4절). 12세기
페르시아의 신비주의자 아타르[180]는 새들이 그들의 왕인 시무

---

180   파리드 알딘 아타르(혹은 파리드 우딘 아타르)(Farid
       al Din Attar 또는 Farid ud Din Attar, 1145~1221). 중세

르그를 찾아 떠나는 먼 순례길을 노래한다. 다수가 바다에서 죽는다. 하지만 생존자들은 그들이 바로 시무르그이고 시무르그가 그들 자신이자 모두라는 사실을 발견한다. 정체성이 이렇게 확장되는 것의 수사적 가능성은 무한하다. 힌두 경전과 아타르의 독자인 랠프 월도 에머슨은 「브라마」라는 시를 남겼다. 열여섯 개의 연으로 이루어진 이 시에서 아마 가장 기억할 만한 것은 이 문장일 것이다. "나에게서 날아갈 때 나는 날개가 됩니다." 독일의 서정 시인 슈테판 게오르게 역시 『별들의 약속(Der Stern des Bandes)』(1914)에서 유사하지만 좀 더 담백한 목소리로 "나는 하나이자 둘이다.(Ich bin der Eine und bin Beide.)"라고 말했다. 월트 휘트먼은 이 과정을 다시 작업한다. 그는 다른 이들처럼 신성함을 정의하거나 그 단어가 갖는 '유사함과 차이'를 다루기 위해 시 속에서 신성함을 보여 주지는 않는다. 오히려 일종의 과한 상냥함으로 모든 인간과 같아지기를 희망했다. (「브루클린을 페리로 건너며」 7연) 휘트먼은 다음과 같이 말했다.

　　　나는 고집 세고, 허영심 많고, 성급하고, 표피적이고, 간사하고, 겁쟁이고, 악한이었다.
　　　늑대, 뱀, 돼지가 내 안에 가득 찼다.

휘트먼은 또 (「나 자신의 노래」 33연) 이렇게 노래한다.

페르시아의 시인.

내가 바로 그 사람이다. 내가 그 시련을 경험했다. 거기에 내가 있었다.

순교자들의 당당함과 침착함,

마녀로 선고받은 어머니가 그녀의 아이들 앞에서 마른 장작 위에서 화형에 처해진다.

경주로 지쳐 축 늘어진 박해받는 노예들이 울타리에 기댄 채 땀으로 범벅되어 숨을 헐떡이고 있다.

그들의 다리와 목을 바늘로 콕콕 찌르는 듯한 고통, 잔인하고 살인적인 탄환,

나는 이 모든 것을 느끼고, 또 내가 바로 이것들이다.

휘트먼은 이 모든 것을 느꼈고, 바로 시련받는 사람 그 자체였다. 하지만 이 두 시가 표현하는 것은 단순한 역사가 아니라 근본적으로 신화였다. (「나 자신의 노래」 24연) 휘트먼은 다음과 같이 적는다.

월트 휘트먼, 하나의 우주이자, 맨해튼의 아들,

먹고, 마시고, 왕성하게 성교하는, 거칠고, 음탕하고, 관능적이고

또한 「바로 지금 활기차고」에서의 휘트먼은 미래에 우리들이 느끼게될 향수에 대해서 쓰고 그 향수를 예언하는 행위에 의해 창조되는 인간이다.

바로 지금 활기차고, 단단하고, 눈에 보이는

나, 주 연방 여든세 번째 해에 마흔 살이 된 나를,

지금부터 백 년 후 아니 수백 년 후의 사람,

아직 태어나지 않은 당신에게 이 글을 남겨 본다.

당신이 이 글을 읽을 즈음 눈에 보였던 나는 보이지 않게

되리라.

이제 단단하고, 살아 있는 당신이 나의 시들을 실현하고,

나를 탐구하고,

내가 당신과 함께 있어서 당신의 동무가 된다면

아주 행복할 텐데, 상상할 차례다.

마치 내가 당신과 함께 있는 것처럼 살아라.

(내가 지금 당신과 함께 있다는 사실을 의심하지 말게나.)

혹은 (「출발의 노래」 4, 5연)를 보자.

동지여! 이것은 단지 책이 아니다.

나에게 주어진 일은 한 인간을 만지는 것이다.

(밤인가? 여기 우리는 혼자 남겨져 있는가?)

너를 사랑한다. 나는 이 껍질에서 벗어난다.

나는 형체가 없는, 승리자의 그리고 죽은 어떤 것과도 같

다.[181]

---

181   이런 악담의 구조는 복잡하다. 우리의 감정을 예감하
       는 것에 대해 시인이 흥분한다는 것은 우리를 흥분하
       게 한다. 그 예로 1000년 후에 자신의 시를 읽을 시인
       을 대상으로 쓴 플레커(James Elroy Flecker)의 시 구절

인간 월트 휘트먼은 브루클린의 지역의 일간지 《이글
(Eagle)》의 편집장이었고, 에머슨과 헤겔, 볼네[182]의 글에서 근
본적인 사고를 읽어 냈다. 시적 자아로서 월트 휘트먼은 뉴올
리언스의 침실과 조지아 전투라는 상상적 경험을 통해 아메
리카 대륙을 만나고 그 사고들을 완성해 냈다. 잘못된 사실이
본질적으로 올바른 것이 되는 경우가 있다. 영국의 헨리 I세
가 아들이 죽은 후 결코 웃지 않았다는 이야기는 유명한 사실
이 되었다. 거짓일 수도 있는 그 사건은 왕의 낙담을 상징적으
로 보여 주는 진실이 될 수 있다. 1914년에 독일인들이 벨기에
포로들 몇몇을 고문하고 불구로 만들었다고 전해진다. 그것은
의심할 여지없이 거짓이었지만 독일군 침공에 대한 헤아릴 수
없는 공포를 효과적으로 드러내 주었다. 더 용인할 수 있는 것
은 어떤 원칙을 도서관에서 발췌하는 것이 아니라, 생생한 경
험에 적용하는 경우에서다. 1874년 니체는 역사가 반복적으로

은 다음과 같다.

오, 본 적도 없고, 태어나지도 않았으며, 알지도 못하
는 친구여,
나의 사랑스러운 언어인 영어의 학생
밤에 홀로 나의 글을 읽어 보렴.
나는 시인이고, 나는 젊었었다고.(원주)

182 콘스탄틴 프랑수와즈 드 샤스뵈프, 볼네 백작(Cons-
tantin François de Chasseboeuf, comte de Volney). 프랑스
의 철학자이자 사상가로 프랑스 혁명에 적극적으로
가담했다. 저서『폐허(Les ruines)』(1791)는 토머스 제
퍼슨에 의해 번역되어 미국이 18세기 계몽사상의 전유
를 통해 국가적 토대를 갖추어 가는 데 영향을 주었다.

순환한다는 피타고라스 원리를 비웃었지만(『삶에 대한 역사의
공과에 관하여』, 2쪽) 1881년 실바플라나의 숲길에서 그 원리를
갑자기 생각해 냈다.(『이 사람을 보라』, 9쪽) 이것을 표절이라고
말하는 것은 말단 경찰들이나 하는 세련되지 못한 짓이다. 니
체는 이런 비난에 대해 중요한 것은 하나의 사고가 우리들 안
에서 그것을 정당화하는 것이 아니라, 그 사고가 이끌어 낼 수
있는 변화라고 대답할 것이다.[183] 잘못된 예는 위대한 통합이라
는 명목으로 추상적인 공식화를 시도하는 것이다. 또 다른 예
는 광풍과도 같이 사막에서 아랍의 목자들을 쫓아내 이들을
끝나지 않는 (결국 아키타니아와 갠지스가 그 끝이었던) 전투로 몰
아넣는 것이다. 휘트먼은 어떤 이론을 공식화하기보다는 민주
적인 이상을 보여 주고자 했다.

　플라톤적 혹은 피타고라스적 이미지를 통해 호라티우스
(Flaccus Quintus Horatius)가 대변화를 예언한 이래로, 문인들 사
이에서는 시인의 불멸성에 관한 테마가 고전적인 것이 되었
다. 이 주제를 자주 다룬 이들은 칭송으로 마음을 사거나 악담
을 남겨 복수하는 것을 목적으로 하기보다는 순전히 헛된 영
광을 위해서였다. 휘트먼도 이런 방식으로 미래의 독자 한 명
한 명과 개인적 관계를 만들었다. 개별 독자와 섞이고, 다른 독

183　이유와 신념은 다르기 때문에, 어떤 철학적 원리에 대
　　한 가장 커다란 반대는 종종 그것을 보여 주는 작품 이
　　전에 존재하고는 한다. 플라톤은 『파르메니데스』에
　　서 아리스토텔레스에 반대하는 제3의 인간에 대한 논
　　쟁을, (『대화』, 3)에서 버클리는 흄의 반증을 예고한
　　다.(원주)

자와 대화하며 휘트먼 자신과 이야기한다. 그는 「세상에 대한 인사」3연에서 다음과 같이 말한다.

월트 휘트먼, 당신은 무엇을 듣고 있는가?

이런 방식으로 휘트먼이 만들어진다. 이 친구는 1900년대의 오래된 미국 시인이자 전설의 인물이었고, 우리와 같은 사람이었으며, 행복함 그 자체였다. 그의 업적은 심지어 비인간적인 것이기까지 한 것이지만 그가 이루어 낸 승리는 값진 것이었다.

거북의 변모

사람들이 갈피를 못 잡고 엉뚱한 얘기를 하는 개념이 하나 있다. 악에 관한 얘기는 아니다. 악은 윤리학이라는 좁은 영역에 국한된다. 무한에 관한 얘기이다. 예전에 나는 무한이라는 종잡을 수 없는 이야기로 책을 편찬하고 싶었다. 그러나 머리가 여러 개 달린 히드라(물뱀 같은 이 괴물은 등비수열의 상징이나 전조였다.)가 대문 앞에서 공포를 야기했다. 카프카의 너저분한 악몽이 히드라가 된 것인데, 악몽 한가운데서는 저 옛날 독일 추기경(니콜라우스 크렙스, 즉 니콜라우스 쿠자누스)의 추측이 어른거리고 있었다. 쿠자누스는 원주(圓周)에서 무수한 모서리를 가진 다각형을 보았다. 그리고 무한한 선은 직선이 되고, 삼각형이 되고, 원이 되고, 구가 된다고 적었다.(『박학한 무지』 I책, 13장) 나는 5~6년 남짓 형이상학, 신학, 수학을 공부하면 (아마도) 고상한 책을 구상할 수 있으리라고 생각했다. 이제는 하나마나한 얘기가 되었다. 살다보니 '고상한 책'은커녕 펜을 들 엄두조차 내지 못했다.

아무튼 이 글도 방금 얘기한 상상의 책 '무한의 전기'에 포함된다. 글의 목적은 제논 제2역설의 몇 가지 변모를 기록하는 것이다.

이제 제논의 역설을 살펴보자.

아킬레우스는 거북보다 10배 더 빨리 달리므로, 거북은 10미터 앞에서 출발한다. 아킬레우스가 10미터를 달리는 동안 거북은 1미터를 달린다. 아킬레우스가 1미터를 가면 거북은 10센티미터를 가고, 아킬레우스가 10센티미터를 가면 거북은 1센티미터를 가고, 아킬레우스가 1센티미터를 가면 거북은 1밀리미터를 가며, 발 빠른 아킬레우스가 1밀리미터를 가면 거북은 10분의 1밀리미터를 간다. 이렇게 무한히 진행되어 아킬레우스는 결코 거북을 따라잡을 수 없다는 것이 관례적인 설명이다. 빌헬름 카펠레(Wilhelm Capelle)는 아리스토텔레스의 원전을 이렇게 번역했다.

제논의 두 번째 논증은 아킬레우스 논증이라고 부른다. 가장 빠른 것도 가장 느린 것을 따라잡을 수 없다는 것이다. 왜냐하면 쫓는 자는 쫓기는 자가 방금 떠난 곳을 통과해야 하기 때문이다. 따라서 가장 느린 것도 항상 일정한 우위를 점한다.(빌헬름 카펠레, 『소크라테스 이전 철학자들(Die Vorsokratiker)』(1935, 178쪽)

보다시피 문제는 달라지지 않는다. 그렇지만 나는 제논의 역설을 영웅과 거북으로 설명한 시인의 이름을 알고 싶다. 제논의 논증은 이 두 매혹적인 경주자와 아래 수열 덕분에 유명해졌다.

$$10 + 1 + \frac{1}{10} + \frac{1}{100} + \frac{1}{1000} + \frac{1}{10000} \cdots\cdots$$

비록 메커니즘은 동일하지만, 이제 아무도 앞의 얘기(쫓는 자와 쫓기는 자의 얘기)는 기억하지 않는다. 제논에 주장에 따르면, 운동은 불가능하다. 운동은 목적지에 도착하려면 먼저 절반에 도달해야 하고, 절반에 도달하려면 그보다 앞서 절반의 절반에 도달해야 하고, 절반의 절반에 도달하려면 그보다 앞서……[184].

제논의 논증이 세상에 알려지고 또 처음으로 유명세를 얻게 된 것은 아리스토텔레스의 펜 덕분이다. 아리스토텔레스는 간략하게, 어쩌면 경멸하듯이, 제논의 명제를 논박한다. 그러나 이런 논박에서 저 유명한 '제3인간 논증'의 영감을 얻어 플라톤의 이데아론을 반박했다. 이데아론은 공통된 속성을 가진 두 개체(예를 들어 두 사람)는 영원한 원형의 일시적 외양에 불과하다는 것이다. 아리스토텔레스는 수많은 인간과 인류(즉 덧없는 개별 인간과 인간의 원형) 사이에 공통된 속성이 있는지 묻

184　제논보다 1세기 후에 중국의 궤변론자 혜자는 매일 막대기를 반 토막 내더라도 막대기가 없어지지는 않는다고 주장했다.(허버트 앨런 자일스, 『장자』(1889), 453쪽)(원주)

는다. 주지하다시피, 대답은 '있다.'이다. 개인은 인류의 일반
적인 속성을 지니고 있다. 그렇다면 개별 인간과 인간의 원형
을 모두 포함하는 또 다른 원형, 즉 제3원형을 상정해야 하고,
그다음에는 제4원형을 상정해야 한다는 것이 아리스토텔레스
의 주장이다. 스페인 철학자 파트리시오 데 아스카라테는『형
이상학』번역본 각주에서 아리스토텔레스 제자[185]의 말이라면
서 아래와 같이 인용하고 있다.

> 만약 수많은 사물을 긍정하는 것이 동시에 하나의 분리된
> 존재, 다시 말해서 긍정한 사물과 별개의 존재라면(이것이 플
> 라톤학파가 의도한 것이다.) 반드시 제3인간이 있어야 한다.
> …… 인간이라는 명칭은 개체와 이데아에 모두 적용할 수 있
> 는 말이다. 따라서 개별 인간이나 이데아와는 상이한 제3인간
> 이 있다. 이와 동시에 제3인간과 개별 인간의 이데아와 관계
> 가 있는 제4인간이 있을 것이며, 그다음에는 제5인간, 이런 식
> 으로 무한히 계속된다.

---

185   아리스토텔레스 저작의 주석가로 유명한 아프로디
       시아스의 알렉산드로스(Alessandro di Afrodisia)를 가
       리킨다. 참고로 파트리시오 데 아스카라테(Patricio
       de Azcárate)의『형이상학』번역본은 1875년에 출판
       되었으며, 보르헤스가 바로 밑에 인용한 단락은 파
       트리시오 데 아스카라테가 독일 문헌학자 크리스티
       안 아우구스트 브란디스(Christian August Brandis)가
       1836년에 출판한『아리스토텔레스 주해(Scholia in
       Aristotelem)』에서 따온 것이다.

두 개체 a, b와 이를 포함하는 일반적인 c를 상정해 보자. 그러면 다음과 같이 표시할 수 있다.

$$a + b = c$$

또한 아리스토텔레스처럼 이렇게 표시할 수도 있다.

$$a + b + c = d$$
$$a + b + c + d = e$$
$$a + b + c + d + e = f \cdots\cdots$$

엄밀하게 말해서 두 개체가 필요하지는 않다. 한 개체와 일반적인 유형만 있으면 아리스토텔레스가 지적한 제3인간을 도출할 수 있다. 엘레아의 제논은 운동과 수에 반하여 무한 소급에 호소했고, 제논의 역설을 반박한 아리스토텔레스는 이데아에 반하여 무한 소급에 호소했다.[186]

---

186   플라톤은『파르메니데스』(이 책의 제논학파 성격은
       반론의 여지가 없다.)에서 유사한 논증을 통하여 일
       자(一者)가 사실은 다자(多者)임을 증명하고 있다.
       일자가 존재한다면, 그 일자는 존재의 일부이고 따라
       서 일자 안에 존재와 일자라는 두 부분이 있는데, 각
       부분은 일자이고 존재이다. 그러므로 여기에는 또 다
       른 두 가지가 포함되며, 이 또한 또 다른 두 가지를 포
       함하는 식으로 무한히 진행된다. 러셀은 플라톤의 등
       비수열을 등차수열로 바꾸었다.(『수리 철학의 기초
       (Introduction to Mathematcal Philosophy)』(1919), 138

내가 무질서하게 작성한 노트에서 제논의 두 번째 화신
은 회의론자 아그리파(Agrippa Von Nettesheim)이다. 아그리파
는 무언가를 증명할 수 있다는 것을 부정한다. 모든 증명에
는 그보다 앞선 증명이 필요하기 때문이다.(『피론주의의 개
요(Hypotyposes)』, I책, 166쪽). 섹스투스 엠피리쿠스(Sextus
Empiricus)도 이와 유사하게 정의란 쓸모없는 것이라고 주장한
다. 정의를 하려면 사용하는 단어 하나하나를 정의해야 하며,
결국은 정의를 정의해야 하기 때문이다.(『피론주의의 개요』, 2책,
207쪽) 그로부터 1600년 후에 바이런은 『돈 주안』 헌사에서 콜
리지에 대해서 이렇게 썼다. "나는 그(새뮤얼 콜리지)가 그의 설
명을 설명해 주기 바란다."

지금까지 무한 소급은 무언가를 부정하는 데 사용했다. 토
마스 아퀴나스는 이 무한 소급을 신이 존재한다는 것을 긍정

쪽) 일자가 존재한다면 일자는 존재의 일부이다. 그러
나 존재와 일자는 다르므로 이자(二者)가 존재한다.
또한 존재와 이자는 다르므로 삼자(三者)가 존재한다
는 식으로 계속된다. 장자는 만물(우주)이 하나라고
주장하는 일원론자에 반대하여 무한 소급을 얘기한
다.(아서 데이비드 웨일리, 『고대 중국 사상의 세 가지
방향(Three Ways Thought in Ancient China)』(1939), 25
쪽). 장자에 따르면, 우주의 단일성과 단일성에 대한
천명은 이미 두 가지다. 이 둘과 이중성에 대한 천명은
셋이 되며, 이 셋과 셋에 대한 천명은 넷이 되고…….
러셀은 존재라는 용어의 모호성만으로도 이 추론이
타당하지 않다는 것을 드러낸다고 얘기하면서 숫자는
존재하는 것이 아니라 논리적 허구에 불과하다고 덧
붙인다.(원주)

하는 데 이용했다.(『신학대전(Suma Teológica)』, I부 2질문 3항) 우주에는 능동적인 원인이 없는 것은 없으며, 이 원인은 물론 그보다 앞선 원인의 결과이다. 세계는 원인의 끝없는 연쇄이며, 각각의 원인은 결과이다. 각 상태는 이전 상태에서 유래하며, 다음 상태를 결정한다. 그러나 전체 계열은 존재할 수 없다. 왜냐하면 계열을 형성하는 항이 조건적, 즉 우연적이기 때문이다. 그럼에도 불구하고 세계는 존재한다. 이 세계에서 우리는 우연적이지 않은 제I원인을 추론할 수 있는데, 이것이 바로 신이다. 이상이 우주론적 논증으로 일찍이 아리스토텔레스와 플라톤이 언급한 바 있고, 후일 라이프니츠가 재발견했다.[187]

헤르만 로체[188]는 대상 A의 변화가 대상 B의 변화를 야기하지 않는다고 주장하려고 무한 소급에 호소한다. 로체는 A와 B가 독립적이라면 B에 대한 A의 영향을 상정하는 것은 제3의 요소 C를 상정하는 것이라고 주장한다. 이 C가 B에 작용하려면 제4요소 D가 필요하며, 이 D는 E가 없으면 작용할 수 없고, E는 F가 없으면 작용할 수 없고……. 로체는 이런 터무니없는 생각의 고리를 끊기 위한 방안으로 세계에는 단 하나의 대상만 있다고 주장했다. 그 대상은 스피노자의 신과 유사한 무한

187　지금은 폐기된 이 우주론적 논증은 단테의 『신곡』 가운데 "모든 것을 움직이시는 그분의 영광"이라는 구절에서 메아리치고 있다.(『신곡』 「천국편」, I곡)(원주)

188　루돌프 헤르만 로체(Rudolf Hermann Lotze, 1817~1881). 독일의 철학자, 논리학자, 의학자.

하고 절대적인 실체이다.[189] 타동적 원인은 내재적 원인으로
환원된다. 만물은 우주적 실체의 표현, 즉 우주의 여러 양태
이다.[190]

유사하지만 놀라운 것은 프랜시스 허버트 브래들리의 경우
이다. 이 사상가는 인과 관계뿐만 아니라 모든 관계를 부정한
다.(『현상과 실재(Appearance and Reality)』(1897), 19~34쪽) 그리고
어떤 관계가 관계항과 관계 있는지 없는지 묻는다. '예.'라고
대답하면, 다른 두 관계의 존재를 인정하는 것으로 추론한다.
'부분은 전체보다 작다.'라는 공리에서 브래들리는 두 개의 항
과 '~보다 작다.'라는 관계를 지각하는 것이 아니라 세 가지(부
분, ~보다 작다, 전체)를 지각하며, 이들의 관계는 다시 두 가지
관계를 내포하고 있다는 식으로 무한까지 나아간다. 그리고
'후안은 사람이다.'[191]라는 언명에서 브래들리는 세 가지(세 번
째 개념은 '이다.'라는 계사다.) 불변의 개념을 지각하는데, 우리
는 이 세 개념을 하나로 통합할 수 없다. 브래들리는 모든 개념
을 도무지 소통 불가능한 대상으로 바꿔 버린다. 이를 반박하

189　다음 두 구절에 등장하는 '타동적(외재적) 원인', '내재
　　　적 원인', '실체', '양태'는 모두 스피노자의 용어이다.

190　이 구절은 윌리엄 제임스의 설명에 따른 것이다.(『다
　　　원적 우주(A Pluralistic universe)』(1909), 55~60쪽.
　　　막스 폰 벤체르, 『페히너와 로체(Fechner und Lotze)』
　　　(1924), 166~171쪽)도 참고하시오.(원주)

191　보르헤스가 제시한 예문은 논리학 교과서에 자주 등
　　　장하는 "Juan es mortal."인데, 번역의 편의상 형용사
　　　(mortal)를 명사로 바꾸었다.

는 것은 비실재에 몰드는 것이다.

　로체는 원인과 결과 사이에 제논의 역설에서 나타나는 주기적인 간극[192]을 끼워 넣는다. 브래들리는 주어와 한정사 사이에, 아니면 주부와 술부 사이에 끼워 넣고, 루이스 캐럴은 삼단논법 제2전제와 결론 사이에 끼워 넣는다.(「거북이가 아킬레우스에게 한 말」,《마인드》, 4권 14호, 278쪽). 캐럴의 글에서 아킬레우스와 거북은 끝날 줄 모르는 대화를 이어 간다. 두 경주자는 끝없는 경주의 종말에 도달했을 때, 느긋하게 기하학을 논하면서 아래와 같은 논리를 연구한다.

　a) 똑같은 것과 동일한 두 사물은 서로 동일하다.
　b) 이 삼각형의 두 변은, 똑같은 것과 동일하다.
　c) 이 삼각형의 두 변은 서로 동일하다.

　거북은 전제 a와 b를 받아들이지만, 결론의 타당성은 부정한다. 이에 아킬레우스는 가언 명제(c)를 끼워 넣는다.

　a) 똑같은 것과 동일한 두 사물은 서로 동일하다.
　b) 이 삼각형의 두 변은, 똑같은 것과 동일한 사물이다.
　c) 만약 a와 b가 타당하다면, z도 타당하다.
　z) 이 삼각형의 두 변은 서로 동일하다.

192　　주기적인 간극에 대해서는 176쪽 제논의 역설에 대한 관례적인 설명을 참고하시오.

이러한 간단한 해명으로 거북은 a, b, c의 타당성은 인정하지만 z는 인정하지 않는다. 화가 난 아킬레우스는 아래 명제(d)를 또 삽입한다.

d) 만약 a, b, c가 타당하다면, z도 타당하다.

캐럴은 제논의 역설에서 거리가 점감하는 무한 계열을 간파하고, 거리가 점증하는 무한 계열을 만들어 낸 것이다.

아마도 가장 우아한 예는 이 마지막 예일 듯한데, 제논의 명제와 별반 차이는 없다. 윌리엄 제임스는 14분이 흐를 수 있다는 사실을 부정한다.(『철학의 제 문제』(1911), 182쪽). 왜냐하면 그 전에 7분이 흘러야만 하고, 7분 이전에 3분 30초가 흘러야하고, 3분 30초 이전에 1분 45초가 흘러야 하고, 이렇게 끝까지 진행된다. 미미한 시간의 미로를 통해서 보이지 않는 끝까지 진행되는 것이다.

데카르트, 홉스, 라이프니츠, 밀, 르누비에,[193] 게오르크 칸토어, 곰페르츠,[194] 러셀, 베르그송은 거북의 역설을 여러 가지

---

193   샤를베르나르 르누비에(Charles-Bernard Renouvier,
       1815~1903). 프랑스의 철학자. 총4권으로 출판한 『일
       반적 비판 시론』(1854~1864), 『신단자론』(1899) 등
       의 저서를 남겼다.

194   테오도어 곰페르츠(Theodor Gomperz, 1832~1912).
       오스트리아의 철학자이자 고전학자. 저서로는 각각
       1896년, 1902년, 1909년에 출간된 『그리스 사상가』
       1~3권 등이 있다.

방식으로 설명했고,(항상 설명 불가능하고 헛된 것은 아니다.) 나
는 그 가운데 몇 가지를 옮겨 적었다. 독자가 이미 확인했듯이
제논의 역설은 다양하게 응용할 수 있다. 역사적으로 다양하
게 응용했는데도 아직 고갈되지 않았다. 현기증 나는 무한 소
급은 어쩌면 모든 주제에 응용할 수 있다. 미학에 응용하면 이
런 시는 저런 동기로 감동을 주고, 저런 동기는 또 다른 저런 동
기로 감동을 주고 …… 앎의 문제에 적용하면, 앎이란 인식인
데 인식하려면 먼저 알아야만 하고, 앎은 인식이므로……. 이
렇게 무한히 순환하는 변증법을 우리는 어떻게 평가해야 할
까? 연구의 정당한 도구인가 아니면, 그저 악습에 불과한가?

　대담한 생각이지만, 말의 배열(철학이란 건 별다른 것이 아
니다.)은 우주와 매우 흡사하다. 이 또한 대담한 생각이나, 걸
출한 말의 배열 가운데 어떤 것은 비록 극미한 정도에 지나지
않겠지만, 다른 것보다는 우주와 조금 덜 흡사하다. 나는 얼마
간 명성을 누리고 있는 말의 배열을 조금 살펴봤는데, 오직 쇼
펜하우어의 말에서 우주의 어떤 면을 인식했다. 쇼펜하우어
의 사상에 따르면 세계는 의지가 만든 것이다. 예술은 항상 눈
에 보이는 비현실을 필요로 한다. 단적인 예를 들자면 이런 것
이다. '이 연극에서 대화자의 비유적이고, 다변적이고, 조심스
러운 일상 어투…….' 이제 우리는 모든 관념론자가 인정한 것
을 인정하자. 세계가 환영 같다는 사실을 말이다. 그리고 어떤
관념론자도 만들지 못한 것을 만들어 보자. 달리 말해서, 세계
가 환영 같다는 것을 보여 주는 비현실성을 찾아보자. 우리는
이를 칸트의 이율배반과 제논의 변증법에서 발견할 수 있다고
생각한다.

노발리스는 기억할 만한 말을 남겼다. "주술사의 최고봉은
자신에게 주술을 걸어서 자기가 만든 환영마저도 저절로 출현
했다고 여기는 주술사일 텐데, 그게 바로 우리가 아닐까?" 나
는 그렇다고 생각한다. 우리(우리 안에서 작용하는 온전한 신성)
는 세계를 꿈꾼다. 우리는 이 세계가 공간적으로는 굳건하고
신비하고 가시적이고 편재적이기를 꿈꾸고, 시간적으로는 견
고하기를 꿈꾸지만, 세계라는 건축물에 비이성이라는 영원한
실금이 나 있음을 누구도 부정할 수 없기에 우리의 꿈이 거짓
임을 안다.

『부바르와 페퀴셰』에 대한 옹호

부바르와 페퀴셰의 이야기는 겉보기와 달리 무척 단순하
다. 두 필경사(알론소 키하노[195]처럼 쉰을 바라보는 나이다.)가 우
정이 두터워지자 생업을 포기하고 시골에 정착하여 농학, 원
예, 식품 보존법, 해부학, 고고학, 역사학, 기억술, 문학, 수(水)
치료법, 심령술, 체조, 교육학, 수의학, 철학, 종교학을 연구하
지만 다양하고 이질적인 학문 영역에 도전할 때마다 실패를
맛본다. 20~30년이 흐른 뒤, 절망한(앞으로 보겠지만, '행동'[196]은
시간이 아니라 영원 속에서 일어난다.) 두 사람은 목수에게 책상

---

195   알론소 키하노는 『돈키호테』의 주인공 돈키호테의 본
       명이다.
196   요즘의 용어로는 사건에 해당한다.

을 주문하여 예전처럼 필경사로 일한다.[197]

플로베르는 생의 마지막 6년 동안 이 소설의 구상과 집필에 전념했지만 결국 완성하지 못했다.[198] 『마담 보바리』를 극찬한 에드먼드 고스[199]는 이 작품을 일종의 일탈로 평했고, 레미 드 구르몽은 프랑스 문학의 대표작을 넘어 세계 문학의 걸작이라고 평했다.

에밀 파게(언젠가 헤르추노프[200]가 "회색빛 파게"라고 부른 사람)가 1899년 출판한 비평서에는 『부바르와 페퀴셰』에 대한

---

197   플로베르 자신의 운명을 빗댄 듯도 하다.(원주)

198   귀스타브 플로베르(Gustave Flaubert, 1821~1880)는 이 소설을 1872년부터 1875년까지, 그리고 1877년부터 1880년까지 집필했다. 이 소설은, 뒤에서 보르헤스가 밝히고 있듯이, 1881년에 처음으로 출판되었다.

199   Edmund Gosse(1849~1928). 영국의 시인이자 문학비평가. 이 글에서 보르헤스가 언급하고 있는 플로베르 비평가를 순서대로 나열하면 다음과 같다. 1899년에 『플로베르』라는 책을 펴낸 프랑스 작가 에밀 파게(Émile Faguet, 1847~1916), 프랑스 작가이자 문학비평가인 앙리 세아르(Henry Céard, 1851~1924), 프랑스 물리학자이자 문학비평가인 르네 뒤메스닐(René Dumesnil, 1879~1967), 1946년에 『플로베르의 마지막 모습』을 출판한 프랑스 언어학자이자 역사학자 클로드 디에온(Claude Digeon, 1920~2008), 1921년에 『부바르와 페퀴셰의 저자』(1921)를 비롯하여 플로베르 연구서를 여러 권 저술한 프랑스 학자 르네 데샤름(René Descharmes, 1881~1925)이다.

200   알베르토 헤르추노프(Alberto Gerchunoff, 1883~1950). 러시아계 아르헨티나 언론인이자 문인.

비판이 망라되어 있다. 이런 장점 때문에 파게의 책은 비평의 관점에서『부바르와 페퀴셰』를 고찰하는 데는 안성맞춤이다. 파게에 따르면 플로베르가 인간의 우둔함을 다루는 서사시를 꿈꿨으며, 주인공을 불필요하게 두 명으로 설정했는데(팡글로스와 캉디드, 어쩌면 산초와 돈키호테가 동기로 작용했을 것이다.) 두 주인공은 상호 보완적이지도 대립적이지도 않으므로 주인공의 이중성은 언어적 농간에 지나지 않는다. 플로베르는 두 꼭두각시를 창조 또는 상정하여 도서관을 읽게 하지만 "도서관을 이해하지 못하게 만든다." 파게는 이러한 유희가 유치하고 위험하다고 비판한다. 왜냐하면 플로베르는 두 바보의 반응을 떠올리기 위해 농학, 교육학, 의학, 물리학, 형이상학 등을 다룬 1500편의 연구물을 읽었으니 말이다. 파게는 이렇게 말한다.

이렇게 이해하지 못한 채로 읽기만 하는 사람의 관점에 서서 읽기를 고집한다면, 이내 자신도 이해할 수 없게 되고, 혼자 힘으로는 아무것도 이해할 수 없는 사람이 된다.

5년을 동고동락하는 동안 플로베르가 페퀴셰와 부바르가 되었거나 (더 정확히 말하면) 페퀴셰와 부바르가 플로베르가 된 것이다. 애초에는 페퀴셰와 부바르는 바보였고 작가의 조롱과 멸시의 대상이었지만, 8장에 이르면 다음과 같은 유명한 구절이 나온다. "그 순간 두 사람의 정신에 유감스러운 능력이 발현되었다. 우둔함을 알 수 있는 능력, 그리고 더 이상 그 우둔함을 감내하지 않을 능력 말이다." 뒤이어 이런 구절이 이어진다.

"신문의 광고, 어느 부르주아의 얼굴, 우연히 듣게 된 시시한 이야기처럼 무의미한 것들이 두 사람을 서글프게 만들었다." 이 지점에서 플로베르는 부바르와 화해하고, 페퀴셰와도 화해한다. 하느님과 피조물이 화해하듯 말이다. 모든 방대한 작품 또는 현존하는 작품에서 이런 일(소크라테스가 플라톤이 되고, 페르 귄트가 입센이 되는 일)이 발생한다. 그러나 여기서 우리는 꿈꾸는 자(유사한 비유를 사용하자면)가 현재 자기가 꿈을 꾸고 있으며, 자기 꿈의 형식들이 바로 자신임을 깨닫는 순간에 놀라지 않을 수 없다.

『부바르와 페퀴셰』의 초판은 1881년 3월에 출판됐다. 그해 4월 앙리 세아르는 이 책을 "두 사람이 된 일종의 파우스트"라고 정의했다. 플레야드 판본에서 뒤메스닐은 "『파우스트』 I부의 시작을 알리는 파우스트의 첫 독백이 『부바르와 페퀴셰』의 모든 기획을 담고 있다."라고 지적한다.[201] 파우스트는 철학, 법학, 의학, 심지어 신학까지 공부했지만 쓸모가 없었다고 탄식한다. 이와 관련해 파게는 "『부바르와 페퀴셰』는 바보가 된 어느 파우스트 이야기다."라고 말했다. 파게의 이 말은 어느 면에서 복잡한 논쟁을 모두 요약하고 있으므로 마음에 새겨 두자.

플로베르는 이 작품의 목적 가운데 하나가 모든 근대 사상의 검토라고 밝혔다. 반면에 플로베르를 비판하는 사람들은

---

201 "나는 철학, 법학, 의학, 심지어 신학까지 공부했다. 열과 성을 다해 속속들이 공부했다. 하지만 그래 봤자 나는 여전히 형편없는 바보로구나!"라는 『파우스트』 I부의 독백을 가리킨다.

두 바보에게 그런 검토를 맡긴 것 자체가, 엄밀히 말해서 쓸데 없는 일이라고 주장한다. 두 광대의 불상사에서 종교와 과학 과 예술의 무의미를 추론하는 것은 턱없는 궤변이나 졸렬한 속임수에 다름 아니며, 페퀴셰가 실패했다고 뉴턴이 실패했다 는 의미는 아니라는 것이다.

이런 결론을 반박하는 일반적인 방법은 전제를 부정하는 것 이다. 따라서 디에온과 뒤메스닐은 플로베르의 충직한 제자인 모파상이 부바르와 페퀴셰를 "상당히 총명하고 평범하며 단순 한 정신의 소유자"로 평가한 구절을 이용한다. 뒤메스닐은 '총 명한'이라는 형용사를 강조하지만, 모파상의 말(또는 그런 것이 있을지 모르겠지만, 플로베르의 말)은 '바보들'이라는 단어가 저절 로 떠오르는 작품 자체를 고려하면 전혀 설득력이 없다.

내 의견을 말하자면 『부바르와 페퀴셰』의 정당성은 미학 차원에 있는 것이지, 정언 명제의 네 가지 유형과 열아홉 가 지 삼단 논법과는 아무런 관계도 없다. 논리적 엄격함과 본능 이나 다를 바 없는 전통은 별개이다. 이런 전통은 미친 사람이 나 단순한 사람도 핵심적인 단어를 입에 올리게 만든다. 천상 에 영혼을 빼앗겼다고 여겨 바보를 공경하는 이슬람 문화를 상기해 보라. 아니면, 하느님이 지혜로운 자를 부끄럽게 하려 고 세상의 어리석은 것을 택했다는 성경 구절[202]을 상기해 보 라. 구체적인 예를 선호한다면, 체스터턴의 『맨 얼라이브』를 생각해 보라. 이 작품은 단순성의 가시적인 산과 같고 성스러

---

202   「고린도전서」 I장 27절이다.

운 지혜의 심연과 같다. 또한 하느님에 대한 가장 좋은 명칭은 무(Nihilum)이며, "하느님은 무엇이 아니기 때문에 자신이 무엇인지 모른다."라고 설파한 요하네스 스코투스 에리우게나[203]를 생각해 보라. 아스테카의 황제 목테수마는 광대가 현자보다 많은 것을 가르친다고 말했다. 광대는 주저 없이 진실을 말하기 때문이다. 플로베르는 (결국 『철학의 파괴』[204]와 같은 엄밀한 논증이 아니라 풍자를 만들었지만) 아마도 자신의 마지막 의심과 남모르는 두려움을 무능한 두 주인공에게 털어놓는 예방 조치를 취했을 것이다.

이보다 근본적인 정당성도 눈에 띈다. 플로베르는 스펜서(Herbert Spencer) 추종자였다. 스펜서는 『제I 원리(First Principles)』에서 우주는 불가지(不可知)라고 주장한다. 그 이유는 충분하고 명료한데, 하나의 사실을 설명한다는 것은[205] 그보다 훨씬 일반적인 다른 사실을 언급하는 것이며, 이런 과정은 끝이 없다는 것이다. 바꿔 말해서, 우리는 다른 사실을 언급할 수 없다는, 즉 설명할 수 없다는 지극히 일반적인 진리에 도달하게 된다는 것이다. 과학은 무한한 공간에서 확장되는 유한

---

203   Johannes Scotus Eriugena(815?~877?). 아일랜드의 신학자이자 신플라톤학파 철학자로, 하느님에 대한 정의로 유명하다.

204   이슬람 철학자 가잘리(Al-Ghazzali, 1058~1111)의 책이다.

205   회의주의자 아그리파(Agripa)에 따르면, 모든 근거는 그 이전의 근거를 요구하며, 이런 과정은 무한히 반복된다.(원주)

한 영역이다. 과학의 영역이 확장될 때마다 미지이던 영역을 더 많이 포함하게 되지만, 미지는 여전히 무궁무진하다. 플로베르는 이렇게 쓴다.

아직도 우리가 아는 것이라고는 거의 없는데도, 결코 드러나지 않을 마지막 말을 짐작해 보려고 애쓰고 있다. 결론에 도달하려는 광란이야말로 광기 중에서 가장 무익하고 치명적인 광기이다.

예술은 필연적으로 기호로 작동한다. 아무리 큰 영역도 무한에서는 한 점에 불과하다. 천치 같은 두 필경사는 플로베르와 쇼펜하우어(또는 뉴턴)를 의미할 수도 있다.

이폴리트 텐[206]은 소설의 주제로 볼 때 18세기의 글쓰기, 즉 조너선 스위프트의 간결하고 통렬한 글쓰기가 필요하다고 여러 번 얘기했다. 텐이 스위프트를 언급한 이유는 아마도 위대하고 불행한 두 작가가 어느 면에서는 흡사하다고 느꼈기 때문일 것이다. 두 작가는 인간의 우매함을 철저하게 증오했다. 두 작가는 이 증오를 기록하려고 수년에 걸쳐 진부한 문장과 우둔한 견해를 수집했다. 두 작가는 과학의 야망을 무너뜨리고 싶었다.『걸리버 여행기』3부에서 스위프트는 웅장하고 숭

---

206   Hippolyte Taine(1828~1893). 프랑스의 문학 비평가. 1863년에 출판한『영국 문학사(Histoire de la littérature anglaise)』서설에서 인종, 환경, 시대라는 문학 비평 기준을 제시한 것으로 유명하다.

앙받는 아카데미를 묘사하는데, 그곳 사람들은 폐를 망가뜨리지 않으려면 말을 자제해야 한다고 제안한다. 어떤 이들은 대리석으로 베개나 방석을 만들려고 하고, 어떤 이들은 털 없는 양을 번식시키려고 시도하고, 또 어떤 이들은 쇠 손잡이가 달린 목제 틀을 이용하여 단어를 무작위로 조합함으로써 우주의 수수께끼를 풀려고 시도한다. 이 발명품은 라이문도 룰리오[207]의 『위대한 예술(Arte magna)』과 정반대로 작용한다.

르네 데샤름은 『부바르와 페퀴셰』의 시간 흐름을 조사하고, 이를 비판했다. 사실 이 작품의 행동은 약 40년이 필요하다. 그런데 두 주인공이 체조에 전념한 나이가 68세이고, 같은 해에 페퀴셰는 사랑을 찾는다. 무수한 상황이 전개되는데도 시간은 흐르지 않는다. 두 파우스트(혹은 머리가 두 개인 파우스트)의 시도와 실패를 제외하고는 아무 일도 일어나지 않는다. 일반적 삶의 기복도 없고, 숙명적인 사건도, 우연한 사건도 없다. 클로드 디에온은 "대단원의 광경이 서두의 광경이다. 누구도 여행하지 않고, 누구도 죽지 않는다."라고 말하며 다음과 같이 결론을 내린다. "플로베르는 지적 정직성 때문에 가공할 게임을 하게 되었다. 그래서 철학적 이야기라는 과중한 짐을 떠안게 되었고, 소설가의 펜으로 그 이야기를 쓰게 되었다."

말년의 플로베르가 보여 준 부주의, 경멸, 자유는 비평가들

---

207   Raymundo Lulio(1232?~1315). 중세 스페인에서 활동한 철학자이자 과학자. 1315년에 출판한 『위대한 예술』은 하느님의 존재를 비롯하여 기독교 교리를 기계적으로 증명할 수 있도록 고안한 책이다.

을 얼떨떨하게 만들었다. 그러나 나는 그런 플로베르의 모습에서 어떤 상징을 발견했다. 『마담 보바리』로 사실주의 소설을 벼려 낸 인간이 바로 사실주의 소설을 깨뜨린 최초의 사람이었던 것이다. 체스터턴은 얼마 전에 이렇게 썼다. "소설은 아마도 우리와 함께 죽을 것이다." 플로베르는 본능적으로 그런 죽음을 예감했을 것이며, 이제 그런 일이 일어난 것이다.(지도와 시간표와 정확한 지침에 따라서 창작한 『율리시스』야말로 한 장르의 장려한 종말이 아니겠는가?) 게다가 플로베르는 『부바르와 페퀴셰』 5장에서 발자크의 소설을 "문학이 아니라 통계학이나 민족지학"이라고 비난하는데, 이는 졸라의 소설에도 해당하는 말이다. 그래서 『부바르와 페퀴셰』의 시간은 영원으로 기울어진다. 그러므로 두 주인공은 죽지 않고, 1870년에도 그랬듯이 1914년에도 여전히 아무것도 모른 채 캉[208] 근처에서 시대착오적인 우언집(愚言集)을 베끼고 있을 것이다. 그래서 이 작품은 뒤로는 볼테르, 스위프트, 동양의 우화를 바라보고, 앞으로는 카프카의 작품을 바라보고 있다.

여기에 또 다른 열쇠가 있을지도 모른다. 스위프트가 인류의 열망을 조롱하려고 그 열망을 소인족과 유인원에게 부여했다면, 플로베르는 그로테스크한 두 인물에게 부여한다. 만약 세계사가 부바르와 페퀴셰의 역사라면, 그 세계사를 구성하는 모든 것은 우스꽝스럽고 무의미하다.

---

208   프랑스 서북부에 위치한 캉(Caen)은 부바르와 페퀴셰가 정착한 곳이다.

플로베르와 본보기가 된 운명

존 미들턴 머리[209]는 영국에서 숭배하는 플로베르를 깎아내릴 목적으로 쓴 글에서, 플로베르에게는 양면이 있다고 보았다. 하나는 시골 사람 같은 웃음과 인상 때문에 호감이 가고 순박하게 보이는 건장한 사람으로, 각기 성격이 다른 책을 6권이나 집필하느라 고생하며 살던 플로베르이고, 다른 하나는 몸 없는 거인, 상징, 전장의 절규, 깃발 같은 플로베르이다. 나는 이런 대조를 이해할 수 없다. 절제된 작품, 값진 작품을 쓰려고 사력을 다한 플로베르는 전설적인 작가가 틀림없으며, (네 권의 서간집이 우리를 속이는 게 아니라면) 역사적인 작가이도 하다. 이런 플로베르는 심사숙고하여 일궈 낸 그의 작품보다 더

---

209   John Middleton Murry(1889~1957). 영국의 작가이자
       평론가.

중요하다. 플로베르는 성직자로서 문인, 고행자로서 문인, 순교자나 다를 바 없는 문인이라는 새로운 종의 첫 번째 아담이었다.

앞으로 살펴보겠지만 고대에는 이런 유형의 문인이 없었다. 플라톤은『이온』에서 시인이란 "가볍고 날개가 있고 성스러운 존재이며, 미친 사람 같은 영감을 얻기 전에는 아무것도 지을 수 없다."라고 말한다. 정신은 임의로 부는 바람 같다는 (「요한복음」3장 8절) 가르침은 개인으로서의 시인을 부정하는 언사이다. 시인을 신의 일시적인 도구로 깎아내리니 말이다. 그리스 도시 국가나 로마에서는 플로베르 같은 문인을 상상조차 할 수 없었다. 플로베르에 가장 근접한 사람이 있다면 아마도 핀다로스(Pindaros)일 것이다. 사제 같은 이 시인은 송가를 포석이 깔린 도로, 조수, 황금 조각품, 상아 조각품, 건물에 비유했으며, 또 이를 온몸으로 보여 주었다.

고전 시대의 시인들이 천명한 영감이라는 '낭만주의적' 신조에 한 가지를 덧붙일 수 있다.[210] 바로 호메로스가 이미 시를 고갈시켰다는 일반적인 정서, 적어도 호메로스가 영웅시의 완벽한 형식을 발견했다는 일반적인 정서이다. 마케도니아의 알렉산드로스는 매일 밤 베개 밑에 칼과『일리아스』를 넣어 두었다고 한다. 토머스 드 퀸시의 말에 따르면, 어느 영국 목사는 설교대에서 "인간의 위대한 이상으로, 인간의 위대한 열망으로, 인간의 불후한 창조물로,『일리아스』로,『오디세이아』로" 맹

---

210   그 이면이 낭만주의 작가 포의 '고전주의' 이론이다.
       포는 시인의 작업을 지적 행위로 만들었다.(원주)

세했다. 아킬레우스의 분노와 오디세우스의 고초는 보편적인 주제가 아니다. 이런 한계가 후세의 희망이었다. 후세는 다른 이야기를 하면서도『일리아스』의 구성과 전개를 따랐다. 뮤즈에 대한 호소는 뮤즈에 대한 호소로, 전쟁은 전쟁으로, 초자연적 사건은 초자연적 사건으로 덧씌우는 것이 지난 20세기 동안 시인의 최대 목표였다. 이를 조롱하기는 쉽지만, 베르길리우스의『아이네이스』라면 얘기가 다르다. 이 작품이야말로 호메로스 본받기 가운데 최상의 결과물이기 때문이다.(렘프리에르[211]는 호메로스의 덕을 본 사람 가운데 한 사람으로 베르길리우스를 살며시 끼워 넣었다.) 14세기에 고대 로마의 영광 재현에 전념하던 페트라르카는 페니키아 전쟁에서 영원한 서사시 소재를 발견했다고 믿었다. 16세기에 타소[212]는 제1차 십자군 원정을 선택하여 두 작품(하나의 작품에 대한 두 가지 판본)을 창작했는데, 그 가운데 한 작품이 유명한『해방된 예루살렘』이고, 다른 작품은『정복된 예루살렘』이다. 이 작품은 전작『해방된 예루살렘』을『일리아스』에 부합하게 개고한 것으로, 지금은 문학적 호기심의 대상에 불과하다. 아무튼『정복된 예루살렘』에서는 전작의 강조가 약화되었다. 본질적으로 강한 어조의 작품을 약화시킨 이런 행위는 작품을 망가뜨리는 것이나 마찬가지

---

211   보르헤스가 인용한 구절은 영국의 고전문헌학자 존 렘프리에르(John Lemprière, 1765?~1824)의 저서『전기 사전』호메로스 항목에 나온다.

212   토르콰토 타소(Torquato Tasso, 1544~1595). 르네상스 시대의 이탈리아 시인. 대표작으로는『해방된 예루살렘』이 있다.

다. 『해방된 예루살렘』에서는 중상을 입고도 목숨이 붙어 있는 용감한 사람을 이렇게 얘기한다.

목숨이 아니라 용기가 저 불굴의
강인한 육신을 지탱하고 있다.[213]

개작본 『정복된 예루살렘』에서는 위 구절에서 보이는 과장법의 효과가 사라졌다.

목숨이 아니라 용기가 저 불굴의
강인한 기사(騎士)를 지탱하고 있다.[214]

뒷날 등장한 밀턴은 영웅시 창작에 일생을 바쳤다. 어릴 때부터, 어쩌면 글 한 줄 쓰기 전부터 밀턴은 문학을 업으로 삼으리라는 사실을 알고 있었다. 서사시를 쓰기에는 너무 늦게(호메로스보다 한참 뒤에, 아담보다는 더 한참 뒤에) 너무 추운 지방에서 태어난 것이 아닌가라는 의구심이 들었지만, 다년간 작시법을 연마했다. 히브리어, 아람어, 이탈리아어, 그리스어도 공부했다. 라틴어는 물론이다. 라틴어와 그리스어로 6보격 시

---

213   보르헤스가 인용한 이탈리아어 원문은 이렇다. "La vita no, ma la virtú sostenta quel cadavere indómito e feroce."

214   보르헤스가 인용한 이탈리아어 원문은 이렇다. "La vita no, ma la virtú sostenta/ il cabaliere indómito e feroce."

를 쓰고, 이탈리아어로 11음절 시도 썼다. 그러나 밀턴은 시작을 절제했다. 무절제하게 창작하면 재능이 고갈될지도 모른다는 생각이 들었기 때문이다. 서른세 살에 밀턴은 시인이라면 진정한 시, "다시 말해서, 최상의 고귀한 것에 대한 전형과 구성"이 되어야 하며, 상찬받을 자격이 없는 사람은 누구도 "영웅적인 인간이나 유명한 도시"를 상찬해서는 안 된다고 썼다. 훗날 밀턴의 펜 끝에서 인간이 죽지 않는 책이 나오겠지만, 그 주제가 아직 명확하지 않았기에 「브르타뉴 이야기」[215]에서, 구약 성경과 신약 성경에서 찾았다. 어떤 종이(현재는 「캠브리지 수고」라고 부른다.)에다 100여 가지 주제를 적어 놓기도 한 밀턴은 마침내 천사와 인간의 타락이라는 주제를 선택했다.(그 시대에는 역사 주제였는데, 오늘날에는 상징적이고 신화적인 주제로 여긴다.)[216]

밀턴, 타소, 베르길리우스는 시 창작에 헌신했다. 플로베르

---

215   브르타뉴 이야기(matière de Bretagne)는 영국의 브리튼섬과 프랑스의 브르타뉴반도를 배경으로 전설적인 왕과 영웅 이야기를 다룬 중세 문학을 가리킨다.

216   시간의 흐름에 따라서 호메로스 서사시의 한 장면이 어떻게 변주되는지 살펴보자. 『일리아스』에서 트로이아의 헬레네는 태피스트리를 짠다. 헬레네가 짜는 것은 트로이아 전쟁의 전투 장면이고, 불운이다. 『아이네이스』에서는 트로이아 전쟁에서 도망친 영웅이 카르타고에 당도해서 어느 신전에 새겨진 트로이아 전쟁 장면을 보게 되는데, 수많은 전사의 얼굴 가운데 자기 얼굴이 있었다. 『정복된 예루살렘』에서는 고데프리두스가 이집트 사자들을 맞이하는 건물에 벽화가 그려져 있는데, 바로 십자군 전쟁의 그림이다. 이상 세 가지 변주 가운데 마지막 변주가 제일 못하다.(원주)

는 순수하게 미학적인 산문 작품 창작에 헌신했다.(여기서 헌신
은 어원적인 의미다.[217]) 문학사에서 산문은 운문보다 늦다. 이러
한 역설이 플로베르의 야망을 자극했다. "산문은 어제 태어났
다."라고 플로베르는 썼다. 그리고 "운문은 무엇보다 고대 문
학의 형식이다. 율격의 조합은 고갈되었다. 그러나 산문의 조
합은 그렇지 않다."라고 말했다. 다른 곳에서는 이렇게 썼다.
"소설은 소설의 호메로스를 기다린다."

밀턴의 시는 천당과 지옥과 세상과 혼돈을 포함하고 있다.
그러나 여전히 『일리아스』의 일종이다. 우주적 규모의 『일리
아스』다. 반면에 플로베르는 이전의 모델을 모방하거나 극복
하려고 시도하지 않았다. 모든 사물은 각기 한 가지 방식으로
말할 수 있으며, 이런 방식을 찾는 것이 작가의 의무라고 여겼
다. 고전주의자와 낭만주의자는 격렬하게 논쟁했는데, 플로베
르는 자신의 실패는 이들의 실패와 다르지만, 목표는 동일하
다고 말했다. 왜냐하면 아름다움은 항상 적합한 것, 정확한 것
이고, 브왈로[218]의 훌륭한 시는 위고의 훌륭한 시이기 때문이
다. 플로베르는 활음조적인 것과 정확한 것의 예정 조화를 믿
었다. 그리고 "정확한 단어와 음악 언어 사이의 필연적인 관
계"에 감탄했다. 어떤 작가는 언어에 대한 이런 미신에서 문장
론과 작시법의 악습을 답습하여 초라한 어법을 고안했지만,

---

217   헌신은 '신성하게 만들다'라는 어원에서 나온 말이다.
218   니콜라 브왈로(Nicolas Boileau, 1636~1711). 프랑스
       신고전주의 시인이자 비평가. 연극의 3일치 법칙도 브
       왈로의 시학에서 유래했다.

플로베르는 그렇지 않았다. 근본적으로 품위를 지키려는 노력이 그런 이론의 위험에서 구해 준 것이다. 플로베르는 장기간에 걸쳐 성실하게 '정확한 단어(mot juste)'를 추구했다. 물론 상투어도 배제하지 않았다. 이런 올바른 단어는 나중에 상징주의 동호회의 '희귀한 단어(mot rare)'로 변질되었다.

역사를 보면, 저 유명한 노자는 이름도 없이 숨어서 조용히 살고자 했다. 이와 유사하게 무명으로 살고자 했고, 이와 유사하게 유명해진 것이 플로베르의 운명이다. 플로베르는 작품에 남으려고 하지 않았다. 하느님이 보이지 않게 만물에 남은 것처럼, 플로베르 또한 보이지 않게 작품에 남으려고 했다. 그래서 사전 지식이 없는 사람은 『살람보』와 『마담 보바리』를 쓴 펜이 동일하다는 사실을 짐작조차 못 할 것이다. 플로베르의 작품에 대해서 생각하는 것이 수많은 참고 자료와 빼곡한 초고로 열심히, 힘들게 일하는 플로베르라는 사람에 대해서 생각하는 것이라는 점을 부인하기 어렵다. 돈키호테와 산초는 세르반테스보다 더 생생하지만 플로베르의 주인공은 그 누구도 플로베르만큼 생생하지 않다. 플로베르의 대표작이 『서간집』이라고 말하는 사람은 플로베르 운명의 면모가 이 남성적인 책에 담겨 있다고 주장할 것이다.

이런 운명은 여전히 본보기가 되고 있다. 바이런의 운명이 낭만주의자들에게 그랬듯이 말이다. 플로베르의 기법을 모방한 작품이 『늙은 부인들의 이야기』[219]와 『사촌 바질리오』[220]이다. 플로베르의 운명은 신비스럽게도 장려하고 다양하게 반복되었다. 말라르메의 운명에서("세상 만물은 한 권의 책이 되기 위해 존재한다."라는 말라르메의 플로베르의 신념을 구현하고 있다.), 무어[221]의 운명에서, 헨리 제임스의 운명에서, 『율리시즈』를 직조한 복잡하고 무궁한 아일랜드인의 운명에서 반복되었다.

---

219   영국 작가 아놀드 베넷(Arnold Bennett, 1867~1931)
       이 1908년에 출판한 소설이다.

220   포르투갈 소설가 에사 드 케이로스(Eça de Queirós,
       1845~1900)가 1878년에 출판한 소설이다.

221   조지 오거스터스 무어(George Augustus Moore, 1852~
       1933). 아일랜드의 소설가로『 어느 젊은이의 고백』
       (1886) 등의 작품을 남겼다.

아르헨티나 작가와 전통²²²

저는 이 자리에서 아르헨티나 작가와 전통의 문제에 대해 회의적인 관점을 제시하고, 이런 관점이 타당하다는 것을 얘기하려고 합니다. 제가 회의적이라고 말한 까닭은 문제 해결이 어렵거나 불가능하다는 뜻이 아니라 문제 제기 자체를 회의적으로 보고 있다는 뜻입니다. 제 생각에 이런 문제는 단순한 화젯거리에 지나지 않으며, 얘기를 전개하다 보면 안타까운 마음이 들게 마련입니다. 결코 지적으로 어려운 문제는 아닙니다. 일종의 외견이고, 가장(假裝)이고, 가짜 문제이기 때문입니다.

그 문제를 본격적으로 다루기 전에, 현재 흔히 들을 수 있는

---

222 이 글은 1953년 '고등연구자유학회'라는 아르헨티나 문화 단체에서 행한 보르헤스의 강연 원고이다.

답변부터 살펴보겠습니다. 이 답변은 직관적인 것으로, 아무런 성찰도 담고 있지 않습니다. 아르헨티나 문학의 전통은 '가우초 시'[223]에 이미 뿌리내리고 있다는 견해입니다. 이 견해에 따르면, 가우초 시의 어휘, 기법, 주제는 현대 아르헨티나 작가에게 귀감이 되고 있습니다. 우리 아르헨티나 문학의 출발점, 어쩌면 원형과도 같습니다. 이것이 가장 흔한 답변이므로, 좀 더 살펴보겠습니다.

이 답변은 레오폴도 루고네스가 『파야도르』[224]에서 제시했습니다. 이 책에 따르면, 아르헨티나인에게는 『마르틴 피에로』라는 고전적인 시가 있습니다. 그리고 우리 아르헨티나인은 이 시를 그리스인의 호메로스 시처럼 만들어야 한답니다. 이런 견해를 반박하려면 부득이 『마르틴 피에로』를 폄하할 수밖에 없습니다. 그런데 저는 『마르틴 피에로』가 우리 아르헨티나인이 이제까지 창작한 작품 가운데 최고의 작품이자, 불후의 작품이라고 생각합니다. 하지만 사람들이 종종 얘기하듯이 『마르틴 피에로』가 우리의 성서라거나 정전이라고는 생각하

---

223   가우초는 아르헨티나 팜파스에서 소나 말을 기르며 유목민처럼 살던 사람을 일컫는다. 보르헤스가 뒤에서 밝히고 있듯이 '가우초 시'란 가우초가 창작하고 노래한 시가 아니다. 가우초가 아닌 문인이 가우초의 어휘와 어법 등을 모방하여 창작한 시이다.

224   여기서 파야도르란 아르헨티나 농촌 지역에서 기타를 치며 즉흥적 노래를 부르는 가우초를 지칭한다. 그리고 두 사람 이상의 파야도르가 모여서 주거니 받거니 벌이는 노래 시합을 파야다(payada)라고 부른다.

지 않습니다.

리카르도 로하스[225] 역시 『마르틴 피에로』를 정전으로 만들려는 사람인데, 『아르헨티나 문학사』에서 어찌 보면 평범하고, 어찌 보면 교묘한 말을 하고 있습니다.

리카르도 로하스는 문학사에서 가우초 시, 다시 말해서 바르톨로메 이달고, 일라리오 아스카수비, 에스타니슬라오 델 캄포,[226] 호세 에르난데스가 창작한 시와 함께 파야도르의 시, 바꿔 말해서 실제 가우초가 자발적으로 노래한 작품을 다룹니다. 그리고 파야도르 시의 운율은 8음절이고, 가우초 시의 작가도 이런 운율을 사용한다는 점을 강조한 후에 가우초 시는 파야도르의 시를 계승, 발전시켰다고 결론을 맺습니다.

이런 주장에는 심각한 오류가 있지 않나 싶습니다. 사실은 기발한 오류입니다. 왜냐하면 리카르도 로하스는 바르톨로메 이달고에서 시작하여 호세 에르난데스에서 절정에 이른 가우초 시가 민중에 뿌리박고 있다고 주장하기 위해 파야도르의

---

225   리카르도 로하스는 아르헨티나 시인으로, 1917년부터 1922년까지 8권에 달하는 『아르헨티나 문학사(Historia de la literatura argentina)』를 집필했다. 보르헤스는 "이 사람의 아르헨티나 문학사는 아르헨티나 문학만큼 방대하다."라고 비판적으로 평가한 적이 있다.

226   모두 19세기에 활동한 시인으로 가우초 시를 창작했다. 바르톨로메 이달고는 많은 시를 남겼으나 독립 전쟁 기간이라서 시집을 출판하지는 못했다. 일라리오 아스카수비는 『파울리노 루세로』(1846)를 창작했으며, 에스타니슬라오 델 캄포는 『파우스토』(1886) 등의 시집을 남겼다.

시에서 가우초 시가 유래했다고 말했기 때문입니다. 그렇다면 바르톨로메 이달고는 바르톨로메 미트레[227]의 말처럼 가우초 시의 호메로스가 아닙니다. 일종의 연결고리입니다.

이렇게 리카르도 로하스는 『아르헨티나 문학사』에서 바르톨로메 이달고를 파야도르로 만들었습니다. 그런데 바로 이 문학사에 따르면, 바르톨로메 이달고는 처음부터 II음절 시를 창작했습니다. 물론 II음절은 파야도르가 사용하지 않은 율격입니다. 16세기 스페인 시인 가르실라소 데 라 베가가 이탈리아에서 이 율격을 들여왔을 때 스페인 독자가 흥을 못 느꼈듯이, 가우초 가수 또한 흥을 못 느낀 율격입니다.

제가 이해하기로, 가우초가 창작한 시와 문인이 창작한 가우초 시 사이에는 근본적인 차이가 있습니다. 가우초가 창작한 민중 시집과 문인이 창작한 가우초 시 『마르틴 피에로』, 『파울리노 루세로』, 『파우스토』를 비교해 보면 금방 그 차이를 알 수 있습니다. 어휘뿐만 아니라 시인의 의도에도 차이가 있습니다. 팜파스에서 생활하는 가우초는 사랑과 이별의 아픔, 사랑의 고통과 같은 흔한 주제로 시를 씁니다. 어휘도 매우 평범합니다. 이에 비해 가우초 시를 창작하는 문인은 의도적으로 민중의 어휘를 구사합니다. 파야도르는 이런 어휘를 사용하지 않습니다. 이 말은 파야도르가 정확한 스페인어를 구사한다는 뜻이 아닙니다. 부정확한 어휘를 사용하는데, 이게 무지의 소

---

227   Bartolomé Mitre(1821~1906). 아르헨티나의 정치가이자 문인으로, 대통령을 지냈으며(1862~1868) 아르헨티나 역사와 관련한 여러 권의 저술을 남겼다.

산이라는 뜻입니다. 반면에 가우초 시를 창작하는 문인은 일부러 토속적인 단어, 지방색이 가득한 단어를 찾습니다. 그 증거로 콜롬비아인든 멕시코인이든 스페인인이든 파야도르의 시는 바로 이해합니다만, 에스타니슬라오 델 캄포나 일라리오 아스카수비가 창작한 가우초 시를 대충이라도 이해하려면 반드시 가우초가 사용하는 어휘를 모아 놓은 단어집을 참고해야 합니다.

　이상을 종합하면, 가우초 시는 훌륭한 작품이 많습니다만, 매우 인위적인 문학 장르라는 것입니다. 초기 가우초 시, 그러니까 바르톨로메 이달고의 시는 가우초가 쓴 시처럼 보이려고 애쓴 결과물입니다. 독자더러 가우초 어투로 읽으라는 것입니다. 그렇지만 가우초라는 민중이 쓴 시와는 거리가 멉니다. 제가 살펴본 바로는 전쟁터에서 노래하는 가우초 가수는 물론이고 부에노스아이레스 변두리에서 노래하는 가우초 가수도 시를 지을 때는 뭔가 중요한 일을 하고 있다고 믿습니다. 그래서 본능적으로 민중의 말을 멀리하고 거창한 단어를 찾습니다. 현재는 가우초 가수의 노래도 가우초 시의 영향을 받아서 토속적인 단어를 많이 사용하고 있는데, 처음에는 그렇지 않았습니다. 아직까지 아무도 지적한 적이 없지만, 그 증거는 『마르틴 피에로』에서 찾을 수 있습니다.

　『마르틴 피에로』는 가우초 어투의 스페인어로 쓴 작품입니다. 오랫동안 실제 가우초가 노래한 작품이라고 생각했습니다. 시골에서 사용하는 비유도 많이 등장합니다. 그렇지만 유명한 대목이 있습니다. 작가 호세 에르난데스가 지방색을 드러내야 한다는 사실을 망각하고 평범한 스페인어로 쓴 대목입

니다. 주제도 토속적이지 않고 시간, 공간, 바다, 밤처럼 추상
적이고 거창합니다. 바로 2부 끝부분에서 마르틴 피에로와 모
레노가 노래 시합을 벌이는 대목입니다.

호세 에르난데스는 마치 문인이 창작한 가우초 시와 진짜
가우초가 쓴 시의 차이를 보여 주려는 듯합니다. 이 두 가우초,
즉 마르틴 피에로와 모레노는 노래할 때 가우초인 척해야 한
다는 사실을 까맣게 잊고 철학적인 주제를 입에 올립니다. 저
는 유사한 사례를 경험한 적이 있습니다. 부에노스아이레스
변두리에서 가우초 가수의 노래를 들었는데, 방언은 하나도
사용하지 않고 정확한 스페인어로 표현하려고 애를 썼습니다.
물론 실패했습니다. 그러나 그때 가우초 가수의 목적은 뭔가
고상한 것을 노래하는 것이었습니다. 확실히 뭔가 달라보이긴
했습니다만, 저는 그만 빙긋 웃고 말았습니다.

아르헨티나 시에는 아르헨티나적인 특색이나 색채가 많아
야 한다는 관념은 잘못이라고 생각합니다. 예를 들어 호세 에
르난데스의 『마르틴 피에로』와 엔리케 반츠스[228]의 소네트집
『항아리』 가운데 어느 작품 더 아르헨티적이냐고 물을 때, 『마
르틴 피에로』가 더 아르헨티나적이라고 대답할 근거는 전혀
없습니다. 어떤 사람은 『항아리』에 아르헨티나의 풍경, 지명,
식물, 동물이 등장하지 않는다고 말할지도 모르겠습니다. 그
렇지만 『항아리』에는 그 나름대로 아르헨티나적인 면이 있습
니다.

---

228 Enrique Banchs(1888~1968). 아르헨티나 시인. 1911년
에 『항아리』라는 제목의 시집을 출판했다.

지금 생각났는데 『항아리』에는 아르헨티나 작품이라고 보기 어려운 시구가 있습니다. 이런 구절입니다.

> 태양은 기와지붕에서
> 창문에서 빛난다. 나이팅게일은
> 사랑에 빠졌다고 고백하고 싶다.

여기서 "태양은 기와지붕에서 창문에서 빛난다."라는 구절은 변명의 여지가 없습니다. 엔리케 반츠스는 이 시를 부에노스아이레스 교외에서 썼습니다. 그런데 교외에는 기와지붕이 없습니다. 전부 평평한 슬래브 지붕뿐입니다. "나이팅게일은 사랑에 빠졌다고 고백하고 싶다."라는 구절에 등장하는 나이팅게일도 아르헨티나 현실의 새가 아니라 그리스 문학이나 게르만 문학에 등장하는 새입니다. 그렇지만 저는 이러한 관습적인 이미지의 사용에서 아르헨티나적인 수줍음, 아르헨티나적인 말조심을 감지합니다. 물론 기와지붕이나 나이팅게일이 아르헨티나적인 건물이라든가 조류는 아니지만 말입니다. 반츠스가 압도적인 고통을 얘기할 때, 떠나 버린 여자를 얘기할 때, 세상이 텅 빈 것 같다고 얘기할 때, 기와지붕이나 나이팅게일처럼 관습적이고 이국적인 이미지를 사용하는 것은 나름의 의미가 있습니다. 아르헨티나적인 수줍음, 말조심, 불신을 의미합니다. 우리가 신뢰하기 어렵고, 속마음을 터놓기 어렵다는 뜻입니다.

그리고 이런 말을 할 필요가 있는지 잘 모르겠지만, 문학을 국가적 차이점으로 정의하려는 생각은 비교적 최근의 생각입니다. 또한 작가가 자기 나라 고유의 소재를 천착해야 한다는 생각도 최근의 생각이자 자의적인 생각입니다. 고대까지 거슬러 올라갈 것도 없이, 17세기 프랑스 극작가 라신은 그리스나 로마의 소재를 천착했다고 해서 프랑스 시인이라는 칭호를 붙이지 않는 사람을 이해할 수 없었을 것입니다. 셰익스피어 역시 영국인이므로 영국적인 소재만 다루라고 한다거나, 스칸디나비아 소재를 다룬 『햄릿』[229]이나 스코틀랜드 소재를 다룬 『맥베스』를 쓸 자격이 없다고 말한다면 깜짝 놀랐을 것입니다. 아르헨티나 지역색에 대한 숭배는 외국 것을 배척하는 최근 유럽 민족주의자의 풍조에 다름 아닙니다.

저는 얼마 전에 진정한 토착성이란 지역색을 지양할 수 있고, 또 지양한다는 흥미로운 사실을 알게 되었습니다. 기번의 『로마제국 쇠망사』에서 이런 사실을 확인한 것입니다. 기번은 아랍 서적, 특히 『쿠란』에 낙타가 등장하지 않는다는 사실에 주목했습니다. 만약 누군가 『쿠란』의 진위를 의심한다면 낙타가 등장하지 않는다는 사실만으로도 아랍의 책임을 증명하고도 남는다고 생각합니다. 『쿠란』은 마호메트가 썼고, 아랍인으로서 마호메트는 낙타가 특별히 아랍적이라고 얘기할 이유가 없었습니다. 마호메트에게 낙타는 현실의 일부이므로, 특별히 강조할 이유가 없었던 것입니다. 반면에 사기꾼이나 여행자나

---

229   주지하듯이 『햄릿』의 배경은 덴마크이다. 보르헤스가
       말한 스칸디나비아는 노르웨이, 스웨덴, 덴마크를 포
       함하는 문화적 개념이다. 우리 식으로 표현하면 북유
       럽 정도에 해당한다.

아랍 민족주의자는 낙타나 대상을 페이지마다 언급할 것입니다. 그러나 마호메트는 아랍인이기 때문에 차분했습니다. 낙타가 없어도 아랍인일 수 있다는 사실을 알고 있었습니다. 우리 아르헨티나인도 마호메트와 유사하다고 생각합니다. 지역색을 많이 드러내지 않아도 아르헨티나인일 수 있다고 믿는 것입니다.

이 자리에서 하나 고백하고자 합니다. 소소한 고백입니다. 저는 예전에 오랫동안, 이제는 다행히도 망각된 여러 책에서,[230] 부에노스아이레스 변두리 동네의 정수를, 정취를 그리려고 노력했습니다. 당연히 토속적인 단어도 많이 사용했습니다. 칼잡이,[231] 밀롱가,[232] 담벼락 같은 단어에서 벗어나지 못했습니다. 이런 식으로 저는 망각될 수밖에 없고 또 망각된 여러 책을 집필했습니다. 그리고 한 1년 전쯤에 「죽음과 나침판」이라는 이야기를 썼습니다. 이 이야기는 일종의 악몽입니다. 부에노스아이레스의 요소가 악몽의 공포로 변형되어 나타납니다. 이 작품에서 저는 콜론 거리(Paseo Colón)를 떠올리고 툴롱 거리(Rue de Toulon)라고 이름 붙였으며, 아드로게 별장 지역을 떠올리고 트리스트 르 로이(Triste-le-Roy)라고 이름 붙였습니

---

230 보르헤스가 생전에 절판시킨 수필집 『심문』(1925), 『내 희망의 크기』(1926), 『아르헨티나 사람들의 언어』(1928)를 가리킨다. 보르헤스 사후 3권 모두 재출판되었다.

231 칼을 능숙하게 사용하는 불랑배를 뜻한다.

232 milonga는 19세기 말부터 아르헨티나에서 유행하기 시작한 고유의 춤과 노래이다.

다. 이 작품을 발표하자 친구들은 작품 끝에 가서야 부에노스 아이레스 교외의 정취를 담아냈다는 사실을 알게 되었다고 말했습니다. 제가 그런 정취를 담아내지 않으려고 했기 때문에, 꿈에 내맡겼기 때문에 수 년 동안 헛고생한 뒤에 바라던 바를 성취할 수 있었습니다.

이제 민족주의자들이 종종 거론하는 유명한 작품에 대해서 이야기하려고 합니다. 바로 리카르도 구이랄데스의 『돈 세군도 솜브라』[233]입니다. 민족주의자들은 『돈 세군도 솜브라』가 아르헨티나 국민 문학의 전형이라고 얘기합니다. 그러나 『돈 세군도 솜브라』와 전통 가우초 작품을 비교하면 한눈에 차이를 알 수 있습니다. 『돈 세군도 솜브라』에는 비유적인 표현이 많이 등장하는데, 이런 표현은 시골말과는 아무런 관계가 없습니다. 그보다는 그 시절 몽마르트의 살롱에서 사용하던 비유법과 관계가 있습니다. 줄거리를 보면, 키플링의 소설 『킴』에서 영향을 받았다는 사실을 금방 알 수 있습니다. 또 『킴』의 경우, 무대는 인도지만 미시시피강의 서사시라고 할 수 있는 마크 트웨인의 『허클베리 핀의 모험』의 영향을 받아 쓴 작품입니다. 이런 이야기를 하는 이유는 『돈 세군도 솜브라』를 평가 절하하려는 것이 아닙니다. 반대로, 제가 강조하고 싶은 것은 우리가 이 책을 읽을 때 구이랄데스가 프랑스 살롱의 문학 기법, 오래 전에 읽은 키플링 소설의 문학 기법을 떠올렸다는 사

---

233   이 소설은 아르헨티나 소설가 Ricardo Güiraldes (1886~1927)가 1926년에 출판한 것으로, '돈 세군도 솜브라'라는 이름의 가우초 삶을 그리고 있다.

실을 알아야 한다는 것입니다. 다시 말해서 키플링, 마크 트웨인, 프랑스 시인들의 비유법은 이 아르헨티나 소설에 필수적이었습니다. 강조합니다만, 이런 영향을 받았다고 해서 이 소설이 아르헨티나 소설답지 않은 것은 아닙니다.

또 다른 모순도 지적하려고 합니다. 민족주의자들은 아르헨티나인의 정신적 능력을 존중하는 척합니다만, 우리의 문학 창작을 빈약한 지역적 소재로 국한시키려고 듭니다. 마치 아르헨티나인은 팜파스나 농장에 대해서만 이야기할 수 있고, 우주에 대해서는 이야기할 수 없다는 듯이 말입니다.

또 다른 대답을 살펴보겠습니다. 사람들은 우리 아르헨티나 작가들이 수용해야만 하는 전통이 있으며, 그 전통은 바로 스페인 문학이라고 얘기합니다. 이런 얘기는 앞에서 말한 지역색 얘기와 그다지 밀접한 관계가 없음에도 불구하고 우리 작가들을 구속하는 경향이 있습니다. 이에 대해서는 수많은 반론을 제기할 수 있지만, 다음 두 가지면 충분하다고 생각합니다. 첫 번째 반론은 이렇습니다. 독립 이후의 아르헨티나 역사는 스페인에서 떨어져 나오려는 열망이라고 정의해도 결코 틀린 말이 아닙니다. 의도적으로 스페인과 거리를 두려는 것이었습니다. 두 번째 반론은 이렇습니다. 우리에게 스페인 문학의 즐거움이란, 저도 개인적으로는 이런 즐거움을 공유하고 있습니다만, 학습을 통해 습득한 취향인 경우가 많습니다. 저는 종종 특별한 문학적 소양을 쌓지 않은 사람들에게 프랑스 작품과 영국 작품을 빌려주는데, 책을 빌려 간 사람들은 별다른 노력을 기울이지 않고도 재미있게 읽습니다. 반면에 제 지인들에게 스페인 문학을 강의하면, 전문 교육을 받지 않은 사람은 재미를 느끼기가 매우 어렵다고 말합니다. 따라서 유명한 아르헨티나 작가가 스페인 작가처럼 작품을 쓴다는 것은 전통을 물려받은 덕분이라기보다는 아르헨티나인의 재능 때문입니다.

이제 세 번째 반론을 살펴볼 차례입니다. 저는 얼마 전에 아르헨티나 작가와 전통에 관한 글[234]을 읽고 무척이나 놀랐습니다. 그 글의 저자는 우리 아르헨티나인이 과거와 단절되어 있다고 합니다. 우리와 유럽이 단절되었다는 것입니다. 이 독특한 견해에 따르면, 우리 아르헨티나인은 창조의 첫날에 있는 것이나 마찬가집니다. 따라서 유럽의 소재나 기법을 추구하는 것은 환상이거나 잘못된 생각이고, 우리는 본질적으로 혼자라는 것을 이해해야 하며, 유럽인처럼 행세할 수 없다는 것입니다.

제가 보기에 이런 견해는 근거가 없습니다. 그러나 많은 사람이 이런 견해를 받아들이는 이유는 알고 있습니다. 우리는 고독하고, 우리는 몰락했고, 우리는 후진적이라는 이런 선언은 실존주의처럼 페이소스라는 매력이 있습니다. 이러한 견해를 많은 사람이 받아들이는 이유는 일단 받아들이면 외로움을 느끼고, 가슴이 먹먹해지고, 뭔지 모를 묘한 매력이 있기 때문입니다. 그렇지만 제가 보기에 우리나라는 무엇보다도 신생국이기 때문에, 무척이나 시대 상황에 예민합니다. 유럽에서 일어난 모든 일, 최근 유럽에서 발생한 극적인 사건은 여기 아르헨티나에서 큰 반향을 불러일으키고 있습니다. 스페인 내전

---

234   1954년에 출판된 엑토르 무레나(Héctor H. Murena)의 수필집 『아메리카의 원죄』를 가리킨다.

중에는 프랑코 편이냐 공화파 편이냐, 나치 편이냐 연합국 편이냐를 두고 심각한 다툼과 반목을 야기하는 경우도 많았습니다. 만약 우리가 유럽과 단절되어 있다면 이런 일은 일어나지 않았을 것입니다. 아르헨티나 역사에 관해서도 우리 모두가 깊이 의식하고 있다고 생각합니다. 우리가 우리 역사를 의식하는 것은 당연합니다. 연대를 보거나 인물을 보더라도 우리와 매우 가깝기 때문입니다. 사람 이름, 시민 전쟁의 전투, 독립 전쟁, 이 모든 것이 시간적으로나 혈통적으로나 우리와 매우 가깝습니다.

무엇이 아르헨티나 전통일까요? 이런 질문은 쉽게 대답할 수 있다고 생각합니다. 이런 질문에는 아무런 문제도 없습니다. 우리 전통은 모든 서구 문화입니다. 우리는 서구의 어떤 나라 사람들보다도 서구 전통에 대한 권리가 있습니다. 지금 생각나는 글은 미국의 사회학자 소스타인 베블런의 글입니다. 서구 문화에서 유대인의 탁월성을 다룬 글[235]입니다. 베블런은 유대인이 선천적으로 탁월한 것이 아닌가 묻고, 아니라고 대답합니다. 그리고 유대인이 서구 문화에서 뛰어난 것은 서구 문화 속에서 살고 있지만 서구에 모종의 특별한 헌신을 해야 한다고, 즉 서구 문화에 구속되어 있다고 느끼지 않기 때문이라고 얘기합니다. 그래서 서구에 사는 유대인은 항상 비유대인보다 훨씬 쉽게 혁신을 이뤘다고 합니다. 영국 문화 속에 사는 아일랜드인도 마찬가지입니다. 아일랜드인 이야기를 더 해

---

235   Thorstein Bunde Velden(1857~1929)이 1919년에 발표한 논문 「유대인의 뛰어난 학문적 성과」를 가리킨다.

보자면, 영국 문학계와 철학계에서 두각을 나타낸 아일랜드인
이 많은데, 이를 인종이 탁월하기 때문이라고 생각할 이유는
없습니다. 유명한 아일랜드인 가운데 많은 사람이(버나드 쇼,
조지 버클리, 조너선 스위프트) 영국인 후손이며, 켈트족 피를 물
려받지 않았기 때문입니다.[236] 그렇지만 이 사람들은 스스로를
영국인과는 다른 아일랜드인이라고 생각하며, 영국 문화를 혁
신했습니다. 제 생각에는 우리 아르헨티나인, 더 넓게는 우리
남미인도 유사한 상황에 처해 있습니다. 우리는 서구의 모든
소재를 다룰 수 있습니다. 쓸데없는 미신에 휘둘리지 않고 불
경하게 다룰 수 있으며, 이미 상당한 성과도 거뒀습니다.

　이런 얘기는 아르헨티나인의 모든 실험이 성과가 있었다
는 뜻은 아닙니다. 본래의 주제로 돌아와서, 아르헨티나적인
것의 문제, 전통의 문제는 현대의 형식에 불과합니다. 다시 말
해서 결정주의라는 영원한 문제의 일시적인 형식입니다. 손
으로 탁자를 만지려고 할 때, 나 자신에게 이렇게 묻습니다. 왼
손으로 만질까, 오른손으로 만질까? 그리고 오른손으로 탁자
를 만집니다. 이에 대해서 결정론자들은 다른 방법은 없다고
말할 것입니다. 그 이전 우주의 전 역사가 제가 오른손으로 탁
자를 만지게 만들었으며, 만약 왼손으로 탁자를 만졌다면 그
것은 기적이라고 합니다. 그러나 결정론자들은 제가 왼손으
로 탁자를 만졌더라도 동일한 얘기를 했을 것입니다. 왼손으
로 탁자를 만지지 않을 수 없었다고 말입니다. 문학의 소재와

236　　　아일랜드에는 순수 켈트족이 많이 거주한다.

기법에 관해서도 마찬가지입니다. 우리 아르헨티나 작가들이 성취한 모든 것이 아르헨티나 전통에 속할 것입니다. 이는 초서와 셰익스피어가 이탈리아 소재를 다룬 작품도 영국 전통에 속한 것과 동일합니다.

게다가 문학 창조의 목적에 대한 이전의 모든 토론은, 계획과 의도가 무척 중요하다고 상정하는 잘못에 기초하고 있다고 생각합니다. 일례로 키플링의 경우를 살펴보려고 합니다. 키플링은 일생 동안 특정 정치적 이념에 따라서 작품을 썼습니다. 작품이 선전 수단이 되기를 바랐지만, 생애 막바지에 이르러서는 이렇게 고백했습니다. 작품의 진정한 본질을 작가가 모르는 경우가 종종 있다고 말입니다.[237] 그러면서 스위프트를 예로 들었습니다. 스위프트는 『걸리버 여행기』를 쓸 때 인류에 대한 고발장을 작성하고 싶었는데, 결과적으로는 아동 도서를 남겼다고 말입니다. 플라톤은 시인이란 뮤즈의 대필자이며, 자석이 철 반지를 끌어당기듯이 자신의 의지와 목적에 반하도록 이끈다고 말했습니다.

따라서 재차 말씀드리지만, 우리는 두려워해서는 안 됩니다. 전 세계가 우리의 유산이라고 생각해야 합니다. 그러므로 모든 소재를 다룰 수 있습니다. 아르헨티나인이 되고자 아르헨티나적인 것에 매달릴 수는 없습니다. 왜냐하면 아르헨티나인이라는 것은 타고난 운명이며, 우리는 어쩔 수 없는 아르헨

---

237   키플링이 1926년 강연에서 한 말이다. 사후에 출판된 『강연집(A Book of Words)』(1938)에는 「허구」라는 제목으로 실려 있다.

티나인이기 때문입니다. 또 아르헨티나인이라는 것은 우리의
가장이고 가면에 불과하기 때문입니다.

　예술 창조라는 의도적인 꿈에 우리를 내맡긴다면, 우리는
아르헨티나인이 될 것이며, 훌륭한 작가, 적어도 괜찮은 작가
가 될 것입니다.

평론

조지 웰스와 우화:『크로케 선수』,『태어난 별』

올해 웰스는 소설 두 권을 출판했다.[238] 첫 번째 소설『크로케 선수』는 인간에게 악영향을 끼치는 어느 늪지대에서 일어나는 끔찍한 일을 다루고 있다. 종국에 우리는 이 지역이 전 세계라는 것을 알게 된다. 다른 소설『태어난 별』은 화성인과 공모하여 인류에게 우주 광선을 조사(照射)함으로써 인류를 쇄신한다는 이야기이다. 우리가 어리석음과 잔인함에 다시 매몰됨으로써 인류 문화가 위협받고 있다는 것이 첫 번째 소설의

---

238   보르헤스의 착오이다.『크로케 선수(The Croquet player)』는 1936년에 출판됐고,『태어난 별(Star Begotten)』은 1937년에 출판되었다.

의미이고, 두 번째 소설은 우리와 대동소이한 세대가 인류 문화를 혁신할 것이라고 시사한다. 두 소설은 모두 우화로, 상징과 풍유를 둘러싼 해묵은 논쟁을 야기한다.

우리는 해석이 상징을 고갈시킨다고 여기는 경향이 있다. 그러나 이것은 순전히 거짓이다. 단적인 예가 수수께끼다. 누구나 알고 있듯이, 테베의 스핑크스는 오이디푸스에게 이런 수수께끼를 냈다. "아침에는 네 발이고, 대낮에는 두 발이며, 저녁에는 세 발인 것은 무엇인가?" 누구나 알고 있듯이, 오이디푸스는 사람이라고 대답했다. 여기서 벌거벗고 기어 다니는 인간은 질문하는 마술적 동물보다 열등하며, 보통 인간은 이 변덕스러운 괴물과 유사하고, 언젠가는 일흔 살이 되어 지팡이를 짚게 되면 세 발로 걷는다는 것을 알아채지 못할 사람은 없다. 이런 중의성이 모든 상징의 속성이다. 이런 상징과 달리 풍유에서 독자는 직감적으로 두세 가지 뜻을 떠올리는데, 그 어느 것도 추상 명사로 바꿀 수 없다. 드 퀸시가 정확하게 얘기했듯이, 풍유의 특징은 "인간 삶이라는 절대적 현실과 논리적 이해라는 순수한 추상 사이의 중간 지대를 점하고 있다."(『전집』II권, 199쪽)『신곡』I곡에 나오는 말라비틀어지고 피에 굶주린 늑대는 탐욕을 의미하는 상징이 아니다. 꿈에서 그러하듯이, 늑대이자 탐욕이다. 이런 이중성을 지나치게 불신할 필요는 없다. 신비주의자에게 구체적인 세계는 상징체계에 지나지 않기 때문이다.

이상의 언급에서 다음과 같이 추론할 수 있다. 어떤 이야기를 도덕 교훈으로 환원하는 것은 터무니없는 일이고, 어떤 우화를 단순한 의도로 환원하는 일도 그러하며, 어떤 형식을 내용으로 환원하는 것도 마찬가지다.(쇼펜하우어는 대중이 형식에 주목하는 경우는 극히 드물며, 항상 내용에만 주목한다고 말한 적이 있다.) 우리는 『크로케 선수』의 형식을 비판할 수도 있고 칭찬할 수도 있지만, 그렇다고 부정할 수는 없다. 이에 반해 『태어난 별』은 무정형의 작품이다. 일련의 쓸데없는 토론이 책장을 가득 메우고 있다. 줄거리(우주 광선의 영향으로 인류의 변종이 탄생한다.)는 구체적으로 형상화되지 못하고 있다. 기껏해야 주인공들이 가능성을 토론할 뿐인데, 그 효과가 그다지 신선하지도 않다. 독자는 예전 작품을 떠올리면서 웰스가 왜 이런 책을 썼는지 모르겠다고 안타까워할 것이다. 이러한 독자의 바람은 근거가 있다. 구성상 『태어난 별』에서는 『윌리엄 클리솔드의 세계』[239]의 백과사전적인 무분별이나 모호하고 열정적인 대화자가 필요하지 않다. 이와는 다른 화자, 섬뜩한 경이를 얘기하는 예전 작품의 화자가 필요하다. 다시 말해서 미래에서 시든 꽃을 가져오는 여행자 이야기의 화자, 밤중에 충복의 신조를 웅얼거리는 짐승 인간 이야기의 화자, 달에서 도망친 배신자 이야기의 화자[240]가 필요하다.

---

239   웰스가 1926년에 발표한 소설이다.

240   순서대로 『타임머신』(1895), 『모로 박사의 섬』(1896), 『달의 첫 방문자』(1901)의 화자를 가리킨다.

에드워드 캐스너[241]와 제임스 뉴먼[242]의『수학과 상상력』

서재를 둘러보다가 깜짝 놀랐다. 내가 여러 번 읽고 메모를 빽빽하게 써 놓은 책이 프리츠 마우트너의『철학 사전』, 게오르그 헨리 루이스의『인물로 본 철학사』, 바실 헨리 리델 하트의『세계대전사』(1930), 제임스 보스웰의『새뮤얼 존슨의 생애』, 심리학자 구스타브 스필러의『인간의 마음』(1902)이었기 때문이다. 흥미진진한 이 책『수학과 상상력』(1940)도 시간이 지나면 이런 잡다한 도서 목록(습관 때문인지 모르겠지만 루이스의 책도 포함된다.)에 포함될 것이다.

400여 쪽에 이르는 이 책을 보면, 누구나 쉽게 수학의 매력을 알 수 있다. 일개 문인도 이해할 수 있다. 적어도 이해한다고 느낄 정도이다. 여러 장의 지도를 통한 라위트전 브라우어르의 위상 수학 설명, 헨리 모어가 시사하고 찰스 하워드 힌튼이 시각적으로 보여 준 4차원, 약간 야하게 보이는 뫼비우스의 띠, 초한수 기초 이론, 제논의 8가지 역설[243], 평행선은 무한 원

---

241   Edward Kasner(1878~1955). 기하학 분야에 공헌한 미국의 수학자.『수학과 상상력』에서 10의 100제곱에 대하여 구골(googol), 10의 구골 제곱에 구골 플렉스(googol plex)라는 이름을 붙였다.

242   James Roy Newman(1907~1966). 미국의 수학자. 에드워드 캐스너와『수학과 상상력』을 공동 집필했으며, 미국 정부의 여러 직책을 역임하기도 했다.

243   제논이 제기한 역설은 3가지이며, 캐스너와 뉴먼도『수학과 상상력』에서 이 3가지 제논의 역설을 설명하고 있다. 보르헤스 다른 글에 비춰 보면, 조판상의 실

점에서 만난다는 지라르 데자르그의 평행선 정리, 라이프니츠가 『주역』의 괘에서 발견한 2진법, 소수(素數)는 무한하다는 유클리드의 아름다운 증명, 하노이의 탑 문제와 딜레마(양도 논법)가 그 예이다.

이러한 양도 논법은 그리스인이 즐겼는데(데모크리토스는 압데라 사람들이 거짓말쟁이라고 했다. 그런데 데모크리토스는 압데라 사람이다. 그러므로 데모크리토스가 거짓말을 한 것이다. 따라서 압데라 사람들이 거짓말쟁이라는 것은 확실하지 않다. 고로 데모크리토스가 거짓말을 했다. 따라서……) 수많은 판본이 전한다. 논리는 차이가 없으나 판본마다 주인공과 이야기는 다르다. 아울루스 겔리우스[244]는 웅변가와 제자를 주인공으로 삼았고,(『아테네의 밤』5책,[245] 10장) 16세기 스페인 시인 루이스 바라온다 데 소토[246]는 노예 두 사람을 내세웠으며(『앙헬리카의 눈물(Les lágrimas de Angélica)』11곡), 미겔 데 세르반테스는 강, 다리, 교수대 이야기로 바꿨고,(『돈키호테』2권, 51장) 17세기 영국 국교회 성직자 제레미 테일러[247]는 설교할 때 모든 꿈은 헛되다는

수로 보인다.

244　Aulus Gellius(123?~165?). 고대 로마의 수필가.

245　고전을 근대에 들어와 책으로 발간하면서 책(book)과 권(volume)을 구별하게 되었다. 이를테면 『아테네의 밤』은 총 20책인데, 1795년 영역본은 이를 3권으로 묶어서 출판했다.

246　Luis Barahona de Soto(1548~1595). 16세기 스페인 시인.

247　Jeremy Taylor(1613~1667). 영국 국교회 주교를 지냈으며, 『거룩한 죽음(The rule and exercises of holy

목소리를 꿈에서 들은 남자 이야기를 했으며, 버트런드 러셀
은 『수리 철학의 기초』에서 자신을 원소로 포함하지 않는 모든
집합의 집합을 논했다.[248]

이런 유명한 예에 한 가지 예를 덧붙이려고 한다. 수마트라
에 예언의 대가가 되려는 응시자가 있었다. 시험관이 응시자
에게 시험 합격 여부를 물었다. 응시자는 대답하기를 불합격
하면……. 이제 이런 식의 대답이 무한히 계속되리라고 예감
할 수 있다.

제럴드 허드[249]의 『고통, 섹스, 시간』

1896년 초, 버나드 쇼는 프리드리히 니체에게서 학자로서
부적합한 면을 감지했다. 니체가 로마인과 르네상스인을 미신
적으로 숭앙했기 때문이다.(『90년대 우리 연극』 2권, 94쪽). 니체
가 다윈의 시대에 초인이라는 진화론적 추정을 설파하기 위하
여 낡아 빠진 어떤 책[250]에서 그랬다는 사실은 부정할 수 없다.

---

dying)』 등의 저서를 남겼다.

248   소위 '러셀의 역설'을 가리킨다.

249   Gerald Heard(1889~1971). 본명은 Henry Fitzgerald
Heard. 영국에서 태어난 미국의 작가이자 역사가로,
교육자, 철학자로도 활동하며 많은 저서를 남겼다.
『고통, 섹스, 시간』은 1939년에 출간되었다.

250   니체의 『차라투스트라는 이렇게 말했다』(1891)를 가
리키는 것으로 보인다.

니체의 이 책은 50권에 달하는 『동양 경전』[251]을 재미없게 패러디하고 있다. 니체는 미래의 생물종에 대해서는 해부학적으로나 심리학적으로 단 한마디도 언급하지 않았다. 단지 도덕만을 언급했고, 이를 바이킹족이나 체사레 보르자의 도덕[252]과 동일시했다.(현재와 미래에도 무서운 일이다.)[253]

---

251 『동양 경전(Sacred Books of the East)』은 막스 뮐러가 1879년부터 1910년까지 편찬한 총 50권의 책을 일컫는다. 힌두교, 불교, 도교, 유교, 조로아스터교, 이슬람교 등 동양 종교 전반을 다루고 있다.

252 니체는 『선악의 저편』(1886)에서 바이킹족과 체사레 보르자를 언급하고 있다.

253 예전에 나는 『영원성의 역사』에서 니체 이전의 영원 회귀 교설에 관한 모든 증거를 열거하려고 시도한 적이 있다. 그러나 이런 시도는 내 짧은 지식과 짧은 생애로는 감당하기 어려운 일이었다. 이 자리에서는 기존의 증거에 18세기 스페인 계몽주의자 베니토 페이호(Benito Feijoo) 신부의 『세상만사 비평(Teatro critico Universal)』(4권, 12강론)을 덧붙이려고 한다. 페이호는 토마스 브라운 경처럼 영원 회귀를 플라톤의 교설로 보고 이렇게 얘기한다. "플라톤의 망상 가운데 하나는 대년(모든 별들이 수없이 회전한 뒤에 다시 동일한 위치와 동일한 순서로 정렬되는 해를 가리켜 이렇게 불렀다.)이 되면 세상만사가 갱신되리라고 믿은 것이다. 다시 말해서 세상이라는 무대 위에 동일한 배우들이 돌아와서 동일한 사건을 공연하므로 인간, 사물, 식물, 돌도 새로운 생명을 얻게 된다. 한마디로 이전의 모든 생물과 무생물이 처음과 동일한 활동, 동일한 사건, 동일한 운명을 반복한다는 것이다. 이상은 페이호가 1730년대에 한 말인데, 19세기 후반에 발간한 『스페인 작가 총서(Biblioteca de Autores Españoles)』 56권

허드는 차라투스트라가 경시하거나 누락한 것을 바로잡고 있다. 직설적으로 말해서 이 책의 문체는 매우 졸렬하며, 통독하려면 많은 인내가 필요하다. 허드는 초인은 믿지 않지만 인간 능력은 대폭 진화하리라고 천명한다. 이러한 정신적 진화에는 오랜 시간이 필요하지 않다. 인간에게는 지칠 줄 모르는 신경 에너지 저장고가 있어서 부단히 섹스를 할 수 있기 때문이다. 이 점에서 인간은 주기적으로 발정하는 여느 동물과 다르다. 허드의 말에 따르면 "역사는 자연사의 한 부분이다. 인류

에 재수록하면서 영원 회귀에 대한 점성술적 정당화라고 평했다.

플라톤은 『티마이오스』에서 다양한 속도로 공전하는 7개 행성이(플라톤의 『공화국』에서는 붙박이별을 포함하여 8개라고 이야기하고 있다. ― 옮긴이) 최초의 출발점으로 되돌아오는 해를 '완전한 해'(이를 가리켜 '대년' 또는 '플라톤 해'라고 부르기도 한다. ― 옮긴이)라고 얘기하지만, 이러한 순환으로부터 추론하여 역사가 정확하게 되풀이된다고는 얘기하지 않는다. 그럼에도 불구하고 이탈리아 철학자 루실리오 바니니(Lucilio Vanini)는 1616년에 이렇게 썼다. "아킬레우스는 다시 트로이로 갈 것이고, 종교와 의식도 다시 시작될 것이며, 인류 역사는 반복된다. 지금 것치고 전에 없던 것이 없으며, 지금 있는 것치고 미래에 없을 것이 없다. 그러나 모든 것이 일반적으로 그렇다는 것이지, 플라톤의 말처럼 개별적으로 그러하지는 않다."(로버트 버튼, 『우울증의 해부(The Anatomy of Melancholy)』, 3부 4절). 프랜시스 베이컨은 플라톤 해가 되면 별들이 유적으로 동일한 결과를 야기하지만, 동일한 개체가 반복되도록 작용하지는 않는다고 말하고 있다.(『수상록』, 58 에세이)(원주)

역사는 생물학인데, 심리학적으로 가속되고 있다."

우리 시간 의식의 궁극적인 진화 가능성이 아마도 이 책의 기본 주제일 것이다. 허드의 견해에 따르면 동물에게는 이런 의식이 완전히 결여되어 있으며, 불연속적이고 본능적인 동물의 삶은 오로지 현재에 머물러 있다. 이런 추측은 오래된 것이다. 이미 세네카가 루실리우스에게 보낸 마지막 편지에서 이렇게 얘기했다. "동물에게는 매우 짧고 덧없는 시간, 즉 현재만 있다." 이런 견해는 신지학 문헌에서도 흔히 찾아볼 수 있다. 루돌프 슈타이너[254]는 광물의 부동 상태와 시체의 부동 상태를 비교하고, 식물의 조용한 삶과 잠자는 인간을 비교하고, 동물의 일시적인 주의력을 두서없는 꿈을 꾸는 태만한 몽상가의 주의력과 비교했다. 프리츠 마우트너는 명저 『철학 사전』 3권에서 이렇게 말했다. "동물에게는 시간의 흐름이나 지속에 대한 모호한 예감밖에 없는 것 같다. 반면에 인간은 어느 신조류 심리학자의 말처럼, 500분의 1초 간격으로 지나가는 두 가지 인상을 구별할 수 있다."

사후에 출판된 장마리 귀요[255]의 『시간관념의 기원』(1890)에도 두세 군데 유사한 구절이 있다. 표트르 우스펜스키[256]는

---

254   Rudolf Steinner(1861~1925). 오스트리아 학자이자
        신비 사상가. 1900년대부터 신지학협회에서 활동하
        였고, 1912년에는 인지학협회를 창립하였다.

255   Jean-Marie Guyau(1854~1888). 프랑스의 심리학자이
        자 철학자.

256   Pyotr Ouspenski(1878~1947). 러시아의 수학자이자
        신비주의 사상가.

『제3기관』9장에서 이 문제를 다루고 있는데 설득력이 없지는 않다. 즉 동물의 세계는 2차원이며 정육면체나 구체를 지각하지 못한다. 동물이 보기에 물체의 모서리는 이쪽 면이 사라지고 저쪽 면이 나타나는 움직임이며, 시간 속에서 발생하는 사건이다. 우스펜스키는 에드워드 카펜터처럼, 찰스 웹스터 리드비터처럼, 존 윌리엄 던처럼 우리 정신은 직선적이고 계기적인 시간을 넘어설 것이며 천사와 같은 방식으로, 즉 '영원의 관점'에서 세계를 직관하리라고 예언한다.

허드도 이와 동일한 결론에 도달한다. 종종 정신의학자와 사회학자의 전문 용어에 물든 언어를 사용하지만, 내가 보기에는 동일한 결론에 도달한다. 허드는 이 책 I장에서 우리 인간이 살아가는 부동의 시간이 존재한다고 단언한다. 이런 인상적인 단언이 그저 우주적이고 제일적(齊一的)이고 뉴튼적인 시간에 대한 비유적 부정인지 아니면 문자 그대로 과거, 현재, 미래가 공존한다는 말인지 나로서는 알 수 없다. 마지막 경우에서(던은 이렇게 말할 것이다.) 부동의 시간은 공간으로 변질되며 우리가 이동하는 움직임은 다른 시간이 필요하다…….

아무튼 내가 보기에 시간 감각이 진화하기를 바라는 것은 개연성이 없지는 않으며, 어쩌면 불가피하다. 그렇지만 그런 진화가 급격히 진행될 것이라는 바람은 내 견해로는 근거 없는 억지이다.

길버트 워터하우스[257]의 『간추린 독일 문학사』

한쪽으로 라플라스 후작(단 하나의 공식으로 발생한 일, 발생하고 있는 일, 발생할 일을 모두 계산하는 것이 가능할지도 모른다고 천명한 사람이다.)과 거리를 둔 만큼, 정반대 방향으로 리카르도 로하스(이 사람의 아르헨티나 문학사는 아르헨티나 문학 만큼이나 방대하다.)와 거리를 두고 있는 길버트 워터하우스가 145쪽 분량의 독일 문학사를 출판했다. 문학사로는 못마땅한 점이 없지 않은 이 소책자는 악평을 유발하지는 않지만 그렇다고 상찬하기도 어렵다. 그러나 분명한 결점, 어쩌면 불가피한 결점을 안고 있는데, 그것은 드 퀸시가 독일 비평가들을 비판했듯이 작품 예가 누락되었다는 것이다. 아울러 다양한 분야에서 활동한 노발리스를 단일한 계보로 파악하고, 이러한 계보를 남용하여 2류 소설가로 평가한 것은 온당하지 못하다. 독일 소설가들이 본보기로 삼는 작품이 괴테의 『빌헬름 마이스터의 수업 시대』인데, 노발리스는 이 소설을 비판했다.(노발리스가 괴테에 대해 한 말은 유명하다. "괴테는 실용적인 시인이다. 괴테 작품은 영국 상품과 같다. 깔끔하고, 소박하고, 편리하고, 내구성이 좋다.") 전통적으로 독일 문학사는 쇼펜하우어와 프리츠 마우트너를 배제하고 있어서 유감스러운데, 이제는 놀랍지도

---

257   Gilbert Waterhouse(1888~1977). 영국 출신의 독일문학연구자. 1928년에 처음으로 『간추린 독일문학사(A Short History of German Literature)』를 펴냈다. 보르헤스가 서평 대상으로 삼은 책은 1942년 판본이다.

않다. 철학이라는 단어에 대한 공포 때문에 비평가들은 독일 문학의 에세이집 가운데 가장 즐겁고 무궁무진한 마우트너의 『철학 사전』과 쇼펜하우어의 『소품과 부록』을 수용하지 못하고 있다.

독일인은 모종의 환각을 학습하지 않고는 아무 일도 못하는 것처럼 보인다.[258] 물론 자기들에게 만족스러운 전투를 벌이거나 지루하고 장황한 소설을 창작할 수도 있는데, 이 또한 '순수 아리아족'이라든가, 유대인에게 핍박당한 바이킹족이라든가, 타키투스의 『게르마니아』[259] 주인공이라는 조건을 충족할 때만이 그러하다.(이처럼 독특한 과거 지향성에 대해 프리드리히 니체는 이런 의견을 개진했다. "진짜 게르만족은 모두 이주했다. 오늘날 독일은 선진 노예가 살고 있는 곳이며, 유럽의 러시아화를 재촉하고 있다." 이와 유사한 말을 스페인인에게 할 수 있다. 스페인인은 자신이 아메리카 정복자의 후손이라고 주장하는데, 정복자의 후손은 다름 아니라 우리 중남미인이다. 스페인인은 사촌쯤 된다.)

유명한 얘기지만, 신은 독일인에게 자발적으로 미를 창조할 능력을 부여하지 않았다. 단적인 예가 독일인이 셰익스피어를 숭배한다는 비극인데, 이는 불행한 사랑과 다를 바 없다. 독일인(레싱, 헤르더, 괴테, 노발리스, 실러, 쇼펜하우어, 니체,

---

258   보르헤스는 여기서 나치 독일을 비판하고 있다.

259   타키투스는 이 책에서 게르만족은 다른 종족과 섞이지 않았으며 체구가 건장하고 골격이 억세며 눈초리가 매섭고 머리가 비상하다고 서술했다. 나치의 친위대장 히믈러는 이 구절이야말로 독일 민족의 우수성을 증명하는 보배라고 생각했다.

슈테판 게오르게 등)은 셰익스피어의 세계에 이상하게 친근감을 느끼면서도 정작 자신은 셰익스피어처럼 힘 있고, 진솔하고, 맛깔스럽고, 은근히 탁월한 작품을 창작할 능력이 없다는 사실을 익히 알고 있다. 독일인은 '우리 셰익스피어(Unser Shakespeare)'라고 말했고, 지금도 그렇게 말하고 있지만 셰익스피어와는 전혀 성격이 다른 예술, 즉 사전에 숙고해서 만들어 낸 상징을 다루거나 논쟁적인 주제를 다룬 예술을 천착한다는 사실을 잘 알고 있다. 프리드리히 군돌프의 『셰익스피어와 독일 정신』이나 로이 파스칼의 『독일에서 셰익스피어, 1740~1815(William Shakespeare in Germany, 1740~1815)』같은 책을 읽다 보면 독일 지성의 이러한 향수, 바꿔 말해서 갈등을 감지할 수 있는데, 이런 세속 비극의 주인공은 한 사람이 아니라 수많은 세대다.

다른 나라 사람들은 어쩌다 보니 잔혹해지거나 뜻하지 않게 영웅이 된다. 그러나 독일인에게는 자제에 관한 세미나라든가 불명예에 관한 윤리학이 필요하다.

내가 아는 한, 『간추린 독일 문학사』는 크뢰너 출판사에서 나온 칼 하이네만의 책이 가장 좋다. 막스 코흐(Max Koch)의 책은 읽기 괴로워서 가능하면 피해야 하는데, 근거 없는 애국심으로 점철된 이 책을 카탈루냐 지방의 어느 출판사가 스페인어로 번역하여 출판하는 우를 범했다.

레슬리 웨더헤드[260]의 『사후의 삶』

.예전에 나는 환상 문학 선집을 편찬한 적이 있다. 그 선집
은 소책자이므로 제2의 대홍수가 일어나더라도 제2의 노아가
구해 줄 것이라고 생각하지만, 누구도 의심할 수 없는 이 장르
의 대가를 누락하는 실수를 범했다. 이를테면 파르메니데스,
플라톤, 요하네스 스코투스 에리우게나, 알베르투스 마그누스
(Albertus Magnus), 스피노자, 라이프니츠, 칸트, 프랜시스 브래
들리 등을 누락한 것이다. 사실 웰스와 에드거 앨런 포의 작품
은 미래에서 가져온 꽃이라든가 최면에 걸려 죽지 못하는 자[261]
만 보더라도 얼마나 불가사의한지 모른다. 이는 하느님의 창
조에 정면으로 배치되고, 시간 바깥에 홀로 존재하며 어느 면
에서는 셋이면서 하나라는 정교한 이론에 배치되는 것이다.
예정 조화 앞에서 베조아르[262]는 무엇이며, 삼위일체 앞에서 유
니콘은 무엇이고, 중생도 부처로 변모할 수 있다는 대승 불교
앞에서 루키우스 아풀레이우스[263]는 누구이며, 버클리의 논증

---

260   Leslie Weatherhead(1893~1976). 영국의 감리교목사
       로 1923년에 『사후 세계(After Death)』를 펴냈다. 이
       글은 1942년에 출판본에 대한 서평이다.

261   미래에서 가져온 꽃은 웰스의 『타임머신』, 최면에 걸
       려 죽지 못하는 사람은 포의 「M. 발데마르 사건의 진
       실」에 등장한다.

262   bezoar는 소, 양 같은 동물의 위장에 생기는 결석으로
       예전에는 해독제로 사용했다. 우황(牛黃)은 소의 위
       장에 생긴 베조아르이다.

263   Lucius Apuleius(124~170). 고대 로마 작가. 변신을 다

을 생각할 때 셰에라자드의 1001일 밤은 또 무엇이란 말인가? 나는 하느님의 단계적인 창조를 숭배한다. 지옥과 천국(영겁의 징벌과 보상) 또한 감탄스럽고 흥미진진한 인간 상상력의 창안이다.

신학자들은 천국을 영원한 영광과 기쁨의 장소라고 정의하고, 그곳에서는 지옥 같은 고통은 없다고 얘기한다. 이 책의 4장은 이러한 구분을 매우 설득력 있게 부정한다. 그리고 지옥과 천국은 지리적 장소가 아니라 영혼의 극한 상태라고 주장한다. 이런 주장은 앙드레 지드가 말한 내면의 지옥과 완전히 일치한다.(『일기』, 677쪽) 오래전에 밀턴도 『실락원』에서 "어느 쪽으로 달아나도 지옥, 내 자신이 지옥이니."라고 밝힌 바 있다. 그리고 구제불능의 타락한 영혼은 천국의 광휘를 감당할 수 없어서 동굴이나 늪지를 선호한다는 스베덴보리의 주장과 상통한 데가 있다. 웨더헤드는 사후 세계가 천국과 지옥으로 나뉜 게 아니라 단일한데, 영혼의 깜냥에 따라서 가는 곳이 다르다고 얘기한다.

대부분의 사람은 천국과 복락을 별개로 여기지 않는다. 그렇지만 1890년대에 새뮤얼 버틀러는 천국이란 만사가 약간 좌절되는 곳이고(누구도 완전한 복락을 감당할 수 없기 때문이다.) 지옥이란 꿈을 꾸지 못할 뿐, 그 어떤 불유쾌한 자극도 없는 곳이라고 말했다. 1902년경 버나드 쇼는 성, 금욕, 영광, 변치 않는 순수한 사랑 등에 대한 환상은 지옥의 몫으로 돌리고, 현실

룬 『황금 당나귀』라는 소설을 남겼다.

에 대한 이해는 천국의 몫으로 돌렸다.(『범인과 초인』, 3막)

웨더헤드는 독실한 신자나 좋아하는 2류 작가이다. 무명작가나 다를 바 없다. 그렇지만 순수하고 영원한 복락을 직접 추구하는 것은 이 세상과 마찬가지로 저세상에서도 조롱거리밖에 되지 않는다고 간파하고, 이렇게 쓰고 있다.

최상의 즐거운 삶을 우리는 천국이라고 이름 붙이고 있는데, 이는 봉사를 가리킨다. 다시 말해서 그리스도의 사역에 전적으로 그리고 자유롭게 참여하는 것이다. 다른 영들도 다른 세계에서 마찬가지로 사역에 참여할 것이다. 어쩌면 우리는 우리 영이 구원받도록 도와주는지도 모른다.

다른 장에서는 이렇게 얘기한다.

천국의 고통은 강렬하다. 이 세상에서 우리가 진화하면 할수록 다른 세상에서 하느님의 삶을 훨씬 더 함께 나눌 것이다. 하느님의 삶은 고통스럽다. 하느님의 가슴에는 죄악과 고통과 이 세상의 모든 아픔이 있다. 세상에 단 하나의 죄만 있다면 하늘에서 행복도 없을 것이다.

한마디 덧붙이자면, 창조주와 악마를 포함하여 모든 피조물의 궁극적 화해를 주장한 철학자 오리게네스도 이런 꿈을 꾸었다.

이런 유사 신지론적인 추측에 대해서 독자는 어떤 의견인지 모르겠다. 가톨릭 신자(특히 아르헨티나 가톨릭 신자)는 초월 세계를 믿는다. 그런데 내가 보기에 이들은 초월 세계에는 관심이 없다. 나는 그 반대다. 초월 세계에 관심이 많지만, 믿지는 않는다.

마틴 데이비슨[264]의 『자유의지 논쟁』

이 책은 결정론자와 자유의지 옹호론자 사이에 전개된 방대한 논쟁의 역사를 다루려고 한 것 같은데 성공하지는 못했다. 저자의 잘못된 접근 방법 때문에 완전히 실패하고 말았다. 그저 다양한 철학 체계를 나열하고, 논쟁과 관련된 이론을 보여 주는 데 그치고 있다. 접근 방법이 잘못되었거나 부적절하다. 전문적인 문제를 다룰 때는 고전이 아니라 그 문제만을 다룬 문헌을 찾아 봐야 최상의 논의를 참고할 수 있다. 내가 아는한, 이런 문헌은 윌리엄 제임스의 「결정론의 딜레마」, 보에티우스(Boethius)의 『철학의 위안』 5책, 키케로의 「신성론」과 「운명론」이다.

가장 오래된 형태의 결정론은 인간의 운명을 점치는 데 사용한 점성술이다. 이렇게 이해한 데이비슨은 책 첫 부분에서 이를 다룬다. 천체의 영향이라고 언급할 뿐, 징조에 대한 스토

---

264   Martin Davidson(1880~1968). 영국 국교회 목사이자 아마추어 천문학자. 『자유의지 논쟁』 외에도 편저 『보통 사람의 천문학(Astronomy for everyman)』(1953)을 펴냈다.

아학파의 이론을 명확하게 제시하지 않는다. 스토아학파에 따르면, 우주 전체가 형성될 때 각 부분은 다른 부분의 역사를 예시한다.(은밀한 방식으로) 세네카는 "현재 발생하고 있는 모든 일은 앞으로 일어날 어떤 일의 징후"라고 말했다.(『자연 탐구』 2책, 32장) 세네카보다 앞서 키케로는 이렇게 설명했다.

> 스토아학파는 내장에 생긴 주름이나 새의 지저귐에 신이 간여한다는 사실을 인정하지 않는다. 그런 간여는 신의 위엄에 어울리지도 않으며, 불가능하기 때문에 믿을 수 없다는 것이다. 그 대신 세상은 태초부터 질서 정연했고, 어떤 사건이 일어나기 전에 모종의 징조가 선행한다고 주장한다. 그런 징조를 알 수 있는 것이 새의 내장, 번개, 불가사의한 일, 별, 꿈, 예언자의 분노 등이다. …… 운명적으로 일어나는 모든 일이 그러하듯이, 만약 어떤 사람이 있어서 원인의 연쇄를 모두 이해하고 있다면 그 사람은 결코 실수를 범하지 않을 것이다. 따라서 미래에 발생할 모든 일의 원인을 아는 이 사람은 필연적으로 미래를 예견할 수 있을 것이다.(키케로, 「신성론」)

이로부터 약 2000년 후에, 라플라스 후작은 단 하나의 수학 공식으로 특정 순간에 우주를 구성하는 모든 일을 이해할 수 있으며, 이런 공식으로 과거와 미래를 모두 알 수 있지 않을까 상상했다.

데이비슨은 키케로를 누락하고, 처형당한 보에티우스도 누락했다. 그렇지만 보에티우스 덕분에 신학자들은 인간의 자유의지와 하느님의 섭리를 우아하게 화해시킬 수 있었다. 만약 천체가 만들어지기도 전에 하느님이 우리의 행동과 은밀한 생각까지 모두 알고 있었다면, 과연 우리 인간에게 자유의지가 있다고 할 수 있을까? 보에티우스는 예리하게 다음과 같이 말한다. 우리가 복종하는 이유는 하느님이 '사전'에 우리가 어떤 일을 할지 알고 있다는 상황 때문이다. 만약 하느님의 앎이 사전이 아니라 동시적이라면 우리는 자유의지가 없다는 사실을 느끼지 못할 것이다. 그리고 보에티우스는 우리의 미래가 누군가의 정신 속에 이미 상세하게 존재한다고 말함으로써 우리를 풀 죽게 만든다. 이런 점을 명확히 밝힌 후에 보에티우스는 하느님의 순수한 요소는 영원이며, 이러한 하느님에게는 이전도 이후도 없다고 상기한다. 다양한 장소나 시간의 흐름은 하느님에게는 하나이고 동시적이다. 하느님은 내 미래를 예견하는 것이 아니다. 내 미래는 하느님의 유일한 시간, 즉 불변하는 현재의 한 부분이다.(이런 논리에서 보에티우스는 섭리라는 단어의 어원적인 의미가 예견이라고 파악한다. 그런데 이는 오류이다. 섭리라는 단어는 여러 사전이 밝히고 있듯이 어떤 일을 예견한다는 뜻만이 아니라 어떤 일을 정돈한다는 뜻도 있다.)

데이비슨은 무슨 연유인지 내가 앞서 말한 윌리엄 제임스의 글을 언급하지 않는다. 아무튼 그 글에서 윌리엄 제임스는 헤켈[265]의 이론을 언급하면서 알쏭달쏭한 이야기를 하고 있다.

---

265   에른스트 헤켈(Ernst Haeckel, 1834~1919). 독일의
       생물학자이자 철학자. 다윈의 진화론을 독일에 소개
       하였고, 영혼과 물질의 통합을 원리로 삼은 일원론
       (Monismus)를 주장했다. 윌리엄 제임스가『결정론의

결정론자는 우주에 단 하나의 가능한 사실(어떤 사건은 일어날 수도 있도 일어나지 않을 수도 있었다.)만 있다는 것을 부정한다. 제임스는 우주에 전반적인 계획은 있지만 이런 계획을 실행하기 위한 세부 사항은 행위자의 책임이라고 추측한다.[266] 하느님에게 어떤 것이 세부 사항인지 묻고 싶다. 육신의 고통? 개인의 운명? 윤리? 아마도 이런 것일 듯하다.

더빙에 대하여

예술의 결합 가능성은 무궁하지 않지만, 그 결과는 종종 경악스럽다. 그리스인은 키메라를 만들어 냈는데, 사자 머리, 용 머리, 양 머리 괴물로 형상화했다. 2세기 신학자들은 성부와 성자와 성령이 불가분하게 얽혀 있다는 삼위일체설을 만들어 냈다. 중국인은 다리가 6개, 날개가 4개, 얼굴과 눈이 없는 붉은 새, 제강(帝江)[267]을 상상해 냈다. 19세기 기하학자들은 무한한 수의 입체를 포함하는 초입방체를 만들어 냈다. 4차원 초입방체인 정8포체의 경우 입체는 8개이며, 면은 24개이다. 할리우드는 이런 부질없는 기형물 박물관을 풍부하게 만들었다.

	딜레마』에서 언급한 헤켈 이론이란 바로 이 일원론을 가리킨다.
266	하이젠베르크의 불확정성 원리(내가 잘 모르기 때문에 말하기가 두렵다.)는 이런 추측에 반하지 않는 것으로 보인다.(원주)
267	『산해경』 2권에 나오는 새.

더빙이라고 부르는 사악한 책략을 통해서 그레타 가르보의 뛰어난 용모와 알돈사 로렌소[268]의 목소리를 결합시킨 괴물을 고안해 냈다. 이런 끔찍한 경이 앞에서, 이런 기묘한 시청각의 변형 앞에서 어찌 감탄하지 않을 수 있겠는가?

더빙을 옹호하는 사람들은 아마도 더빙을 반대한다면 어떤 형태의 번역도 반대해야 한다고 주장할 것이다. 이런 논리는 다른 언어와 다른 목소리를 임의로 덧씌우는 더빙의 가장 큰 문제점을 도외시하고 있다. 오드리 햅번이나 그레타 가르보의 목소리는 결코 무의미하지 않다. 전 세계인에게 그 목소리는 두 여배우의 특징 가운데 하나이다. 이와 마찬가지로 영국인의 무언극은 스페인인의 무언극이 아니라는 점도 기억해야 한다.[269]

나는 지방 사람들이 더빙을 좋아한다는 말을 들었다. 이런 말은 당국의 단순 논리이다. 칠레시토 지방이나 치빌코이 지방을 연구한 전문가들이 그 말을 인정하지 않는 한, 나는 그런 말에 겁먹지 않을 것이다. 또 영어를 모르는 사람 입장에서는 더빙이 좋고 또 들을 만하다는 얘기도 들었다. 나는 영어 실력

---

268   Aldonza Lorenzo. 『돈키호테』에 등장하는 둘시네아의 본명이다.

269   적지 않은 관객에게 이런 의문이 생길 것이다. 이렇게 다른 사람의 목소리도 탈취하는데, 용모라고 안 될 이유가 없지 않은가? 언젠가는 그런 날이 오겠지? 언젠가는 「크리스티나 여왕」(1933)에서 그레타 가르보 대신에 후아나 곤살레스(Joanna Gonzalez. 아르헨티나 로사리오 지방에서 스트립쇼를 하던 여성 — 옮긴이)를 화면에서 보는 날이 오겠지?(원주)

에 비해서 러시아어 실력은 무지에 가깝다. 그래도 다른 언어로 더빙한 영화 「알렉산드르 네프스키」[270]를 보느니, 비록 러시아어 실력은 없지만 원본을 구할 수 있다면 아홉 번이고 열 번이고 집중해서 볼 것이다. 그리고 이 점은 매우 중요한데 더빙보다, 더빙한 영화보다 나쁜 것은 대체물, 즉 속임수에 대한 일반인의 의식이다.

더빙을 옹호하는 사람치고 운명론이나 결정론에 빠지지 않은 사람은 없다. 사람들은 이러한 더빙이 발전의 불가피한 결과이며, 머지않아 우리는 더빙된 영화를 보느냐 아니면 영화를 아예 보지 않느냐 하는 선택의 기로에 놓일 것이라고 단언한다. 전 세계적인 영화의 쇠퇴(「디미트리오스의 가면」(1944)과 같은 몇몇 예외가 있기는 하지만)를 고려하면, 두 번째 선택지도 가슴 아픈 일은 아니다. 최근의 쓰레기 같은 영화(모스크바에서 제작한 「네 명의 나치의 일기」(1942), 할리우드에서 제작한 「와셀 박사 이야기」(1944)를 염두에 두고 있다.)를 보면 영화가 일종의 불쾌한 낙원이라는 생각을 금할 수가 없다. "관광은 실망의 예술"이라고 스티븐슨이 말한 바 있는데,[271] 이런 정의는 영화에 해당될 뿐만 아니라, 안타깝지만 소위 삶이라고 부르는 뒤로 미룰 수도 없는 지속적인 활동에도 종종 해당된다.

---

270   러시아의 거장 세르게이 예이젠시테인 감독의 영화로, 1938년 작품이다.

271   이 문장의 출처는 로버트 루이스 스티븐슨의 여행기 『실버라도 무단 거주자(The Silverado squatters)』(1883)이다.

왜곡된 「지킬 박사와 에드워드 하이드 씨」

할리우드가 로버트 루이스 스티븐슨의 명예를 훼손한 게 이번이 세 번째이다.[272] 명예를 훼손한 영화의 제목은 「인간과 짐승」[273]으로, 이번에는 빅터 플레밍 감독이 명예 훼손을 자행했는데, 예전에 루벤 마모울리언이 감독한(왜곡한) 영화의 미학적이고 도덕적인 오류를 한 치의 오차도 없이 그대로 답습하고 있다. 먼저 도덕적인 오류부터 살펴보자. 스티븐슨이 1886년에 출판한 소설에서 지킬 박사는 도덕적으로 이중적이다. 한편으로는 일반인과 동일하지만, 다른 인격(에드워드 하이드)이 되면 한없이 사악하다. 1941년 영화에서 지킬 박사는 순결을 지키는 젊은 병리학자인 반면에 하이드 씨는 새디스트 성향을 가진 건달 같은 난봉꾼이다. 할리우드 사람들에게 선이란 순결하고 부유한 라나 터너와 교제하는 것이고, 악이란

---

272 「지킬 박사와 하이드 씨」는 세 번(1920년, 1931년, 1941년) 영화화됐다. 1920년 판은 무성 영화로, 존 스튜어트 로버트슨이 감독하고, 존 베리무어(지킬 박사와 하이드 역)와 니타 날디(지나 역)가 주연을 맡았다. 1931년 판은 루벤 모울리언이 감독하고, 프레드릭 마치와 미리엄 홉킨스(아이비 역)가 주연을 맡았으며, 1941년 판은 빅터 플레밍이 감독하고, 스펜서 트레이시, 잉그리드 버그먼(아이비 역), 라나 터너(베아트릭스 역)가 주연을 맡았다.

273 1941년에 제작한 영화 「지킬 박사와 하이드 씨」의 스페인어 제목이다.

(어느 면에서는 데이비드 흄이나 알렉산드리아의 이단자[274]들이 우려했듯이) 잉그리드 버그먼이나 미리엄 홉킨스와 비합법적인 동거를 하는 것이다. 두말할 필요도 없이, 이처럼 제한적이고 곡해된 도덕관은 스티븐슨과 아무런 관계도 없다. 스티븐슨은 소설 마지막 장에서 지킬 박사의 결점이 관능과 위선이라고 밝히고 있다. 그리고 『윤리 연구(Ethical Studies)』에 수록된 어느 글(1888년에 집필한 글)[275]에서는 "진정한 사악의 표출 형태"를 모두 열거하겠다면서, "선망, 악의, 비열한 거짓말, 비열한 침묵, 고자질, 험담가, 소(小)폭군, 가정에서 짜증나게 하는 사람"을 들고 있다.(나는 성관계는 윤리에 포함되지 않는다고 생각한다. 다만 배신이나 질투나 허영으로 물든 경우는 예외다.)

이 영화의 구성은 영화가 추구하는 기독교 신학보다 훨씬 더 유치하다. 스티븐슨의 소설에서는 지킬 박사와 하이드 씨가 동일인이라는 사실은 깜짝 놀랄 일이다. 스티븐슨은 9장 말미까지 이런 사실을 밝히지 않는다. 우의적인 이야기면서, 탐정 소설인 척한다. 하이드 씨와 지킬 박사가 동일인이라고 추측하는 독자는 없다. 소설 제목을 보고 두 사람 이야기일 것이라고 생각한다. 이런 작품 전개 과정을 영화로 담아내기는 결코 쉬운 일이 아니다. 예를 들어 어떤 탐정 영화에 유명한 두 배우(이를테면 조지 래프트와 스펜서 트래이시)가 출연하여 유사한

---

274   알렉산드리아의 이단자들이란 바실리데스, 발렌티누스와 같은 영지주의자를 의미한다.

275   1900년에 발표한 「크리스마스 설교(A Christmas Sermon)」를 가리킨다.

언어를 구사하고, 공통된 과거를 추정할 수 있는 사건을 언급한다. 그러다 문제가 복잡해지면 둘 중 한 사람이 마법을 부리는 약을 삼키고 다른 사람은 변모한다고(물론 주인공의 이름까지 두세 번 바꾼다면 더 좋을 것이다.) 상상해 보면 알 수 있는 일이다. 나보다 훨씬 문명화된 빅터 플레밍은 모든 놀라움과 미스터리를 배제한다. 영화 첫 부분에서 스펜서 트레이시는 겁도 없이 만능 약물을 들이키더니, 흑인처럼 분장하고 가발을 바꿔 쓴 스펜서 트레이시로 변모한다.

스티븐슨의 분신 이야기보다는 파리드 우딘 아타르의 12세기 작품 『새들의 회의』 유사하다는 생각이 드는데, 이런 영화에서 수많은 등장인물은 결국 영원히 존재하는 일자(一者)로 변한다.

2부

영원성의 역사

『티투스 리비우스[276]의 부록』, 『시간성과 영원성의 무한한 역사』
── 프란시스코 데 케베도, 『팽이(Perinola)』,[277] (1632)

비평을 익힌다고 통상적으로 더 유능하고 행복하고
현명해지는 것은 아니다.
── 새뮤얼 존슨,[278] 「서문」, 『셰익스피어 전집』(1765)

276   티투스 리비우스 파타비누스(Titus Livius Patavinus,
       BC 59~17). 로마의 역사가. 142권에 달하는 『로마사』
       를 집필했으나 35권만 현존하고 있다.
277   케베도의 『팽이』는 동시대 극작가인 후안 페레스 데
       몬탈반(Juan Pérez de Montalbán, 1602~1638)에 대한
       반감과 분노가 짙게 배인 작품인데, 그 이유는 서점
       을 운영하던 몬탈반의 부친이 자신의 작품인 『부스콘
       (El buscón)』(1626)의 해적판을 판매했기 때문으로 보
       인다. 케베도가 풍자와 유머가 넘치는 작가였음을 고
       려할 때 팽이를 의미하는 스페인어 perinola는 같은 의
       미를 지니는 peonza, 나아가 peón을 지시할 수도 있다.
       peón은 팽이 외에도 막일꾼이나 체스의 폰(Pawn, 졸),
       군대의 보병, 말구종을 의미한다.
278   새뮤얼 존슨(Samuel Johnson, 1709~1784). 영국의 시
       인이자 평론가. 1765년 총 8권의 『셰익스피어 전집』
       을 펴냈고, 영국 최초의 영어 사전을 만들었다.

서문

　"영원성의 역사"라는 표제의 이 독특한 책에 대해 간략하게 언급하고자 한다. 이 책의 도입부는 플라톤[279]의 철학을 다루고 있지만 연대순으로 엄밀하게 글을 쓴다면 파르메니데스[280]의 6보격 시("존재는 현재이기에 과거에도 없었으며 앞으로도 없으리라.")로 시작하는 게 훨씬 타당할 것이다. 어찌하여 플라톤의 형상[281]을 '박물관의 고정된 작품'에 비교할 수 있었는지, 쇼펜하

279　플라톤(Plato, BC 428?~ 348?). 그리스 철학자로 소크라테스의 제자이자 아리스토텔레스의 스승이었다.

280　파르메니데스(Parmenides, BC 510?~450?). 고대 그리스 철학자. 엘레아학파의 창시자로 플라톤에게 영향을 주었다.

281　플라톤의 이데아론, 즉 형상 이론(形相理論, Theory of Forms)의 형상, 이데아를 가리킨다.

우어[282]와 에리우게나[283]를 읽으면서 그 형상이 생생하고 강력하며 조직적임을 이해하지 못했는지 모르겠다. 움직임, 즉 상이한 순간에 상이한 공간을 점유한다는 것은 시간 없이는 상상할 수 없다. 상이한 시간의 지점에서 동일한 공간을 점유하는 부동성도 마찬가지이다. 수많은 시인이 사랑으로 갈구한 영원이 연속성이라는 견디기 힘든 압박으로부터 비록 찰나에 지나지 않을지라도 우리를 자유롭게 해 주는 훌륭한 기교임을 어찌 느끼지 못했을까?

나는 이 책을 보완하고 완성하기 위해 「메타포」(1952)와 「순환적 시간」(1943)을 추가했다.

「케닝」을 읽을 독자는 내가 마리아 에스테르 바스케스[284]와 함께 쓴 『중세 게르만 문학』이라는 입문서를 참조하기 바란다.[285] 더불어 나는 두 저작, 루돌프 마이스너(Rudolf Meissner)

---

282 아르투르 쇼펜하우어(Arthur Schopenhauer, 1788~1860). 독일의 철학자. 주요 저작으로 『의지와 표상으로서의 세계』(1818)가 있다.

283 요하네스 스코투스 에리우게나(Johannes Scotus Eriugena, 810?~877?). 아일랜드 출신으로 스콜라 철학의 선구자다.

284 마리아 에스테르 바스케스(María Esther Vázquez, 1937). 아르헨티나의 작가. 보르헤스와 에세이집 『영문학 입문(Introducción a la literatura inglesa)』(1965), 『중세 게르만 문학(Literaturas germánicas medievales)』(1966)을 공동 집필했다.

285 보르헤스는 『중세 게르만 문학』에서 케닝을 다루는데, 이 저작은 1951년 델리아 인헤니에로스(Delia Ingenieros)와 공동 출판한 『게르만 고대 문학(Antiguas

의 『스칼드의 케닝(Die Kennigar der Skalden)』(라이프치히, 1921)
과 헤르타 마르카르트(Herta Marquardt)의 『고대 영어 케닝(Die
Altenglishchen Kenningar)』(할레, 1938)을 활용했음을 밝혀 둔다.

「알모타심으로의 접근」은 1935년 작품이다. 얼마 전에 헨
리 제임스[286]의 『성천』(1901)을 읽었는데 아마도 전체적인 내
용이 비슷할 것 같다. 그가 쓴 소설의 서술자가 A나 C가 B에 영
향을 주는지를 탐구한다면, 「알모타심으로의 접근」의 서술자
는 B를 통해 B가 알지도 못하는 머나먼 미지의 존재인 Z를 예
감 혹은 추정한다.

이번 개정판의 공과는 내가 아니라 너그럽고 끈기 있는 나
의 친구 호세 에드문도 클레멘테[287]에게 돌아갈 것이다.

호르헤 루이스 보르헤스

---

literaturas germánicas)』과 크게 다르지 않다. 사실 이 작
품은 세 부분(게르만 영문학, 스칸디나비아 문학, 독
일 문학)으로 구성되는데, 마리아 에스테르 바스케스
와 첫 부분만 수정하여 『중세 게르만 문학』으로 출판
하였다. 그러나 실제로 수정된 내용은 미미하다.

286   Henry James(1843~1916). 미국 태생의 영국인 작가.
근대 사실주의 문학을 이끌었다.

287   José Edmundo Clemente(1918~2013). 1955년 보르헤
스가 국립도서관장이 되었을 때 부관장으로 일했으며
보르헤스와 『아르헨티나 사람들의 언어』(1952)를 공
동 집필했다.

영원성의 역사[288]

|

　시간의 본질을 탐구하고 정의하고자 한『엔네아데스』[289]의
한 구절은 우리가 시간의 모델이자 원형으로 알고 있는 영원

288　『영원성의 역사』의 초판본은 1936년 비아우 이 소나
(Viau y Zona) 출판사가 4편의 에세이와 2편의 원고를
묶어 부에노스아이레스에서 출판했다. 이후 1953년
에메세(Emecé) 출판사가 개정판을 내면서「순환적 시
간」과「메타포」가 추가되었다.

289　『엔네아데스』는 고대 그리스 철학자 플로티노스(Plo-
tinus, 205~270)가 남긴 글을 그의 제자들과 포르피리
오스(Porphyrios, 232?~305?)가 정리한 저작이다. 플
로티노스는 플라톤의 사상을 가르쳤기에 신플라톤주
의의 창시자로 알려져 있다.

성이 무엇인지 먼저 알아야 한다고 전제한다. 우리가 신실하게 믿을수록 심각해지는 이 전제는 바로 그 전제를 제시한 사람을 이해할 수 있다는 기대를 완전히 제거하는 것 같다. 우리에게 시간이 아찔하고 까다로운 문제이자 형이상학에서 가장 중대한 문제라면, 영원성은 유희이거나 고단한 희망이다. 플라톤은 『티마이오스』에서 시간을 영원성의 움직이는 이미지라고 했다.[290] 이는 영원성이 시간이라는 실체로 이뤄진 이미지라는 확신을 버리지 못하게 하는 최소한의 표지이다. 이 글에서 나는 영원성의 이미지, 무수한 가설로 풍요로워진 그 난감한 말을 다뤄 보고자 한다.

　플로티노스의 방법론을 전도하여(그를 활용할 수 있는 유일한 방법은 이것뿐이다.) 시간에 내재된 불확정성을 언급하는 것으로 시작해 보자. 형이상학적이고 자연적인 미스터리인 시

290　플라톤은 시간이 "수(數)에 따라 영원히 움직이는 '영원성의 모상(模像)'"이며 생성, 변화, 소멸의 과정을 본질로 하는 반면, 영원성은 현재의 지속, 즉 시간 밖의 시간이다. 그는 『티마이오스(Timaios)』에서 이렇게 밝히고 있다. "천구가 생겨나기 전에는 낮과 밤, 연월이 없었다. 이는 천구가 구성되는 것과 동시에 신이 그것의 탄생을 구성했기 때문이다. 그 모든 것들은 시간의 부분들이며, '있었음'과 '있을 것임'은 생겨난 시간들의 종류인데, 이것을 우리는 부지중에 영원한 존재라고 잘못 적용하고 있다. 우리가 '있었다', '있다', '있을 것이다'라는 말을 쓰지만, 영원한 존재에는 '있다'만이 참된 표현으로 적합하고 '있었다'와 '있을 것이다'는 시간 속에서 진행되는 생성에 대해 말하는 것이 적절하기 때문이다. 이것들은 운동들이니 말이다."

간은 인간의 자식인 영원성에 선행한다. 시간의 불확정성에서 어렵지 않게 확인할 수 있는 사실은 우리가 시간의 방향성을 확정할 수 없다는 것이다. 일반적으로 시간이 과거에서 미래로 향한다고 믿지만 미겔 데 우나무노[291]의 시가 보여 주듯이 그 방향이 역전된다고 해도 비논리적인 것은 아니다.

어둡게 시간의 강이 흐른다
제 근원인 그 영원한
미래로부터……[292]

양방향이 모두 가능하다. 하지만 양자를 증명할 수는 없다. 브래들리[293]는 그 두 방향을 부정하고 독자적인 가설을 제시하는데, 그는 미래를 순전히 우리의 희망이 만들어 낸 산물로 파악하여 미래를 배제하고 "현재적인" 것을 과거로 흩어져 가는 현재 순간의 단말마로 환원한다. 이 퇴행적 시간은 쇠퇴나 비활성의 상태로 이해되곤 한다. 하지만 우리에겐 그 어떤 강밀도의

---

291   Miguel de Unamuno(1864~1936). 20세기 스페인 사상에 지대한 영향을 끼친 철학자이자 작가.

292   잠재적인 것에서 현재적인 것으로의 흐름이라는 시간에 대한 스콜라적 개념은 이러한 착상과 유사하다. "가능성의 왕국"을 세우고 시간으로 진입하는 화이트헤드의 영원한 객체들을 참조하라.(원주) 알프레드 노스 화이트헤드(Alfred North Whitehead, 1861~1947). 영국의 철학자이자 수학자.

293   프랜시스 허버트 브래들리(Francis Herbert Bradley, 1846~1924). 영국의 관념론 철학자.

시간이든 미래로 나아가는 것으로 보인다. 브래들리가 미래를 부정했다면 인도의 어느 철학 학파는 현재를 포착할 수 없다는 이유로 현재를 부정한다. "오렌지가 가지에서 떨어진 참이다." 혹은 "이미 바닥에 떨어졌다."라는 표현은 그 기묘한 단순화를 확인해 준다. "오렌지가 떨어지는 걸 본 사람은 없다."

시간에는 또 다른 난제가 있다. 그중 하나는 아마도 가장 난감한 문제일 텐데, 각 개인의 사적인 시간을 수학에 근거한 일반적 시간에 동기화하는 일이다. 이는 최근 상대주의적 주장 속에서 무수히 언급된 것으로, 모두가 그 난제를 아직 기억하고 있거나 얼마 전까지만 하더라도 기억하고 있었을 것이다. (나는 그 난제를 이렇게 변형하여 다시 가져오고자 한다. 만약 시간이 정신적 프로세스라면 수천 명의 사람이, 아니 두 사람뿐일지라도 어떻게 그 프로세스를 공유할 수 있는가?) 시간의 또 다른 난제는 엘레아학파[294]의 이동에 대한 반박에 있다. 이는 다음과 같은 말로 충분하다. "800년이라는 시간 속에서 14분이 흐른다는 것은 불가능하다. 왜냐하면 그에 앞서 7분이 흘러야 하고, 7분 이전에 3분 30초가 흘러야 하며, 3분 30초 이전에 1분 45초가 흘러야 하니, 그렇게 무한히 진행되면 14분은 결코 채워질 수 없다." 러셀[295]은 이 논항에 반박한다. 그는 현실은 물론이고 무

---

294   엘레아학파는 고대 그리스의 식민지 엘레아에서 발흥
       한 학파로 파르메니데스가 창시자이며 제논(Zenon)
       과 멜리소스(Melissos)가 그 후계자이다.

295   버트런드 아서 윌리엄 러셀(Bertrand Arthur Wiliam
       Russell, 1872~1970). 영국의 철학자이자 수학자로
       1905년 노벨 문학상을 받았다.

한수의 통속성도 수긍하지만, 무한수는 그 정의상 단번에 생성되는 것이지 끝없는 수열의 '최종적' 끝이 아니라고 한다. 이런 러셀의 변칙적인 수는 영원성에 대한 훌륭한 선례로서 영원성은 수열에 의해 규정되지 않는다.

유명론이든 이레네오[296]든 플라톤의 영원성이든, 인간이 설정한 다양한 영원성 중 그 어떤 것도 과거, 현재, 미래를 기계적으로 혼합하진 않았다. 영원성은 보다 간결하고 마술적인 것으로서 그 시간들의 동시성이다. "새로운 버전이 기존 버전을 유감스럽게 하는"[297] 충격적인 사전(辭典)과 일상어는 그 점을 무시하는 것 같다. 하지만 형이상학자들은 영원성을 그렇게 생각했다. 『엔네아데스』 5권에는 이런 구절이 있다.

영혼의 대상들은 연속적이기에 소크라테스가 언급되고 나서야 말(馬)이 언급될 수 있다. 따라서 하나의 개별 사물을 인식한다는 것은 수천 개의 사물을 놓치는 것이다. 하지만 신성한 지성[298]은 모든 것을 동시에 담아 낸다. 과거는 자기만의

---

296 이레네오 데 리옹(Ireneo de Lyon, 130?~202). 갈리아 지방의 기독교 주교이자 로마 가톨릭교회와 동방 정교회에서 성인으로 공경하는 인물. 기독교의 교부이자 변증가로서 기독교 신학 발전에 공헌하였다.

297 프랑스 작가인 폴 그루삭의 말이다.

298 신성한 지성(Inteligencia)은 신성한 기억(Memoria), 신의 의지(Volundad)와 더불어 신의 특질을 가리킨다. 이와 관련하여 아우구스티누스는 인간의 정신이 이 세 가지의 합일체로서 신적인 삼위일체의 모사라고 한다.

고유한 현재를 지니고 있으며 미래 또한 마찬가지이다. 그 세계에 시간의 경과는 없다. 그 세계에서는 모든 사물이 제 조건에 흡족해하며 고요히 영속된다.

이제 이 영원성에 관해 얘기할 텐데, 바로 이 영원성에서 뒤이어 보게 될 영원성들이 유래했다. 플라톤이 처음으로 영원성을 정립한 건 아니지만 어느 저서에서 자기보다 앞선 "고대의 성스러운 철학자들"을 각별히 언급하면서 그들이 상상한 모든 것을 장려하게 확장하고 개괄한 건 사실이다. 도이센[299]은 그 책을 낙조, 즉 최후의 격정적인 빛에 비유했다. 플라톤은 영원성에 대한 그리스의 모든 개념을 거부하고 비극적으로 미화하여 자신의 책으로 수렴했다. 따라서 플라톤은 두 번째 영원성의 개념, 즉 상이하면서도 불가분한 삼위(三位)로 완성된 영원성의 개념을 정립한 이레네오에 앞선다.

플로티노스는 다음과 같이 강변했다.

가지적(inteligible) 천상의 모든 사물은 천상이다. 그곳에선 땅도 천상이며 동물도, 식물도, 인간도, 바다도 천상이다. 그것들은 아직 생성되지 않은 세계의 광경을 지닌다. 각각의 세계는 다른 세계들 속에서 서로 마주하고 있다. 그곳에는 투명하지 않은 사물이 없다. 불가해한 것도 불투명한 것도 없으며 빛이 빛을 마주한다. 모든 것이 모든 곳에 있고 전체가 전

299　파울 도이센(Paul Deussen, 1845~1919). 독일의 철학자. 쇼펜하우어와 힌두교를 연구했다.

체이며 하나의 사물은 모든 사물이다. 태양은 모든 별이며 하나의 별은 모든 별이고 태양이다. 그곳, 그 낯선 땅을 걷는 자는 없다.

이 만장일치의 우주, 동화와 상호 교환의 절정은 아직 영원성이 아니다. 그것은 천상에 가깝지만 수와 공간으로부터 온전히 해방된 천상은 아니다. 『엔네아데스』 5권의 다음 구절은 우리를 영원성에 대한 정관(靜觀)으로, 보편적 형상의 세계로 이끈다.

이 세계에 그 세계의 능력, 아름다움, 영속적 이동의 질서, 그 세계를 주유하는 (비)가시적 신들, 정령들, 나무들, 동물들에 경탄할 인간이여, 모든 것이 그 가지적 실재(Realidad)의 사본이니 사유를 그 현실로 끌어올려라. 거기에서 인간은 가지적 형상을 보게 될 것이니, 그 형상은 영원한 것이지 영원을 차용한 것이 아니다. 또한 인간은 자신의 지휘자를, 순수한 지성을, 도달할 수 없는 지혜를 그리고 충만함을 제 이름으로 하는 크로노스의 진짜 나이를 알게 될 것이다. 모든 불멸의 사물이 거기에 있으며 모든 지성, 모든 신, 모든 영혼이 거기에 있다. 그 세계에서는 모든 곳이 현재하는데 어디로 움직이겠는가? 행복 안에 있는데 이동과 영고성쇠가 있겠는가? 애초에 그런 상태가 필요치 않은 바, 그런 상태는 이내 극복되었다. 그 세계의 유일한 영원 속에서 사물은 저 자신의 것이다. 시간은 늘 과거를 밀어내고 늘 미래를 쫓는 영혼의 주위를 돌며 영원성을 모방한다.

　　앞서 언급한 영원성의 복수성에 대한 반복적 확신은 우리를 오류에 빠뜨릴 수 있다. 플로티노스가 우리에게 제시한 이상적 세계는 다양성보다는 충만함에 집중되어 있다. 그 이상적 세계는 하나의 정선된 레퍼토리로 반복과 중복을 용인하지 않는다. 이것이 플라톤식 원형들이 공정된 끔찍한 박물관이다. 혹여 (공상적 직관이나 악몽이 아니라) 인간의 눈으로 그 세계를 본 적이 있는지 혹은 그 세계를 창안한 고대 그리스인이 그 세계를 제시한 적이 있는지는 모르겠으나, 나는 그 세계에서 박물관 같은 무언가를 직관한다. 고요하고 기괴하며 비밀스러운 무언가를 말이다. 이는 개인적인 상상이니 독자의 입장에선 신경 쓰지 않아도 된다. 하지만 영원성을 설정하고 구성하는 플라톤의 원형이나 제I원인 또는 이데아에 대한 몇몇 일반적 개념을 버려서는 안 될 것이다.

　　이 자리에서 플라톤의 학설을 장황하게 논의할 수는 없지만, 기본적으로 알아야 할 것을 빠뜨릴 수는 없다. 우리에게 사물의 최종적이고 확고한 현실은 물질, 즉 원자핵의 주위를 도는 회전 전자이다. 플라톤식으로 하자면 종(種)이자 형상일 것이다. 『엔네아데스』 3권에서 우리는 물질이 실재하지 않음을 보게 되는데, 여기서 물질은 거울이 형상을 받아들이듯 보편적 형상을 받아들이는 단순하고 공허한 피동체이다. 보편적 형상은 물질을 변질시키지 않으면서 물질을 휘젓고 퍼트린다. 물질의 충만함은 바로 거울의 그것과 같아서 가득 찬 것 같지만 비어 있으며, 소멸될 수도 없기에 사라지지 않는 환영이다. 본질적인 것은 형상이다. 세월이 흐른 뒤 페드로 말론 데 차이데[300] 신부는 플로티노스를 상기하며 그 형상과 관련하여 다음과 같이 언급했다.

하느님께서 행하실 때는 마치 당신이 팔각의 황금 인장을
지닌 것처럼 하셨으니, 그 인장의 한 면에는 사자가, 다른 면
에는 말이, 또 다른 면에는 독수리가, 그렇게 다른 면들에도
조각이 새겨져 있었다. 그리고 한 밀랍 조각에는 사자를, 또
한 조각에는 독수리를, 또 다른 조각에는 말을 찍어 냈다. 황
금 인장에 새겨진 모든 것이 밀랍에도 있었으며 여기에 새겨
진 것만을 찍어 낼 수 있었다. 그러나 차이가 있었으니, 밀랍
에 새겨진 것은 밀랍에 지나지 않은지라 그 가치가 얼마 되지
않지만 황금에 새겨진 것은 금이니 그 가치가 높다. 따라서 피
조물은 끊임없는 완성의 과정에 있으며 그 가치가 높지 않은
반면, 신이 지닌 것은 황금으로 되어 있으며 그 자체로 신과
동일하다.

이 논지에 따르면 물질은 아무 것도 아니다.
이런 척도는 그릇된 데다 납득할 수도 없지만, 그럼에도 불
구하고 나는 그 척도를 적용해 보고자 한다. 쇼펜하우어가 쓴
글은 라이프치히의 보관소에 있는 종이가 아니다. 그것은 인
쇄물도, 고딕체의 윤곽과 모양도, 글자를 구성하는 소리의 연
쇄도 아니며, 그에 대한 우리의 소견은 더더욱 아니다. 미리엄

---

300   Pedro Malón de Chaide(1530~1589). 스페인의 성직
       자. 금욕주의 문학 작품을 남겼다.

홉킨스[301]는 미리엄 홉킨스로 구성되는 것이지, 질소나 광물,
탄수화물, 알칼로이드, 중성 지방으로 구성되지 않는다. 이 성
분들은 헐리우드의 가지적 본질 혹은 가녀린 은막의 배우의
덧없는 물질을 구성할 따름이다. 이런 실례나 선의의 궤변은
다음과 같은 플라톤의 명제를 수용하도록 한다. "개체와 사물
은 자신을 포함하는 종을 공유할 때 존재한다. 이것이 그들의
영속적 현실이다." 더 적절한 예를 들어 보자. 새라는 종은 집
단을 이루는 습성, 작다는 것, 생김새의 유사성, 여명과 황혼이
라는 두 종류의 어스름과의 오랜 상관성, 시각보다는 청각적
으로 접하게 되는 정황으로 설명할 수 있다. 이 모든 게 종의 우
위와 개체에 대한 거의 완전한 무효를 수용하게 한다.[302] 실수
하는 법이 없는 키츠라면 자기를 매혹하는 꾀꼬리 소리가 유
다 왕국 베들레헴의 밀밭에서 룻(Ruth)이 들은 것과 같다고 여

---

301   Miriam Hopkins(1902~1972). 미국의 배우.

302   생자이자 깨우침의 자손이며 아부베케르 아벤토파
       일의 소설에 나오는 실재하지 않을 것 같은 형이상학
       적 로빈슨(Robinson)은 제가 사는 섬의 풍족한 과일
       과 물고기를 먹지 않는다. 그는 자신의 과오로 어떤 종
       이 사라짐으로써 우주가 가난해지는 것에 늘 조심스
       러워 한다.(원주) 아부베케르 아벤토파일(Abubeker
       Abentofail 또는 Ibn Tufail, 1110~1185). 스페인의 영
       토 회복 이전, 알안달루스 지방의 의사이자 철학자. 그
       의 저작인『독학 철학자(Philosophus Autodidactus)』
       는 황량한 섬에서 고독한 명상을 통해 진리를 알아 가
       는 내용을 다루는 철학적 소설로서 훗날 다니엘 디포
       (Daniel Defoe)의『로빈슨 크루소』(1719)에 영향을 주
       었다.

길 것이다.[303] 스티븐슨[304]은 "시간을 탐식하는 꾀꼬리"라는 표
현으로 단 한 마리의 새가 시간을 집어삼키고 있다고 했다. 열
정적이며 명민한 쇼펜하우어는 동물이 순수한 육체적 현재를
사는 이유가 죽음과 과거를 알지 못하기 때문이라고 했다. 뒤
이어 이렇게 덧붙이는데, 아마도 미소를 짓고 있었을 것이다.

　지금 정원에서 놀고 있는 잿빛 고양이가 500년 전에 뛰놀
고 장난치던 그 고양이와 동일하다는 나의 단언에 대해 마음
대로 생각해도 좋다. 하지만 이보다 더 이상한 광기는 그 고양
이가 본질적으로 다른 고양이라고 상상하는 것이다.

그리고 다음과 같이 말한다.

　사자들의 운명과 삶은 사자성(Leonidad)을 원한다. 그 사
자성을 시간 속에서 고려하면 하나의 불멸의 사자가 된다. 이
불멸의 사자는 개체의 무한한 대체로 유지된다. 개체의 생성

303　존 키츠(John Keats, 1795~1821). 셸리, 바이런과 더불
　　　어 영국 낭만주의 3대 시인이다. 보르헤스는 『영문학
　　　입문(Introducción a la literatura inglesa)』에서 키츠의 문
　　　학에 찬사를 보낸 바 있다. 이 글에 관련한 내용은 보
　　　르헤스의 『또 다른 심문들(Otras inquisiciones)』에 실
　　　린 「키츠의 꾀꼬리(El ruiseñor de Keats)」를 참조하라.

304　로버트 루이스 스티븐슨(Robert Louis Stevenson,
　　　1850~1894). 영국의 작가. 『보물섬』, 『지킬 박사와 하
　　　이드 씨』 등의 저자이다.

과 죽음이 그 불사의 형체에 숨결을 불어넣는 것이다.

이에 앞서 쇼펜하우어는 이렇게 말한다.

내가 태어나기 전에 무한한 시간이 지났다. 그동안 나는 무엇이었는가? 이에 나는 관념적으로 이렇게 말할 수 있을 것이다. 나는 언제나 나였다. 다시 말해 그동안 '나'라고 말한 모든 이는 그 누구도 아닌 바로 '나'였다.

이 글의 독자라면 그 영원한 사자성을 수용할 것이라 생각하며, 시간이라는 거울 속에서 증식한 그 단일한 사자에 안도할 것이다. 하지만 영원한 인간성(Humanidad)의 개념에 있어서 나는 그와 같은 기대는 하지 않는다. 나는 우리가 '나'라는 단일한 인간성을 거부하고 과감히 타인들에 대한 '나'로 간주할 것임을 알고 있다. 좋지 않은 징후다. 플라톤이 제시한 보편적 형상들은 훨씬 까다롭다. 예컨대 탁자성(Mesidad) 혹은 천상에 있는 가지적 탁자(Mesa Inteligible)는 세상의 모든 장인이 꿈꾸는 것으로, 그 이데아 구현에 실패할 수밖에 없으면서도 따르고 있는 다리가 네 개인 탁자의 원형이다. (나는 탁자에 대한 이데아가 없다면 탁자를 구체화할 수 없음을 부정하지 않는다.) 예를 들어 가지적 삼각형은 세 개의 각이 있는 다각형으로 등변, 부등변 또는 이등변 삼각형으로 나타날 수 있다. (나는 또한 삼각형이 기하학의 기본적인 도형임을 부정하지 않는다.) 다른 예로 가지적 필요성, 이성, 연기(延期), 관계, 고려, 크기, 질서, 느림, 위치, 선언, 무질서도 그렇다. 나는 사고의 편의에 따라 형상으로 승격된 이 말들을 어떻게 설명해야 할지 모르겠다. 죽음이나 열병이나 광기의 도움 없이는 누구도 이에 관해 직관하지 못할 것이다. 잠시 잊고 있었는데, 모든 것을 포함하고 고양하는 또 다른 원형이 있으니, 영원성이 그것이다. 그리고 이 영원성의 파편화된 사본이 시간이다.

플라톤의 가르침에 반하는 논지를 전개할 독자도 있을 것이다. 그런 독자에게 나는 다음과 같이 덧붙이고자 한다. 먼저 원형 세계의 보고(寶庫)에는 양립할 수 없는 일반어와 추상어가 뻔뻔하게 공존한다. 그리고 그것의 창안자는 사물이 보편적 형상을 공유하는 과정을 밝히지 않는다. 또한 그 순수 원형은 혼합되고 다양해진다고 추정할 수 있다. 원형은 와해되지 않는 게 아니다. 원형은 시간의 피조물만큼이나 불확정적이다. 원형은 피조물의 이미지로 만들어졌기에 변칙적 와해를 반복한다. 예컨대 사자성은 가지적 오만함, 황갈색, 갈기, 할큄을 제거할 수 있는가? 이 질문에는 답이 없고, 있을 수도 없다. 사자성이라는 말에서 접미사가 제거된 사자라는 말보다 월등한 효과를 기대하지 말자.[305]

---

305   (냉철해 보이는) 플라톤주의와 관련하여 나는 "보편적인 것(lo genérico)이 구체적인 것(lo concreto)보다 강렬할 수 있다."라는 점을 언급해야겠다. 나는 이러한 소견이 지속되고 정당화되기를 바란다. 이에 대한 예는 얼마든지 있다. 나는 어린 시절에 부에노스아이레스 북부에서 여름을 보내면서 둥근 평원과 부엌에서 마테차를 마시던 사내들에 마음을 뺏겼다. 하지만 내가 그 둥근 평원이 "팜파스"이고 그 사내들이 "가우

플로티노스의 영원성으로 돌아가 보자. 『엔네아데스』 제
5권에는 영원성의 구성소에 대한 아주 일반적인 목록이 포
함되어 있다. 그 목록에는 정의를 비롯해 수(數, 어떤 수까지인
가?), 선, 행위, 운동이 포함되어 있다. 하지만 오류와 모욕은
포함되어 있지 않은데, 이것들은 형상을 훼손하는 물질의 질
병이다. 거기에는 멜로디가 아니라 하모니와 리듬으로서의 음
악도 있다. 병리학과 농학은 그 전형이 명확하지 않기에 포함
되어 있지 않다. 마찬가지로 재무, 전략, 수사학, 통치술은 배
제되어 있다. 물론 이것들이 시간 속에서 미(美)와 수(數)로부
터 뭔가를 파생시키지만 말이다. 개인은 없다. 소크라테스, 거
인, 황제에 대한 본질적 형상은 없고 통상적인 인간만 있을 뿐

초"임을 알았을 때, 즐거움은 사라지고 소름이 끼쳤
다. 한 가상의 사내가 사랑에 빠지는 것도 그러하다.
보편적인 것(반복된 이름, 유형, 조국, 그에 부여된 놀
라운 운명)은 개별적 요소보다 우위에 있으며 "개별
적인 요소는 보편적인 것의 은총으로 용인된다." 극단
적인 예로, 페르시아나 아라비아 문학에는 사람들의
말만 듣고 사랑에 빠지는 인물이 흔히 등장한다. 어느
왕비에 대한 묘사를 듣고 — 머리카락은 이별과 망명
의 밤처럼 새까맣지만 그 얼굴은 황홀한 낮과 같고 상
앗빛의 둥근 가슴은 그 빛이 달에 이르며 걸음걸이는
영양(羚羊)을 부끄럽게 하고 버드나무를 절망케 하
며, 서 있기에도 어려울 만큼 풍만한 둔부에 가녀린 발
은 창끝과 같다. — 고요와 죽음조차 그녀를 사랑하게
된다는 이야기는 『천일야화』의 전통적 주제이다. 샤
리만(Shahriman) 왕의 아들 바드르 바심의 이야기나
이브라힘과 자밀라의 이야기를 보라.(원주)

이다. 반면에 모든 기하학적 형태는 포함되어 있다. 색은 기본적인 것만 있다. 그 영원성에는 회색도 자주색도 녹색도 없다. 가장 오랜 전형을 오름차순에 따라 나열하자면 운동, 정(靜), 존재함, 차이, 평등이 들어 있다.

지금까지 살펴본 영원성은 세계보다 빈한하다. 따라서 우리의 교회가 그 영원성을 어떻게 수용했으며 어떻게 세월이 준 것보다 많은 것을 부여했는지 살펴봐야 할 것이다.

Ⅱ

영원성에 대한 가장 훌륭한 사료는 『엔네아데스』 제5권이고, 두 번째로 좋은 영원성 혹은 기독교의 영원성에 대한 사료는 아우구스티누스[306]의 『고백록』 제11권이다. 전자가 플라톤의 논리 안에서 이해된다면, 후자는 삼위일체의 신비와 예정설, 영벌에 대한 논의를 벗어나서는 이해될 수 없다. 이 주제를 다루려면 2절판 500페이지로도 부족할 것이니, 이 8절판 두세 페이지가 과도하진 않을 것이다.

어느 정도 오류를 감수하는 한에서 "우리의" 영원성은 만성 위장병으로 죽은 마르쿠스 아우렐리우스[307]가 그 병을 앓

---

306 성 아우렐리우스 아우구스티누스(Sanctus Aurelius
Augustinus, 354~430). 기독교 신학자이자 주교. 교회
의 사상적 토대를 만든 교부로 평가받는다.

307 Marcus Aurelius(121~180). 로마의 황제이자 스토

고 있을 때 공포되었다. 그 아찔한 삼위일체의 명이 내려진 곳은 과거에는 '옛 포럼'으로 불리다가 지금은 케이블카와 바실리카로 유명한 푸르비에르의 벼랑이었다.[308] 그 명을 내린 이레네오 주교의 권위에도 불구하고 그 강제적 영원성은 한 사제의 허황된 장식품이나 교회의 호사를 넘어 하나의 해결책이자 무기가 되었다. 말씀은 성부로부터 나고, 성령은 성부와 말씀으로부터 난다는 부정할 수 없는 이 두 가지 원리로부터 영지주의자들은 성부가 말씀에 우선하며, 성부와 말씀이 성령에 우선한다고 추론했다. 그리고 이 추론으로 삼위일체를 해체했다. 이레네오는 두 가지 과정, 즉 성부에 의한 성자의 탄생과 성부와 성자에 의한 성령의 출현은 시간 속에서 발생한 게 아니라 과거, 현재, 미래를 일소하는 것이라고 확신했다. 그의 주장은 영지주의자들의 추론보다 우세했으며 지금은 정론이 되었다.[309] 권위를 잃은 플라톤 텍스트의 그늘에 갇혀 거의 용인되지

아학파의 철학자. 그의 입장에서 기독교에 대한 박해는 필연이었다. 160년대부터 180년대까지 지속된 그의 기독교 박해 시기에 리옹의 주교인 포티누스(Photinus, 87~177)가 순교하면서 이레네오가 주교직을 물려받았다.

308　프랑스 리옹에 있는 로마의 유적지이다. 푸르비에르(Fourvière)는 "옛 포럼(Forum vetus)"에서 유래한 말이며, 1872년에 세워진 푸르비에르 성당이 그 터에 자리하고 있다.

309　이레네오의 대표 저작으로 5권으로 구성된 『이단 논박(Adversus haereses)』(리옹, 180년경)은 영지주의를 비판하는 내용을 담고 있다.

않던 영원성은 그렇게 공포되었다. 하느님의 세 가지 위격이라는 완전한 접속과 분리는 이젠 진실성도 없고 무익하기에 해결책이라 할 순 없지만, 그것이 위대한 결과를 낳았다는 사실은 분명하다. 적어도 "영원이란 바로 오늘이며, 무한한 수의 사물에 대한 직접적이고 찬란한 향유이다."라는 희망을 품는 데 있어서는 말이다. 또한 삼위일체에 대한 논쟁적, 감정적 중요성은 의심의 여지가 없다.

가톨릭 평신도는 삼위일체를 한없이 옳으면서도 한없이 따분한 합의체 같은 것으로 간주한다. 자유주의자들은 삼위일체를 쓸데없는 신학적 케르베로스, 즉 이 시대의 수많은 진보주의자들이 철폐할 미신으로 간주한다. 그러나 삼위일체는 분명 이런 통념을 넘어선다. 아버지와 아들과 유령이 단일한 조직체 내에서 결합되었다는 돌연한 상상은 지적인 기형학의 한 사례, 오직 악몽의 공포만이 낳을 수 있는 기형물 같다. 지옥은 순전히 물리적 폭력이지만, 불가분의 세 위격은 지적 공포를 야기한다. 숨 막히고, 허울 좋고, 마주 보고 있는 거울 같은 무한인 것이다. 단테는 삼위일체를 여러 가지 색으로 빛나는, 투명한 세 고리의 반사광으로 형상화 했으며 존 던은 풀 수 없을 만큼 무수히 뒤얽힌 뱀으로 표현했다. 바울리노는 "Toto coruscat Trinitas mysterio"라고 썼는데, 이는 "삼위일체는 완전한 신비 속에서 빛난다."라는 뜻이다.

구원의 개념과는 별개로 하나 가운데 세 가지 위격이라는 특성은 자의적일 수밖에 없다. 믿음의 필수 조건으로 간주하면, 삼위일체의 근본적인 신비는 풀리지 않지만 그 의도와 용도는 드러난다. 삼위일체(적어도 이위일체)를 포기하면, 예수는 우리의 기도를 영원히, 끊임없이 들어주는 존재가 아니라 하느님의 일시적인 대리인, 역사적 사건이 되어 버린다. 만약 성자가 성부가 아니라면, 구원은 하느님이 직접 행한 역사(役事)가 아니다. 성자가 영원하지 않다면, 예수가 인간의 몸으로 내려와 십자가에 못 박힌 희생도 영원한 것이 아니다. 제레미 테일러는 "무한한 시대에 걸쳐 타락한 영혼을 구속(救贖)할 수 있는 것은 무한한 탁월함밖에 없었다."라고 주장했다. 이렇게 삼위일체의 교리는 정당화될 수 있다. 성자가 성부로부터 생성되고 성령이 성자와 성부로부터 발현된다는 관념은 이단적인 생각일 수 있으나 단순한 비유로서의 흠결은 차치하고라도 우선의 문제는 여전히 남는다. 신학은 이 두 가지 생성과 발현을 집요하게 구별하여 첫 번째 결과가 성자이고 두 번째 결과는 성령이기에 혼동할 이유가 없다고 결론지었다. 성자의 영원한 생성, 성령의 무한한 발현이 이레네오의 단호한 결론이다. 즉 무시간적 행위, 절단된 "무시간적 말씀(zeitloses Zeitwort)"으로 창조한 것이니, 우리는 이를 배격하거나 신앙할 수는 있어도 토론할 수는 없다. 그렇게 이레네오는 괴물을 구원하고자 했고 그 목적을 달성했다. 그는 철학자의 적이었다. 그는 철학자의 무기를 전유하여 철학자에게 대항했으니 그 싸움이 기꺼웠을 것이다.

기독교도에게 시간의 첫 순간은 창조의 첫 순간이다. 이는 우리에게 (얼마 전에 발레리[310]가 재현한 바 있는) '그 이전의' 영원

---

310   폴 발레리(Paul Valéry, 1871~1945). 프랑스의 시인이자 비평가.

속에서 불모의 세월을 보내는 공석의 신을 생각게 한다. 에마누엘 스베덴보리[311]는 (『진정한 그리스도교』(1771)에서) 정신세계의 끝에 환영적 상(像)이 있는데, 이 상이 "세계를 창조하기 전의 하느님의 조건에 관해 무분별하고 무익한 생각을 하는" 모든 이를 제거한다고 생각했다.

이레네오를 기점으로 기독교의 영원성은 알렉산드리아식 영원성[312]과 달라지기 시작했다. 영원성은 별개의 세계로 신의 19개 정신적 속성에 포함되었다. 대중의 경배를 받던 원형은 신성한 것으로 혹은 천사로 변할 위험을 안고 있었다. 결과적으로, 언제나 단순한 피조물의 현실보다 거대한 그 원형의 현실이 거부되지는 않았지만 하느님의 말씀 안에서 영원한 관념으로 환원되었다. 알베르투스 마그누스[313]는 '보편이 개별 사물에 앞선다.(universalia ante res.)'라는 플라톤의 주장에 따라 보편은 영원하며, 창조된 사물에 선행한다고 본다. 하지만 감응이나 형상으로서만 그러하다. 그는 '보편이 개별 사물에 앞선다.'라는 주장을, 시간 속에서 다양하게 구체화된 '보편은 개별 사물 속에 있다.(universalia in rebus.)'라는 신성한 개념은 물론이고, 귀납적 사유로 재발견된 개념인 '보편은 개별 사물의 뒤에 있

---

311   Emanuel Swedenborg(1688~1772). 스웨덴의 신학자이
       자 천문학자. 그는 『진정한 그리스도교』를 통해 '새 예
       루살렘'에 대한 교리를 정립한 것으로 알려져 있다.
312   플라톤 철학에 근거한 영원을 가리킨다.
313   Albertus Magnus(1206~1280). 독일의 신학자이자 스
       콜라 철학을 완성한 철학자. 토마스 아퀴나스의 스승
       이다.

다.(universalia post res.)'라는 주장으로부터 아주 조심스럽게 분리한다. 시간적인 것은 창조적 효력이 없다는 점에서 성스러운 것과 구분된다. 하지만 그렇지 않을 수도 있음에도 불구하고 신이라는 범주가 반드시 라틴 세계의 신에 상응하지 않을 수 있다는 의심이 스콜라 철학에는 없었다. 한데 내가 앞서 나간 것 같다.

영원성을 각별히 연구한 신학서도 꾸준히 출판됐다. 그런 저작은 영원성을 모든 시간의 파편에 대한 동시적이고 총체적인 직관으로 봤으며, 히브리어 성서에서 기만적인 내용을 찾는 데 진력했는데, 이 성서에서는 성령이 아주 나쁘게 말한 것을 주석자가 좋게 말한 것으로 보였다. 신학서는 그런 목적으로 기막힌 경멸의 선언일 수도 있고 그저 지속적 생명성에 대한 선언일 수도 있는 "주께는 하루가 천 년 같고 천 년이 하루와 같다."라는 말을 뒤흔들곤 했다. 또는 모세가 하느님의 이름을 물었을 때 신이 대답한 말씀인 "나는 곧 나니라." 혹은 사도 요한이 파트모스섬에서 들은 말씀으로 유리 바다, 진홍색 짐승, 적의 살을 파먹는 새가 등장하는 부분에[314] 전후하여 나오는 "나는 알파와 오메가요, 시작과 끝이다."[315]라는 구절에 대해서도 그러했다.[316] 또

---

314 유리 바다, 진홍색 짐승, 적들의 살을 파먹는 새는 각각 「요한 계시록」 15장, 17장, 19장에 등장한다.

315 「요한 계시록」 1장, 21장, 22장에 등장한다.

316 신의 시간이 인간의 시간과 동일하지 않다는 관념은 미라지(무함마드의 승천 전설)라는 이슬람 전통에서 비롯한다. 그에 따르면 무함마드가 부라크(혹은 알부락)라는 멋진 말을 타고 7개의 천상을 돌면서 각 천상

한 보이티우스[317]가 처형되기 전날 밤에 감옥에서 남긴 "영원이란 충만하고 완벽한 영생을 소유하는 것이다."라는 문구와 한스 라센 마르텐센[318]이 무던히도 반복했으며 내가 좋아하기도 하는 "영원이란 바로 오늘이며, 무한한 수의 사물에 대한 직접적이고 찬란한 향유이다."라는 문구를 베껴 쓰곤 했다. 반면에 그들은 바다와 땅 위에 서 있는 천사의 모호한 맹세, 즉 "세세토록 살아 계신 이 곧 하늘과 그 가운데에 있는 물건이며 땅과 그 가운데에 있는 물건이며 바다와 그 가운데에 있는 물건을 창조하신 이를 가리켜 맹세하여 이르되 지체하지 아니하리니.(또는 시간이 다시없으리니.)"(「요한 계시록」, 10장 6절)라는 구절을 무시하는 듯하다. 사실 이 구절에서 '시간'은 '지체'와 동일하다.

영원성은 신의 무한한 정신의 속성이 됐으며 신학자들은 그 정신을, 그 정신의 이미지와 상사(相似)를 연구해 왔다. '영

에 사는 사람들과 천사들과 대화를 나누는데 그가 천상을 지나면서 심장이 얼어 버릴 정도의 한기를 느끼자 신의 손이 그의 어깨를 다독였다고 한다. 부라크의 발굽이 땅에서 날아오르면서 물 항아리를 엎었는데, 돌아와 무함마드가 그 항아리를 들었을 때는 물이 그대로였다고 한다.(원주)

317　니키우스 만리우스 토르콰투스 세베리누스 보이티우스(Anicius Manlius Torquatus Sererinus Boethius, 480~524). 로마의 저술가이자 아리스토텔레스의 논리를 기독교에 적용한 스콜라 학파 철학자.

318　한스 라센 마르텐센(Hans Lassen Martensen, 1808~1884). 덴마크의 신학자.

원으로부터(ab aeterno)'라는 예정설에 대한 논쟁만큼 활발한 자극제는 없었다. 서기 5세기 영국의 수도사인 펠라기우스[319]는 세례를 받지 않고 죽은 죄 없는 사람도 은총을 받을 수 있다는 주장으로 스캔들에 휘말렸다.[320] 히포 레기우스의 주교인 아우구스티누스가 분개하여 이 주장에 반박했고 이에 아우구스티누스의 편집자들이 열광했다. 아우구스티누스는 펠라기우스의 교리가 독신한 신자와 순교자를 내쳤다면서 그를 이단으로 간주했다. 아우구스티누스는 펠라기우스가 아담의 이름으로 우리 모두가 죄를 짓고 죽었다는 것을 부정하고 그 죽음이 아버지에서 아들로 육체적 세대를 거쳐 이어졌음을 망각했으며 십자가에 못 박혀 죽은 그리스도의 피땀과 죽음의 고통과 절규를 폄하하고 성신의 비밀스러운 은혜를 거부하고 하느님의 자유를 제한했다고 주장했다. 펠라기우스가 감히 정의를 들먹였다면, 늘 세상을 놀래고 판결하기를 좋아한 아우구스티누

---

319   Pelagius(360?~420)는 영국의 수도사로 인간의 선택과 자유의지를 강조하고 구원에 있어서 은총의 절대성을 부정하여 아우구스티누스의 반발을 야기했다.

320   예수 그리스도는 "어린아이들이 내게 오는 것을 용납하라."(「누가복음」18장 16절)라고 했는데, 펠라기우스가 어린아이들과 예수 그리스도 사이에 개입하여 그들을 지옥으로 이끈다고 비난받았다. 아타나시오(Atanasio)가 사타나시오(Satanasio), 즉 사탄과 연계되듯 펠라기우스라는 그의 이름도 헛소문의 원인이 되었다. 사람들은 펠라기우스(Pelagius)를 악의 '드넓은 바다(pelagus)'로 간주했다.(원주) 참고로 아타나시오는 '불사(不死)'라는 뜻이다.

스는 정의에 따라 모든 인간은 용서받지 못한 채 지옥불의 벌을 받는다고 했다. 하지만 신이 '불가해한 의지' 혹은 훗날 칼뱅의 잔인한 표현을 빌리자면 "신이 원하는(quia voluit)"바에 따라 몇몇의 구원을 결정했음을 주장한다. 구원받을 자는 숙명적으로 결정된다는 것이다. 위선일 수도 신중함일 수도 있지만 신학자들은 천국에 갈 운명인 사람에게 그렇게 말하지 않는다. 고통받을 운명인 사람은 있을 수 없으니, 은혜받지 못한 자가 영원한 불지옥에 가는 것은 사실이지만 그건 신이 누락한 것이지 신의 특별한 행위가 아니다. 이로부터 영원성의 개념이 일신되었다.

수많은 세대의 우상 숭배자가 신의 말씀을 거부하거나 품을 기회도 없이 이 땅에 살았으니, 그들이 신의 말씀 없이 구원됐다고 상상하는 것은 그들 중 몇몇이 훌륭한 선행에도 은총받지 못했음을 부정하는 것만큼 오만한 일이다. (1523년 츠빙글리[321]는 헤라클레스, 테세우스, 소크라테스, 아리스티데스, 아리스토텔레스, 세네카와 천국에서 함께하고자 한다는 개인적인 바람을 표명했다.) 이 난관은 하느님의 아홉 번째 속성(전지(全知)의 속성)이 확장됨으로써 극복되었다. 전지의 속성은 모든 것, 즉 현실적인 것뿐만 아니라 가능한 모든 현실에 대한 앎을 내포하

---

[321] 울리히 츠빙글리(Ulrich Zwingli, 1484~1531). 스위스의 기독교 신학자. 종교 개혁을 이끌었다. 그는 시공간적으로 기독교 경계 외부에 있음으로써 말씀을 듣지 못했다 하더라도 경건한 사람이라면 구원받을 수 있다고 주장했다.

는 것으로 선언되었다. 그 무한한 충족을 가능케 하는 내용을 성서에서 찾아보니 두 가지가 있었다. 하나는「사무엘기 상」에 있는데, 주께서 다윗에게 이르기를 크일라를 떠나지 않으면 크일라의 주민이 사울에게 다윗을 넘길 것이라 하니, 다윗이 떠났다는 것이다.[322] 두 번째는「마태복음」에서 "화 있을진저, 고라신아! 화 있을진저 벳새다야! 너희에게 행한 모든 권능을 두로와 시돈에서 행하였더라면 그들이 벌써 베옷을 입고 재에 앉아 회개하였으리라."[323]에서 두 도시를 저주하는 것이다. 이 두 가지를 근거로 말씀의 권능은 영원으로 진입했다. 따라서 헤라클레스는 츠빙글리와 천국에서 함께하고 있다. 하느님은 츠빙글리가 교회력을 탐구했다는 것도 레르나에 사는 히드라가 세례를 거부하여 외부의 암흑으로 추방되었다는 것도 알고 있기 때문이다. 우리는 현실적인 일을 인식하고 가능한 일(그리고 미래의 일)을 상상한다. 하느님 안에서는 그와 같은 구분이 없다. 그런 구분은 무지와 시간에 귀속되니 말이다. 하느님의 영원성은 이 충만한 세계의 모든 순간뿐만 아니라 가장 일과(一過)적인 순간이 바뀌는 순간, 그리고 불가능한 순간까지 모두 한꺼번에(하나의 지적 행위로) 담고 있다. 그 통합적이고 적확한 영원은 우주보다 풍요롭다.

플라톤의 영원성이 무미건조함을 가장 큰 위험으로 안고 있다면 하느님의 영원성은『율리시스』의 마지막 장과 방대한

---

322   「사무엘기 상」23장의 내용이다.
323   「마태복음」11장의 내용이다.

문답 형식의 17장과 유사해지는 위험을 안고 있다.[324] 아우구
스티누스의 위엄 있는 주의력은 그런 장황함을 완화했다. 그
의 교리는, 비록 말에 지나지 않을지라도, 지옥으로 보내는 판
결, 즉 신이 선택받을 자를 정하고 버림받을 자는 신경 쓰지 않
는다는 것을 거부한다. 그는 모든 걸 알면서도 고결한 사람에
게 더욱 주의를 기울인 것이다. 샤를 대머리왕[325] 통치 시기의
석학인 요하네스 스코투스 에리우게나[326]는 그런 생각을 기막
히게 뒤틀었다. 그는 신의 본질을 규정할 수 없다고 했다. 그는
플라톤의 원형의 세계를 가르치면서 신은 죄는 물론이고 악의
형태도 알지 못한다고 주장했으며 신격화, 즉 (시간과 정령을 포
함하여) 피조물이 신이라는 본질적 일체로 최종 복귀해야 한다
고 설파했다. "성스러운 선은 악을, 영원한 삶은 죽음을, 행복
은 불행을 소멸시킬 것이다." 플라톤의 영원성과 달리 개인의
운명을 포함하고, 제도적 정설과 달리 모든 불완전성과 불행을

---

324 제임스 조이스(James Joyce)의 『율리시스』마지막 장인
18장 「침실(페넬로페 에피소드)」은 독백체로, 17장
「이클레스가 7번지(이타카 에피소드)」는 교리 문답
체로 구성되어 있다.

325 샤를 2세(샤를 대머리왕, Charles II, 823~877). 서프
랑크 왕국의 왕이었고 875년에는 서로마 제국의 황제
였다.

326 Johannes Scotus Eriugena(810년경~877년경). 아일랜
드의 스콜라 철학의 선구자. 그의 논리는 신스콜라철
학에 기초한 범신론으로 간주되어 1210년 파리 공회
의에서 유죄 판결을 받았고 1225년에는 교황 호노리
오 3세의 명으로 그의 책이 로마로 회수되어 소각되
었다.

거부하는 이 혼합적 영원성은 발렌시아 주교 회의와 랑그르 주교 회의로부터 유죄 판결을 받았다. 에리우게나의 논쟁적 저작인 『자연의 분류에 관하여』 제5권은 공식적으로 불타 버렸지만 애서가들의 적절한 조치로 오늘날에 이르고 있다.

우주는 영원성을 필요로 한다. 신학자라면 글을 쓰고 있는 나의 오른손에서 신이 한순간이라도 주의를 거둔다면 빛이 없는 불처럼 이 손으로는 아무것도 쓸 수 없으리라는 것을 모르지 않는다. 그렇기에 그들은 이 세계를 보존하는 것이 영구적인 창조라고, '보존하다.'와 '창조하다.'라는 대립적인 말이 천상에서는 동의어라고 확신한다.

Ⅲ

지금까지 연대순으로 영원성에 대한 역사를 살펴봤다. 영원성보다는 영원성들이라고 하는 게 합당하다. 인간의 욕망은 영원에 대해 연속적이면서도 대조적인 두 가지 꿈을 꿨으니 말이다. 그 하나는 실념주의적인 꿈으로 이상한 애착으로 피조물로부터 고정된 원형을 갈구하는 꿈이고, 다른 하나는 유명론적인 꿈으로 원형의 진리를 부정하고 우주에 대한 세부 사항을 단숨에 모으려는 꿈이다.[327] 전자는 실념주의에 기반을

327　실념주의(Realism)가 보편이 개체에 우선한다고 본다면 유명론(Nominalism)은 개체가 보편에 우선한다고 본다.

두고 있으며 우리의 존재와는 너무나도 멀기에 나는 전자의 모든 해석(나의 해석을 포함하여)을 믿지 않는다. 후자는 유명론에 기반을 두고 있으며 개별자의 실재와 종에 대한 통념을 긍정한다. 지금 우리 모두는 스스로 어리둥절해하는 희극 작가처럼 '부지불식간에' 유명론을 따르고 있다. 마치 유명론이 사고의 일반적 전제, 즉 몸에 밴 이치인 듯 말이다. 그러니 쓸데없이 이에 대해 언급하진 않겠다.

여기까지 연대순으로 영원성에 대한 논쟁의 핵심적인 내용을 살펴봤다. 먼 과거의 사람들, 수염을 기르고 두건을 쓴 그들은 공개적으로는 이단을 몰아붙이고 하나로 결합된 삼위의 구분을 옹호하기 위해, 그리고 비밀스럽게 시간의 흐름을 특정 방식으로 확정하기 위해 영원성의 개념을 형성했다. 에머슨[328]을 옹호하는 스페인의 호르헤 산타야나[329]는 "산다는 것은 시간을 잃는 것이다. 영원성이라는 형상하에서가 아니라면 우리가 되돌리거나 보존할 수 있는 것은 아무것도 없다."라고 했다. 여기에 성교의 오류에 대한 루크레티우스[330]의 한 구절을 덧붙일 만하다.

목마른 자가 꿈속에서 물의 형상을 바닥나도록 마시는데

---

328   랠프 월도 에머슨(Ralph Waldo Emerson, 1803~1882).
       미국의 시인이자 사상가.

329   Jorge Santayana(1863~1952). 스페인 출신의 철학자이
       자 시인, 평론가.

330   Titus Lucretius Carus(BC 99~55). 고대 로마의 시인이
       자 철학자.

도 갈증을 해소하지 못한 채 강물 속에서 목마름에 붙들려 죽
어 가듯이, 베누스(비너스)가 환영으로 연인들을 속이면, 그들
은 육체를 봐도 만족하지 못하며 벗길 것도 가질 수 있는 것도
없다. 그들의 불분명하고 뒤얽힌 손이 온몸을 만진다고 하더라
도 말이다. 마침내 그들의 몸에 환희의 징조가 깃들고 베누스가
여자의 땅에 씨 뿌릴 순간이 되면, 연인들은 격정적으로 서로를
껴안고 사랑에 넘쳐 입맞춤한다. 하나 그 모든 것이 부질없다.
상대에게 녹아들지도 하나의 존재가 되지도 못하니 말이다.

원형과 영원성, 이 두 가지 말은 아주 확고한 소유를 약속한
다. 연속이 견디기 힘든 불행이라는 것과 엄청난 욕망이 모든
시간과 모든 종류의 공간을 탐한다는 것은 명백하다.

주지하다시피 개인의 정체성은 기억에 자리하며 이 기능
이 없어지면 백치가 된다. 우주에 대해서도 동일하게 생각할
수 있다. 영원성이 없다면, 즉 영혼에 머물다 간 것에 대한 예민
하고 비밀스러운 거울이 없다면 보편적 역사는 잃어버린 시간
이다. 우리의 개인사는 그 보편적 역사에 속하니, 우리는 거북
하게도 유령이 되고 만다. 베를리너사(社)의 디스크형 전축이
나 영화 촬영기가 생산하는 것처럼 그저 이미지에 대한 이미
지, 우상에 대한 우상으로는 충분치 않다. 영원성은 풍부한 발
명이다. 영원성을 이해할 순 없다. 하지만 연속적 시간 또한 마
찬가지이다. 영원성을 부정하는 것, 도시와 강과 환희로 채워
진 시간의 광범한 소멸을 가정하는 것이 완전한 구원을 상상
하는 것보다 못한 것은 아니다.

영원성은 어떻게 시작되었는가? 아우구스티누스는 이에

대해 언급하지 않았지만 해결책을 제시하는 것 같은 표지를 남겼으니, 모든 현재에 과거와 미래의 요소가 있다는 것이다. 그는 한 편의 시를 읊는 일련의 과정을 사례로 제시한다.

시를 시작하기에 앞서 시는 이미 내 안에 예감되어 있다. 머릿속으로 갓 시를 끝마쳤건만 그 시를 읊는 사이에, 나의 읊는 행위로 인해 그 시는 기억 속에서 흩어지고 있으며, 아직 읊지 못한 것으로 인해 내 예감에서 흩어지고 있다. 시 전체에 발생하는 이 같은 일이, 매 행과 매 음절마다 발생한다. 이와 마찬가지로 훨씬 긴 행위에 대해서도(시도 그 행위의 일부이다.) 행위의 연속으로 이뤄지는 개인의 운명에 대해서도, 개인의 운명의 연속인 인간에 대해서도 그렇게 말할 수 있으리라.

이는 시간이라는 다양한 시제의 긴밀한 결합에 대한 확인이지만, 시간의 연속성을 포함하고 있기에 영원이라는 전형에 정확히 일치하는 것은 아니다.

나는 향수가 영원을 설명할 좋은 모델이라고 생각한다. 추방된 자가 눈물을 머금고 행복의 가능성을 떠올린다. 그는 그 가능성 중 하나가 달성되면 다른 것이 배제되거나 밀려난다는 것을 완전히 망각한 채 그 가능성을 "영원성의 이미지를 통해" 바라본다.[331] 기억은 격정에 사로잡혀 초월적 시간성을 향해 기운

---

331   스피노자는『에티카』에서 인식을 '감성적 인식', '합리적 인식', '직관적 인식'으로 분류하는데, 여기에서 '직관적 인식'은 '영원의 이미지를 통해(sub especie aeter-

다. 우리는 과거의 행복을 하나의 이미지로 모은다. 내가 매일 오후 바라보는 다채로운 붉은 낙조가 기억 속에서는 단 하나의 낙조가 된다. 예지도 이와 같다. 절대로 양립할 수 없는 희망들이 아무런 충돌 없이 공존할 수 있다. 다시 말해 영원성은 욕망의 방식이다. (영원한 것에 대한, "무한한 수의 사물에 대한 직접적이고 찬란한 향유에 대한" 암시에 나열이 주는 특별한 즐거움의 원인이 있을 수도 있다.)

IV

이제 독자에게 영원성에 대한 나의 논리를 제시하는 일만 남은 것 같다. 내가 말할 영원성에는 신도 없고 다른 조물주나 원형도 없기에 빈약하게 느껴질 것이다. 나는 1928년에 쓴 『아르헨티나 사람들의 언어』에서 영원성을 다뤘다. 당시에 출판한 글을 여기에 옮기고자 한다. 글의 제목은 「죽음을 느끼다」였다.

며칠 전에 있었던 경험을 이야기하고자 한다. 그 경험은

---

nitatis, 혹은 '영원의 상 아래에서')' 이뤄지는 것으로 신 또는 자연이라는 절대자와의 관계 안에서 이뤄지는 인식을 의미한다. 스피노자의 관점에서 행복한 삶은 신 또는 무한한 자연에 대한 지적인 사랑에 있다. 따라서 그는 무한한 자연의 법칙에 입각하여 모든 일을 대한다면 불행 중에도 행복에 이를 수 있다고 한다.

모험이라 하기에는 너무나 황홀하고 덧없을 만큼 시시하며 사유라고 하기에는 너무도 이치에 맞지 않고 감정적이다. 그 경험은 어떤 장면과 그 장면이 지닌 말에 관한 것이다. 그 말이란 내가 예전에 말로는 해 봤지만 당시까지 온전히 전념하여 살아 보지는 못한 것이었다. 우선 그 일이 있었던 시간적, 공간적 배경부터 얘기를 시작하겠다.

나는 그 일을 이렇게 기억하고 있다. 어둠이 내리기 시작한 그날 오후에 나는 바라카스에 있었다. 보통은 가지 않던 곳이었다. 그곳을 벗어나 돌아다니다 보니 야릇한 풍미가 느껴졌다. 그날 밤, 나는 이렇다 할 목적지가 없었다. 하늘이 청명하여 식사를 마치고 길을 거닐며 생각에 잠겼다. 갈 길을 정하고 싶지 않았다. 가능성을 최대한 넓히고 싶었다. 하나의 길을 결정함으로써 예견되는 당연한 결말로 인해 나의 기대가 무너지게 놔두고 싶지 않았다. 가능한 한 되는대로 걸었다. 발길 닿는 대로 걸었다는 뜻이다. 나는 대로나 넓은 길을 피하는 것 외에는 다른 어떤 의식적 편견도 없이 우연이라는 불확실한 초대를 받아들였다. 그리하여 이끌리는 대로 편안하게 몇몇 동네에 들어섰다. 나는 내 마음에 아로새겨진 그 동네의 이름을 늘 기억하고자 한다. 내가 어린 시절을 보낸 동네 같진 않았지만 그 동네는 아직도 신비롭다. 말로는 묘사해 봤지만 실제로는 접해 보지 못했으며 가깝지만 신화적인 변두리 동네였다. 내게 그 변두리의 길은 땅속에 있는 우리 집의 토대나 보이지 않는 우리 몸의 골격처럼 내가 아는 것의 이면, 뒷면이었다. 길을 가다 보니 어느 모퉁이에 다다랐다. 나는 밤을 들이마시며 평온한 마음으로 생각에 잠겼다. 나른해서인지 눈에

들어오는 게 복잡함이라고는 찾아볼 수 없을 만큼 간결해 보
였다. 그 광경은 전형적인 제 모습을 비현실적으로 바꾸고 있
었다. 길가로 작은 집들이 있었다. 물론 그 작은 집들의 첫 번
째 의미는 가난이겠지만 행복의 의미도 있었다. 가장 가난하
지만 가장 아름다웠다. 그 어떤 집도 길 쪽을 향하고 있지 않
았다. 무화과나무가 벽에 그림자를 드리우고 있었다. 긴 벽 위
로 돌출된 작은 대문들이 밤이라는 무한한 실체 속에 서 있는
듯했다. 길 위로 작은 길이 파여 있었다. 길은 아직 정복되지
않은 아메리카의 흙, 그 원래의 흙으로 되어 있었다. 풀이 자
라난 길의 끝자락은 말도나도를 향해 사라지고 있었다. 탁하
고 혼란한 대지 위의 장밋빛 토담은 달빛을 그러안지 않고 제
안의 빛을 뿜어내는 것 같았다. 장밋빛이라는 말밖에는 그 정
감을 표현할 길이 없을 것 같다.

　나는 그 소박함을 바라보고 있었다. 나는 "30년 전과 똑같
아."라고 확신하며 속으로 소리쳤다. 나는 그 시절을 떠올렸
다. 다른 나라에서는 최근이라 하겠지만 모든 게 변하는 세상
의 이쪽 편에서는 이미 아주 먼 과거였다. 어쩌면 새가 노래하
고 있었고 내가 소소한 애정을, 새의 몸집만큼의 애정을 느꼈
는지도 모른다. 하지만 현기증 날 것 같은 고요함 속에서 들리
는 것이라고는 귀뚜라미의 비시간적인 소리밖에 없었다. "나
는 천팔백 몇 년쯤에 있다."라는 돌연한 생각이 그저 상상이
아닌 현실로 깊어지고 있었다. 나는 죽은 사람처럼 느껴졌으
며, 세계를 관념적으로 인식하는 것 같았다. 형이상학의 가장
명쾌한 점인 지식에 대해 막연한 불안이 엄습했다. 나는 시간
이라는 가상의 물살을 거슬러 올라갔다고 생각지는 않았다.

오히려 나는 내가 상상 불가한 영원성이라는 말에 누락된 혹은 부재한 의미를 소유한 것이 아닌지 의심스러웠다. 그러고 나서야 나는 그 상상을 정의할 수 있었다.

이제 나는 그 일을 이렇게 기록하고자 한다. 평온한 밤, 샛말간 낮은 담, 인동덩굴이 풍기는 시골 내음, 원래의 흙, 이 동질적 사실들에 대한 순수한 재현은 수년 전 그 길모퉁이에서 발생한 재현과 닮은 게 아니라 유사성도 반복도 없는 바로 그 자체이다. 만일 우리가 그 정체를 직관할 수 있다면, 시간은 망상임을 알게 될 것이다. 따라서 어제의 어떤 순간과 오늘의 어떤 순간이 분명히 시간상 다른 지점에 존재하는데도 불가분성과 무차별성을 가진다는 사실은 시간을 해체하기에 충분하다.

인간이 지닌 순간의 수는 무한하지 않다. 육체적 고통과 즐거움의 순간, 꿈에 빠지는 순간, 음악을 듣는 순간, 엄청난 강렬함 혹은 냉담함의 순간과 같은 기본적인 순간은 훨씬 더 무인칭적이다. 결론부터 말하자면, 삶은 빈한하기 짝이 없지만 그렇다고 불멸이 될 수 없는 것은 아니다. 하지만 우리는 우리의 빈한함에 대한 확신조차도 없다. 왜냐하면 시간은 감각적으로는 쉽게 반박할 수 있으나 이지적으로는 그럴 수 없으며, 시간의 본질에서 연속의 개념을 떼어 낼 수 없기 때문이다. 따라서 나의 어렴풋한 생각은 감상적 일화로 남겨 두고, 해결책을 제시하지 못한 이 글에는 그날 밤이 내게 호의를 베풀어 진정으로 황홀한 순간과 영원에 대해 뭔가를 암시했다는 사실을 남기고자 한다.

영원성에 대한 기전(記傳)에 극적인 관심을 끌어내려다 보

니, 한 세기를 대여섯 개의 이름으로 개괄하는 등, 전개가 난삽
해졌다.

나는 서재에서 손에 잡히는 대로 참고할 책을 골라 글을 썼
다. 가장 유용했던 책은 다음과 같다.

Paul Deussen, *Die Philosophie der Griechen*(Leipzig, 1919).

Thomas Taylor trans., *Works of Plotinus*(London, 1817).

Translated with an introduction by E. R. Dodds, *Passages Illustrating Neoplatonism*(London, 1932).

Alfred Fouillée, *La Philosophie de Platon*(Paris, 1869)

Arthur Schopenhauer, *Die Welt als Wille und Vorstellung*, ed. by Eduard Grisebach(Leipzig, 1892).

Paul Deussen, *Die Philosophie des Mittelalters*(Leipzig, 1920).

P. Ángel C. Vega trans., *Las confesiones de San Agustín*(Madrid, 1932).

M. C. D'Arcy et al., *A Monument to Saint Augustine*(London, 1930).

R. Rothe, *Dogmatik*(Heidelberg, 1870).

Marcelino Menéndez y Pelayo, *Ensayos de crítica filosófica*(Madrid, 1892).

케닝[332]

문학사에 기록된 가장 냉혹한 변칙 중 하나는 아이슬란드 시의 수수께끼 같은 케닝이다. 케닝은 10세기에 유행했는데, '툴리르(thulir)'라고 불린 익명의 음유 시인들이 사적인 목적을 지닌 시인인 '스칼드(skáld)'에 의해 사라지고 있던 때였다. 일 반적으로 케닝이라는 변칙이 쇠퇴했다고 생각하지만, 이런 강 제적 판단은 옳고 그름에 대한 문제 제기가 아니라 결과에 상 응하는 것이다. 지금으로서는 그 변칙이 직관적 문학에 대한

---

332   케닝(Kenningar, Kenning의 복수형)은 고대 노르드어 로 시 문학에서 활용하는 완곡어법의 일종이다. 「케닝 (Las Kenningar)」라는 제목의 이 글은 1932년 8월 아르 헨티나 잡지 《수르(Sur)》 6권(202~208쪽)에 처음 실 렸으며 1936년 비아우 이 소나 출판사(Editorial Viau y Zona)가 출판한 『영원성의 역사』에 포함되었다.

최초의 의도적 언어유희였음을 인정하는 것으로 만족하자.

케닝의 가장 기발한 예인『그레티스 사가』[333]에 삽입된 시구로 시작해 보자.

> 영웅이 마크의 아들을 죽였다.
> 검의 폭풍이 지나가자 까마귀밥이 남았다.

이 뛰어난 시구에는 두 가지 메타포, 떠들썩한 메타포와 잔인하고 정적인 메타포가 훌륭하게 본말과 대치되어 독자를 속이고 있다. 독자는 이 시가 전투와 그 뒤에 남은 잔해에 대한 강한 인상이라고 추측할 것이다. 그런데 진실은 초라하다. 솔직히 밝히자면 "까마귀밥"은 '시체'의 동의어로 이미 고착된 것이고 "검의 폭풍"은 '전투'의 동의어이다. 이 등가적 표현이 바로 케닝이다. 초기 문인들은 케닝을 포착하고 적용하면서 반복하지 않는 것을 이상으로 품었다. 케닝은 두음법과 중간 운을 요하는 엄격한 작시법의 어려움을 상당 부분 피할 수 있게 해 줬다. 다음 시구는 케닝이 자유롭고 일관성 없는 시작법을 활용했음을 확인해 준다.

> 거인들의 자손을 궤멸한 자가
> 갈매기의 초원의 힘센 들소를 쓰러뜨렸다.
> 그렇게 신들은, 종(鐘)의 수호자가 탄식하는 사이,

---

333   Grettis saga는 아이슬란드 사가 중 하나로 반영웅적 인물인 그레티스에 대한 이야기이다.

연안의 매를 박살내 버렸다.
돌포장 길을 달리는 말(馬)에게
그리스인의 왕은 그다지 중요치 않았다.

　거인들의 자손을 궤멸하는 자는 붉은빛의 토르이다.[334] 종의 수호자는 수호자의 속성상 새로운 신앙의 대리인이다. 그리스인의 왕은 예수 그리스도를 가리키는데, 콘스탄티노플의 통치자 중에 그리스인들의 왕이 있었으며 예수 그리스도가 그에 못지 않다는 생뚱맞은 이유 때문이다. 갈매기의 초원의 들소, 연안의 매, 돌포장 길을 달리는 말은 정체불명의 세 마리 짐승이 아니라 참혹한 상태의 배 한 척을 말한다. 이 복잡한 통사적 등식에는 하위 등식이 있는데, 예컨대 갈매기의 초지는 바다라는 의미다. 부분적인 연결 고리가 풀렸으니 독자 여러분도 이 '기만적인' 시구의 전체적인 의미를 조금쯤은 파악할 수 있을 것이다. 『냘의 사가』[335]는 스칼드 레프의 어머니인 스테인보라[336]의 수

334　Thor는 노르드 신화의 천둥의 신으로 망치를 든 신으로 묘사되었으며 게르만의 숭배를 받았으며 머리카락과 수염이 붉은색이었다.

335　『냘의 사가(Saga de Njal)』는 아이슬란드 사가 중 하나로 1270~1290년에 기록된 사가이다. 현존하는 가장 긴 작품이며 가장 뛰어난 사가로 평가받고 있다.

336　보르헤스가 스테인보라(Steinvora)로 지칭한 인물이 누구인지 정확하지 않지만 10세기 말엽의 아이슬란드 스칼드인 스테이눈 레프스도티르(Steinunn Refsdóttir)로 추정된다. 따라서 스칼드 레프(Ref)는 그녀의 아들인 호프가르다레프 게스트손(HofgarðaRefr

다스러운 입을 빌려 무시무시한 토르가 예수와 겨루고자 했으
나 예수가 그에 응하지 않았음을 기막힌 필치로 서술하고 있다.
독일 문학 연구자인 니드너(Niedner)는 이 인물들의 "모순된 인
간성"을 예찬하며 이들을 통해 "현실적 가치를 탐하는 근대시"
의 가치가 드러난다고 평가했다.

다른 예로 에길 스칼라그림손[337]의 시구를 보자.

> 늑대의 이빨을 가진 자들이
> 붉은 백조의 살을 갈기갈기 찢어 냈다.
> 검의 이슬의 매가
> 평원에서 영웅들을 뜯어먹었다.
> 해적들의 달의 뱀들은
> 철의 의지를 완수했다.

3행과 5행은 유기적이라고 할 만큼 완전하다. 이 시구는 달
리 전하고자 하는 것도 없으며 상기시키는 것도 없다. 꿈을 꾸
게 하지도, 이미지나 열정을 자극하지도 않는다. 이 시구는 출
발점이 아니라 종결점이다. 이 시구가 주는 즐거움 중에 빼놓

Gestsson)이 된다. 『냘의 사가』에서 스테이눈은 노르
웨이의 올라프 I세(Olaf I)가 아이슬란드로 보낸 선교
사 상그브란드르(Þangbrandr)에게 토르가 예수보다 위
대하다고 주장한다.

337   에길 스칼라그림손(Egill Skallagrímsson, 904?~995?).
바이킹 시대의 시인. 13세기 초에 씌어진 『에길의 사
가』의 주인공이기도 하다.

을 수 없는 한 가지는 풍부한 변화, 즉 시어의 이질적 접촉에 있다.[338] 창작자도 이를 염두에 두었을 수 있으며, 상징의 특성이

---

338   이러한 즐거움을 지닌 고전적 예를 제시하니, 강단이
       있는 독자라도 무시하지 못할 것이다. 케베도가 "갤리
       선과 배와 무장 보병대가 두려워한" 오수나 공작에게
       바치는 훌륭한 소네트가 그것이다. 다음 소네트의 훌
       륭한 2행 연구의 효과는 그 어떤 해석도 필요치 않을
       뿐더러 해석에 좌우되지 않음을 쉽게 확인할 수 있다.

       그의 묘지는 플랑드르의 전장이요
       그리고 그의 묘비명은 피 흘리는 달이다.

       마찬가지로 다음 연에 나오는 시구인 "군대의 오열"이
       라는 표현도 그 '의미'를 논할 필요가 없다. 하지만 "군
       인들의 오열"이라면 별 쓸모가 없을 것이다. "피 흘리
       는 달"의 경우, 달이 터키인의 상징임을 무시해도 좋
       을 테지만, 나로서는 페드로 테예스 히론의 약탈 행위
       가 뭔지 모르기에 그 상징을 파악할 수 없다.(원주) 스
       페인 황금 세기를 대표하는 작가인 프란시스코 데 케
       베도(Francisco de Quevedo, 1580~1645)는 여인을 모
       욕한 남자에게 위해를 가하여 1611년 시칠리아로 도
       주하였다가 나폴리의 부황이던 오수나 공작(Duque de
       Osuna, 본명 페드로 테예스 히론(Pedro Téllez Girón))
       의 휘하에 들어가 비서로 일하게 된다. 케베도는 플랑
       드르와 터키와의 전쟁에서 여러 차례 승리한 바 있는
       오수나 공작의 용맹함을 칭송하는 글을 남겼다. 여기
       에서 오수나 공작을 수식하는 "갤리선들과 배들과 무
       장 보병대가 두려워한"이라는 구절은 케베도의 *La hora
       de todos y La fortuna con seso*의 35장 「위대한 터키의 왕(El
       Gran Turco)」에서 인용한 것이며 2행 연구는 케베도의
       소네트 「감옥에서 죽은 오수나 공작, 페드로 히론에

그저 지성을 매료하는 것이었을 수도 있다. 철은 신을 의미하며, 해적들의 달은 문장(紋章), 뱀은 창, 검의 이슬은 피, 매는 까마귀, 붉은 백조는 피 흘리는 모든 새, 붉은 백조의 살은 죽은 자, 늑대의 이빨을 가진 자들은 행복한 전사를 의미한다. 하지만 곰곰이 생각해 보면 이런 치환이 거부될 수도 있다. 해적들의 달이 필연적으로 문장을 의미하지는 않는다. 여기엔 이견이 없다. 하지만 해적들의 달이 어떠한 의미 상실도 없이 문장으로 대체된다는 것도 마찬가지로 불가능하다. 각 케닝을 한 단어로 환원하면 미지의 의미를 밝히는 게 아니라 시를 깨뜨리는 꼴이 된다.

예수회 신부인 발타사르 그라시안[339]이 공들여 쓴 완곡어법에는 케닝과 유사하거나 동일한 메커니즘이 있는데, 여름 혹은 서광을 주제로 한 시가 그렇다. 그는 케닝을 직접적으로 제시하기보다는 죄를 짓는 것 같은 불안감 속에서 완곡어법을 정당화하며 조화시킨다. 다음은 그 노력의 서글픈 산물이다.

하늘의 원형 경기장에서
낮의 기수가
플레게톤강[340] 위에서 용맹하게 투우를 했네
번뜩이는 황소에 맞서

대한 불멸의 기억」에서 인용한 것이다.

339   발타사르 그라시안 이 모랄레스(Baltasar Gracián y Morales, 1601~1658). 스페인의 작가이자 예수회 신부.

340   단테의 『신곡』에서 지옥에 있는 강 중 하나이다.

레혼[341]으로 황금색 빛줄기를 흔들며

제 운명을 상찬하며

아름다운 별들의 광경

── 한 무리의 아름다운 여인이

제 허리를, 그 즐거운 블랙베리를 즐기네.

서광의 발코니 위에서 ──

간단한 변신으로

발뒤꿈치에 깃털을 달고

불의 관모를 쓰고

무수히 빛나는 별들을

(천상의 암탉들)

수다스러운 수탉 페보[342]가 지배했네.

틴다레오스[343] 알의 병아리들 틈으로,

위대한 레다[344]가 신의 배신으로

---

341 Rejón, 투우에서 말을 타고 황소에 맞서 사용하는 창
    (槍)이다.

342 빛의 신 아폴론의 별칭이다.

343 틴다레오스(Tyndareus)는 그리스 신화에서 스파르타
    의 왕이자 레다(Leda)의 남편이다.

344 레다는 틴다레오스의 부인이다. 레다에게 반한 제우
    스는 백조로 변하여 레다와 통정하는데, 레다는 같은
    날 틴다레오스와도 관계를 갖는다. 그리하여 레다는
    두 개의 알을 낳는데 그 알에서 네 아이(헬레네, 카스
    토르, 폴리데우케스, 클리타임네스트라)가 태어난다.
    그러나 누가 제우스의 자식인지, 누가 틴다레오스의
    자식인지 분명치 않으며, 이 이야기도 내용이 조금씩
    다른 여러 개의 판본이 있다.

암탉이 알을 품듯 알을 잉태했으니⋯⋯[345]

이 시에서 그라시안 신부가 황소 — 암탉에 열광하는 게 최악의 과오는 아니다. 각각의 이름과 그 이름이 지닌 끔찍한 메타포의 동위, 즉 말도 안 되는 엉터리를 옹호하는 논리적 문제가 더 심각하다. 에길 스칼라그림손의 시구가 문제적이며 수수께끼 같다면, 그라시안의 박진성 없는 스페인식 시구는 혼란스럽기만 하다. 그라시안은 존경할 만한 훌륭한 산문가이다. 그는 빼어난 기교를 부리는 데 무한한 능력을 지닌 작가였다. 그라시안이 쓴 다음 구문의 전개를 보라. "크리솔로고[346]의 작은 몸이 거대한 정신을 담고 있듯, 플리니우스[347]의 짧은 연설은 영원과도 같다."[348]

---

345   이 소네트는 『한 해의 밀림들(Selvas del año)』에 실린 「여름의 세 번째 밀림(Selva tercera de el estío)」이다. 보르헤스는 이 작품을 그라시안의 것으로 인용하고 있으나 비평계는 작품의 출처가 불명확하고 그라시안의 다른 작품이 지닌 필치에 비해 저속하고 기괴한 소네트라는 것을 근거로 그라시안의 작품이 아닌 것으로 추정하고 있다.

346   크리솔로고(Chrysólogo)는 Chrysos(황금)와 Logos(로고스)의 합성어다.

347   가이우스 플리니우스 세쿤두스 또는 대 플리니우스 (Gaius Plinius Secundus Major, 23~79). 고대 로마의 군인이자 학자. 그의 저작 『박물지(Naturalis Historia)』는 인문, 자연에 대한 방대한 자료를 담고 있다.

348   그라시안의 『창의적 기술과 지혜(Agudeza y arte de ingenio)』에 나오는 구문이다.

케닝에서는 기능적 성질이 지배적이다. 따라서 케닝의 대상은 모양보다는 활용되는 방식에 의해 정의된다. 케닝은 대상에 생기를 불어넣는데, 대상이 살아 있는 것이어도 그 방식을 바꾸지 않는다. 케닝은 무수히 많았으나 이젠 상당히 잊혀졌다. 그런 이유로 나는 그 시들어 버린 수사(修辭)의 꽃을 한데 모으게 되었다. 최초의 저작인 스노리 스툴루손[349]의 작품이 유용했다. 역사가이자 고고학자, 온천 건축가, 계보학자, 의회 의장, 시인이었으며 조국과 노르웨이에서 배신자로 몰려 암살당하고 유령이 된 그는[350] 1230년대에 의무감으로 편찬을 시작했다. 스툴루손은 상이한 성질의 두 가지 열정, 즉 절도(節度)와 선인들의 교양을 충족하고자 했다. 그는 지나치게 혼란스럽지 않고 고전적 사례가 인정하는 한에서 케닝을 기꺼워했다. 그의 전제적 선언을 옮기면 다음과 같다. "이 비결은 시를

---

349   Snorri Sturluson(1178~1241). 아이슬란드의 시인이자 정치가. 에길 스칼라그림손의 자손으로 북유럽 신화와 고대 노르드 시에 대한 자료인 『산문 에다(Prose Edda)』와 노르웨이 왕들의 전설과 역사를 묶은 『헤임스크링글라(Heimskringla)』 등을 남겼다.

350   배신자라고 하기에는 가혹하다. 스툴루손은 단순히 모든 것에 열광한 사람으로 지속적이고 적대적인 충정에 의한 스캔들이 발생할 때까지 난도질당한 인물이었다. 탁월한 지성인을 지목하라고 한다면, 그와 나의 친구인 프란시스코 루이스 베르나르데스를 꼽을 것이다.(원주) Francisco Luis Bernárdez(1900~1978). 아르헨티나의 작가이자 외교관. 1920년대에 전위주의의 한 갈래인 울트라이스모(Ultraismo, 극단주의)에 참여했으며 1925년 보르헤스와 조우하여 친분을 쌓았다.

쓰는 방법을 익히고 전통적인 메타포로 심상을 담아내는 능력을 향상하려는 입문자나 불가해한 글을 이해하는 능력을 갈구하는 사람을 위한 것이다. 선인들의 이야기를 존중해야 할 것이다. 그러나 그리스도교인이라면 자기의 신앙을 내려놓을 필요가 있다." 7세기 전이니 차별을 논하는 것은 무의미하다. 북부의 고요한 『파르나소스로 가는 계단(Gradus ad Parnassum)』[351]을 성서의 '대체물'로 간주하고 노르웨이의 이야기를 반복적으로 활용하는 것이 독일을 독일답게 만드는 가장 효과적인 수단이라고 확신하는 독일인 번역자도 있으니 말이다. 스노리의 저작을 심하게 훼손하여 개찬했고, 52개의 「요약 기도문」을 개인적인 책자로 제작한 것도 모자라 재판본에서는 여기에 또 다른 『게르만 기도서』를 심하게 수정하여 포함한 카를 콘라트[352] 박사가 가장 심각한 예라 할 것이다.

스노리가 쓴 작품의 제목은 『산문 에다』[353]이다. I~2부는 산문으로 3부는 시로 구성되어 있는데, 3부는 분명 에피테트[354]

---

351   오스트리아의 작곡가이자 음악 이론가인 픅스(Johann Joseph Fux, 1660~1741)의 저작(1725)으로 대위법 이론의 고전으로 수용되고 있다.

352   카를 콘라트 프리드리히(Karl Konrad Friedrich, 1793~1851). 독일의 철학자. 그리스 라틴 고전 텍스트와 성서 등을 번역, 편집하였다.

353   스노리의 신화관을 다룬 서문과 I부 「길피의 속임수」, 2부 「시어법」, 3부 「운율 일람」으로 구성되어 있다.

354   에피테트(epithet)는 통상적으로 수식어나 특징을 나타내는 형용사 혹은 별칭을 뜻한다.

에서 영감을 얻었을 것이다. 2부는 에기르[355]의 모험을 다루는데, 주술에 정통한 에기르가 인간이 트로이라 부르는 아스가르드 성[356]의 신들을 방문한다. 해 질 녘이 되자 오딘이 몇 자루의 검을 가져오라 하는데, 그 검이 너무도 번쩍거려서 빛이 필요치 않을 정도였다. 에기르는 표현력이 훌륭하고 작시법에 능통한 신인 브라기[357]와 친분을 쌓게 된다. 벌꿀술이 담긴 큰 뿔이 손에서 손으로 옮겨지는 사이 인간과 신이 시에 대해 얘기한다. 브라기는 에기르에게 메타포가 어떻게 구성되는지 얘기해 준다. 이제 그 신성한 목록을 살펴보자.

나는 이미 언급한 케닝도 다음 목록에서 빼지 않았다. 목록을 정리하면서 나는 우표 수집가처럼 즐거웠다.

새들의 집/ 바람의 집: 공기

바다의 화살: 청어

파도를 일으키는 돼지: 고래

좌석의 나무: 벤치

턱의 숲: 수염

검들의 회합/ 검들의 폭풍/ 분수들의 조우/ 창(槍)들의 비상/ 창들의 노래/ 독수리들의 축제/ 붉은 문장(紋章)들의 비/

---

355   에기르(Ægir)는 북유럽 신화에 등장하는 바다의 신이자 해양 생물들의 왕이다.

356   아스가르드(Ásgarðr)는 노르드 신화에서 에시르(Æsir) 신족이 사는 곳이다. 주신(主神)은 바람, 전쟁, 영혼 등을 주관하는 오딘(Óðinn)이다.

357   브라기(Bragi). 오딘의 아들로 시의 신이다.

바이킹들의 축제: 전투

활의 힘/ 견갑골의 다리: 팔

핏빛 백조/ 죽은 자들의 닭: 독수리

재갈을 흔드는 놈: 말

투구의 주(柱)/ 어깨에 솟은 바위/ 몸의 성: 머리

노래하는 노(爐): 스칼드의 머리

뿔의 파도/ 잔의 출렁임: 맥주

공기의 투구/ 하늘에 있는 별들의 땅/ 달의 길/ 바람들의

잔: 하늘

가슴의 사과/ 굳은 생각의 도토리: 심장

증오의 갈매기/ 상처의 갈매기/ 마녀의 말(馬)/ 까마귀[358]

의 사촌: 까마귀

말(言)들의 깎아지른 바위들: 치아

검의 땅/ 배(船)의 달/ 해적들의 달/ 전투의 천장/ 전투의

---

358   '정의 안에 정의가 들어가지 않아야 한다.'라는 것은
정의에 대한 두 번째 규칙이다. 위와 같은 유쾌한 위
반(과 앞으로 보게 될 "검의 용: 검")은 에드거 앨런 포
(Edgar Allan Poe, 1809~1849) 작품 속의 한 인물이 보
여 주는 기교를 연상시키는데, 그 인물은 경찰의 호기
심을 피해 편지를 숨겨야 하는 위기에서 경찰을 얕잡
아 보고 편지꽂이에 편지를 숨긴다.(원주) 보르헤스
가 언급한 정의에 대한 규칙은 아리스토텔레스의『형
이상학』에 근거한 것으로 보인다.『형이상학』의 본질
의 조건에 대한 설명에 따르면, X의 본질을 표현하려
면 X 자체를 설명하면서도 X 자체는 그 설명 속에 포
함되어 있지 않아야 한다. 앞서 보르헤스가 제시한 포
의 작품은「도난당한 편지」이다.

먹구름: 문장(紋章)

결투의 얼음/ 분노의 막대기/ 투구들의 불/ 검의 용/ 투구를 에는 놈/ 전투의 가시/ 전투의 물고기/ 피의 노(櫓)/ 상처의 늑대/ 상처의 가지: 검(劍)

활시위의 우박/ 전투의 거위들: 화살

집들의 태양/ 나무들의 파멸/ 사원의 늑대: 불

까마귀의 쾌락/ 까마귀 주둥이를 붉게 물들이는 자/ 독수리를 즐겁게 하는 자/ 투구의 나무/ 검의 나무/ 검들을 물들이는 자: 전사

투구의 식인귀/ 늑대들의 사랑스러운 보급자: 도끼

가정의 검은 이슬: 그을음

시체들의 용/ 문장의 뱀: 창(槍)

입의 검/ 입의 노(櫓): 혀

매의 자리/ 황금 반지들의 나라: 손

고래의 천장/ 백조의 땅/ 범선의 길/ 바이킹의 들/ 갈매기의 초지/ 섬들의 고리: 바다

까마귀들의 나무/ 독수리들의 귀리/ 늑대들의 밀: 죽은 자

조수의 늑대/ 해적의 말(馬)/ 바다 왕들의 순록/ 바이킹의 스케이트/ 물결의 종마/ 바다의 쟁기/ 연안의 매: 배

얼굴의 돌들/ 안면의 달들: 두 눈

바다의 불/ 뱀의 잠자리/ 손의 광채/ 불화(不和)의 청동: 금

창들의 휴식: 평화

호흡의 집/ 심장의 배(船)/ 영혼의 토대/ 대소(大笑)의 자리: 가슴

고관(高官)의 눈(雪)/ 도가니의 얼음/ 천칭의 이슬: 은

반지의 제왕/ 보물의 분배자/ 검의 분배자: 왕

높은 바위들의 피/ 그물망들의 땅: 강

늑대들의 개울/ 살육의 조수/ 죽은 자의 이슬/ 전쟁의 땀/
까마귀들의 맥주/ 검의 물/ 검의 물결: 피

노래의 대장장이: 스칼드

달의 자매[359]/ 공기의 불: 태양

동물들의 바다/ 폭풍들의 바닥/ 안개의 말(馬): 땅

가축우리의 제왕: 황소

인간들의 성장/ 독사들의 성행: 여름

불의 형제/ 숲들의 상처/ 줄들의 늑대: 바람

하나의 어휘와 케닝이 결합된 형태인 2차적 케닝은 생략하
겠다. 그런 케닝으로는 "상처의 막대기로 된 물: 피", "증오의
갈매기들이 포식하는 자: 전사", "붉은 몸을 한 백조들의 밀: 시
체" 등이 있고 신화에서 나온 케닝으로는 "난쟁이들의 파멸:
태양", "아홉 어머니의 아들: 헤임달 신"이 있다.[360] 또한 "바다

---

359   문법적으로 성을 구분하는 게르만어에서 태양은 남
      성이고 달은 여성이다. 레오폴도 루고네스의 『예수회
      제국(El Imperio Jesuítico)』(1904)에 따르면, 과라니족
      (Guarani)의 우주론은 달을 남성으로 태양을 여성으로
      본다. 일본의 고대 우주론은 태양을 여신으로 달을 남
      신으로 본다.(원주) 과라니족은 브라질, 볼리비아, 파
      라과이, 아르헨티나에 걸쳐 거주했던 남미 원주민이다.
360   북유럽 신화에서 난쟁이는 태양을 보면 돌로 변한다.
      헤임달(Heimdallr) 신은 뿔나팔을 가진 신으로, 황금
      갈기를 지닌 말과 황금으로 된 이를 가졌으며 아홉 명

의 불의 지주: 황금 장식을 한 여인" 등을 비롯해 빈도가 낮은 케닝도 생략하겠다.[361] 해석의 가능성이 가장 넓은 케닝, 수수께끼가 멋대로 결합된 케닝으로 한 가지만 제시하자면 "매의 자리의 눈(雪)을 미워하는 사람"이 있다. 매의 자리는 손이고, 손의 눈은 은이며, 은을 미워하는 자는 은을 멀리하는 자, 즉 너그러운 왕을 의미한다. 여러분도 알아챘겠지만, 케닝의 방식은 구걸하는 사람이 쓰는 전통적인 방식, 즉 소극적인 관대함을 고양하려고 극찬하는 것과 같다. 그래서 금과 은에 대한 별칭도 많고 "반지의 제왕", "재물 분배자", "재물 관리자"처럼 왕에 대한 표현도 많다. 또한 노르웨이의 에이빈트 스칼다스필리르[362]의 다음과 같은 진솔한 변환도 있다.

의 어머니로부터 태어났다.

361   드 퀸시가 옳다면(『드 퀸시 전집』, II권, 269쪽), 이 마지막 케닝은 라이코프론의 검은 시에 나오는 사악한 카산드라(Casandra)이다.(원주) 토머스 드 퀸시(Thomas de Quincey, 1785~1859). 영국의 작가(Lycophron). 기원전 3세기 그리스 시인이자 문법 학자로, 보르헤스가 언급한 "검은 시"는 1474행으로 구성된 「알렉산드라(카산드라)」를 말한다. 카산드라는 아폴론으로부터 예언 능력을 받게 되나 아폴론을 배신한다. 이에 아폴론은 카산드라의 예언을 아무도 믿지 못하게 한다. 그리하여 카산드라가 트로이군에게 목마의 위험성을 알리지만 트로이군은 그녀의 말을 무시하여 전쟁에서 패한다.

362   이빈디르 스칼다스필리르(Eyvindr skáldaspillir). 10세기 노르웨이 스칼드이자 궁정 시인이다.

나는 돌다리처럼 안정적이고 견고한

찬사를 하고자 하니.

팔꿈치의 불타는 숯들의

우리의 왕은 인색하지 않다네.

　(위험성과 광채를 내포한) 금과 불을 동일한 것으로 설정함으로써 얻는 효과는 상당하다. 꼼꼼한 스노리는 그 동일시에 대해 이렇게 말한다. "우리는 금을 두 팔 혹은 두 다리의 불이라고 하는데, 이는 그 색이 붉기 때문이다. 하지만 은은 얼음, 눈, 우박으로 된 돌, 서리라고 하는데 이는 그 색이 하얗기 때문이다." 그리고 뒤이어 이렇게 말한다. "신들이 에기르를 방문하자 에기르가 그들을 바다에 있는 자기 집에 묵게 하면서 황금판으로 빛을 밝혔는데 발홀[363]에 있는 검처럼 밝았다. 그때부터 금은 바다와 모든 물과 강의 불로 불리게 되었다." 스칼드는 금화, 반지, 금으로 장식된 문장, 검, 도끼를 하사받았다. 특별히 영지와 배를 하사받기도 했다.

　내가 모든 케닝의 목록을 제시한 것은 아니다. 음유 시인은 표현의 반복에 신중을 기했으며 최대한 다양하게 표현하려 했

363　발홀(Valhóll, 혹은 발할라(Valhalla), 전사자들의 전당)은 오딘이 통치하는 아스가르드에 있는 거대한 저택이다. 전장에서 죽은 자들 중 절반은 발키리의 인도에 따라 발홀로 가고, 다른 절반은 폴크방(Fólkvangr: 싸움의 평야)에 있는 사랑과 풍요의 여신 프레이야(Freyja)의 세스룸니르(Sessrúmnir: 자리가 있는 방)로 간다.

다. 이는 "배"에 대한 케닝을 보는 것으로 족하다. 망각이나 예술에 대한 소소한 재주로 다양해진 케닝을 보더라도 그렇다. 전사에 대한 케닝도 풍부하다. 한 스칼드는 "나무(árbol)"와 "승리자(vencedor)"가 동음이의어이기에 전사를 "검의 나무"라고 했다. 어떤 스칼드는 "창의 떡갈나무"라거나 "금의 지휘봉", "철의 폭풍의 무서운 전나무"라고 한 스칼드도 있으며 "전투 물고기들의 덤불"이라고 한 스칼드도 있다. 때로는 이러한 변화가 하나의 법칙을 따르기도 했다. 마르쿠스[364]가 쓴 시의 한 구절에서 이를 확인할 수 있다. 이 구절은 배 한 척이 다가오면서 점점 거대하게 보인다는 내용이다.

가공할 홍수의 멧돼지가
고래의 천장 위로 덮쳐 왔네.
대홍수의 곰이
범선의 옛길을 괴롭혔네.
파도의 황소가
우리의 성(城)을 매어 둔 사슬을 끊었네.

과식주의[365]가 박학한 정신의 광란이라면, 스노리가 코드화

---

364   마르쿠스 스케그자손(Markús Skeggjason, 1040~
       1107). 아이슬란드의 스칼드.

365   과식주의(Culteranismo)는 과도한 수식과 은유를 통해
       미를 추구한 스페인 바로크 작가들의 문체적 특징으로 공고라가 그 대표적 시인이다.

한 스타일은 모든 게르만 문학, 즉 합성어로 된 문학에 대한 일
반적 편애를 향한 격분이자 '레둑티오 아드 아브수르둠'[366]에
가깝다. 이 문학의 기념비적 작품은 앵글로색슨 문학의 작품
들이다. 8세기에 쓰인『베오울프』[367]에서 바다는 돛배의 길, 백
조의 길, 파도의 그릇, 검독수리의 욕실, 고래의 항로이며, 태
양은 세상의 촛대, 하늘의 기쁨, 하늘의 귀중한 돌로 표현된다.
하프는 환희의 목재이고 전투는 검들의 겨루기나 철의 소나기
이며 배는 바다의 횡단자이다. 용은 어스름의 위협이자 보물
의 수호자이고 몸은 뼈의 거처이다. 그리고 여왕은 평화의 직
물공이고 왕은 반지의 제왕, 사람들의 황금 같은 친구, 사람들
의 우두머리, 재물의 분배자이다. 또한『일리아스』[368]에서 배
는 (거의 대서양을 횡단하는) "바다의 횡단자"이고 왕은 "사람
들의 왕"이다. 9세기의 여러 성인전(聖人傳)에서 바다는 물고
기의 욕실, 물범의 항로, 고래의 저수지, 고래의 왕국이고 태
양은 사람들의 촛대, 낮의 촛대이다. 눈은 얼굴의 보석이고 배
는 파도의 말(馬), 바다의 말이며 늑대는 숲의 거주자이다. 전

---

366   Reductio ad absurdum은 라틴어로서 귀류법, 배리법이
       라고 불리는 논리학의 증명 방법이다. 여기서는 옳은
       것을 버리고 부조리한 것이나 잘못된 것으로 환원했
       다는 의미이다.

367   『베오울프(Beowulf)』는 8세기에서 11세기 사이에 고
       대 영어로 쓰인 작자 미상의 영웅 서사시이다.

368   고대 그리스 시인인 호메로스(Homeros, BC 900년경)
       의『일리아스(Ilias)』는 현존하는 고대 그리스 문학의
       가장 오래된 서사시이다.

투는 문장의 겨루기나 창의 비상(飛上)이고 창은 전쟁의 뱀이며 신은 전사의 기쁨이다. 동물 우화[369]에서 고래는 대양의 수호자다. 10세기에 쓰인 브루넌부르 전투[370]에 관한 담시에서 전투는 창 다루기, 깃발의 충돌, 검의 성찬식, 사람들의 부딪침이다. 스칼드는 이 같은 이미지(케닝)를 곧이곧대로 이용했다. 스칼드가 이룩한 혁신이라면 이런 이미지를 과도하게 쓰는 것이었다. 그들은 그 이미지를 남발하고 조합하여 아주 복합적인 상징을 만들어 냈다. 케닝은 세월에 따라 변해 갔다. "바이킹의 달"이 "문장"과 등가를 이루게 되자, 시인은 "바이킹의 달의 뱀"이라는 등식을 만들어 냈다. 이런 등식이 만들어진 건 영국이 아니라 아일랜드의 몫이었다. 단어를 조합하는 즐거움은 영문학계에서 지속됐으며 다양한 형태로 나타났다. 1614년 채

---

369 동물 우화는 고대 문학에서 유래하여 중세 유럽에서 유행한 문학이다. 자연이 신의 예술이라는 인식하에 모든 피조물에서 도덕적 가르침을 찾으려고 했기에 기독교 예술과 직결된다. 최초의 작품은 2~4세기에 쓰인 것으로 추정되는 『피지올로구스(Physiologus)』이며 17세기에는 주로 영국과 프랑스에서 유행했는데, 앵글로색슨의 동물 우화에서 표범은 예수 그리스도를 의미했으며 고래는 악마와 악의 상징이었다.

370 937년 브루넌부르(Brunanburh) 전투에 대한 고대 영시를 가리킨다. 당시에 웨섹스 왕국(Wessex)을 다스리던 애설스탠(Athelstan)이 바이킹 세력을 몰아내고 위세를 떨치자 더블린(Dublin)의 콘스탄틴(Constantine)과 스트래스클라이드(Strathclyde)의 오웬(Owen)이 침공했으나 애설스탠이 브루넌부르 전투에서 승리하였다.

프먼[371]이 번역한 『오디세이』에는 기묘한 사례가 넘쳐난다. "기
분 좋게 손 닿은 아침, 나아간다 물결을 헤엄쳐(delicious-fingered
Morning, through-swum the waves)"처럼 아름다운 것도 있지만 "이
내 하얗고 불그레한 빛이 섞인 손가락의 귀부인이(Soon as the
white-and-red-mixed-fingered Dame)"처럼 그저 시각적이고 활자적
인 것도 있다. 또한 "순환적으로 재치 있는 여왕(the circularly-
witted queen)"처럼 기묘할 정도로 서툰 표현도 있다. 이러한
접합은 게르만 혈통과 그리스에 대한 독서로 형성됐을 것이
다. 또한 완전히 게르만 식으로 된 영어도 있는데, 『영어 어휘
집』[372]에 보면 게르만어를 그대로 옮기기 보다는 수정할 것을
제안하고 있다. 예컨대 묘지(lichrest), 논리학(redecraft), 사각형
(fourwinkled), 이민자(outganger), 호기 부리는 자(fearnought), 점
진적(bit-wise), 계보(kinlore), 반론(bask-jaw), 절망(wanhope) 등이
그러하다. 이러한 접합은 영어와 독일어에 대한 향수 때문일
것이다.

케닝의 전체 색인을 살펴보면, 기지가 넘치는 경우가 별로
없으며 부적절하게 말을 지껄이는 것 같은 불편한 느낌을 받
을 것이다. 케닝을 비난하기에 앞서, 케닝을 합성어가 아닌 하
나의 언어로 옮기면 심각할 정도로 무용함을 상기해야 할 것

---

371   조지 채프먼(George Chapman, 1559~1634). 셰익스피
어의 라이벌로 알려진 영국의 작가이자 번역가. 호메
로스의 『일리아스』와 『오디세이』를 번역했다.

372   찰스 루이스 디솔러비(Charles Louis Dessoulavy)의
Word-book of the English Tongue(1917)을 가리키는 것으로 보
인다.

이다. "전투의 가시" 또는 "전투로 된 가시"나 "군사적 가시"는 맥 빠진 완곡어법이다. 독일어 "전투가시(Kampfdorn)" 혹은 영어 "전투 가시(battle-thorn)"는 그보다는 덜하다.[373] 또한 술 솔라르[374] 같은 문법적 기준에도 맞지 않는 시구도 있는데 키플링[375]이 그에 해당한다.

사막, 그곳에서 똥 먹은 캠프 연기 동그랗게 감겼다

(In the desert where the dung-fed camp-smoke curled)

---

373   케닝을 스페인어로 번역할 때는 한정 형용사를 동반한 명사로 하는 것이 가장 타당할 테지만("집들의 태양"보다는 "가정적 태양"으로, "손에서 나는 (resplandor de la mano)"보다는 "손의 광채(resplandor manual)"로) 이는 감각적이지 못하며 형용사가 모자란 탓에 더욱 어렵다.(원주)

374   술 솔라르(Xul Solar, 본명 Oscar Agustín Alejandro Schulz Solari, 1887~1963). 아르헨티나의 화가이자 작가. 그는 스페인어, 포르투갈어, 독일어, 영어를 혼합하여 네오 크레올(neo-Creol) 또는 네오크리오요 (Neo-criollo)라는 언어를 만들었으며 전 세계인이 사용할 수 있는 보편어로서 판렝구아(Pan-lengua)를 구상하기도 했다. 보르헤스는 그를 "모르는 것이 없었고, 신비한 것에 관심이 많았으며, 글쓰기, 언어, 유토피아 이론, 신화, 점성술, 아이러니에 능한 우리 시대의 기인"이라고 평한 바 있다.

375   조지프 러디어드 키플링(Joseph Rudyard Kipling, 1865~1936). 『정글북』을 쓴 영국의 소설가로 1907년 노벨 문학상을 수상했다.

또한 예이츠[376]도 그렇다.

> 그 찢긴 돌고래, 그 징 고통스러운 바다
> (That dolphin-torn, that gong-tormented sea)

위 문장은 스페인어로는 모방은커녕 생각조차 할 수 없다.

더 이상의 평계는 필요치 않을 것 같다. 분명한 건 후대 스칼드가 앞서 본 부정확한 표현을 계속해서 익혔지만 그 표현이 도식적인 방식으로 청중에게 전달되었다기보다는 시구의 변화 속에서 이뤄졌다는 점이다. (다음처럼 노골적인 형태는 이미 배신이라 할 수 있다.)

검의 물＝피

우리는 그 법칙, 즉 루고네스의 훌륭한 메타포에 맞서 케닝의 판관이 제시할 수 있는 정확한 차이가 무엇인지 알지 못한다. 몇 마디 말 외에는 우리에게 남겨진 게 거의 없으니 말이다. 우리는 그들이 행복을 느낄 때 그들의 목소리가 어떠했는지, 음악만큼이나 개인적인 그들의 얼굴이 어떤 표정을 지었는지, 또 어떤 놀라운 결의나 겸양을 지녔는지 알 길이 없다. 분명한 것은 어느 날 그들이 놀라운 기질을 드러냈으며 그들의 보

---

376   윌리엄 버틀러 예이츠(William Butler Yeats, 1865~
       1939). 아일랜드의 작가로 1923년 노벨 문학상을 수
       상했다.

잘것없는 솜씨에도 화산의 불모지와 피오르드에 사는 붉은 사내들이 매료됐다는 것이다. 깊은 풍미의 맥주와 종마 싸움이 그들을 매료했듯이 말이다.[377] 이해할 수 없는 즐거움이 행복을 가져다줬을 수도 있다. 엉성하기 그지없는 "전투의 물고기: 검"과 같은 표현은 그 시절의 농담이었을 수도, 극북에 사는 용맹한 사내들의 웃음거리였을 수도 있다. 내가 다시금 강조하는 그 원시적인 메타포에서 전사와 전투는 보이지 않는 층위에 있으며, 그 층위에서 유기적인 검들이 휘갈겨지고 닳아 없어진다. 이런 상상력은 『날의 사가』에서도 엿볼 수 있는데, 이 작품에는 이렇게 쓰여 있다. "검이 칼집에서 솟아오르고 도끼와 창이 허공을 가르며 싸웠다. 무기가 끈질기게 그들을 추격하자 그들은 방패로 막아야 했다. 하지만 배마다 부상자가 속출했고 사망자도 있었다." 이는 변절자 브로디르가 배에 승선하는 장면인데, 이후 그는 전투 중 사망한다.[378]

『천일야화』의 743일 밤 이야기에는 이런 구문이 있다. "행

---

377 화산암과 딱딱한 얼음의 섬 아이슬란드의 독특한 경기인 종마 싸움을 가리킨다. 사람들의 환호성 속에 암말에 미친 절박한 종마들이 물어뜯고 피 흘리며 싸우는 경기로 말이 죽는 경우도 있다. 이 경기는 부지기수로 언급되었다. 역사가는 사랑하는 여인을 앞에 두고 용맹하게 싸운 군인에 대해 암말이 보고 있는데 수말이 어찌 잘 싸우지 않을 수 있겠느냐고 한다.(원주)

378 『날의 사가』에서 바이킹 브로디르(Brodir)는 클론타프(Clontarf) 전투에서 아일랜드를 통일한 최초의 왕인 브리안 보루마(Brian Bóruma)를 살해하며, 자신 또한 그 전투에서 사망한다.

복한 왕이 절도 있는 자, 고상한 자, 유일무이한 자, 비통한 사
자이자 청명한 달 같은 후계자를 남기고 죽었다 하지 말라." 이
표현이 게르만의 표현과 유사하고 우연찮게 동시대적이기에
월등한 가치가 있다고 할 순 없다. 그러나 그 근원은 다르다. 사
람을 달과 동일시하고 맹수와 동일시하는 이 표현은 의심스러
운 정신 작용의 결과물이 아니라, 두 가지의 직관이라는 정확
하고 순간적인 진실이다. 케닝은 궤변이 되고 허풍이 되어 생
기를 잃었다. 기억할 만한 예외가 있다면 어느 도시에 난 불, 난
감하고 무서운 불에 대한 시구가 그것이다.

사람들이 불에 타니, 이제 보석이 격노하네.

다음과 같은 말로 이 글을 정리하고자 한다. "견갑골의 다
리"라는 표현은 아주 기묘하다. 하지만 사람의 팔이라는 표현
보다 기묘하진 않다. 겨드랑이 쪽이 파인 조끼 밖으로 드러난
팔을 다리로, 실이 풀리듯이 기다랗게 오지(五指)까지 이어진
다리로 이해하는 것은 그 근본적인 기묘함을 직관한 것이다.
케닝은 그렇게 우리에게 놀라움을 선사하며 세계를 낯설게 느
끼도록 한다. 케닝은 기막힌 당혹감을 유발하는데, 이 당혹감
은 형이상학의 유일한 영예로서 케닝의 보상이자 원천이 된다.

1933년
부에노스아이레스에서

후기

　세심하고 강인한 영국 시인 모리스[379]는 자신의 마지막 서사시 『뵐숭가의 시구르드』(1876)에 무수히 많은 케닝을 삽입했다. 그 케닝이 번안한 것인지 개인적인 것인지 아니면 그 두 가지에 모두 해당하는지는 차치하고 몇 가지 예를 보자. 그 작품에서 깃발은 전쟁의 불꽃이다. 공격은 살육의 파도, 전쟁의 바람. 산은 우뚝 솟은 바위의 세계. 군대는 전쟁의 숲, 찌르기의 숲, 전투의 숲. 죽음은 검의 직물. 그리고 시구르드의 검은 파프니르[380]의 파멸, 결투의 오점, 시구르드의 분노이다.

　카이로의 상인들은 "오, 향기로움의 아버지, 재스민이여!"라고 감탄한다. 마우트너[381]에 따르면, 아랍인은 아버지와 아들

379　윌리엄 모리스(William Morris, 1834~1896). 영국의 작가이자 건축가. 시구르드(Sigurðr)는 노르드 신화의 영웅으로 13세기에 쓰인 『뵐숭가의 사가(Völsunga saga)』의 중심인물이다. 윌리엄 모리스의 『뵐숭가의 시구르드(Sigurd the Volsung)』는 이 사가를 각색한 것이다. 이외의 각색 작품으로 바그너의 오페라 「니벨룽겐의 반지」, 입센의 『헬겔란드의 바이킹』, 톨킨의 『시구르드와 구드룬의 전설』 등이 있다.

380　파프니르(Fafnir)는 북유럽 신화에서 황금을 지키는 용으로 시구르드에 의해 죽는다.

381　프리츠 마우트너(Fritz Mauthner, 1849~1923). 독일의 철학자이자 작가. 비트겐슈타인(Wittgenstein)에게 영향을 줬으며 대표 저작으로 『언어비판 논고(Beiträge zu einer Kritik der Sprache)』가 있다. 보르헤스는 그의 저작 『철학 사전(Wörterbuch der Philosophie)』을 극찬

의 관계에서 상을 만들어 낸다. 예컨대 닭은 아침의 아버지, 늑
대는 약탈의 아버지, 화살은 활의 아들, 산은 통행의 아버지이
다. 그런 표현 중 놀랄 만한 예가 신의 존재에 대한 가장 보편적
인 증거인 쿠란에도 있는데, 쿠란에서 인간은 "몇 방울의 물"
로 탄생했다.[382]

알다시피 탱크의 초기 이름이 육지 배(landship), 육지 전함
(landcruiser)이었다. 나중에서야 보안 유지를 위해 탱크라는 이
름이 붙여졌다. 최초의 케닝은 너무나도 명확했다. 또 다른 케
닝으로 "긴 새끼 돼지"라는 게 있는데, 이는 식인종이 자신의
주식에 부여한 완곡어법이었다.

죽은 울트라이스타[383]의 환영이 여전히 내게 머물러 있기
에 이런 유희를 즐기고 있다. 이 유희를 명석한 동료인 노라
랑헤[384]에게 바친다. 그녀라면 이 유희를 알고 있을 것이다.

한 바 있다.

382　알라는 자신의 척추와 갈비뼈 사이에서 나온 한 방울
　　　의 물로 인간을 창조했다.(『쿠란』 23장 12~14절)

383　전위주의의 한 갈래인 울트라이스모(Ultraismo, 극단
　　　주의)에 가담한 시인을 일컫는 말. 청년 보르헤스도
　　　이 문학 운동에 참여하였다.

384　Norah Lange(1905~1972). 아르헨티나의 아방가르드
　　　문학 작가. 보르헤스가 그녀의 첫 작품 『오후의 거리
　　　(La calle de la tarde)』(1925)에 서문을 써 줄만큼 보르
　　　헤스와 친분이 두터웠다.

1962년 후기

나는 두운(頭韻)과 메타포가 고대 게르만 시의 본질적 요소라고 여러 번 밝힌 바 있다. 두 해에 걸쳐 앵글로색슨 문학을 공부해 보니 이젠 그 확언을 수정해야 할 것 같다.

나는 두운이 결과가 아니라 수단이라고 생각한다. 두운법의 목적은 강조하고 싶은 어휘를 두드러지게 하는 것이었다. 이를 증명해 주는 것이 모음인데, 모음은 개방적이기에 아주 다양하게 두운으로 사용되었다. 다른 방식으로는 14세기에 쓰인 "afair field full offolk(사람이 가득한 땅)"[385]처럼 과장된 두운이 있는데, 이는 고대 텍스트에선 쓰이지 않았다.

시의 필연적인 요소인 메타포와 관련하여, 나는 합성어의 화려함과 진지함이 즐거움을 위한 것이었지 케닝이 애초부터 메타포의 성질을 띠지는 않았다고 생각한다.『베오울프』의 도입부에 있는 두 행에는 세 개의 케닝(창의 데인족,[386] 과거의 날들 혹은 세월의 날들, 백성의 왕들)이 있는데, 이런 케닝은 메타포가 아니다. 그리고 열 번째 행에 이르면 "hron-rāde"(고래의 행로: 바다)[387]라는 표현도 나온다. 따라서 문학에서 메타포는 본질적인 것이 아니라 나중에 생성된 비유로서 뒤늦게 나타난 문학적

385　원문의 'afair field full offolk'는 'a fair field full of folk',
　　　즉 천상과 지옥 사이에 위치한 인간 세계를 가리키는
　　　것으로 보인다.

386　데인족은 덴마크인을 가리킨다.

387　고대 영어 hron-rāde는 hron-rād의 복수형으로 hron(고
　　　래)와 rād(길)의 합성어이다.

발견이었다.

다수의 책 중에서 유용했던 책을 다음과 같이 밝힌다.

Snorri Sturluson, *The Prose Edda*, trans. by Arthur Gilchrist Brodeur(New York, 1912).

"Die Jüngere Edda", in *ersten grammatischen Traktat*. trans. by Gustav Neckel und Felix Niedner(Jena, 1925).

Hugo Gering trans., *Die Edda*(Leipzig, 1892).

Wilhelm Ranisch, *Eddalieder: mit Grammatik, Übersetzung and Erläuterungen*(Leipzig, 1920).

Eiríkr Magnússon, William Morris trans. *Völsunga Saga with certain songs from the Elder Edda*(London, 1870).

George Webbe Dasent, *The Story of Burnt Nja. From the Icelandic of the Njals Saga*(Edinburgh, 1861).

G. Ainslie Hight trans., *The Grettir Saga*(London, 1913).

Felix Niedner trans., *Die Geschichte von Goden Snorri*(Jena, 1920).

Felix Niedner, *Islands Kultur zur Wikingerzeit*(Jena, 1920).

R. K. Gordon eds. and trans. by *Anglo-Saxon Poetry*(London, 1931).

John Earle trans., *The Deeds of Beowulf*(Oxford, 1892).

메타포[388]

복잡다단한 삶을 살며 무수히 많은 일을 한 역사가 스노리 스툴루손은 13세기 초에 아이슬란드 시의 전통적 이미지에 관한 어휘 목록을 작성했다. 그 목록에서 증오의 갈매기, 피의 매, 핏빛 백조 혹은 붉은 백조는 까마귀를 의미하며 고래의 천장이나 섬들의 고리는 바다를 의미하고 이(齒)의 집은 입을 의미한다. 시 속에 한데 어우러진 이 메타포는 즐거운 감탄을 자아낸다.(혹은 자아내게 했다.) 따라서 우리는 이 메타포를 쓸모없이 공들여 만들었다고 판단해선 안 된다. 나는 상징주의와 마리노 풍의 문체[389]에 나타난 표현 형식도 마찬가지라고 확신한다.

---

388   「메타포」는 에메세(Emecé)출판사가 출판한 1953년 판『영원성의 역사』에 처음 실렸다.

389   17세기 이탈리아 시인인 잠바티스타 마리노(Giam-

베네데토 크로체[390]가 17세기 바로크 시인과 웅변가에 대해 '은근한 냉담함'과 '기지 같지 않은 기지'를 보인다고 비판했는데, 스노리가 엮은 완곡어법에도 새로운 메타포를 구상하는 모든 의도를 '레둑티오 아드 아브수르둠'으로 만드는 뭔가가 있는 것 같다. 그로 인해 나는 루고네스나 보들레르[391]가 아이슬란드의 궁정 시인만큼이나 실패한 건 아닌지 의심해 봐야 했다.

아리스토텔레스는 『수사학』 3권에서 모든 메타포는 서로 다른 사물 간의 아날로지[392]에 대한 직관에서 비롯한다고 한다. 미들턴 머리[393]는 아날로지가 현실적이어야 하는데, 당시까지는 그렇게 인식되지 않았다고 주장했다.(『마음의 국가들(Countries of the Mind)』 2권, 4쪽). 주지하다시피 아리스토텔레스가 규정한 메타포는 언어가 아니라 사물에 대한 것이다. 스

---

battista Marini, 1569~1625)의 극단적으로 기교적인 문체를 말한다.

390   Benedetto Croce(1866~1952). 이탈리아의 철학자, 역사가, 작가.

391   샤를 피에르 보들레르(Charles Pierre Baudelaire, 1821~1867). 프랑스의 상징주의 시인. 대표작 『악의 꽃(Les fleurs du mal)』(1857)이 있다.

392   analogy, 유비(類比) 혹은 유추(類推)라고 번역되며, 서로 다른 사물 사이에 존재하는 동일성, 혹은 그 동일성을 추론하는 일을 뜻한다.

393   존 미들턴 머리(John Middleton Murry, 1889~1957). 영국의 작가이자 비평가. 낭만주의 비평을 주창했으며 자신의 입장을 근대주의적인 기독교 사회주의라고 밝혔다.

노리가 보존한 비유는 정신 작용의 산물로서의 아날로지가 아니라 어휘를 조합한 것이다. ("붉은 백조"나 "피의 매"처럼) 인상적인 것도 있지만 뭔가를 드러내거나 전달하지는 못한다. 말하자면 언어적 객체로서 유리나 은반지처럼 순수하고 독립적이다. 이와 유사하게 문법학자 라이코프론은 헤라클레스를 세밤의 사자로 칭하는데, 이는 제우스가 밤의 길이를 세 배로 늘였기 때문이다.[394] 그의 표현은 주해자가 어떻게 해석하느냐에 개의치 않고 기억해 둘만 하지만, 아리스토텔레스가 규정한 메타포의 기능을 발휘하지는 못한다.[395]

노자의 『도덕경』에서 우주의 이름 중 하나는 만물이다.[396] 30년 전쯤, 우리 세대는 시인이 그 만물이 만들어 낼 수 있는 수많은 조합을 경시한 채, 몇 가지 유명한 표현군, 예컨대 별과 눈(目), 여자와 꽃, 시간과 물, 노화와 해거름, 꿈과 죽음 등에 광적으로 매달렸다는 사실에 놀라움을 금치 못했다. 이런 식

---

394   헤라클레스는 제우스와 암피트리온의 아내인 알크메네 사이에서 얻은 아들이다. 제우스는 전쟁에 참가한 암피트리온으로 변신하여 알크메네와 동침하는데, 제우스는 그날 밤의 길이를 3배로 늘인다.

395   페르시아 문학에서 화살의 은유적 표현인 "날개가 셋인 독수리"도 마찬가지이다. 에드워드 그랑빌 브라운, 『페르시아 문학사』 3권, 262쪽) (원주) Edward Granville Browne(1862~1926). 영국의 동양학자.

396   『도덕경』 1장, "道可道 非常道 名可名 非常名 無名天地之始 有名萬物之母(도를 도라 부르면, 이미 도가 아니다. 이름 부를 수 있으나, 언제나 그 이름은 아니다. 이름이 없을 때 천지가 있었고, 이름이 생기자 만물이 태어났다.)"를 가리킨다.

으로 기술되거나 발췌된 표현군은 진부하기 그지없지만 몇 가
지 예를 보도록 하자.

구약 성경 「열왕기」 2장 10절에는 "다윗은 자기 조상들과
함께 잠들어 다윗 성에 묻혔다."라는 구절이 있다. 도나우강[397]
의 뱃사람은 표류 중에 배가 침몰하자 이렇게 기도했다. "나는
잠드나니, 이내 다시 노를 저으리라."[398] 『일리아스』에서 호메
로스는 꿈을 "죽음의 형제"라 하는데,[399] 레싱[400]은 죽음과 관련
한 다양한 기념비적 작품이 이 형제애에 대한 증언이라고 한
다. 빌헬름 클렘[401]은 꿈을 "죽음의 원숭이"라고 하면서 "죽음
은 최초의 고요한 밤"이라고 썼다. 그에 앞서 하인리히 하이
네[402]는 "죽음이 신선한 밤이라면, 삶은 폭풍치는 날……"이라

397　독일 남부에서 시작되어 루마니아의 동쪽에 있는 흑
　　　해로 이어지는 강이다.

398　페니키아 어부들의 마지막 기도는 "카르타고의 어머
　　　니시여, 노를 돌려드리나이다."이다. 기원전 2세기의
　　　주화로 미루어 볼 때 카르타고의 어머니는 시돈으로
　　　보인다.(원주) 시돈(Sidon)은 레바논 남부의 지중해
　　　해안 도시로 페니키아의 가장 강력한 도시였다.

399　참고로 『일리아스』에서 잠의 신 히프노스와 죽음의
　　　신 타나토스는 쌍둥이 형제이다.

400　고트홀트 에프라임 레싱(Gotthold Ephraim Lessing,
　　　1729~1781). 독일 계몽주의의 대표적 극작가, 평론가.

401　빌헬름 클렘(Wilhelm Klemm, 1881~1968). 독일의 표
　　　현주의 시인. 1916년 즈음 보르헤스는 제네바에 머물
　　　며 그의 작품을 탐독했으며 그의 작품을 포함해 표현
　　　주의 시를 번역한 바 있다.

402　하인리히 하이네(Heinrich Heine, 1797~1856). 독일
　　　의 유대계 작가이자 평론가. 보르헤스는 1916~1917

고 썼다. 비니[403]는 죽음을 "대지의 꿈"이라 했다. 블루스에서는 죽음을 "낡은 흔들의자"라 하는데, 이 죽음은 흑인의 마지막 꿈, 마지막 낮잠이다. 쇼펜하우어는 자신의 저작에서 죽음과 꿈을 반복적으로 동일시한다. 그는 이렇게 말한다. "꿈은 각자의 것이고, 죽음은 모두의 것이다."(『의지와 표상으로서의 세계』, 2권, 41쪽)[404] 독자 여러분은 "죽는다는 것은 자는 것, 아마도 꿈꾸는 것이리라."[405]라는 햄릿의 말과 그가 자신의 잔인한 꿈이 죽음의 꿈일까 봐 두려워했음을 기억할 것이다.

여자를 꽃에 비유하는 표현은 또 다른 영원일 수도 진부함일 수도 있다. 몇 가지 예를 보자. 구약 성경의 「아가(雅歌)」에서 술람미는 "나는 샤론의 장미이자 골짜기의 백합이다."라고 한다.[406] 웨일스의 『마비노기온』[407]의 네 번째 작품인 마스의 이야기[408]에서 한 왕자가 이 세상에는 존재하지 않는 다른 세계의

년 즈음 그의 시문학을 통해 독일어를 공부했고 「파리, 1856년(París, 1856)」을 그에 대한 헌시로 남겼다.

403 알프레드 빅토르 드 비니(Alfred Victor de Vigny, 1797~1863). 프랑스 낭만주의 시인이자 극작가.

404 쇼펜하우어가 꿈을 무의식적인 의지의 활동으로 고려한다는 점에서 꿈과 죽음을 동일한 것으로 간주한다고 판단하기에는 무리가 있어 보인다.

405 『햄릿』 3막 3장에 나오는 구절이다.

406 「아가」는 구약 성경에 포함되어 있고 시 형식의 글이며, 솔로몬과 술람미 여인의 사랑을 다루고 있다.

407 『마비노기온(Mabinogion)』은 켈트 신화와 전설 및 설화가 담긴 중세 웨일스의 산문 모음집이다.

408 『마비노기온』의 네 번째 책인 『마스, 마소느위의 아들(Math fab Mathonwy)』은 웨일스의 귀네드 왕국

여자를 원하자 한 주술사가 주문과 요술을 부려 떡갈나무 꽃과
금잔화 그리고 석잠풀 꽃으로 여인을 만들어 준다.『니벨룽겐
의 노래』[409]의 다섯 번째 모험에서 시구르드는 크림힐트를 보게
되는데, 그가 우리에게 전하는 첫 마디는 그녀의 얼굴이 장밋
빛으로 빛난다는 것이다.[410] 카툴루스[411]로부터 영감을 얻은 아
리오스토[412]는 안젤리카라는 여인을 비밀스러운 꽃에 비유한
다.(『광란의 오를란도』, I, 42). 그리고 아르미다의 정원에서는 자
줏빛 주둥이의 새 한 마리가 사랑하는 연인들에게 그 꽃이 시
들지 않게 하라고 충고한다.(『해방된 예루살렘』, XVI, 13~15)[413]

(Gwynedd)의 왕인 마스의 이야기를 담고 있다.

409　『니벨룽겐의 노래(Nibelungenlied)』는 작자 미상의 게
르만 서사시로 현재까지 전해지는 가장 오래된 사본
은 1220년경의 것으로 추정된다.

410　구드룬 규카도티르(Guðrún Gjúkadóttir)는 게르만 신
화에 등장하는 인물로 노르드의 에다 및 사가에서는
구드룬이라 하고『니벨룽겐의 노래』에서는 크림힐트
(Kriemhild)라 한다.『니벨룽겐의 노래』에서 군터 왕의
누이동생인 크림힐트는 영웅 시구르드와 결혼한다.

411　가이우스 발레리우스 카툴루스(Gaius Valerius
Catullus, BC 84~54). 고대 로마의 서정 시인.

412　루도비코 아리오스토(Ludovico Ariosto, 1474~1533).
이탈리아의 시인.

413　『해방된 예루살렘(La Gerusalemme liberata)』(1580)은
이탈리아의 시인 토르콰토 타소(Torquato Tasso)가 아
리오스토의『광란의 오를란도(Orlando furioso)』를 모
방하여 쓴 서사시로 주로 십자군과 무슬림의 전쟁에
관한 이야기를 담고 있다. 아르미다(Armida)는『해방
된 예루살렘』에 등장하는 미모의 마법사로 십자군 전

10세기 후반, 말레르브[414]가 딸의 죽음으로 슬퍼하는 친구를 다음과 같은 유명한 말로 위로한다. "장미와 그녀는 장미와 같은 삶을 살았다네." 셰익스피어는 어느 정원에서 장미의 짙은 선홍색과 백합의 순백색에 감탄하지만 그에겐 그 눈부심이 사라진 사랑의 그림자다.(『소네트』, XCVIII) 스윈번의 작품에 나오는 사모트라케의 여왕은 "신은 장미를 만들면서 내 얼굴을 만드셨네."라고 말한다.[415] 이런 예는 무수히 열거할 수 있다.[416] 예

쟁의 영웅인 기사 리날도(Rinaldo)와 사랑에 빠진다.

414   프랑수아 드 말레르브(François de Malherbe, 1555~1628). 프랑스 앙리 4세 시절 궁정 시인. 이 글에서 보르헤스가 인용한 작품은 『딸을 잃은 두 페리에 씨에 대한 위로(Consolation à M. Du Périer sur la mort de sa fille)』(1600)이다.

415   앨저넌 찰스 스윈번(Algernon Charles Swinburne, 1837~1909). 영국의 시인이자 평론가. 보르헤스가 인용한 시구는 「베르사브 여왕의 가면극(The Masque of Queen Bersabe)」(1862)에 나오는 표현이다. 사모트라케는 그리스의 섬이다.

416   밀턴(Milton)의 유명한 시구(『실락원』, 4권, 268~271 쪽)에도 페르세포네(Persephone)의 납치에 대한 섬세한 이미지가 있다. 다음은 루벤 다리오의 시구이다.

그러나 완고한 시간 앞에서도
사랑에 대한 나의 갈증은 끝이 없으니,
잿빛 머리칼을 하고도
정원의 장미꽃들을 향해 다가가네.(원주)

존 밀턴(John Milton, 1608~1674). 영국의 시인이자 청교도 사상가. 여기에서 보르헤스가 언급한 『실

컨대 스티븐슨의 마지막 미완성작인 『허미스턴의 둑』에 나오
는 한 장면에서 영웅은 크리스티안이 영혼이 있는 존재인지
아니면 "꽃의 색깔을 한 동물인지" 알고 싶어 한다.

　지금까지 꿈-죽음과 관련한 10가지 예와 여자-꽃에 관련
한 9가지 예를 봤는데, 때로는 본질적으로 단일한 것이 차이가
있는 요소들보다 명쾌하지 않기도 하다. "흔들의자"와 "다윗
은 조상들과 잠들었다."라는 문장이 동일한 근원에서 파생되
었음을 그 누가 선험적으로 의심할 수 있겠는가?

　서구 문학 최초의 기념비적 작품인 『일리아스』는 3000여
년 전에 씌어졌다. 그 오랜 세월 속에서 (꿈-삶, 잠-죽음처럼 양
자의 아날로지 관계를 인식해 왔다는 의미로) 필연적이고 익숙한
모든 유사성이 인식되었으며 한 번쯤은 씌어졌다. 그렇다고
메타포가 고갈됐다는 말은 아니다. 생각을 표현하는 이 비밀
스러운 교감을 지시하거나 암시하는 방식은 사실상 무제한적
이다. 메타포의 미덕과 결점은 말에 있다. 단테의 『신곡』 「연옥
편」(1곡 13행)에는 흥미로운 시구가 있는데, 여기서 그는 동양

　낙원』의 시구는 "페르세포네가 꽃을 모으고 있었
는데/ 그녀가 더욱 아름다운 꽃이라/ 음울한 디스
(플루토, Pluto)가 그녀를 납치했다"(where Proserpin
gathering flours/ Her self a fairer Floure by gloomie Dis/
Was gatherd)에 해당한다. 루벤 다리오(Rubén Darío,
1867~1916)는 니카라과의 시인으로 모데르니스모
(modernismo, 중남미의 모레르니스모 문학 운동)를
대표하는 시인이다. 이 글에서 보르헤스가 인용한
다리오의 시는 「봄에 부르는 가을 노래 (Cancion de
otoño en primavera)」이다.

의 하늘을 정의함에 있어 뜻밖의 우연으로 동양의 맑은 돌을 불러낸다. "동쪽의 감미로운 사파이어 색채"가 그것인데 참으로 감탄스럽다.[417] 이와 다르게 공고라의 『고독』(1권, 6쪽)에는 "사파이어로 된 평원에서 별을 뜯네."[418]라는 표현이 있는데, 이는 내가 잘못 이해한 게 아니라면 그저 투박하고 과장된 표현이다.[419]

언젠가 메타포의 역사가 쓰인다면 이러한 추정에 내재된 진실과 오류가 밝혀질 것이다.

---

417 『신곡』「연옥편」 1곡 13~15행은 다음과 같다. "수평선에 이르기까지 깊은 청아함에 휩싸인 하늘,/ 그 하늘에 평온히 잠긴 동쪽의 감미로운/ 사파이어 색채가 내 눈을 다시 싱그럽게 해 주었다."

418 그의 대표작인 『고독』은 다음 시구로 시작한다. "그해의 꽃이 만개한 계절/ 그때 에우로페를 속여 훔친 자가/ (제 이마의 무기인 반달과/ 제 털의 모든 광선인 태양)/ 하늘의 빛나는 명예,/ 사파이어로 된 평원에서 별들을 뜯네."

419 단테와 공고라의 시구는 성경의 「출애굽기」 24장 10절, "이스라엘의 하나님을 보니 그의 발아래에는 청옥(사파이어)을 편 듯하고 하늘 같이 청명하더라."에서 비롯한 것이다.(원주)

순환 이론[420]

|

이 이론은(이 이론의 마지막 창시자는 이를 영원 회귀라 한
다.)[421] 다음과 같이 설명할 수 있다.

"세계를 구성하는 모든 원자의 수는 헤아릴 수는 없지만 유
한하며, 오직 유한한 수(이 또한 헤아릴 수 없지만)의 순열로서
가능하다. 무한한 시간 속에서 가능한 순열의 수가 한정적이
라면 세계는 반복된다. 그대는 다시 태어나, 또다시 성장하여,
그대의 손으로 다시금 이 페이지를 보게 되고, 믿기지 않는 죽

---

420   「순환 이론」은 1936년《수르》20호에 처음 실렸다가
       같은 해 출판된 『영원성의 역사』에 포함되었다.
421   니체의 영원 회귀를 가리킨다.

음의 순간까지 모든 시간을 거듭 되풀이할 것이다." 이것이 그 주장의 일반적 내용으로, 그 서막은 무미건조하지만 그 결말은 위협적이다. 우리는 이것이 니체의 주장임을 알고 있다.

그의 주장을 반박하기에 앞서 (내가 그럴만한 능력이 있는지 모르겠지만) 저 먼 곳에서부터, 그가 원용한 초인간적 숫자부터 살펴볼 필요가 있다. 원자부터 시작해 보자. 수소 원자의 직경은 1억분의 1센티미터로 계산된다. 현기증이 날 정도로 작지만 그렇다고 더 이상 쪼개지지 않는 것도 아니다. 반면 러더퍼드[422]는 태양계의 이미지처럼 원자가 원자핵과 원자보다 10만 배나 작은 회전 전자로 이뤄져 있다고 주장했다. 원자핵과 전자에 대한 얘기는 접어 두고, 10개의 원자로 구성된 작은 세계를 생각해 보자. (이는 실험적 세계에 대한 것으로 현미경으로도 관찰할 수 없으니 보이지 않고 그 어떤 저울로도 무게를 잴 수 없으니 질량도 알 수 없다.) 또한 (니체의 추정에 따라) 그 우주가 변화할 수 있는 수가 10개의 원자가 배치되는 방식에 좌우된다고 해 보자. 영원 회귀에 앞서 그 세계는 얼마나 많은 상태로 변화할 수 있는가? 해답은 쉽게 얻을 수 있다. $1 \times 2 \times 3 \times 4 \times 5 \times 6 \times 7 \times 8 \times 9 \times 10$으로 계산하면 362만 8800번이라는 결과가 나온다. 하나의 극소 입자가 그런 다양성을 갖는다면 우주의 불변성은 전혀 신뢰할 수 없다. 내가 10개의 원자를 예로 들었다면, 2그램의 수소를 얻는 데는 수천 조가 넘는 원자가 필요

---

422   어니스트 러더퍼드(Ernest Rutherford, 1871~1937).
       뉴질랜드 태생의 영국 핵물리학자. 핵물리학의 아버
       지로 불린다.

하다. 2그램의 수소에서 가능한 변화를 계산하는 일, 다시 말
해 수천 조에 이르는 모든 수를 곱하는 것은 이미 인간의 인내
를 넘어서는 연산이다.

독자 여러분은 납득할 수도 있겠지만, 나는 그렇지 못하다.
엄청난 수를 고통 없이 순수하게 낭비하는 일은 과잉에 대한 독
특한 즐거움을 준다. 그렇지만 회귀는 여전히 어느 정도 영원하
다. 물론 그 시기가 멀지만 말이다. 니체라면 다음과 같이 반론
을 제기할 것이다. "내게 러더퍼드의 회전 전자는 원자가 쪼개
질 수 있다는 (철학자에겐 가증스러운) 생각만큼이나 새롭다. 하
지만 나는 물질의 변화가 엄청나게 많다는 점을 결코 부인하지
않았다. 나는 다만 그 변화가 무한하지 않다고 주장했다." 이와
같은 프리드리히 차라투스트라[423]의 그럴 듯한 대답은 게오르
크 칸토어[424]와 그의 영웅적인 집합론을 돌아보게 한다.

칸토어는 니체가 설정한 가설의 토대를 파괴한다. 그는 우
주의 수가 완전히 무한하다고, 심지어 1미터의 수도 혹은 조각
난 1미터의 수도 무한하다고 주장한다. 그에게 연산은 두 가지
급수의 비교와 다름없었다. 예컨대 문에 붉은색 표식을 한 집
을 제외하고 이집트의 모든 집의 장자가 천사에 의해 죽었다

---

423   보르헤스가 니체와 차라투스트라의 이름을 합성해서
활용하고 있다. 니체의 『차라투스트라는 이렇게 말했
다』는 '신의 죽음', '영원 회귀', '힘에의 의지', '위버멘
쉬(Übermensch, 초인)' 등을 핵심 사유로 하고 있다.
424   게오르크 페르디난트 루트비히 필리프 칸토어(Georg
Ferdinand Ludwig Philipp Cantor, 1845~1918). 독일의
수학자. 집합론을 창시했다.

면, 그 표시가 몇 개인지 계산할 필요도 없이 붉은색 표식 만큼의 생존자가 있다는 것은 당연하다. 여기에서 그 수는 불확정적이다. 그 수가 무한한 다른 집합도 있다. 자연수의 집합은 무한하다. 하지만 짝수로도 홀수로도 나타낼 수 있다.

> 1에 2가 상응
>
> 3에 4가 상응
>
> 5에 6이…… 등.

이러한 증명은 무의미할 정도로 당연하다. 하지만 이는 다음과 같이 무한한 수만큼이나 3018의 배수가 있다는 것과 다르지 않다. 그 수에서 3018과 그 배수를 제외하지 않고 말이다.

> 1에 3018이 상응
>
> 2에 6036이 상응
>
> 3에 9054가 상응
>
> 4에 1만 2072가…… 등.

거듭제곱을 활용하여 전개하더라도 마찬가지이다.

> 1에 3018이 상응
>
> 2에 3018인 910만 8324가 상응
>
> 3에…… 등.

이러한 전개를 수용하면, 하나의 무한한 축적은 (예컨대 모

든 수의 자연 급수) 그 축적을 구성하는 인자들이 동시에 무한급
수로 나눠지는 축적이라는 틀이 형성된다. (명확히 말하면, 무한
한 집합은 제가 지닌 부분 집합 중 하나와 동등할 수 있다.) 제곱의
범위에 있는 부분 집합이 전체보다 적지 않다는 것, 즉 세계에
존재하는 점들의 정확한 양은 1미터에 있는 양이나 10센티미
터에 있는 양 혹은 가장 먼 행성의 궤도에 있는 양과 같다는 것
이다. 자연수의 급수는 질서 정연하다. 즉 28이 29의 앞에 27의
뒤에 오듯이 급수를 구성하는 항은 연속적이다. 공간적 점의
(혹은 시간적 순간의) 급수는 그런 식으로 정리되지 않는다. 여
기에는 선행하거나 후행하는 수가 전혀 없다. 그건 마치 크기
에 따라 쪼개진 수의 연쇄와 같다. 1/2 다음에 오는 분수는 무
엇인가? 51/100은 아니다. 101/200이 훨씬 가까우니 말이다.
101/200도 아니다. 201/400이 더 가까우니 말이다. 201/400
도 아니다. 더 가까운 분수가 있으니 말이다. 게오르크 칸토어
에 따르면 점도 이와 마찬가지이다. 우리는 언제든지 다른 점
들을 무한하게 삽입할 수 있다. 그렇지만 그 크기가 계속 줄어
든다고 이해해서는 안 된다. 각 점은 '이미' 무한한 재분할의
최종점이다.

칸토어와 차라투스트라, 둘의 아름다운 유희가 부딪혀 일
어난 마찰은 차라투스트라에게 치명적이다. 만약 세계가 무한
한 항의 수로 구성된다면, 무한히 조합되는 수가 가능하다. 그
러면 회귀의 필연성은 깨지고 그 가능성은 0으로 귀결되기 때
문이다.

II

니체는 1883년 가을 무렵에 이렇게 썼다. "달빛을 받으며 기어가는 느린 거미와 바로 그 달빛, 문 안에서 영원한 것을 속삭이는 너와 나, 우리는 이미 과거에 그 자리에 있지 않았던가? 그리고 우리는 다시금 그 긴 길을, 저 길고 음산한 길을 영원히 되돌아가지 않겠는가? 나는 그렇게 말하고 있었고, 내 목소리는 점점 작아졌다. 내 생각과 심산이 두려웠기 때문이다."[425] 아리스토텔레스의 해석자인 에우데무스[426]는 기원전 300년경에 이렇게 썼다. "우리가 피타고라스학파를 믿는다면, 동일한 일이 반드시 반복될 터이니 너희는 다시금 나와 함께할 것이고 이 설교를 되풀이하는 내 손엔 이 지시봉이 쥐어져 있을 것이며 여타의 일도 지금과 마찬가지일 것이다."[427] 스토아학파의 우주론에 따르면 "제우스는 세계를 먹고 산다." 즉 우주는 그 우주를 생성한 불에 의해 주기적으로 소멸되며, 소멸로부터 소생하여 동일한 역사를 반복한다. 다시금 씨를 품은 다양한 입자가 조합되고, 또다시 돌과 나무와 인간이, 심지어 미덕과 나날도 형성되는데, 그리스인에게 일정한 유형이 없는 명사는 있을 수 없었다. 다시금 모든 검과 영웅, 철저한 불면의 밤이 되

---

425 니체의 『차라투스트라는 이렇게 말했다』의 3부에 있는 내용으로 영원 회귀를 다루고 있다.

426 에우데무스(Eudemus, BC 370~300?)는 그리스의 철학자로 아리스토텔레스의 제자였다.

427 아리스토텔레스의 『자연학』 3권에 나오는 내용이다.

풀이된다.

스토아학파의 또 다른 추론이 그랬듯이, 보편적 반복이라
는 가정은 세월과 함께 유포되었고 이를 가리키는 '만물 회복
설'은 그 의도가 불명확함에도 복음서에 기입됐다.(「사도행전」,
3장, 21절)[428] 아우구스티누스의 『신국론』 12권은 여러 장(章)에
걸쳐 그 혐오스러운 교리에 반박한다. (지금 내가 보고 있는) 이
책은 내용이 너무 복잡하여 요약하기 어렵다. 하지만 아우구
스티누스의 분노를 두 가지 주제로 나눠 보자면, 하나는 그 순
환이 아무짝에도 쓸모없다는 것이고, 다른 하나는 신(Logos)이
십자가에 묶인 곡예사처럼 끝없이 곡예를 하다 죽을 거라는
조롱의 내용이다. 이별과 자살 시도는 빈도가 높을수록 위엄
을 잃는 법이다. 아우구스티누스는 십자가형(刑)에 대해서도
같은 생각이었을 것이다. 그래서 스토아학파와 피타고라스학
파의 주장을 빈축하며 거부했으리라. 이들은 신의 지혜가 무
한한 사물을 이해할 수 없으며, 신이 만물의 무한한 순환을 배
우며 적응해야 한다고 단정했다. 아우구스티누스는 그들의 근
거 없는 순환을 비웃으며 그리스도는 우리가 순환적 미로라는
속임수에서 벗어나게 해 주는 바른길이라고 확신한다.

존 스튜어트 밀[429]은 인과율을 다룬 『논리학』의 한 장에서 역

---

428   「사도행전」 3장 21절 "하나님이 영원 전부터 거룩한
       선지자들의 입을 통하여 말씀하신 바 만물을 회복하
       실 때까지는 하늘이 마땅히 그를 받아 두리라."라는
       구절을 가리킨다.

429   John Stuart Mill(1806~1873). 영국의 철학자이자 정
       치 경제학자. 논리학, 윤리학, 정치학 등에 걸쳐서 다

사의 주기적 반복이 (진리는 아니지만) 납득할 만하다고 주장하면서 베르길리우스[430]의「메시아 전원시」를 인용한다.

이제 정의의 여신이 돌아오고, 사투르누스[431]의 치세가 돌아온다.

그리스를 연구한 니체가 이 '선구자들'을 무시할 수 있었을까? 소크라테스 이전의 철학자에 대해 글을 쓴 바 있는 니체가 피타고라스의 제자들이 배운 이론을 모를 리 있겠는가?[432] 그렇게 생각할 수도 없을 뿐더러 그런 생각 자체가 무용하다. 사실 니체는 자신의 기념비적 저작에서 영원 회귀를 착상한 곳을 밝힌 바 있는데, 1881년 8월 어느 정오에 스위스의 실바플라나 호수의 숲길을 산책하던 그는 피라미드처럼 솟은 거대한 바위 앞에 멈춰 서서 "인간과 시간으로부터 6000걸음"이라는

양한 저술을 남겼다.

430 　푸블리우스 베르길리우스 마로(Publius Vergilius Maro, BC 70~19). 로마의 국가 서사시『아이네이스(Aineis)』의 저자로 단테의『신곡』에서 저승의 안내자로 등장한다.「메시아 전원시」는 그리스도의 탄생을 예언하는 것으로 해석되기도 한다.

431 　Saturnus는 로마 신화의 농업의 신으로 그리스 신화의 크로노스와 동일시된다.

432 　이런 곤혹스러움은 별 의미가 없다. 1874년 니체는 역사가 순환적으로 반복된다는 피타고라스의 논리를 비웃은 바 있다.(『삶에 대한 역사의 공과에 관하여』) (1953년판 원주)

메모를 남겼다. 그 순간이 니체에겐 영예로운 순간이었다. 그
는 이렇게 기록한다. "불멸의 순간에 나는 영원 회귀를 창안했
다. 그 순간이 있어서 나는 회귀를 버텨 내고 있다."(『생성의 무
구함』 2권, 1308쪽)[433] 그렇지만 나는 가경할 무지나 영감과 기
억 사이의 인간적인, 진저리 나게 인간적인 혼동의 범죄 또는
오만이라는 범죄를 상정해서는 안 된다고 본다. 나의 주장은
문법적 성질, 거의 구문론적 성질의 것이다. 니체는 영원 회귀
가 영원히 되돌아오는 허구나 두려움 혹은 여흥에서 온 것임
을 알았다. 하지만 그는 가장 효과적인 인칭이 I인칭이라는 것
도 알고 있었다. 선지자에겐 I인칭 밖에 없다. 선지자의 계시
가 간략의 설명이나 리터[434]와 프렐러[435] 같은 교수가 쓴 『그리
스 로마 철학사』에서 비롯한다는 것은 차라투스트라에겐 있
을 수 없는 일이다. 활자가 아닌 이상, 목소리도 시대도 차이가
있으니 말이다. 계시의 화법은 따옴표를 쓰지도, 박식하게 책
이나 저자를 인용하지도 않는다.

---

433   독일 철학자인 알프레트 보임러(Alfred Baeumler,
       1887~1968)가 니체의 글을 선별하여 1931년 『생성
       의 무구함(Die Unshuld des Werdens)』으로 출판하였
       다. 참고로 니체의 마지막 저작으로 1888년에 작성되
       어 1908년에 출판된 『이 사람을 보라(Ecce Homo)』에
       서 니체는 『차라투스트라는 이렇게 말했다』를 어떻게
       집필했는지 밝히고 있다.

434   하인리히 리터(Heinrich Ritter, 1791~1869). 독일 철
       학자.

435   루트비히 프렐러(Ludwig Preller, 1809~1861). 독일의
       철학자이자 고대 문헌학자.

나의 살을 양이라는 짐승의 살에 비유할 수 있다면, 인간의 정신을 인간의 정신적 상태에 비유한다고 하여 누가 제지하겠는가? 아무리 숙고하고 고민해 봐도 사물의 영원 회귀는 이미 니체의 것이지 어느 망자의 것이 아니며 그 망자가 그리스인일 리도 없다. 미겔 데 우나무노가 사상을 자기 것으로 만드는 일에 관해 이미 언급한 바 있으니, 나의 주장은 이쯤에서 삼가겠다.

니체는 불멸을 견딜 수 있는 인간을 원했다. 이는 니체의 개인 노트인 『유고집(Nachlass)』에 있는 말인데, 이 책에는 다음과 같은 말도 있다. "만약 그대가 다시 태어나기에 앞서 오랜 평화가 있을 것이라 생각한다면, 단언컨대 오산이다. 의식의 마지막 순간과 새로운 삶의 찬연한 첫 순간 사이에는 '그 어떤 시간'도 없다. 그 기간은 한 순간의 섬광, 수억 년이 넘게 걸릴 수도 있는 섬광이다. 만약 '나'라는 존재가 없다면, 무한성은 연속과 같을 것이다."

니체 이전에 인간의 불멸은 그저 희망이 낳은 착오이자 혼탁한 기획이었다. 니체가 불멸을 하나의 의무로 간주하자 그에게 엄청난 불면이 찾아온다. 로버트 버턴[436]의 고서에는 "불

---

436   『우수의 해부학(The Anatomy of Melancholy)』(1621)
        을 쓴 영국의 신학자 로버트 버턴(Robert Burton,
        1577~1640)을 가리키는 것으로 보인다. 보르헤스
        는 『7일 밤(Siete noches)』, 『픽션들(Ficciones)』을 비롯
        해 여러 작품에서 버턴(Burton)이라는 성만 언급하는
        경우가 있는데, 이 경우에는 영국의 탐험가이자 외교
        관으로 『천일야화』를 번역한 리처드 프랜시스 버턴

면은 우수에 젖은 사람을 지독하게 괴롭힌다."라는 글귀가 있
는데, 이는 니체가 바로 그 괴롭힘 속에서 쓰디쓴 수면제를 복
용하며 구원받을 길을 찾아야 했음을 말해 준다. 니체는 월트
휘트먼이 되고자 했으며 자신의 운명을 철저히 사랑했다. 그
는 과감한 방법론을 이어 가면서 영원한 반복이라는 그리스인
의 참을 수 없는 가설을 기억해 내고 그 정신적 악몽으로부터
환희의 기회를 끄집어내려 했다. 그리하여 니체는 우주에 대한
가장 끔찍한 관념을 발견하고 그 관념을 인간의 즐거움에 기입
했다. 나태한 낙관론자가 자신을 니체 같다고 상상하곤 한다
면, 니체는 영원 회귀의 순환으로 그에 맞서 그를 내쳤다.

니체는 이렇게 썼다. "머나먼 행복과 은혜와 축복을 갈망
할 게 아니라 우리가 다시 살기를 바라도록, 그리하여 영원히
그럴 수 있도록 살아야 한다." 마우트너는 영원 회귀의 논리
에 도덕적 영향력(실제적 영향력)을 조금이라도 부여한다면 영
원 회귀가 뭔가 다른 방식으로 일어날 수 있음을 상상하는 것
이기에 영원 회귀의 논리를 부정하는 것이라고 한다. 니체라
면 영원 회귀의 명문화, 영원 회귀의 폭넓은 도덕적 영향력(실
제적 영향력), 마우트너의 판단, 그리고 마우트너의 판단에 대
한 자신의 반박은 원자의 소요가 만든 작품처럼 세계사의 필
연적 순간이라고 화답할 것이다. 니체가 쓴 글을 다시 한 번 보
자. "순환적 반복이라는 이론은 가능성이 있거나 가능하다. 순
수한 가능성이라는 이미지는 우리를 무너뜨리고 복구할 수 있

(Richard Francis Burton, 1821~1890)을 가리키는 경우
가 대부분이다.

다. 영원한 형벌의 가능성이 이루지 못한 게 있던가!" 니체는
다른 글에서 또 이렇게 말한다. "그런 생각이 드는 순간, 모든
색이 변한다. 그리하여 또 다른 역사가 생긴다."

    III

  우리는 "언젠가 그 순간을 경험했던 것 같다."라고 느낄 때면
생각에 잠기곤 한다. 영원 회귀를 믿는 사람이라면 정말 그렇다
며 그 당혹스러운 상태에 대한 믿음을 입증하려 한다. 그들은 기
억이 변하여 그 논리를 부정할 수 있다는 것도, 시간이 그 기억
을 (개인이 자신의 운명을 내다보고 다른 방식으로 만들어 갈 머나먼
주기까지) 완성해 갈 것이라는 것도 망각하고 있다. 어쨌든 니체
는 회귀에 대한 기억의 확신에 관해선 전혀 언급하지 않았다.[437]

---

437   그 확신과 관련하여 네스토르 이바라는 다음과 같이
쓰고 있다. "어떤 새로운 직감이 마치 기억처럼 나타
나면 우리는 그 사물들 혹은 사건들을 인식하고 있다
고 믿으면서도 그것을 처음 경험하는 것이라고 확신
한다. 나는 이것이 우리의 기억이 지닌 흥미로운 기능
이라고 생각한다. 직감은 앞서서 이뤄지지만 의식의
문턱 아래에 있다. 이내 자극이 발생하면 우리는 그 자
극을 의식으로 받아들인다. 우리의 기억은 우리를 속
이고 '기시감(데자뷰)'을 유발하지만 그 사건의 위치
를 제대로 포착하지 못한다. 기억의 허약함과 혼동을
정당화하려고 우리는 시간을 거슬러 그 사건을 현재
의 우리가 아닌 전생의 반복이라고 생각하지만 실제
로는 아주 가까운 과거이다. 그 과거로부터 우리를 분

또한 주지할 사실은 니체가 원자의 무한성에 관해서도 말하지 않았다는 점이다. 그는 원자를 '부정'한다. 그에게 원자론은 세계에 대한 하나의 모델로서 전적으로 시각과 산술적 이해를 위해 만들어진 것이었다. 그는 자신의 논리를 정립하기 위해 한정적 힘을 거론하는데, 이 한정적 힘은 무한한 시간 속에서 전개되지만 수(數)는 무제한적으로 변화하지 않는다. 니체의 작업은 충실하게 이뤄지지 않았다. 첫째, 그는 우리로 하여금 무한한 힘이라는 관념을 경계하라면서("무수한 사유의 난장에 유의하라!") 시간이 무한함을 관대하게 인정한다. 더욱이 그는 '이전의 영원(Eternidad Anterior)'에 호소한다. 예컨대 그는 우주적 힘의 균형은 불가능하다고 하는데, 만약 그렇지 않다면, 이전의 영원에서 이미 그 균형이 작동했을 것이다. 또는 이전의 영원에서 우주의 역사는 무한히 발생했다. 그의 주장은 타당해 보인다. 하지만 그 이전의 영원(또는 신학자들이 말한 '과거의 무한한 시간')[438]은 시간의 원리를 인식할 수 없다는 우리의 선천적 무능력을 의미하는 것일 뿐이다. 우리는 공간에 대해서도 그와 같은 무능력의 병에 걸려 있다. 따라서 이전의 영원을 불러내는 것은 오른쪽의 무한, 즉 미래의 무한을 불러내는

리시키는 심연은 우리의 방심이다.(원주) 네스토르 이바라(Néstor Ibarra, 1908~1986). 프랑스 국적의 보르헤스 연구자이자 번역가. 1928년 부에노스아이레스 대학에서 유학하던 중 보르헤스와 조우했다.

438   'Aeternitas a parte ante'는 과거의 무한한 시간을 가리키며 'Eternitas a parte post'는 미래의 무한한 시간을 가리킨다.

것만큼 결정적이다. 바꿔 말해서 시간이 무한하다고 직관한다면 공간도 무한한 것이다. 그 이전의 영원과 실재적으로 흐른 시간과는 아무 상관이 없다. 우리가 첫 순간으로 돌아가려면 이 첫 순간 앞에 어떤 순간이 있어야 하고, 그 순간 앞에는 또 다른 순간이 있어야 하며, 그렇게 무한히 지속됨을 알게 될 것이다. 그 '무한으로의 회귀'를 막기 위해 아우구스티누스는 시간의 첫 순간을 창조의 첫 순간으로 간주하여 "창조는 시간 안에서가 아니라 시간과 더불어 시작된다."라고 했다.

니체는 에너지에 호소한다. 열역학의 두 번째 법칙은 에너지가 만들어지는 과정이 존재하고 이 과정은 돌이킬 수 없다고 단언한다. 색과 빛은 에너지의 형태에 지나지 않는다. 검은 표면에 빛을 투사하면 색으로 변하는 것만 봐도 그렇다. 반면에 색은 다시 빛의 형태로 돌아가지 못한다. 어딘가 무심하고 무료한 것 같은 이런 확신은 영원 회귀의 "순환적 미로"를 파기한다.

열역학의 첫 번째 법칙은 우주의 에너지가 항구적이라는 것이다. 두 번째 법칙은 그 에너지가 고립되거나 무질서해지는 경향이 있다는 것이다. 물론 그 총량은 줄어들지 않는다. 우주를 구성하는 힘의 점진적 분산이 엔트로피이다. 서로 다른 온도가 동일해질 때, 다른 물체에 대한 한 물체의 모든 행위가 제외(혹은 벌충)될 때, 세계는 원자의 우발적 집합이 될 것이다. 별들의 깊은 중심에선 그 어렵고 치명적인 균형이 유지되고 있다. 상호 교환의 힘으로 전 우주가 균형적 상태에 이르면 미지근해지고 죽게 될 것이다.

빛은 색으로 사라지고 있으며 우주는 매 순간 알아볼 수 없게 변하고 있다. 또한 훨씬 옅어지고 있다. 언젠가는 열만 남을 것이다. 움직임도 변화도 없는 균형 잡힌 열로 말이다. 그 때가 되면 우주는 멸할 것이다.

마지막으로 불확실한 게 하나 있는데, 형이상학적 질서가 그것이다. 차라투스트라의 논리를 수용하고도 나는 어떻게 동일한 두 가지 프로세스가 하나로 통합되지 않는지 이해하지 못하고 있다. 누구에 의해서도 입증되지 않은 순수한 연속으로 충분한가? 이를 해결해 줄 특별한 대천사가 없다면, 우리가 첫 번째 급수 혹은 322의 2000 거듭제곱의 수가 아니라 I만 3514 주기를 관통한다는 것은 무슨 의미일까? 실재에 있어서는 아무 의미도 없다. 그렇다고 이것이 사상가에게 해를 끼치진 않는다. 지성에 있어서도 아무 의미가 없다. 한데 이는 심각한 일이다.

1934년
살토 오리엔탈[439]**에서**

다음과 같은 책을 참고했음을 밝힌다.

Friedrich Nietzsche, *Die Unschuld des Weindes*(Leipzig, 1931).

Friedrich Nietzsche, *Also sprach Zaarathustra*(Leipzig, 1892).

Bertrand Russel, *Introduction to mathematical philosophy*(London,

---

439   Salto Oriental. 우루과이 북서부에 있는 도시.

1919).

Bertrand Russel, *The A B C of Atoms* (London, 1927).

A. S. Eddington, *The nature of the physical world* (London, 1928).

Paul Deussen, *Die Philosophie der Griechen* (Leipzig, 1919).

Fritz Mauthner, *Wöorterbuch der Philosopie* (Leipzig, 1923).

Díaz de Beyral, *La ciudad de Dios* (Madrid: San Agustín, 1922).

순환적 시간[440]

나는 영원토록 영원 회귀로 돌아가곤 한다. 이 글에서 나는 (몇 가지 역사적 해설을 덧붙이면서) 영원 회귀의 세 가지 기본적 논리를 밝히고자 한다.

첫 번째는 플라톤이다. 플라톤은 『티마이오스』 39번째 항에서 서로 다른 속도로 안정을 유지하고 있는 7개 행성이 최초의 출발점으로 회귀함으로써 완전한 해(年)가 형성된다고 주장한다. 키케로는 『신의 본질에 관하여(De natura deorum)』 2권에서 천체의 주기를 계산하기가 쉽지 않음을 인정하면서도

---

440   「순환적 시간」은 1941년 일간지 《라 나시온(La Na-ción)》 12월 14일 자에 「세 가지 형태의 영원 회귀 (Tres formas del eterno regreso)」라는 제목으로 실렸다가 1953년 『영원성의 역사』에 포함되었다.

그 주기가 무한하지는 않다고 확신한다. 소실된 그의 저작에 따르면, 그 주기를 우리가 쓰는 년(年) 단위로 계산하면 I만 2954년이라 한다.(타키투스,[441]『웅변가들에 관한 대화(Dialogus de oratoribus)』, 16쪽) 플라톤은 죽었지만 점성술은 아테네에 퍼져 나갔다. 이 점성술은 별의 위치가 인간의 운명을 지배한다고 확신했으며 이에 대해서는 어떤 이견도 없었다.『티마이오스』를 허투루 읽지 않은 어느 점성술사가 다음과 같이 흠잡을 데 없는 논리를 전개했는데, 그것은 만약 행성의 주기가 순환적이라면 우주의 역사도 그와 같을 것이며, 따라서 플라톤 년(年)[442]이 끝날 때마다 동일한 인간이 태어나 같은 운명을 맞는다는 것이다. 시간에 대한 플라톤의 논리는 그러했다. I6I6년 루칠리오 바니니[443]는 "아킬레우스가 다시 트로이로 향할 것이다. 의식과 종교가 부활할 것이다. 인간의 역사는 되풀이된다. 과거에 없었던 것은 현재에도 없으며 과거에 있었던 것은 미래에도 있으리라. 하지만 그 모든 것은 일반적으로 발생하는 것이지 (플라톤이 추정하듯) 개별적으로 발생하는 것은 아니다."라고 기록했다.(『경이로운 자연의 비밀에 관하여(De admirandis naturae arcanis)』, 대화 52) I643년 토마스 브라운은 그의 첫 번째 저작인『의사의 종교(Religio medici)』의 한 각주에서 이렇게 밝

---

441   푸블리우스 코르넬리우스 타키투스(Publius Cornelius
       Tacitus, 56~117). 고대 로마의 역사가.

442   대년(大年)이라고도 하며 그 주기는 약 2만 5800년
       이다.

443   루칠리오 바니니(Lucilio Vanini, 1585~1619). 이탈리
       아의 자유론자. 신을 부정했다는 죄목으로 사형당했다.

히고 있다. "플라톤 년은 수세기의 과정으로서 플라톤 년이 끝
나면 모든 사물은 이전의 상태를 회복하게 되고 플라톤은 자
기의 학당에서 이 논리를 다시금 설파할 것이다." 이것이 영원
회귀의 첫 번째 논리로서 그 주장은 점성술에 기대고 있다.

두 번째 논리는 니체의 명성과 관련된 것으로, 니체는 영원
회귀의 비장한 창조자이자 공표자이다. 대수학의 원리가 그를
정당화 해주는데, n 수의 대상은(르 봉[444]의 가설에서 원자, 니체
의 가설에서 힘, 코뮌주의자 블랑키[445]의 가설에서는 단순한 육체들)
무한한 순열의 수가 될 수 없다. 여기에 제시한 세 가지 논리에
서 블랑키의 논리가 가장 타당하고 복잡하다. 블랑키는 데모
크리토스[446]와 마찬가지로(키케로, 『아카데미카』, 2권, 40쪽), 시
간뿐만 아니라 끝없는 공간을 복제된 세계와 서로 상이한 세
계로 가득 채운다. 아름다운 표제의 그 책은 『천체를 통한 영
원(L'Éternité par les astres)』(1872)이다. 그보다 훨씬 앞서 데이비
드 흄의 간결하면서도 충분한 글이 있는데, 쇼펜하우어가 번
역코자 했던 『자연 종교에 관한 대화(Dialogues concerning natural
religion)』(1779)에 그 내용이 있다. 내가 아는 한 지금까지 누구

---

444   귀스타브 르 봉(Gustave Le Bon, 1841~1931). 프랑스
       의 사회학자. 의학, 물리학, 인류학 등에 박학했다.

445   루이 오귀스트 블랑키(Louis Auguste Blanqui, 1805~
       1881). 프랑스의 사회주의자. 청년 카를 마르크스에
       게도 영향을 줬으며 니체보다 앞서 『천체를 통한 영
       원』에서 영원 회귀의 개념을 제시하였다.

446   Democritos(BC 460~380?). 고대 그리스의 철학자. 고
       대 원자론과 기계론적 유물론을 정립하였다.

도 그 구절에 관심을 두지 않았다. 문자 그대로 번역하면 이렇다. "에피쿠로스[447]가 말한 무한한 물질이 아니라 한정적 물질을 상상해 보자. 한정적 입자의 수는 무한한 이항의 여지가 없는 반면, 영원한 지속성 안에서는 실행 가능한 모든 질서와 배치가 무한하게 발생한다. 이 세계에서는 그 모든 입자는 물론이고 아주 미세한 입자조차 형성되었다가 파괴되었으며 다시 형성되고 파괴될 것이다. 무한하게 말이다."(『자연 종교에 관한 대화』, VIII)

이 동일한 보편적 역사의 항구적 연쇄를 두고 버트런드 러셀은 이렇게 말한다. "수많은 작가가 역사는 순환적이라고, 현 상태의 세계는 아주 소소한 것을 포함해서 언젠가는 되돌아올 것이라고 피력한다. 그 가정은 어떻게 나타나는가? 후행하는 상태가 이전 상태와 정확히 동일하다는 것으로 나타난다. 하지만 하나의 상태가 두 번 발생한 것이라고는 할 수 없다. 왜냐하면 이는 그 가정이 금지하고 있는 연대(年代)의 체계를 요구하기 때문이다. 이는 어떤 사람이 세계를 한 바퀴 돈 것과 같다. 그가 출발한 지점과 도착한 지점이 서로 다른 공간이라고 할 수는 없지만 아주 유사하기에 동일한 공간이라고 할 것이다. 역사가 순환적이라는 가정도 이런 식으로 이해할 수 있다. 특정 상황에 대한 모든 동시대적 상황의 총체를 구성해 보면, 경우에 따라서 그 모든 총체가 제 자신에 선행한다."(『의미와 진리에 관한 탐구(An Inquiry into Meaning and Truth)』(1940), 102쪽)

---

447   Epicurus(BC 341~271). 고대 그리스의 철학자이자 에피쿠로스학파(Epicurianism)의 창시자.

영원 반복을 해석하는 세 번째 논리를 보자. 이 논리는 그다지 섬뜩하지도 감상적이지도 않지만 유일하게 상상 가능한 것이다. '동일한'이 아니라 '유사한' 순환의 개념이 그것이다. 이런 주장을 한 사람은 목록을 만들 수 없을 정도로 많다. 그 예로는 브라흐마의 낮과 밤,[448] 1001년마다 스치는 새의 날갯짓으로 아주 천천히 닳아 가는 피라미드 같은 움직이지 않는 시계의 시간, 황금시대에서 철기 시대로 전락한 헤시오도스의 사람들,[449] 불로 생성되었다가 불로 인해 주기적으로 사라지는 헤라클레이토스의 세계,[450] 불로 파괴되었다가 물로 재생되는 세네카와 크리시포스의 세계,[451] 베르길리우스의 네 번째 「전원

---

448   힌두교의 신화에 따르면 브라흐마는 낮에 43억 2000만 년 동안 지속되는 우주를 창조했으며 밤이 되어 브라흐마가 잠이 들면 우주는 그의 몸에 흡수되는데 브라흐마의 생애가 끝날 때까지 이 과정이 반복된다.

449   Hesíodos(?~?). 기원전 7세기경 활동한 고대 그리스 시인. 그는 도덕적 타락의 문제를 다룬 『일과 나날』에서 황금시대부터 철기 시대까지 다섯 시대로 세계사를 나누고 마지막에 이르면 다시 반복된다고 한다. 그의 역사 이해는 역사가 자연처럼 상승과 하강을 거듭하는 순환 발생적이라는 것이라는 점에 기대고 있다.

450   Heraclitus(BC 535?~484?). 고대 그리스의 철학자로 세계를 구성하는 원질을 불이라고 주장했다. 그는 "같은 강물에 두 번 들어갈 수 없다."라는 말로도 유명한데, 여기서 강은 시간에 대한 메타포로 보르헤스의 작품에서 여러 번 제시된다.

451   루키우스 안나이우스 세네카(Lucius Annaeus Seneca, BC 4~AD 65). 고대 로마의 정치인이자 사상가로 네로 황제의 스승이었다. Chrysippos(BC 280?~207?).

시」와 셸리의 작품,[452] 「전도서」,[453] 신지학자,[454] 콩도르세가 창안한 10단계 역사,[455] 프랜시스 베이컨[456]과 우스펜스키, 제럴드 허드와 슈펭글러와 비코,[457] 쇼펜하우어와 에머슨, 스펜서의

초기 그리스 스토아학파의 철학자이다.

452   베르길리우스의 네 번째 「전원시」와 셸리의 『해방된 프로메테우스(Prometheus Unbound)』(1820)는 공허 우주의 새로운 탄생과 만물의 복원을 다루고 있다. 퍼시 비시 셸리(Percy Bysshe Shelley, 1792~1822)는 영국의 대표적 낭만주의 시인이다.

453   「전도서」 또는 「코헬렛」은 구약 성경의 한 책으로 "있던 것은 다시 있을 것이고 이루어진 것은 다시 이루어질 것이니 태양 아래 새로운 것이란 없다."(1장 9절) 등의 구절을 암시하는 것으로 보인다.

454   신지학(神智學)은 19세기 헬레나 블라바츠키(Helena Petrovna Blavatsky, 1831~1891)를 중심으로 설립된 신지학협회에서 비롯된 밀교, 신비주의적인 사상 철학 체계이다.

455   마리 장 앙투안 니콜라 드 콩도르세(Marie Jean Antoine Nicolas de Caritat, 1743~1794). 프랑스의 수학자이자 정치가. 그는 『인간 정신 진보의 역사적 개관 초고(Esquisse d'un tableau historique des progrès de l'esprit humain)』(1795)에서 역사 발전을 10단계로 제시하면서 인류의 진보에 대한 낙관주의를 표명했다.

456   프랜시스 베이컨(Francis Bacon, 1561~1626). 영국의 경험주의 철학자. 표토르 데미아노비치 우스펜스키(Petyr Demiánovich Ouspenski, 1878~1947). 러시아의 신비주의자, 작가.

457   제럴드 허드(Gerald Heard, 1889~1971). 영국의 역사가이자 작가. 대표작으로 『인류의 다섯 시대(The Five Ages of Man)』가 있다. 오스발트 슈펭글러(Oswald Spengler, 1880~1936). 독일의 철학자. 그의 저서 『서

『제I원리』와 포의『유레카』[458] 등이 있다. 이렇게 많은 것 중에
서 마르쿠스 아우렐리우스의 말을 여기에 옮겨 본다. "그대가
3000년을 살더라도, 아니 그보다 10배를 더 살더라도, 그 누구
도 지금 살고 있는 삶이 아닌 다른 삶을 잃어버릴 수는 없으며,
지금 잃고 있는 삶이 아닌 다른 삶을 살 수 없음을 명심하라. 그
기간이 길든 짧든 마찬가지이다. 현재는 모두의 것인 바, 죽음
은 그 현재를 잃는 것이며 현재는 지극히 짧다. 미래나 과거를
잃는 자는 없다. 있지도 않은 것을 뺏길 수는 없으니 말이다. 만
물은 동일한 행로를 따라 돌고 도는 법이니 그 행로를 한 세기
를 보든 두 세기를 보든 영원히 보든 같은 것임을 기억하라."
(『명상록』, 14쪽)

　우리가 이 말을 진중하게 받아들인다면(그의 말을 단순한 권
고나 도덕률로 판단하지 않는다면) 아우렐리우스가 두 가지 흥미
로운 사유를 드러내고 있음을 알 수 있다. 첫째는 과거와 미래
의 현실을 부정한다는 것이다. 쇼펜하우어도 이를 표명하고
있는데, 그는 "의지가 출현하는 형태는 오직 현재일 뿐 과거나

유럽의 몰락』(1918, 1923)은 서구 사상계에 큰 영
향을 주었다. 잠바티스타 비코(Giambattista Vico,
1668~1744). 이탈리아의 철학자로 나선형적 순환사
관을 주장했다.

458　허버트 스펜서(Herbert Spencer, 1820~1903). 영국
의 사회학자이자 철학자로 그의 저서『제I원리』는 진
화의 원칙을 다루고 있다. 에드거 앨런 포는『유레카』
(1848)에서 우주가 무(無)로 돌아갔다가 재생성을 반
복한다고 밝힌다.

미래가 될 수 없다. 과거와 미래는 이성의 원리에 구속된 의식의 속박에 의해 개념으로서만 존재할 수 있다. 누구도 과거를 살지 않았으며 누구도 미래를 살 수 없다. 현재가 모든 삶의 형태이다."(『의지와 표상으로서의 세계』, I권, 54쪽) 두 번째는 「전도서」가 그렇듯 모든 새로움을 부정한다는 것이다. 인간의 모든 경험이 (어떤 식으로든) 유사하다는 추정은 얼핏 보면 세상을 빈한하게 한다고 느껴질 수도 있다.

만약 에드거 앨런 포의 운명이, 바이킹의 운명이, 이스가리옷 유다의 운명이, 그리고 이 글을 읽는 독자의 운명이 내밀하게 같은 운명이라면, 그것이 유일한 운명이라면, 우주의 역사는 단 한 사람의 역사이다. 사실 마르쿠스 아우렐리우스가 이런 납득할 수 없는 단순화를 강요하는 것은 아니다. (오래전 나는 레옹 블로아[459]식의 환상 문학을 상상했다. 한 신학자가 한 이단 창시자를 반박하는 데 평생을 바친다. 아주 복잡한 문제에서 그를 이기고 고발하여 화형당하게 만든다. 천상에 가서야 그는 신의 입장에서는 그 이단 창시자와 자기가 한 사람이라는 것을 깨닫는다.) 마르쿠스 아우렐리우스는 사람들의 운명이 지닌 아날로지를 확신하는 것이지 동일하다고 말하는 게 아니다. 그는 어떤 기간이든 (한 세기든, I년이든, 하룻밤이든, 포착할 수 없는 현재든) 역사를 온전히 담고 있다고 확신한다. 이렇게 극단적인 추론은 반론을 피하기 어렵다. 하나의 맛은 다른 맛과 다르며, IO분의 물리적 고통은 IO분간 대수학을 푸는 것과 동일하지 않으니 말이

---

459   Léon Bloy(1846~1917). 프랑스의 작가로 독실한 가톨릭 신자로 알려져 있다.

다. 그의 주장은 오랜 기간에, 「시편」이 규정하듯 70년에 적용되더라도[460] 있을 법하며 납득할 만하다. 결국 지각, 감정, 사유, 생의 부침의 수는 한정적이며, 우리는 죽기 전에 그것을 소모한다. 마르쿠스 아우렐리우스는 재차 말한다. "현재를 본 자는 모든 사물을 본 것이다. 헤아릴 수 없는 과거에 일어난 일과 미래에 일어날 일을 말이다."(『명상록』, 6권, 37쪽)

호시절에는 인간이라는 존재가 변치 않고 항구적이라는 주장이 사람을 서글프게 하거나 분노케 하지만, 궂은 시절에는 어떤 수치도, 어떤 재난도, 어떤 독재자도 우리를 가난하게 하지 못하리라는 약속이 된다.

---

460   「시편」 90장 10절 "우리의 연수가 칠십이요 강건하면 팔십이라도 그 연수의 자랑은 수고와 슬픔뿐이요 신속히 가니 우리가 날아가나이다."라는 구절을 가리킨다.

『천일야화』의 역자들

1. 버턴 경

 1872년 눅눅한 조각상과 추저분한 작품이 있는 트리에스테[461]의 고택에서 아프리카에서 얻은 흉터 때문에 사연이 있을 것 같은 얼굴의 한 신사가(영국의 영사였던 리처드 프랜시스 버턴 경) 루미인(rumi人)[462]이 『천일야화』로 칭하는 『키타브 알프 라 일라 와 라이라(Kitāb ʿAlf ayla wa-Layla, 천하루 밤의 책)』를 번역

---

461   트리에스테(Trieste)는 이탈리아 동북부에 있는 항구 도시이다.

462   루미(rumí)는 모로인이 기독교도를 가리킬 때 쓴 말 이다.

하는 엄청난 일에 뛰어들었다.[463] 그 일의 비밀스러운 목적 중 하
나는 영국에서 방대한 사전을 편찬하던 (그와 마찬가지로 모로인처
럼 시커먼 수염에 그을린 피부의) 한 신사를 짓밟는 것이었다. 하지
만 버턴이 짓밟으려던 그 신사는 버턴이 일을 마치기 한참 전에 죽
었다. 그는 『천일야화』를 지독히 세심하게 번역하여 갈랑[464]이 번
역한 『천일야화』를 밀어낸 동양학자 에드워드 레인[465]이었다. 레

---

463   리처드 프랜시스 버턴(Richard Francis Burton, 1821~
       1890). 인도에서 가장 방대한 판본으로 평가받는 아
       랍어판 『천일야화』(캘커타 2판)가 출판되자 이 판본
       을 번역하여 1885년부터 1888년까지 총 16권의 영역
       판을 출간했다. 그러나 그가 번역한 『천일야화』에는
       자의적으로 첨삭한 내용이 많은데 1001일 밤에 해당
       하는 이야기를 모두 실어야 한다는 생각으로 다른 아
       랍어판이나 번역본을 참조하여 1001개의 이야기를
       모두 채웠다. 알라딘과 알리바바의 이야기도 이 판본
       에 삽입되었다.

464   앙투안 갈랑(Antoine Galland, 1646~1715). 프랑스의
       동양학자이자 고고학자로, 유럽인으로는 처음으로
       『천일야화』를 번역했다. 그는 14~15세기에 출판된
       아랍어 필사본 4권을 입수하여 번역하였는데, 그 판본
       에는 281일 밤, 40개 이야기가 있었으나 신드바드의
       이야기를 추가하여 1704년부터 『천일야화』 프랑스어
       번역판 7권을 출간했다.

465   에드워드 윌리엄 레인(Edward William Lane, 1801~
       1876). 영국의 동양학자이자 번역가. 그는 1835년 카
       이로 근교 불라크(Bulaq)에서 출판된 『천일야화』 아랍
       어 판본을 번역하여 1838~1841년에 출간했다. 그는 아
       랍어 사전 편찬하다 완성하지 못하고 사망했으나 그 원
       고는 1863년부터 1892년까지 간간히 출판되었다.

인은 갈랑에게, 버턴은 레인에게 도전했다. 버턴을 이해하려면 이 적대적 계보를 알아야 한다.

최초의 번역자부터 시작해 보자. 앙투안 갈랑은 아랍 문화를 연구한 프랑스인으로, 끈기 있게 모은 주화 컬렉션과 커피 전파에 관한 연구서를 비롯해『천일야화』의 아랍어 판본과 그를 도와줄 셰에라자드[466] 못지않은 기억력을 지닌 마론교도 한 명을 이스탄불에서 데려왔다. 우리는 그 알려지지 않은 조언자에게(잊고 싶지 않은 그의 이름은 한나(Hanna)이다.) 중요한 몇 가지 이야기를 빚지고 있는데, 원본에 없는 알라딘 이야기, 40명의 도둑 이야기, 아메드 왕자 이야기와 페리 바누 요정 이야기, 아불 하산의 이야기, 하룬 알 라시드의 한밤의 모험 이야기, 여동생을 시기하는 두 자매 이야기 등이 그것이다. 이런 이야기를 제시하는 것만으로도 갈랑이 세월의 흐름과 함께 불가결한 인물이 되었으며, 그를 뒤이은 번역자들이(그의 적들이) 감히 삭제하지 못할 이야기를 엮어 하나의 정전을 일궈 냈음을 입증하기에 충분하다.

또 한 가지 부정할 수 없는 사실이 있으니,『천일야화』에 대해 가장 유명하고 멋진 찬사를 보낸 콜리지,[467] 토머스 드 퀸

---

466   Scheherazade는『천일야화』의 인물로 술탄에게 이야기를 들려주는 페르시아 왕비이다.

467   새뮤얼 테일러 콜리지(Samuel Taylor Coleridge, 1772~1834). 영국의 낭만주의 시인이자 비평가. 보르헤스는「콜리지의 꿈」,「콜리지의 꽃」을 비롯해 자신의 작품에서 반복적으로 그의 시학을 다루고 있다.

시,[468] 스탕달,[469] 테니슨,[470] 에드거 앨런 포, 프랜시스 윌리엄 뉴
먼[471]이 갈랑의 번역을 읽은 독자라는 것이다. 200년이 흐르고
10개의 훌륭한 번역본이 나왔지만, 유럽인과 아메리카인은
『천일야화』를 생각하면 하나같이 그 첫 번째 번역본을 떠올린
다. '천 일 밤의(milyunanochesco)'('milyunanochero'라고 하면 너무 아
르헨티나식이고 'milyunanocturno'라고 하면 너무 벗어난 것 같다.)라
는 형용사는 앙투안 갈랑의 화려함과 마력에 기인한 것이지, 버
턴이나 마르드뤼[472]의 박식한 외설[473]과는 무관하다.

솔직히 말해 갈랑의 판본은 모든 판본 중 최악이다. 가장 허
풍이 심한 데다 결점도 많다. 하지만 가장 많이 읽혔다. 그 판

---

468   토머스 드 퀸시는 보르헤스의 문학에 큰 영향을 주었
　　　다. 드 퀸시의 『천일야화』에 대한 관심은 보르헤스의
　　　『7일 밤』를 참조하라.

469   Stendhal(본명 Mari Henri Beyle, 1783~1842). 프랑스
　　　작가. 프랑스 사실주의 문학을 이끌었다. 본명은 마리
　　　앙리 벨(Marie-Henri Beyle)이다.

470   앨프리드 테니슨(Alfred Tennyson, 1809~1892). 빅토
　　　리아 시대의 영국 시인.

471   프랜시스 윌리엄 뉴먼(Francis William Newman,
　　　1805~1897). 영국의 작가로 옥스퍼드 운동을 주도한
　　　존 헨리 뉴먼(John Henry Newman, 1801~1890)의 동
　　　생이다.

472   조제프 샤를 마르드뤼(Joseph Charles Mardrus,
　　　1867~1949). 카이로 태생의 프랑스 의사이자 번역가.
　　　1899년부터 1904년까지 『천일야화』 불어판 16권을
　　　출판하였다.

473   마르드뤼가 성적 표현을 위해 아랍어 텍스트를 작위
　　　적으로 번역한 것을 가리킨다.

본에 빠진 사람들은 즐거움과 놀라움을 경험했다. 동방에 대한 그의 관심이 오늘날엔 보잘것없을지 모르지만, 코담배를 피우며 5막으로 된 비극에 빠져 있던 사람들을 현혹하기엔 충분했다. 1707년부터 1717년까지 12권의 훌륭한 번역본이 출판되었다. 이 12권은 무수히 읽혔으며 다양한 언어로 번역되었다. 심지어 힌두스탄어와 아랍어로도 번역됐다. 후세대인 우리 20세기 독자는 그 작품에서 18세기 말의 감미로운 맛을 느끼겠지만, 2세기 전 그 작품에 참신함과 영광을 부여해 준 동양의 향기는 흩어져 버렸다. 이런 괴리는 누구의 잘못도 아니며 갈랑의 잘못은 더더욱 아니다. 때로는 언어의 변화가 그런 괴리에 해를 끼치기도 한다. 『천일야화』 독일어판 서문에서 바일 박사[474]는 용서할 수 없는 갈랑의 번역본에 나온 상인들이 사막을 건널 때면 "대추야자를 담은 가방(valija)"을 챙긴다고 썼다. 1710년경에는 대추야자라는 말이 가방의 이미지를 압도하기에 충분했지만 이젠 그렇지 않다. 당시에 그 가방(valise)은 그저 안장에 거는 가방(alforja)의 일종이었다.

또 다른 공격도 있었다. 앙드레 지드[475]는 1921년 『에세이 선집(Morceaux choisis)』에 실린 경망스러운 송사에서 갈랑의 자

---

474 구스타프 바일(Gustav Weil, 1808~1889)은 아랍어 판본을 독일어로 바로 번역하여 1837년에서 1841년까지 4권으로 출판하였다. 보르헤스의 단편 「남부(El Sur)」에서 주인공 달만(Dahlmann)이 지닌 『천일야화』의 번역본이 바일의 것이다.

475 Andre Gide(1869~1951). 프랑스의 작가이자 비평가. 1947년 노벨 문학상을 수상했다.

격을 비난했다. 그런데 이 공격의 목적은 마르드뤼가 18세기의 갈랑만큼이나 '세기말'적이며, 갈랑보다 훨씬 충실하지 못하다고 비판함으로써 (지드가 평소 본인의 평판과 다르게 너무나도 노골적으로) 마르드뤼의 번역을 묻어 버리려는 것이었다.

갈랑은 세속적인 것에 대해서는 절제를 발휘했다. 그는 윤리가 아니라 품격을 지키고자 했다. 그가 번역한 『천일야화』의 세 번째 페이지에 나오는 문장을 몇 개 옮기면 이렇다. "그는 곧바로 여왕의 거처로 향했는데, 그가 올 것을 예상치 못한 여왕의 침대에는 한 하급 하인이 있었다." 버턴은 그 알 수 없는 "하인"을 '부엌의 기름과 그을음에 찌든 흑인 요리사'로 구체화했다. 이 두 역자는 여러 가지를 왜곡했다. 원문은 갈랑의 번역보다는 격식을 갖추지 않고 있으며 버턴의 번역보다는 덜 느끼하다.(품격을 지키고자 한 갈랑의 절제된 글에 "침대에 들어간다."라는 표현은 잔혹한 것이었다.)

앙투안 갈랑이 사망하고 90년 뒤에 또 다른 『천일야화』 번역자가 나타나는데, 바로 에드워드 윌리엄 레인이다. 전기 작가들은 그가 헤리퍼드(Hereford)의 성직자 테오피우스 레인(Theophilus Lane) 박사의 아들임을 강조한다. 태생에 관한 정보(와 이것이 환기하는 지독한 형식성)만으로도 우리가 알아야 할 건 충분하다. 레인은 카이로에서 5년간 공부하며 아랍식으로 살았다. "이슬람교도와 살면서 그들의 언어를 듣고 말하며 아주 신중하게 이슬람 관습을 따랐기에 모든 이가 레인을 동등하게 대우했다." 그러나 이집트의 깊은 밤에 양하 씨를 넣은 진한 커피를 마셔도, 율법학자와의 잦은 문학 토론에도, 존경받는 사람이라는 표시인 모슬린 터번을 써도, 음식을 손으로 먹어도, 그의 영국적 품위와 세계의 주인이 느끼는 내면의 고독은 사라지지 않았다. 레인의 박식한 버전의 『천일야화』가 일탈의 백과사전인 (혹은 그렇게 보이는) 이유가 거기에 있다. 『천일야화』의 원본은 그다지 외설적이지 않으나, 갈랑은 때때로 등장하는 바보짓을 저속한 것으로 생각하고 고쳐 버렸다. 하지만 레인은 심판자처럼 그 부분을 찾아내고 조사했다. 그의 고결함은 침묵과 타협하지 않았다. 그는 자기의 고민을 소책자에 작은 글씨로 적어 뒀는데, 다음과 같이 중얼거리듯 씌어 있다. "가장 비난받을 에피소드는 건너뛰고, 불쾌한 설명은 없애고, 이건 번역하기에는 문장이 너무 조잡하고, 다른 이야기는 반드시 없애야하고, 여기서부터는 누락된 걸 얘기하고, 노예 부자이트의 이야기는 번역하기에 너무 부적절하고." 그는 작품을 개찬하면서 사망 선고를 내리기도 했는데, "삭제하지 않고는 도무지 순화할 수 없기에" 완전히 삭제된 이야기도 있다. 그가 책임질 전폭적인 삭제가 부조리하진 않지만 평계가 지나치다. 레인은 조심성이라는 미덕을 지닌 사람으로 할리우드식의 아주 기이한 신중함의 선구자라 할 만하다. 이와 관련하여 두 가지 예를 보자. 391일 밤, 한 범죄자가 왕 중의 왕에게 물고기를 보여 준다. 왕이 그 물고기가 암컷인지 수컷인지 알고 싶어 하자 그 범죄자가 자웅동체라고 말한다. 레인은 이 납득할 수 없는 대화를 다음과 같이 매끄럽게 번역한다. 왕이 그 동물이 어떤 종이냐고 묻자 그 교활한 범죄자는 잡종이라고 대답한다. 217일 밤에는 왕과 두 여인에 대한 이야기가 나온다. 이왕은 어느 날엔 첫 번째 여인과 자고 다음 날엔 두 번째 여인과 잠으로써 모두가 만족했다. 레인은 이야기를 풀어 가면서 그

왕이 여인들을 "공평하게" 대했다고 쓴다. 그가 그렇게 한 이유
는 자신의 작품이 대화를 멈추고 평온하게 독서를 즐길 "거실
의 테이블"에 놓이길 바랐기 때문이다.

레인은 명예를 염두에 두고 뒤틀고 감춤으로써 육체에 대
해서는 아주 완곡하고 사소한 암시조차도 작품에 남겨 두지
않았다. 그것이 그의 유일한 흠이다. 독특한 방식으로 욕망에
접근한 점을 제외하면 그는 존경스러울 만큼 진실한 사람이
다. 그에게 특별한 목적이 없었다는 점이 긍정적 장점이었다.
그는 버턴처럼 『천일야화』의 야만적 색채를 부각하지 않았고,
갈랑처럼 그 색채를 망각하거나 완화하지도 않았다. 갈랑은
아랍인을 프랑스화하여 파리에 완벽히 어울리게 만들어 버렸
지만, 레인은 진정한 하갈[476]의 후예였다. 갈랑이 원문을 무시
했다면, 레인은 의심스러운 어휘마다 자신의 해석에 대한 이
유를 밝혔다. 갈랑이 출처가 불분명한 필사본과 죽은 마론교
도를 원용했다면, 레인은 판본과 페이지를 제시했다. 갈랑은
주석에 소홀했지만 레인은 복잡한 설명을 축적하고 정리하여
별도의 책자로 발행했다. 차별화는 선구자가 짊어진 규범이
다. 레인은 그 규범을 충족했다. 그는 원문을 요약하는 데 만족
하지 않았다.

뉴먼과 아놀드라는 대담자의 존재보다 더 기억에 남을 그
들의 훌륭한 격론(1861~1862년)은 번역에 대한 두 가지 일반

---

476   성서에서 하갈은 애굽(이집트) 사람으로 아브라함의
아내 사라의 여종이었으며 아브라함과 하갈 사이에서
아들 이스마엘이 태어났다.

론을 광범위하게 이끌어 냈다.[477] 그 결론에서 뉴먼은 문자 그대로 번역하는 방식을 옹호하며 언어적 특이성을 유지해야 한다고 주장한 반면, 아놀드는 번역을 훼손하거나 방해하는 부차적 사항은 재량껏 삭제해도 된다는 입장이었다. 아놀드의 방식이 진중함과 통일성을 선사해 준다면, 뉴먼의 방식은 소소한 놀라움을 지속적으로 유발할 수 있다. 하지만 이 두 가지 방식이 번역자와 그의 문학적 습관보다 중요한 것은 아니다. 정신을 번역하는 것은 너무나도 거대하고 비현실적인 의지이기에 해가 되지 않으며, 글을 번역하는 것은 너무나도 무모한 정밀함을 요하기에 그 글이 현실화될 위험이 없다. 헤아릴 수 없는 목적보다 중요한 것은 부수적인 것을 유지할지 제거할지의 문제이며, 어떤 것을 우위에 두고 어떤 것을 버릴지보다 중요한 것은 통어론적 변화이다. 레인의 번역은 유쾌하기에 고상한 거실 테이블에나 어울린다. 그가 쓰는 어휘에는 간결한 기교로 대체되지 못한 라틴어가 지나치게 많다는 게 흠이다. 레인은 부주의했다. 그는 번역본 서문에서 수염이 덥수룩한 12세기 이슬람 사람의 입을 통해 "낭만적"이라는 형용사를 썼는데, 이는 미래주의와 다를 게 없다. 때로는 그런 감수성의 결핍이 득이 될 때도 있는데, 품격 있는 글에 아주 평범한 어휘를 삽입하여 의도치 않은 성과를 거두기도 한다. 그렇게 혼종

---

477   프랜시스 윌리엄 뉴먼(Francis William Newman, 1805~1897)은 영국의 시인이자 평론가인 메슈 아놀드(Matthew Arnold, 1822~1888)와 『일리아스』 번역을 두고 설전을 벌인 바 있다.

적으로 결합된 것 중에 가장 대표적인 것을 여기에 옮겨 본다.
"바로 이 궁전에, 먼지 속에 모인 영주들에 관한 마지막 정보가
있다." 다른 예도 있다. "죽지도 죽을 수도 없는 생자를 위해,
영광과 영속성을 지닌 그의 이름으로." 나는 (언제나 공상적인
마르드뤼의 우연한 선구자인) 버턴의 번역에 나무랄 데 없는 동
양식 표현이 있는 게 의아하다. 반면에 레인의 번역에선 그런
표현이 드문 것으로 보아 그가 부지불식간에 독자적인 표현을
쓴 것으로 보인다.

가증스레 격식을 차린 갈랑과 레인의 번역은 야유의 대상이
됐고 그 야유는 전통적으로 반복되고 있다. 나 또한 그 전통에서
예외가 아니다. 이 두 번역자는 '권능의 밤'[478]을 목격한 불행한
자, 어느 이슬람 수도승에게 속은 13세기 청소부의 저주, 그리
고 소돔[479]의 습성에 대해서는 번역의 의무를 다하지 않았다. 그
들은 『천일야화』를 소독해 버렸다.

갈랑과 레인을 비방하는 사람들은 그들의 번역이 원문의
훌륭한 순박함을 파괴하고 손상했다고 주장한다. 하지만 이

---

478   권능의 밤(라일라트 알 카드르, Laylat al-Qadr)은 예
언자 무함마드가 쿠란을 계시받은 날로, 라마단의 마
지막 열흘 중 한 홀수일이며 그날 밤에 이듬해의 운명
이 결정된다고 한다. 정확한 날짜에 있어서는 수니파
와 시아파의 견해가 다르나 보통 26일이나 27일로 보
고 있다.

479   Sodom은 구약 성경 창세기에 나오는 도시로 요르단의
사해 남쪽에 위치한 것으로 추정되며 이웃 도시인 고
모라와 더불어 퇴폐가 만연했다고 전해진다.

는 착각이다. 『천일야화』는 (도덕적으로) 순박하지 않다. 이 책은 옛날 이야기를 카이로에 사는 평민층의 속되고 천박한 취향에 맞춰 놓은 것이다. 잘 알려진 「신드바드」의 일화를 제외하면 『천일야화』에 나오는 파렴치한 이야기들은 낙원 같은 자유와는 무관하다. 그 이야기들은 편집자가 웃음을 주려고 꾸며 낸 것으로 그 주역이 짐꾼이나 걸인 혹은 불구자로 제한된다. 고대의 사랑 이야기들, 즉 사막이나 아라비아 도시의 사랑 이야기는 이슬람의 영향을 받기 이전의 문학이 그랬듯이 전혀 외설적이지 않다. 그 사랑 이야기는 정열적이고 구슬프다. 그들이 선호하던 모티브 중 하나는 사랑을 위한 죽음으로서, 울라마[480]는 이 죽음을 신앙을 증명하는 순교자의 죽음만큼이나 성스러운 것으로 여긴다. 만약 우리가 이를 받아들인다면 갈랑과 레인의 소심함이 오히려 원작을 복원했다고 볼 수 있다.

이보다 나은 변론도 있다. 마술적인 분위기를 부각하기 위해 원문에 나온 성적인 장면을 회피한다고 하여 신의 용서를 받지 못할 죄는 아니다. 사람들에게 새로운 『데카메론』[481]을 내놓는다면 상업적으로 보이겠지만, 콜리지의 「노(老) 수부의 노

---

480   울라마(Ulama)는 학자를 의미하는 말로 이슬람의 법
       학자를 말한다.

481   『데카메론』은 이탈리아 작가 조반니 보카치오(Gio-
       vanni Boccaccio, 1313~1375)가 집필한 100편의 단편
       소설을 모은 책으로 사랑에 관한 외설과 비극을 그려
       내고 있다.

래」나 랭보[482]의 「취한 배」를 내놓는 것은 또 다른 천상을 보여
주는 것이다. 리트만[483]은 『천일야화』가 무엇보다 경이로움에
대한 이야기라고 말한다. 동양의 모든 정신에 대해 이런 견해
가 보편화된 것은 갈랑의 작품 덕이다. 이 점에는 의심의 여지
가 없다. 그러나 아랍인은 『천일야화』가 우리에게 들려주지 않
은 사람, 관습, 부적, 사막, 정령을 이미 알고 있기에 원본을 업
신여기고 있다고 주장한다.

라파엘 칸시노스 아센스[484]는 자신의 한 작품에서 14개의
고전어와 현대어로 별에게 인사를 건넬 수 있다고 했다. 버턴
은 17개 언어로 꿈꿨으며 셈어, 드라비디아어, 인도 유럽어,
이집트어 등 35개 언어를 구사했다고 한다. 이런 풍요로움은
의미를 고갈시키지 않는데, 이는 과잉이 지닌 특징이다. 다양
한 언어로는 어떤 말도 하지 못하는 지식인에 대한 『휴디브래
스』[485]의 반복적인 조롱을 피해 갈 사람은 없다. 그러나 버턴
은 할 말이 많은 사람이었다. 72권에 달하는 그의 책이 이를 말

482   장 니콜라 아르튀르 랭보(Jean Nicolas Arthur Rim-baud,
        1854~1891). 상징주의를 대표하는 프랑스 시인.
483   루드비히 리하르트 엔노 리트만(Ludwig Richard Enno
        Littmann, 1875~1958). 독일의 동양학자이자 『천일야
        화』(1923~1928)의 역자.
484   Rafael Cansinos Assens(1882~1964). 스페인의 작가이
        자 비평가로 1954년 마드뤼의 『천일야화』를 번역
        했다. 보르헤스는 그를 스승으로 칭한 바 있다.
485   『휴디브래스(Hudibras)』. 영국의 작가이자 사상가인
        새뮤얼 버틀러(Samuel Butler, 1835~1902년)의 작품
        으로 풍자시의 백미로 꼽힌다.

해 준다. 그중에서 몇 권의 제목만 보자.『고아와 블루 마운틴 (Goa and the Blue Mountains)』(1851),『총검술 훈련 체계 완성(A complete system of Bayonet Excercise)』(1853),『메디나와 메카 순례 기록(Personal Narrative of a Pilgrimage to El-Medinah and Meccah)』(1855),『중앙아프리카 호수 지대(The Lake Regions of Central Equatorial Africa)』(1860),『성인들의 도시(The City of the Saints)』(1861),『브라질 고원 탐험(The Highlands of the Brazil)』(1869),『카보베르데 제도의 자웅동체에 관하여(On an Hermaphrodite from the Cape de Verde Islands)』(1866),『파라과이의 전장에서 보내는 편지(Letters from the Battlefields of Paraguay)』(1870),『극북의 땅(Ultima Thule)』(1875),『금을 찾아 골드코스트로(To the Gold Coast for Gold)』(1883),『검에 관한 책 (The Book of the Sword)』(I 권, 1884), 버턴 부인이 불태워 버린 유고작『샤이흐 네프자이의 향기로운 정원(The Perfumed Garden of Cheikh Nefzaoui)』, 그리고『프리아페이아 혹은 프리아푸스에 대한 시선집(Priapeia, or the Sporting Epigrams of Divers Poets on Priapus)』. 이 목록으로 추론해 보면 이 영국인이 사람이 사는 세상과 무수한 방식으로 존재하는 인간에 대해 얼마나 열정적이었는지 알 수 있다. 나는 두 개의 언어를 쓰면서 비슷비슷한 국제 호텔의 엘리베이터를 끝없이 오르락내리락하며 여행용 가방을 모시고 다닌 모랑[486] 과 버턴을 비교하여 그의 명성을 훼손할 생각은 없다. 버턴은

---

486   폴 모랑(Paul Morand, 1888~1976). 프랑스의 정치 학교를 졸업한 작가이자 외교관으로 반유대주의자였으며 2차 세계 대전 당시 비시 프랑스를 지지했다.

아프가니스탄 사람으로 변장하여 아라비아의 성스러운 도시
를 순례했다. 그의 목소리는 신에게 자신의 뼈와 피부, 고통스
러운 육신과 피가 분노와 정의의 불길을 거부하지 않게 해 달
라고 청했으며, '지독한 바람'에 푸석해진 그의 입은 카바에서
숭배되는 운석에 입을 맞췄다.[487] 이 모험은 유명하다. 만약 할
례를 받지 않은 나스라니[488]가 성지를 모욕하고 있다는 소문이
돌았다면 그는 죽음을 면치 못했을 것이다. 그에 앞서 버턴은
수도승 행세를 하며 카이로에서 의료 행위를 했는데, 환자의
믿음을 얻으려고 요술과 마술을 이용했다. 1858년경에는 원
정대를 지휘하여 나일강의 미지의 원천을 찾아 나섰다가 탕가
니카 호수를 발견했다. 그는 이 원정에서 고열에 시달렸으며
1855년에는 소말리아인이 던진 창이 그의 턱을 관통했다. (버
턴은 유럽인이 들어갈 수 없는 아비시니아[489]의 하라르[490]에서 오던 길
이었다.) 9년 후, 버턴은 다호메이[491]에서 예의바른 식인 부족에
게 소름 끼치는 환대를 받았는데, 귀환한 뒤엔 그가 셰익스피
어의 작품에 나오는 잡식성의 총독처럼 "이상한 고기를 먹었

---

487   카바(Caaba, Kaaba)는 메카의 신전으로 이슬람의 예배
와 순례의 중심이다. 동쪽 벽에는 검은 돌이 박혀 있는
데 순례자가 만지거나 입 맞춘다.

488   나스라니는 기독교인, 즉 예수를 믿는 사람을 가리킨
다.

489   에티오피아의 옛 이름이다.

490   Harar는 에티오피아 동부에 있는 도시이다.

491   Dahomey는 약 1600년부터 1900년 사이 오늘날 베냉
(Benin) 지역에 있던 아프리카 왕국이다.

다."라는 (우연히 폭로되었으나 그가 조장했음이 분명한) 소문이 돌았다.[492] 버턴은 유대인, 민주주의, 외무부, 기독교를 증오했고 로드 바이런[493]과 이슬람을 숭배했다. 그는 작가라는 고독한 직업 속에서 다양하고 가치 있는 작업을 했다. 그는 넓은 방에서 새벽부터 글을 썼는데, 그 방에는 11개의 탁자가 있었고 탁

---

492   「줄리어스 시저」에서 시저(카이사르)는 마르쿠스 안
       토니우스를 비난하면서 이 같이 말한다.

       알프스에서는
       이상한 날고기를 먹었다고 하더군
       보기만 해도 사람이 죽는다던데…….

       이는 시선으로 사람을 죽이는 뱀인 바실리스크의 신
       화가 변형되어 반영된 것이다. 플리니우스(『박물지』,
       8권, 33절)는 이 뱀의 사후 능력에 관해서는 언급하지
       않지만 '보는 것'과 '죽는 것'(나폴리는 보고 죽으라.)
       이라는 두 가지 착상의 결합이 셰익스피어에게 영향
       을 미쳤음이 분명하다. 바실리스크의 시선에는 독성
       이 있다. 반면에 신성함은 순수한 광채(혹은 순수한
       만나(manna)의 방사로)로 죽일 수 있다. 신을 직접적
       으로 본다는 것은 불가능하다. 모세는 호렙산에서 얼
       굴을 가렸다. 신을 보는 게 두려웠기 때문이다. 호라산
       의 예언자인 하킴은 사람들의 눈이 멀지 않도록 네 겹
       의 하얀 비단을 이용했다. 「이사야」 6장 5절, 「열왕기
       상」 19장 13절을 참조하라.(원주) 여기에서 보르헤스
       가 인용한 카이사르의 말은 『안토니우스와 클레오파
       트라』 1막 4장의 내용이다.
493   조지 고든 바이런(George Gordon Byron, 1788~1824).
       낭만주의 문학을 대표하는 영국의 시인. 로드 바이런
       (Lord Byron)으로 불린다.

자마다 책에 쓸 자료가 놓여 있었으며 그중 한 탁자에는 맑은 재스민 차가 있었다. 그는 고매한 우정과 사랑을 품은 사람이 었는데, 스윈번[494]과의 우정이 그러했다. 스윈번은 『시와 발라드』 두 번째 권(1878)에서 "내 생의 가장 고귀한 영예 중에 우정이 있음을 기억하며"라고 했으며 작품 여러 곳에서 버턴의 죽음을 한탄했다. 버턴은 글과 수훈의 인간으로서 알무타나비의 『디완』에 비견되는 영예를 얻을 만하다.[495]

　　말(馬), 사막, 밤이 나를 안다,

　　길손과 검, 종이와 펜.

'아마추어' 식인종에서 여러 언어로 꿈꾸는 자에 이르기까지, 나는 리처드 버턴의 다양한 기질을 얘기했다. 우리는 그의 기질이 전설적이라며 열광할 것이다. 그 이유는 분명하다. 버턴의 전설에 나오는 버턴이 『천일야화』의 번역자이기 때문이다. 나는 언젠가 시와 산문의 근본적인 차이가 읽는 사람의 다양한 기대에 있다고 생각했다. 즉 시는 산문에서는 허용되지 않는 강밀도를 전제한다는 것이다. 버턴의 작품은 이

494　스윈번은 동성애, 카니발리즘, 마조히즘 등 금기시되는 주제를 다룬 것으로 유명하다. 스윈번은 여행을 좋아하지 않았으나 버턴에게 연정을 품었던 것으로 알려져 있다.

495　Al-Mutanabbi(915~965)는 현재의 이라크 도시인 쿠파 출신으로 아랍 문학 최고의 시인으로 손꼽힌다. 『디완(Diwān)』은 그의 시선집이다.

와 유사한 면이 있다. 그의 작품엔 어떤 아랍 문화 전문가도
당해 내지 못할 권위가 있다. 그의 책이 금서가 되기도 했다
는 매력도 있다. 그 책은 단 한번, 1000명의 '버턴 클럽' 회원
을 위해 1000부만 출판됐으며 법적으로 재판(再版)이 허용되
지 않았다. (레너드 C. 스미더스[496]의 재판본은 "그지없이 저속한 부
분을 삭제했지만 이를 개탄할 사람은 없을 것이다." 베넷 서프[497]의 완
본을 가장한 『천일야화』 선집은 스미더스의 순화된 판본을 원텍스
트로 삼고 있다.) 지나친 표현일지 모르지만, 리처드 버턴 경이
번역한 『천일야화』를 읽는다는 것은 "글자 그대로 흘러가는
아랍어"와 뱃사람 신드바드가 "주석을 단" 『천일야화』를 읽
는 것과 진배없다.

　『천일야화』의 번역에 있어 버턴이 해결한 문제는 헤아릴 수
없이 많지만, 크게 세 가지로 정리할 수 있다. 아랍 문화 연구자
로서 자신의 명성을 증명하고 확장할 것, 레인과 현저한 차이를
보일 것, 13세기의 구전과 성문본 이슬람 이야기로 19세기 영
국 신사의 마음을 사로잡을 것. 이 세 가지 중에서 첫 번째 것
은 아마도 세 번째와 양립할 수 없었을 것이다. 두 번째는 심각
한 과오를 낳게 되는데, 이에 관해 얘기하겠다. 『천일야화』에
는 수백 행의 연구(聯句)와 노래가 있는데, 레인은 (육체에 관한

496　Leonard C. Smithers는 리차드 버턴의 1894년 번역본
　　　『천일야화』의 편집자이다.

497　베넷 알프레드 서프(Bennett Alfred Cerf, 1898~1971).
　　　미국의 출판업자로 1932년 버튼의 『천일야화』를 출
　　　판했으며 랜덤 하우스(Random House)의 창립 멤버
　　　이다.

게 아니면 거짓으로 꾸며 낼 능력이 없어서) 그 노래를 적합한 산문으로 정확하게 옮겼다. 하지만 버턴은 1880년 『카시다(The Kasidah)』를 출판한 시인이었다. 진보된 면모를 보인 이 시집을 두고 버턴 부인은 늘 피츠제럴드의 『루바이야트』[498]보다 훨씬 훌륭하다고 했다. 버턴은 경쟁자가 '산문'을 해결책으로 삼은 것에 분개하여 영시로 옮기는 방식을 택했다. 하지만 이는 시작 전부터 내키지 않는 일이었다. 왜냐하면 문자 그대로를 옮기려는 자신의 규칙에 위배됐기 때문이다. 어쨌든 그의 논리성만큼이나 그의 귀도 모욕을 피하지 못했다. 다음 4행이 그나마 가장 나은 번역에 속한다.

> 밤의 별들이 제 행로를 나아가길 거부했네,
> 그들의 밤은 결코 끝날 것 같지 않았네,
> 부활의 날처럼, 기나길구나.
> 아침을 지켜보며 기다린 그에게는[499]

---

498   Rubaiyat는 페르시아어 4행 시집인데, 이 시형은 페르시아의 시인이자 철학자인 오마르 하이얌(Omar Khayyám, 1048~1131)이 쓴 이래로 그의 작품을 의미하게 되었다. 그의 시집 『루바이야트』는 영국의 시인인 에드워드 피츠제럴드(Edward FitzGerald, 1809~1883)의 번역으로 세계적으로 알려졌다.

499   버턴의 『천일야화』에서 아불베카 데 론다와 호르헤 만리케의 주제에 대한 다음의 변주도 염두에 둘 만하다.

> 과거에 혼령이 살았던 곳

다음의 번역은 이보다 못할 수도 있다.

모래 언덕의 가지에 걸린 태양처럼 그녀가 나타났네,
진홍색 슈미제트를 걸치고,
그녀 입술의 감로를 내게 머금게 하고
발그레한 얼굴로 꺼진 불을 켰네.

　나는 『천일야화』를 처음 접한 청중과 버턴의 후원자 클럽의
본질적 차이를 언급한 바 있다. 전자는 악한인데다 꾸며 낸 이야
기를 좋아하고 문자도 모르며 현재를 끊임없이 의심하고 먼 옛
날의 경이를 쉽게 믿는다. 후자는 웨스트엔드[500] 사람으로, 경멸
과 박식함에는 소질이 있지만 놀라움과 웃음에는 젬병이다. 전
자는 고래가 사람의 절규를 듣고 죽는다는 사실에 감탄했지만,
버턴의 후원자는 그 절규처럼 치명적인 능력을 믿는 사람이 있
다는데 감탄했다. 텍스트의 경이로움이(쿠르트판[501]이나 불라크
판에서는 경이를 사실로 간주한다.) 영국에서는 아주 보잘것없는
것으로 여겨질 위험이 있었던 것이다. (진실이 박진성 있거나 즉시

인도와 신드, 그곳에 폭군이 지배했던가?(원주)

아불베카 데 론다(Abulbeca de Ronda(Abu Mohammed
Salih Ben Abi Charif al-Rundi), 1204~1285). 알
안달루스의 시인. 호르헤 만리케(Jorge Manrique,
1440~1479). 스페인의 시인.

500　극장이 많은 런던의 West End를 가리킨다.

501　Kordofan은 수단의 중앙 지역이다.

적인 기지가 있어야 한다고 생각하는 사람은 없다. 반면에 『마르크스
의 생애와 서신(Vida y Correspondencia de Carlos Marx)』[502]을 읽은 소
수의 독자는 성을 내며 툴레[503]의 『역운 시집』의 대칭이나 아크로스틱
시작법[504]을 엄격히 지킨 시를 요구한다.) 버턴은 후원자가 떨어져
나가지 않도록 "이슬람인의 관습에 대한" 주석을 아끼지 않았
다. 사실 그 영역은 레인이 선점하고 있었다. 의복, 일상생활,
종교 생활, 건축, 역사와 쿠란에 대한 자료, 놀이, 예술, 신화 등
은 이미 그 불편한 선배가 번역한 3권의 책에 설명되어 있었
다. 그러나 여기에도 성적인 내용은 결핍되어 있었다. 버턴은
부족한 것을 채우는 데는 탁월한 재능이 있었다. (그의 첫 번째
에세이는 벵골의 매춘에 대한 지극히 사적인 보고서였다.) 그의 망
상 중에서 7권에 멋대로 적은 주석이 좋은 예인데, 그가 인용
한 시에 "우수에 젖은 후드 달린 외투"[505]라는 재치 있는 문구가
있다. 《에딘버러 리뷰》[506]는 시궁창에 버려야 할 글이라며 비난

---

502   보르헤스 전집에는 저작으로 표기되어 있으나 상기
       제목으로 출판된 저작이 있는지는 불분명하다.

503   폴장 툴레(Paul-Jean Toulet, 1867~1920). 프랑스의 시
       인으로 단시(短詩)에 뛰어났으며 대표작으로 『역운
       시집(Les contrerimes)』(1921)이 있다.

504   각 시행의 첫 글자가 단어나 어구를 구성하는 시를 일
       컫는다.

505   원문의 프랑스어 "capotes mélancoliques"에서
       capote(후드 달린 외투)는 오늘날의 콘돔을 가리키는
       은어이다.

506   *Edinburgh Review*(1802~1829)는 당시 가장 영향력 있는
       영국의 정간지였다.

했고 『브리태니커 백과사전』은 버턴의 원문을 그대로 살린 번역은 수용할 수 없다면서 레인의 번역이야말로 "진정으로 신뢰할 수 있고 여전히 넘볼 수 없는" 번역이라고 했다. 불온하다고 삭제해 버리는 학술적, 기록적 교만, 그 납득할 수 없는 논리에 너무 분개할 필요는 없다. 버턴은 그런 적대를 받아들였다. 더욱이 그의 주석은 얼마 되지 않는 육체적 사랑에 대한 이야기에 함몰되지 않았다. 그의 주석은 백과사전적이고 방대하며 그의 관심은 그에게 필요한 한 것에 반비례했다. (지금 내 손에 있는) 6권에는 300여 개의 주석이 있는데, 그중에서 다음과 같은 내용을 살펴볼 만하다. 구속 판결과 육체적 징벌과 벌금에 대한 변호, 빵을 중시하는 이슬람 문화에 대한 예시, 벨키스 여왕의 털 많은 다리에 대한 전설,[507] 죽음을 상징하는 네 가지 색깔에 대한 설명, 배은망덕에 대한 동양의 이론과 실제, 천사가 얼룩무늬 말을 선호한다는 것과 아랍의 정령이 금빛 말을 좋아한다는 정보, 비밀스러운 '권능의 밤' 또는 '밤 중의 밤'의 신화에 대한 개요, 앤드루 랭[508]의 얄팍함에 대한 고발, 민주주의 체제에 대한 독설, 대지와 불과 정원에서 무함마드가 지닌 이름에 대한 조사, 기골이 장대하고 장수하는 아말렉족[509]에 대한 설명, 이슬람인이

---

507   아랍 신화에서 벨키스(Belkís, Balkis 또는 Bilquís) 여왕
은 기원전 10세기경 서남 아라비아에 있었다는 전설
의 왕국 시바의 여왕을 가리킨다.

508   Andrew Lang(1844~1912). 스코틀랜드의 작가이자
평론가.

509   아말렉은 구약 성서에 나오는 고대 민족으로 지금의
이스라엘 남쪽 지역에 살았다.

수치스러워하는 신체 부위(남성은 배꼽에서 무릎까지, 여성은 머리에서 발끝까지)에 대한 이야기, 아르헨티나 가우초의 아사도[510]에 대한 과장된 이야기, 사람을 타는 '승마'의 불편함에 대한 충고, 원숭이와 여성의 교배로 훌륭한 프롤레타리아 하위 인종을 만들려는 엄청난 기획 등이 그렇다. 쉰 살의 버턴은 자기가 품은 애정, 아이러니, 외설, 풍부한 이야기를 주석에 풀어 두었다.

이제 본질적인 문제가 남았다. 어떻게 해야 13세기 소설 시리즈로 19세기 신사에게 재미를 줄 수 있는가? 알다시피 『천일야화』는 문체가 빈한하다. 버턴은 언젠가 페르시아 작가의 과도한 수사(修辭)와 대조하며 아랍 작가가 "건조하고 상업적인 어투"를 쓴다고 언급한 바 있다. 최근에 『천일야화』를 번역한 리트만은 5000페이지에 걸쳐 한결같이 사용된 "말했다."라는 표현을 "물었다.", "청했다.", "대답했다."와 같은 말로 바꿨다고 고백했다. 버턴도 거리낌없이 그런 식으로 대체했다. 그의 어휘는 그가 단 주석만큼이나 풍부했다. 고풍스러운 표현이 은어와 어우러지고, 죄수나 뱃사람이 쓰는 천한 말이 전문어와 어우러져 있다. 그는 영어를 멋지게 혼합하는 것에 부끄러워하지 않았다. 그는 윌리엄 모리스의 스칸디나비아식 레퍼토리나 새뮤얼 존슨의 라틴어에 만족하지 않고 그 두 가지를 한데 아울러 공명시켰다. 신조어와 외국어도 풍부했다. castrato(이탈리아어: 카스트라토),[511] inconséquence(프랑스어: 비일관성), hauteur(프랑스어: 높이), in gloria(라틴어: 영광 속에),

---

510   asado는 숯불에 구운 고기이다.

511   음역이 내려가는 것을 막기 위해 거세한 가수를 말한다.

bagnio(영어: 대중목욕탕 또는 매음굴), langue fourrée(프랑스어: 불순한 혀), pundonor(스페인어: 명예), vendetta(프랑스어: 가문 간의 복수), Wazir(영어: 와지리스탄 사람) 등이 그것이다. 어휘 자체에는 문제가 없지만, 이런 어휘가 삽입되면 왜곡이 발생한다. 그런데 그 왜곡 또한 훌륭하다. 왜냐하면 언어적(때로는 구문론적) 재치가 『천일야화』의 압도적인 이야기로부터 다른 곳으로 주의를 끌 수 있으니 말이다. 버턴은 그런 어휘를 잘 활용했다. 도입부에서 그는 "술레이만, 다윗의 아들(이들에게 평화를!)"이라고 진지하게 번역하는데, 나중에 그런 장엄함에 익숙해지면 "솔로몬 다윗아들(Solomon Davidson)"이라고 축약해 버린다. 버턴은 여타 번역자의 "페르시아의 사마르칸트[512]의 왕"이라는 번역을 "야만의 땅에 사는 사마르칸트의 왕"으로 번역했고, 여타 번역자의 "분노한(colérico)" 상인을 "분노의 인간(a man of wrath)"으로 번역했다. 그게 전부가 아니다. 버턴은 상세한 정황과 생물학적 요소를 곁들여 도입부와 결말 부분의 이야기를 완전히 다시 썼다. 그리하여 1885년 출판하는데, 그의 번역이 보여 주는 완벽함(혹은 레둑티오 아드 아브수르둠)에 대해서는 다음에 보게 될 마르드뤼에 대한 내용에서 살펴볼 것이다. 영국인은 늘 프랑스인보다 앞서기에 버턴의 혼종적인 문체에 비해 마르드뤼의 문체는 구식이 돼 버렸다.

---

512   Samarqand는 우즈베키스탄 사마르칸트주의 주도이다.

2. 마르드뤼 박사

마르드뤼의 운명은 역설적이다. 그는 감탄스러울 정도로 외설적이지만, 사람들이 갈랑의 훌륭한 태도와 레인의 청교도적인 고상함에 속아서 구매한 『천일야화』를 가장 신실하게 번역했다는 도덕성이 부여된 사람이다. 존경받는 그의 천재적 원문주의는 "아랍 텍스트를 원문에 충실하게 온전히 번역한 판본"이라는 확고한 부제와 『천 일 밤과 하룻밤의 책(Libro de las mil noches y una noche)』을 쓰려는 그의 착상에서 엿볼 수 있다. 마르드뤼를 얘기하기에 앞서 이 모범적인 제목에 관해 알아보자.

알마수디[513]는 『황금 목장과 보석 광산』에서 『하자르 아프사네』[514]라는 제목의 선집이 있다고 밝히고 있다. 이 페르시아어 제목을 그대로 번역하면 "천 개의 모험"인데 사람들은 이를 "천 일 밤"으로 칭했다. 10세기 작품인 『피흐리스트서(書)』[515]에는 천 일 밤 이야기의 도입부에 해당하는 내용이 나온다. 매일 밤 처녀와 잠을 자고 아침이 되면 처형하는 왕이 있는데 셰에라자드가 경이로운 이야기로 왕의 주의를 끌면서 천 일이

---

513   Al-Mas'udi(896?~956?). 아랍의 역사가이자 문학자.

514   산스크리트어로 기록된 인도의 설화들이 6세기경 페르시아에서 『하자르 아프사네(Hazar Afān)』으로 편집되었으나 소실되어 전해지지 않는다.

515   *Kitā al Fibrist*. 페시아계로 추정되는 이슬람 서지학자인 이븐 알나딤(Ibn al-Nadim, ?~995(998?))의 작품이다.

지나 아이를 낳게 된다는 이야기이다. 이런 식의 창작은(후세대의 창작은 물론이고 초서[516]의 경건한 행렬 같은 창작이나 조반니 보카치오의 유행병 같은 창작보다 뛰어난)[517] 제목을 증명하려는 목적이었다고 한다. 어쨌거나 애초의 1000일은 이내 1001일이 됐다. 케베도가(나중엔 볼테르가) 피코 델라 미란돌라[518]에 대하여 웃음거리로 쓴『만물과 그 외의 많은 것에 관한 책』이라는 제목의 축소판 같은『천일야화』에서 이제는 필수불가결한 것이 되어 버린 그 하룻밤은 어떻게 나온 것인가? 리트만은 터키어 'bin bir'라는 구문이 와전됐다고 하는데, 이 말의 문자적 의미는 '1001'이고 '많음'을 의미한다고 한다. 레인은 1840년 초에 보다 아름다운 이유를 제시하는데, 짝수가 주는 마술적 불안 때문이라는 것이다. 제목의 문제는 여기에 그치지 않았다. 갈랑은 1704년부터 원문의 '천 일 밤과 하룻밤'의 반복을 없애고 "천일(千一, 1001) 밤"으로 번역한다. 그리고 이 제목

---

516   제프리 초서(Geoffrey Chaucer, 1343~1400?). 영국의 작가이자 관료.

517   100여 편의 이야기가 담긴 보카치오의『데카메론』과 이 작품의 영향을 받아 30여 명의 순례자들이 나누는 이야기를 담고 있는 초서의『캔터베리 이야기(The Canterbury Tales)』를 암시하는 것으로 보인다.

518   조반니 피코 델라 미란돌라(Giovanni Pico della Mirandola, 1463~1494). 르네상스 시대의 이탈리아 철학자. 이 글에서 보르헤스는 케베도가 미란돌라의『만물과 그 외의 몇 가지 것에 관하여(De omnibus rebus et de quibusdam aliis)』라는 책의 제목을 뒤틀어『만물과 그 외의 많은 것에 관한 책(Libro de todas las cosas y otras muchas más)』으로 썼음을 가리키고 있다.

은 "아라비안 나이트"라는 제목을 선호하는 영국을 제외한 유럽에서 아주 익숙해졌다. 1839년 캘커타[519]의 편집자인 맥나튼[520]은 아랍어 판본 『천 일 밤의 이야기』를 『천일(千一)야화』로 세심하게 번역했다. 제목을 주의 깊게 번역하여 있는 그대로 옮긴 것이다. 존 페인[521]은 1882년에 『천일야화』 영문판을 출판했고, 버턴은 1885년에 『천일야화』 영문판을, 마르드뤼는 1899년에 『천일야화』 불문판을 출판했다.

마르드뤼 불문판에는 진실성을 의심케 하는 결정적인 내용이 있다. 놋쇠의 도시와 관련한 교리적 이야기가 그것인데, 어떤 판본이든 566일 밤 마지막 부분과 578일 밤 일부에 나온다. 하지만 마르드뤼는 (그의 수호천사라면 그 이유를 알겠지만) 그 내용을 338~346일 밤으로 옮겨 버린다. 그렇다고 내가 여기에 집착하는 것은 아니다. 이상적 전개에 대한 그의 이해할 수 없는 개작에 실망할 필요도 없다. 마르드뤼의 셰에라자드는 이렇게 말한다.

그 방의 바닥에는 매혹적으로 구부러진 4개의 수로를 따

---

519   Calcutta는 인도 서벵골 주의 주도인 콜카타(Kolkata)로 과거 영국령 인도의 수도였다.

520   윌리엄 헤이 맥나튼(William Hay Macnaghten, 1793~1841). 1839년부터 1842년에 출판된 『천일야화』의 저자. 버턴의 『천일야화』는 이 판본을 저본으로 삼았다.

521   John Payne(1842~1916)은 영문판 『천일야화』(1882~1884) 9권을 출판했다. 이 번역본은 맥나튼의 판본을 저본으로 삼았다.

라 물이 흐르고 있었고, 각 수로의 바닥은 아주 특별한 색을
띠고 있었다. 첫 번째 수로는 장밋빛 반암으로, 두 번째 수로
는 황옥으로, 세 번째는 에메랄드로, 네 번째는 터키석으로 되
어 있었다. 따라서 물은 그 바닥의 색에 물들어 있었고 그 위
로 펼쳐진 비단을 통과한 엷은 빛을 받고 있었는데, 대리석으
로 된 벽과 주위의 물건 위로 온화한 바다의 운치를 자아내고
있었다.

나는 이 묘사가 『도리언 그레이의 초상』[522]이 그렇듯이 시
각적인 글이라고 생각한다.(심지어 존경한다.) 재차 말하지만,
이 묘사는 13세기에 쓴 "문자 그대로의 완전한" 버전처럼 내
게 무한한 놀라움을 야기했다. 그 이유는 다양하다. 마르드뤼
가 아니라 셰에라자드라면 사물들의 상호 작용이 아닌 나열식
으로 묘사할 것이며, 물이 바닥의 색을 투영한다는 등의 세부
적인 상황을 묘사하지도, 비단을 투과한 빛을 포착하지도 못
하고 최종적 이미지로 수채화 같은 방을 암시하지도 못할 것
이다. 또 다른 사소한 균열이라 할 "매혹적으로 구부러진"이라
는 표현은 아랍식이 아니라 분명 프랑스식 표현이다. 이런 이
유가 만족스러울 수도 있겠지만 내겐 그 이유만으로는 부족했
다. 그래서 나는 바일, 헤닝,[523] 리트만의 독문판과 레인과 버턴

---

522 『도리언 그레이의 초상(The picture of Dorian Gray)』
(1890)은 아일랜드 작가 오스카 와일드(Oscar Fingal
O'Flahertie Wills Wilde, 1854~1900)의 작품이다.

523 막스 헤닝(Max Henning, 1861~1927). 독일의 독학자

의 영문판을 대조해 보는 한가한 호사를 누렸다. 이들의 번역을 보고 나는 마르드뤼의 번역문 열 번째 행의 원문이 "4개의 수로가 하나의 분수로 이어져 있었는데, 이 분수는 다양한 색의 대리석으로 되어 있었다."라는 것을 확인했다.

마르드뤼의 개찬은 균일하지 않다. 때로는 뻔뻔하게 시대를 넘나드는데, 이는 마치 난데없이 마르샹의 퇴각[524]을 논하는 것과 마찬가지이다. 다음의 예를 보자.

그들은 꿈의 도시를 점령했다. 저 멀리 밤이 내려앉은 지평선을 바라보자 궁전의 돔과 집의 테라스와 평온한 정원이 그 청동빛 도시에 띄엄띄엄 이어져 있었고 천체의 빛에 반짝이는 수로는 산봉우리 그림자 속에서 천 개의 맑은 길을 나아가고, 저 멀리 금속빛 바다는 제 싸늘한 가슴에 붉게 물든 하늘을 품고 있었다.

또는 다음과 같은 프랑스어풍도 적지 않다.

이자 아랍 문화 연구자. 『천일야화』(1895~1899) 독문판을 출판했다.

524   파쇼다(Fashoda) 사건을 가리키는 것으로 보인다. 이 사건은 영국과 프랑스 간의 동아프리카 식민지 확보 경쟁 중에 발생한 사건이다. 1894년 영국령 수단을 점령한 프랑스는 마르샹(Jean Baptiste Marchand) 원정대를 현재 남수단의 파쇼다에 보내는데, 뒤이어 이곳에 진입한 영국의 키치너 장군이 마르샹에게 철수를 요구하였다. 그러나 마르샹은 이에 응하지 않았고, 몇 달간 긴장 상태가 이어지다 프랑스의 양보로 해결되었다.

촘촘한 양모로 만든 눈부신 색깔의 멋진 융단은 생기 없는 초지에 향기 없는 꽃을 피우고, 놀랄 만큼 자연스러운 아름다움과 정확한 선으로 새겨진 새와 짐승으로 가득한 숲이 인공의 삶을 살았다.(아랍어 판본에는 이렇게 씌어 있다. "주변으로 융단이 있었는데, 다양한 새들과 짐승이 불그레한 금빛과 하얀 은빛으로 수놓아져 있었다. 하지만 눈에는 진주와 루비가 박혀 있었다. 그 눈을 본 사람은 경탄을 금치 못했다.)

마르드뤼는 『천일야화』의 빈약한 "동양적 색채"에 놀라움을 감추지 못했다. 그는 세실 B. 데밀[525]처럼 끈질기게 고관대작과 입맞춤과 야자나무와 달을 마음껏 활용했다. 그가 읽었을 570일 밤의 이야기는 다음과 같다.

그들은 검은 돌기둥에 이르렀는데, 그곳에는 겨드랑이까지 파묻힌 한 사내가 있었다. 두 개의 커다란 날개와 네 개의 팔이 있었다. 두 팔은 아담의 자손의 팔과 같았고 다른 두 팔은 사자의 다리 같았는데 쇠로 된 발톱을 지니고 있었다. 머리카락은 말총과 비슷했고 눈은 불덩이 같았으며 이마에는 눈이 하나 더 있었는데 살쾡이의 눈 같았다.

---

525   Cecil B. DeMille(1881~1959). 미국의 영화감독으로
       「십계」,「클레오파트」,「지상 최대의 쇼」 등의 영화를
       만들었으며, '피와 성(性)과 성서'를 자신의 영화 제작
       신조로 내걸었다.

그는 이 단락을 다음과 같이 화려하게 번역한다.

해 질 녘 즈음, 행렬이 어느 검은 돌기둥 앞에 이르렀다. 그 돌기둥에는 낯선 사내가 묶여 있었는데 몸의 절반이 보이지 않았다. 나머지 절반이 땅에 묻힌 탓이었다. 땅에 박힌 그의 몸은 지옥의 권세가 강제로 묻어 버린 기괴한 괴물처럼 보였다. 피부는 검었고 키는 잎을 모두 떨고 쓰러진 늙은 야자나무의 몸통 같았다. 두 개의 크고 검은 날개에 팔이 넷이었는데, 그중 두 개의 팔은 발톱이 긴 사자의 다리 같았다. 당나귀 꼬리처럼 곤두선 그의 말총머리가 섬뜩한 두개골 위에서 거칠게 흔들리고 있었다. 활처럼 휘어진 그의 눈두덩 아래로는 붉은 눈동자가 이글거리고 있었다. 두 개의 뿔이 난 이마에 박힌 외눈은 흔들림 없이 고정되어 있었으며 호랑이나 표범의 시선처럼 파란 광채를 뿜어내고 있었다.

그는 뒤이어 이렇게 썼다.

청동빛 성벽, 첨탑의 빛나는 보석들, 하얀 테라스들, 수로와 바다, 그에 더불어 서쪽으로 뻗은 그림자가 밤의 미풍과 마술적인 달 아래에서 조화를 이루었다.

13세기 사람에게 '마술적'이라는 말은 아주 정확한 수식어겠지만, 고상한 마르드뤼의 세속적인 형용사는 그렇지 않을 것이다. 마르드뤼의 글을 '문자 그대로 완전한' 아랍어 버전으로 만들 수는 없을 것이다. 라틴어도 마찬가지이다. 또한 미겔 데 세르반테스의 카스테야노[526]도 그럴 것이다.

『천일야화』는 보통 두 가지 방식으로 서술된다. 하나는 순수하게 형식적인 것으로 시 형식을 갖춘 산문이고, 다른 하나는 도덕적 설교의 방식이다. 전자는 버턴과 리트만의 방식으로 고상한 인물, 궁전, 정원, 마술의 작용, 신성함, 낙조, 전투, 여명, 사건들의 시작과 끝이 서술자의 활기에 부합한다. 마르드뤼는 인정이 넘쳐서인지 이런 방식을 생략한다. 후자의 경우는 두 가지 능력을 요하는데, 추상적인 말을 장엄하게 조합할 줄 알고 상투적인 표현을 과감히 쓸 줄 알아야 한다. 마르드뤼는 이 두 가지 능력을 갖추지 못했다. 기억에 남을 레인의 번역인 "바로 이 궁전에, 먼지 속에 모인 영주들에 관한 마지막 정보가 있다."에서 마르드뤼는 아무 것도 추출하지 못한 채 "갔구나, 그들 모두! 그들은 내 성루의 그늘에서 쉴 시간도 없었다."라고 한다. "나는 권능에 붙잡혀 있으며, 광휘에 갇히고, 영원의 명에 따라 벌을 받으니, 힘과 영광이 영원의 것이다."라는 천사의 고백을 마르드뤼의 독자는 "보이지 않는 힘이 나를 수 세기 동안 이곳에 가둬 뒀다."로 읽게 될 것이다.

또한 마르드뤼의 번역에 나오는 주술에는 선의의 조력자도 없다. 그는 미소를 머금지 않고는 초자연적인 것을 서술할 능력이 없다. 그는 이렇게 번역한다. "어느 날 압둘 말리크 칼리프가 악마 같은 검은 연기가 담긴 구리로 된 골동품 그릇에 대한 얘기를 듣고는 너무나도 경이로운 나머지 모두가 아는

---

526   Castellano는 현재의 스페인어를 가리킨다.

현실을 의심하는 듯하자, 탈리브 벤 스탈이라는 여행자가 끼
어들어야 했다." 이 문장에서 (앞서 언급한 다른 예시처럼 "놋쇠의
도시에 대한 이야기"에 있으며 마르드뤼의 번역에선 굉장한 청동의
도시로 나온다.) '모두가 아는'이라는 자발적 솔직함과 압둘 말
리크 카리프의 말도 안 되는 의심은 번역자가 마음대로 만들
어 낸 것이다.

　　마르드뤼는 무심한 무명의 아랍인이 소홀히 한 부분을 끊
임없이 완성하려 한다. 그는 아르 누보[527]의 요소, 적절한 외설,
간결하고 희극적인 막간 이야기, 추측으로 만든 이야기, 대칭,
동양에 관한 시각적 묘사를 끼워 넣는다. 예를 들어 573일을
보면, 무사 빈 누사이르 왕이 대장장이와 목수에게 쇠와 나무
로 된 아주 튼튼한 사다리를 만들라고 명하는 내용이 나온다.
마르드뤼는 (그의 번역본 344일 밤) 이 평범한 에피소드를 숙영
지의 사람들이 마른 나무를 찾아 신월도와 칼로 잘라 낸 뒤 터
번, 허리띠, 낙타에게 쓰는 밧줄, 복대, 가죽으로 된 장식 끈으
로 엮어 아주 높은 사다리를 만들어 벽에 대고는 사방으로 돌
을 괴어 사다리를 지탱한다는 내용으로 개작한다. 전반적으
로 봤을 때, 마르드뤼는 글을 번역한 게 아니라 책의 내용을 번
역해 버렸다. 이는 번역자에게 금지된 자유지만 삽화가에게는
묵인된 것으로 삽화가에겐 그런 성질의 필치를 추가하는 게
허용된다. 힘겹게 사전을 참조하지 않고 개인적으로 이야기를
만들어 내는 그 즐거운 분위기가 작품에서 느껴질지는 모르겠

527　　Art Nouveau는 19세기 말에서 20세기 초에 성행한 유
　　럽의 예술 사조로 "새로운 예술"을 뜻한다.

다. 다만 나는 마르드뤼의 "번역"이 다른 어떤 번역보다 가독성이 뛰어나다고 본다. 물론 버턴의 번역에 비할 수는 없지만 그렇다고 버턴의 번역에 왜곡이 없다는 것은 아니다. (버턴의 번역에 드러난 왜곡은 성질이 다르다. 그의 왜곡은 의고주의와 파격적인 표현이 가득한 조잡한 영어를 과도하게 썼다는데 있다.)

지금까지 검토한 내용이 탐정처럼 조사하려는 의도를 지닌 것으로 보인다면 나는 (마르드뤼가 아니라 나에 대해) 개탄해 마지않을 것이다. 마르드뤼는 유일무이한 아랍 문화 전문가로서 그의 영예는 문학에 정통한 사람도 인정하고 있으며, 아랍 문화 전문가도 그가 어떤 사람인지 알 정도로 엄청난 성과를 거두었다. 앙드레 지드는 1899년 8월 서둘러 그에게 찬사를 보냈으며, 그에 대한 찬사는 칸셀라[528]와 캅데빌라[529]로 끝나지 않았다. 나의 목적은 그런 존경을 깎아내리는 것이 아니라 입증하려는 것이다. 마르드뤼의 충실함을 상찬한다면, 마르드뤼의 영혼을 누락하는 것이자 마르드뤼를 언급하지 않는 것이나 마찬가지이다. 그의 충실함은 그의 창조적이고 즐거운 불충에 있으며, 우리는 바로 이 점을 알아야 한다.

---

528 아르투로 칸셀라(Arturo Cancela, 1892~1957). 아르헨티나의 기자이자 작가.

529 아르투로 캅데빌라(Arturo Capdevila, 1889~1967). 아르헨티나의 작가.

3. 엔노 리트만

『천일야화』의 유명한 아랍어 판본의 조국인 독일은 네 개
의 번역본에 (공연히) 자부심을 느낄 것이다. 그 네 개의 번역
은 "이스라엘 혈통의 사서"(카탈루냐어로 쓰인 어느 백과사전에
는 이에 반하는 내용이 있다.)였던 구스타프 바일의 번역, 『쿠란』
의 번역자인 막스 헤닝의 번역, 작가인 펠릭스 폴 그리브[530]의
번역, 그리고 악숨[531]의 에티오피아 비문 해독자인 엔노 리트만
의 번역이다. 4권으로 된 바일의 첫 번째 번역본(1839~1842)이
가장 적절한 번역본이라 할 수 있는데, 이는 바일이 이질 때문
에 아프리카와 아시아에서 쫓겨나긴 했지만 동양적 문체를 유
지하고 보완했기 때문이다. 그의 개찬은 아주 존경스럽다. 그
의 번역본에서 어느 모임의 불청객은 이렇게 말한다. "우리는
잔치의 흥을 깨는 아침을 닮고 싶지는 않습니다." 어느 너그러
운 왕에 대해서는 이렇게 말한다. "손님을 위해 피운 불은 지옥
을 떠올리게 하고 그의 온화한 손의 이슬은 홍수와 같다." 또
한 그의 손은 "바다처럼 너그러웠다."라고 한다. 이 훌륭한 외
전이 버턴이나 마르드뤼의 번역의 가치를 훼손하지는 않는다.
번역자는 그 외전을 시 형식을 빌려서 했는데, 원문의 시구를

---

530   Félix Paul Greve(1879~1948). 독일 출신의 작가이자
       번역가. 리처드 버턴의 『천일야화』를 번역하여 1907
       년부터 출판하였다.

531   Axum은 에티오피아 북부에 있는 도시로 고대 왕국인
       악숨 왕국의 수도였다.

'대체' 혹은 '대신'했다고 할 만큼 아름다운 생기를 띠고 있다. 산문은 원문에 따라 번역했고, 위선과 파렴치함이 담긴 내용은 전반적으로 타당하게 생략했다. 버턴은 그의 번역을 "대중적 성질의 번역이 이를 수 있는 가장 신뢰할" 번역으로 칭송했다. 바일은 '사서'였지만 유대인이라는 게 헛되지는 않았다. 그의 언어는 글쓰기의 맛을 품고 있었다.

1895년부터 1897년까지 출판된 두 번째 번역은 정확성도 문체도 매력적이다. 바로 라이프치히의 아랍 문화 전문가로 필립 레클람[532]의 『세계문고』로 출판된 헤닝의 번역이다. 이 번역은 삭제판이다. 물론 출판사의 입장에선 그 반대라고 할 것이다. 문체는 무료하고 건조하다. 이 번역이 지닌 미덕이라면 작품의 분량일 것이다. 불라크 판본과 브로츠와프 판본[533]을 비롯해 조텐베르크[534]의 원고와 버턴의 『추가된 밤들』[535]를 저본으로 하고 있다. 헤닝은 아랍어 번역자로서보다는 버턴의 번역자로서 더 뛰어나다. 이는 아랍인에 관해서는 버턴이 우위에 있음을 의미한다. 그의 번역본 서문과 후기에는 버턴에 대

---

532   안톤 필립 레클람(Anton Philipp Reclam, 1807~1896)
       은 독일의 레클람 출판사의 소유주로 1867년부터 『세
       계문고(Universal-bibliothek)』를 출판했다.

533   존 페인(John Payne, 1842~1916)의 번역본을 가리킨다.

534   허먼 조텐베르크(Hermann Zotenberg, 1836~1894).
       실레시아 출신의 동양학자이자 번역가.

535   리차드 버턴은 1886년에서 1888년까지 6권으로 된 『천
       일야화에 추가된 밤들(Supplemental Nights to the Book
       of the One Thousand and One Nightes)』을 출판했다.

한 찬사가 넘치는데, 버턴이 "중세 아랍어의 가치에 버금가는
제프리 초서의 언어"를 썼다고 한 것은 그 찬사의 권위를 떨어
뜨리고 있다. 버턴의 글의 원천 중 '하나'가 초서였다고 하는
편이 나을 것이다. (또 다른 원천이 있다면 토마스 우르크하트[536]가
번역한 라블레[537]의 작품이다.)

세 번째 번역본은 그리브의 번역본으로 버턴의 번역본을
저본으로 삼았지만 백과사전적 주석은 삭제했다. 전쟁이 발발
하기 전 인젤베를라크 출판사[538]가 출판했다.

네 번째 번역본(1923~1928)은 세 번째 번역본을 대체했다.
세 번째 번역본처럼 6권으로 된 이 번역본은 엔노 리트만이 번
역한 것이다. 리트만은 악슘 유적의 문자를 해독했고 예루살
렘에 있는 283개 에티오피아 필사본[539]의 목록을 정리했으며
《아시리아 연구》[540]의 집필자로 활동했다. 리트만은 버턴처럼
양순하게 어기적거리지 않고 그야말로 솔직하게 번역했다. 형

---

536   Thomas Urquhart(1611~1660). 스코틀랜드의 작가이
       자 번역자로 프랑수아 라블레의 작품을 번역하였다.

537   프랑수아 라블레(François Rabelais, 1494?~1553). 프
       랑스의 르네상스를 주도한 작가. 대표작으로 『팡타그
       뤼엘』과 『가르강튀아』가 있다.

538   인젤베를라크(Insel-Verlag) 출판사는 1902년 설립된
       출판사로 릴케와 토마스 만의 작품을 출판한 것으로
       유명하다.

539   에티오피아 악슘에 있던 필사본으로 에티오피아의 황
       제 메넬리크 2세(Menelik II, 1844~1913)가 예루살렘
       으로 옮긴 것으로 추정된다.

540   《아시리아 연구(Zeitschrift für Assyriologie)》는 1886년
       부터 베를린에서 출판된 잡지이다.

언하지 못할 외설도 주저하지 않고 옮겼다. 리트만은 그런 외설을 차분한 독일어로, 아주 드물게는 라틴어로 번역했으며, 단어 하나 생략하지 않았다. 심지어는 1000번에 걸쳐 반복되는 매일 밤의 구절도 마찬가지였다. 하지만 그는 지역색을 무시하거나 등한시했다. 그로 인해 출판사는 리트만에게 '알라'를 '신'으로 대체하지 않도록 일러줘야 했다. 그는 버턴이나 존 페인과 유사하게 아랍의 시를 서구의 시로 번역했다. 만약 "아무개가 이 시를 읊었다."는 제의적 언급이 있는데 뒤이어 독일어로 쓰인 산문이 나온다면 독자가 어리둥절해할 것이라고 솔직히 말하고 있다. 그는 텍스트 이해를 돕기 위해 필요한 주석을 달았는데, 각 권마다 스무 개 정도고 그 내용도 간결하다. 그의 번역본은 명쾌하고 가독성이 있으며 무난하다. 그는 아랍인의 호흡을 따르고 있다.(그렇게 주장한다.) 브리태니커 백과사전에 오류가 없다면, 그의 번역이 시중에 유포된 것 중 으뜸이다. 듣자하니 아랍 문화 전문가들도 이에 동의한다고 한다. 문학에 정통한 누군가가 이견이 있다고 해도 그가 아르헨티나 사람이라면 전혀 신경 쓸 필요 없다.

그 이유는 이렇다. 버턴과 마르드뤼와 갈랑의 번역은 '문학 이후'를 생각하게 한다. 그들의 패악과 성과가 무엇이든, 그들의 독특한 번역은 그에 이르기까지 풍요로운 과정이 있었음을 내포하고 있다. 어찌 보면 바닥나지 않을 것 같은 영어의 풍요가 버턴에게 녹아 있다. 존 던의 딱딱한 외설, 셰익스피어와 시릴 터너[541]의 엄

---

541   Cyril Tourneur(1575~1626). 영국의 군인이자 극작가.

청난 어휘, 스윈번의 열성적인 의고주의, 17세기 저술가들의
엄청난 학식, 에너지와 방랑, 격정과 마술에 대한 사랑이 거기
에 있다. 마르드뤼의 유쾌한 글에는 『살람보』와 플로베르, 『버
들로 만든 마네킹』,[542] 러시아 발레가 공생하고 있다. 조지 워
싱턴처럼 거짓말할 줄 모르는 리트만의 작품에는 그저 독일의
고결함밖에 없다. 적어도 너무 적다. 『천일야화』의 판매에 있
어 독일은 뭔가 더 생산했어야 했다.

　철학의 영역이든 소설의 영역이든 독일에는 환상 문학이
있다. 정확히 말하면 환상 문학밖에 없다. 『천일야화』에는 독
일어로 표현하면 좋을 것 같은 경이로움이 있다. 이러한 바람
이 생길 때면 나는 『천일야화』에 나오는 의도적인 경이, 예컨
대 램프 혹은 반지의 전능한 노예, 이슬람인을 새(鳥)로 만들어
버리는 랍 여왕, 가슴에 부적과 문형이 새겨진 구릿빛 뱃사공
이 생각난다. 또한 천하루를 채우려는 수집가적 기질에서 나
온 가장 평범한 경이도 생각난다. 번역자들은 마술이 바닥나
면 역사적 사건이나 경건한 이야기에 호소했는데, 그들은 그
런 이야기를 포함함으로써 다른 이야기에 믿음을 주고자 했
다. 그래서 하늘로 오르는 루비와 수마트라[543]에 대한 첫 번째
묘사, 아바스 왕조[544]의 궁정에 대한 세세한 내용과 신에 대한

542　　　『버들로 만든 마네킹(Le Mannequin d'osier)』(1897)
　　　　　은 프랑스 작가 아나톨 프랑스(Anatole France, 1844~
　　　　　1924)의 작품이다.

543　　　인도네시아의 섬이다.

544　　　아바스 왕조는 750년 아랍 제국의 초대 칼리프 왕조인
　　　　　우마이야 왕조를 무너뜨리고 세운 왕조이다. 1258년

정당성을 먹고 사는 은빛 천사의 이야기가 한 권에 함께 실려 있다. 이런 혼합은 시적이다. 반복되는 것도 시적이다. 602일 밤에 샤리아 왕이 왕비의 입을 통해 자신의 이야기를 듣게 된다는 것은 경이롭지 않은가? 일반적인 틀에 비춰 봤을 때, 하나의 이야기에는 본래의 이야기보다 짧지 않은 분량의 다른 이야기가 포함되기 일쑤다. 『햄릿』의 비극처럼 장면 속의 장면, 꿈의 증식 말이다. 테니슨은 어렵고도 명백한 시구로 이를 다음과 같이 정의한다.

　　　공들여 만든 동양의 상아, 구체 속의 구체.[545]

　히드라의 요상한 머리가 몸보다 훨씬 구체적이라면 얼마나 놀라운 일인가. 예컨대 "중국과 힌두스탄 섬들의" 가상의 왕인 샤리아가 탕헤르의 총독이자 과달레테[546] 전투의 승장인 타리크 이븐 지야드[547]의 소식을 전해 들었다는 것처럼 말이다. 문간에 거울이 마주하고 있어 얼굴 뒤로 거짓 얼굴이 생기면

　　　　　　　몽골족이 바그다드를 함락할 때까지 아랍 제국을 다스렸다.

545　　　테니슨의 작품 『공주(The Princess)』(1847)의 서문에 있는 시구이다. 여기에서 동양의 상아는 상아로 만든 다층구(多層球)를 가리키는 것으로 보인다.

546　　　Guadalete는 스페인 남부에 있는 강이다. 타리크 이븐 지야드의 군은 711년 비시고도족과의 과달레테 전투에서 승리한다.

547　　　타리크 이븐 지야드(Táriq ibn Ziyad, ?~722). 이슬람의 군인으로 모로코 탕헤르의 통치자.

더 이상 누가 진짜이고 누가 가짜인지 알 수 없게 된다. 하지만 그게 중요한 게 아니다. 그 무질서는 백일몽이 만들어 내듯 진부하기에 받아들일 수 있다.

우연은 대칭과 대조와 탈선의 유희를 즐겼다. 한 사람이, 한 카프카가 그 유희를 만들어 내고 증폭하여, 독일식 변형, 즉 독일의 '섬뜩함(Unheimlichkeit)'에 따라 다시 만들어 내지 못할 것도 없지 않은가?

1935년
아드로게[548]에서

참고한 도서 목록을 다음과 같이 밝혀 둔다.

Antoine Galland trans., *Les Mille et une Nuits*(Paris, s.f.)

E.W. Lane trans., *The Thousand and One Nights, commonly called The Arabian Nights' Entertainments. A new translation from the Arabic*(London, 1839).

Richard F. Burton trans., *The Book of the Thousand Nights and a Night: A plain and literal translation of The Arabian Nights' Entertainments* Vols. VI, VII, VIII(London(?), s.f.).

R. F. Burton trans., *The Arabian Nights: A complete sic. and unabridged selection from the famous literal*(New York, 1932).

---

548   Adrogué는 부아노스아이레스주의 도시로 보르헤스는
그곳에서 여름을 보내곤 했다.

J. C. Mardrus trans., *Le Livre des mille nuits et une nuit. Traduction littérale et compléte du texte arabe* (Paris, 1906).

Max Henning trans., *Tausend und eine Nacht. Aus dem Arabischen übertragen* (Leipzig, 1897).

Enno Littmann trans., *Die Erzählungen a us den Tausendundein Nächten. Nach dem arabischen Urtext der Calcuttaer Ausgabe vom Jahre 1839* (Leipzig, 1928).

두 편의 글

알모타심⁵⁴⁹으로의 접근⁵⁵⁰

549 　알모타심(Al-motásim)이라는 이름은 아랍어로 "도
움을 구하는 자"라는 의미이다. 이는 이 신비로운 인
물이 자신보다 완전한 누군가를 찾고 있음을 암시한
다.(Michel Berveiller, "Le cosmopolitisme de Jorge Luis
Borges")『보르헤스 사전(Fishburn y Hughes)』에는 알
모타심이 아바스 왕조의 8번째 칼리프로 833년부터
842년까지 통치한 아부 이삭 알무타심 이븐 하룬(Abu
Ishaq al-Mu'tasim Ibn Harun, 794~842)이라고 한다.
한편 리차드 버턴의『천일야화』(1885) 9권의 주석에
는 알무타심(Al-Mutasim)이 알 라시드(Al-Rashid)의
아들로 용감하고 고명한 정신의 소유자였으며 그 힘
이 두 손가락으로 사람의 팔꿈치를 부서뜨리기에 족
했다고 설명하고 있다. 결과적으로 보르헤스가 말하
는 알모타심이 누구인지는 분명치 않다.

550 　『알모타심으로의 접근』은 1936년『영원성의 역사』에

필립 게달라[551]는 뭄바이[552]의 변호사 미르 바하두르 알리[553]가 쓴 『알무타심으로의 접근(The approach to Al-Mu'tasim)』[554]이라는 작품에 관해 "번역자의 관심이 끊이지 않는 이슬람의 알레고리 시와 브라이턴의 아주 팬찮은 하숙집에서 삶의 공포를 완벽하게 그려 내는, 존 왓슨[555]을 확연히 능가하는 탐정이 등장하는 어떤 소설을 어딘가 어색하게 조합한 것 같은" 소설이라고 평가했다. 이에 앞서 세실 로버츠[556]는 바하두르의 책이 "윌키 콜린스[557]

처음 실렸다가 1941년 『두 갈래로 갈라지는 길들의 정원』에 수록되었고, 이후 1944년 『픽션들』에 포함되었다.

551   Philip Guedalla(1889~1944). 영국의 역사가이자 전기 작가.

552   Mumbai는 인도 마하라슈트라주의 주도이다. 영국인들이 작위적으로 썼던 봄베이(Bombay)라는 이름을 1995년에 뭄바이로 개칭했다.

553   Mir Bahadur Alí는 가공의 인물이다.

554   스페인어로는 'Al-Motásim'이라 쓰고 '알모타심'이라 발음하지만 영어식 표기는 'Al-Mu'tasim'으로 '알무타심'이라 읽는다. 여기서는 원서의 표기에 따라 혼용했다.

555   John H. Watson은 코난 도일의 『셜록 홈스』에 나오는 인물로 홈스의 친구이다.

556   Cecil Roberts가 영국의 저널리스트이자 작가인 세실 에드릭 모닝턴 로버츠(Cecil Edric Mornington Roberts, 1892~1976)를 가리키는 것인지 가공의 인물인지는 불확실하다.

557   Wilkie Collins(1824~1889). 영국의 근대 탐정 소설을 대표하는 작가. 보르헤스는 1946년 출판된 콜린스의 『월장석(La piedra lunar)』(1868) 스페인어판 서문에서

와 12세기의 저명한 페르시아 작가 아타르를 믿기지 않을 만
큼 이중적으로 조합"하고 있다고 지적한 바 있다. 따라서 게달
라의 평은 자발없는 방언으로 썼다는 점을 제외하면 참신하지
못하게 세실 로버츠의 차분한 논평을 반복한 셈이다. 그러니
본질적으로 두 작가의 논평은 동일하다. 그들은 바하두르 알
리의 작품이 탐정 소설의 메커니즘을 지니고 있으며 그 기저
에는 신비주의의 암류가 흐르고 있음을 지적한 것이다. 이 이
중성 때문에 우리는 바하두르 알리와 체스터턴[558]의 유사성을
떠올리는데, 정말로 그런지 살펴보기로 하자.

　『알모타심으로의 접근』 초판은 1932년 말에 뭄바이에서
출판됐다. 인쇄지는 거의 신문지나 다름없었다. 표지에는 구
매자에게 뭄바이 출신의 작가가 쓴 최초의 탐정 소설이라고
알리고 있었다. 1000부씩 4쇄에 걸쳐 찍어 낸 책이 몇 달 만에
동났다.《뭄바이 쿼털리 리뷰》,《뭄바이 가제트》,《캘커타 리
뷰》, (알라하바드[559]의)《힌두스탄 리뷰》,《캘커타 잉글리시맨》
은 열광적으로 찬사를 보냈다. 이에 바하두르는『알무타심이

그를 "변화무쌍한 줄거리와 정서적 불안, 예측할 수 없
는 대단원을 구성할 줄 아는 거장"으로 표현했다.

558　보르헤스는 체스터턴을 쇼펜하우어, 드 퀸시, 스티븐슨
등과 더불어 늘 다시 읽는 작가로 꼽았으며 「배신자와
영웅에 대한 논고(Tema del traidor y del héroe)」를 비롯
한 여러 작품에서 그의 영향을 찾을 수 있음을 인정했
다. 특히 탐정 소설에 있어서 체스터턴의 영향은 지대
했다.

559　Alahabad는 인도의 도시이다.

라는 사람과의 대화』라는 제목의 삽화본을 출판하는데「움직이는 거울과의 유희」라는 아름다운 부제를 달고 있었다. 이 판본이 바로 런던에서 빅터 골란츠[560]가 재판한 판본인데, 이 판본에는 도로시 세이어스[561]의 서문이 추가되었지만 (어쩌면 다행한 일인데) 삽화는 삭제되었다. 내가 지금 갖고 있는 것도 이 판본이다. 이 판본보다 훨씬 나을 것으로 보이는 초판본은 입수하지 못했다. 하지만 나에게는 1932년의 초판본과 1934년 판본의 근본적인 차이를 개괄한 부록이 있다. 이 부록을 검토하기에 (그리고 논하기에) 앞서 작품의 줄거리를 간략히 살펴볼 필요가 있다.

작품에 분명하게 드러난 주인공은(결코 우리에게 이름을 알려 주지 않는다.) 뭄바이에 사는 법대생이다. 그는 불경하게도 부모님의 종교인 이슬람교를 믿지 않는다. 하지만 그는 무하람[562] 열 번째 밤이 기울어 가는 시각에 이슬람교도와 힌두교도 간에 발생한 소동의 한복판에 있다. 북소리와 기도 소리가 가득한 밤이다. 서로 다른 종교를 지닌 군중 사이로 커다란 종이 휘장을 든 이슬람교도의 행렬이 길을 열어 간다. 어느 지붕에선가 힌두교도가 던진 벽돌이 날아든다. 어떤 이가 누군가의 배에 비수를 꽂는다. 이슬람교도인지 힌두교도인지 모를 누군

---

560   Victor Gollancz(1893~1967). 영국의 편집자로 1927년 빅터 골란츠 출판사를 설립했다.

561   Dorothy L. Sayers(1893~1957). 영국의 추리 소설 작가이자 번역가.

562   Muharram은 이슬람력에서 첫 번째 달의 이름이자 이슬람교에서 정월에 행하는 신년 축제이다.

가가 죽고 사람들에게 짓밟힌다. 3000여 명이 몽둥이 대 권총으로, 욕설 대 저주로, 유일신 대 다신으로 싸운다. 망연자실한 그 자유사상가 학생이 난동에 휘말린다. 절망에 빠진 그의 손이 한 힌두교도를 죽인다.(또는 죽였다고 생각한다.) 광포한 정부 기마경찰대가 개입하여 닥치는 대로 채찍을 휘두른다. 그 학생은 말발굽을 피해 간신히 도망친다. 그리고 변두리 끝으로 향한다. 두 개의 철길을 가로지른다. 같은 철길을 두 번 건넜을 수도 있다. 그런 다음 어느 너저분한 정원의 담을 넘는다. 정원 안쪽에는 둥근 첨탑이 있다. 달빛을 띤 개 떼가(깡마르고 사나운 달빛 사냥개들) 시커먼 장미 넝쿨에서 뛰쳐나온다. 그는 개에게 쫓겨 탑으로 몸을 숨긴다. 군데군데 칸이 빠진 철제 계단을 올라 천정에 이르는데, 천정의 중앙에 거무스름한 수조가 있다. 거기에서 그는 달빛 아래 쭈그리고 앉아 시원하게 소변을 보고 있던 한 야윈 사내와 맞닥뜨린다. 사내는 파시교도[563]가 백의를 입혀 탑에 버린 시체에서 금니를 훔친다고 털어놓는다. 사내는 몇 가지 추잡한 얘기를 하더니 소똥으로 몸을 정결하게 한 지 14일이나 됐다고 말한다. 그는 구자라트[564]의 말도둑이 "개와 도마뱀을 먹는 놈들, 어쨌든 우리 두 사람처럼 비열한 놈들"이라며 서슴없이 증오를 표출한다. 날이 밝아 온다. 하

---

563   파시교(Parsis) 또는 파시 공동체는 인도와 파키스탄을 위시한 남아시아의 두 조로아스터교 공동체들 중 하나로 다른 하나는 이라니교(Irani) 또는 이라니 공동체라고도 한다. 파시교도는 이슬람교의 박해를 피해 8세기경 남아시아로 이주한 조로아스터교의 후손이다.

564   Gujarat는 인도 서부의 주이다.

늘에는 살진 독수리들이 저공비행을 하고 있다. 녹초가 된 학생은 잠에 빠진다. 깨어나 보니 해가 중천에 떠 있고 도둑은 보이지 않는다. 트리치노폴리스산[565] 담배 두 개비와 약간의 루피 은화도 사라지고 없다. 지난밤에 겪은 험한 일이 떠오르자 학생은 인도를 방랑하기로 마음먹는다. 그는 자기가 우상 숭배자를 죽일 수 있음을 스스로 증명했다고 생각하지만 이슬람교도가 우상 숭배자보다 옳은지는 확신하지 못한다. 구자라트라는 이름, 그리고 송장을 등쳐 먹는 그 도둑이 저주하고 증오하던 팔란푸르[566]의 '말카산시'(도적 계급의 여자)의 이름이 머리에서 떠나지 않는다. 그는 그 도둑처럼 철저히 비열한 자의 증오를 받는 사람은 찬사를 받을 만하다고 단정한다. 그는 별 기대 없이 그녀를 찾기로 한다. 기도를 올리고 확신에 찬 느긋한 걸음으로 긴 여정을 시작한다. 이렇게 책의 2장이 끝난다.

　나머지 19개 장에 나오는 변화무쌍한 이야기를 요약하기란 불가능하다. 거기에는 '작중 인물들'과 인간 정신의 흐름(오욕에서 수학적 사색에 이르기까지)을 모두 담은 전기(傳記)는 물론이고, 방대한 힌두스탄 지역을 방랑하는 이야기가 어지럽게 흩어져 있다. 그 이야기는 뭄바이에서 시작하여 팔란푸르 저지대로 이어지다가, 어느 오후에는 비카네르[567]의 돌문에서

565　원문의 트리치노폴리스(Trichinópolis)는 영국령 인도 제국 시기에 인도 남부 도시인 티루치라팔리(Tiruchirappalli)를 일컫던 이름이다.

566　Palanpur는 구자라트주의 도시이다.

567　Bikaner는 인도 북부의 도시이다.

하룻밤을 보내고, 베나레스의 하수구에서 죽은 어느 장님 점
성술사에 관해 얘기하고, 카트만두[568]에 있는 다채로운 모양의
궁전에서는 음모를 꾸미고, 역병의 악취가 풍기는 콜카타의
마추아바저[569]에서는 기도를 올리고 간음하고, 마드라스[570]의
공증 사무소에선 바다에서 솟아나는 아침을 바라보고, 트라반
코르주[571]에서는 어느 발코니에서 바다로 날이 저무는 걸 바라
보고, 인다푸르[572]에서는 망설임 끝에 살인을 저지르고, 다시
뭄바이로 돌아와 달빛 개들이 있는 정원 근처에서 오랜 세월
에 걸친 장구한 여정을 끝마친다. 작품의 개요는 이렇다. 우리
가 알고 있듯 신을 믿지 않는 도망자 처지의 한 학생이, 가장 천
한 계급의 사람들 틈에 들어가 누가 더 사악한지를 두고 경쟁
하듯 살아간다. 그는 돌연 (로빈슨이 모래에 찍힌 족적을 보고 아
연실색하듯) 증오스러운 인간 중 누군가로부터 다정함과 찬미
와 고요함을 느끼고 자신의 죄과가 경감되는 것 같은 느낌을
받는다. "그것은 마치 아주 복합적인 사고를 하는 대담자가 대
화에 끼어들어 균형을 잡는 것 같았다." 그는 자기와 대화를 나
누는 비천한 자에게 잠깐이라도 자기를 그렇게 꾸며 낼 능력
이 없음을 알고 있다. 그래서 학생은 그자가 어떤 친구, 혹은 친
구의 친구의 모습을 자신에게 투영하고 있다고 생각한다. 그

---

568   Kathmandu는 네팔의 수도이다.

569   Machua Bazar는 콜카타 내에 있는 지역이다.

570   Madras는 인도 벵골만 연안의 도시이다. 1996년 첸나
         이(chennai)로 도시명을 바꿨다.

571   Trarancore는 인도 서남단에 있는 주이다.

572   Indapur는 마하슈트라주의 도시이다.

는 이 문제를 숙고하다가 신비로운 인식에 도달한다. "지구 어딘가에 누군가가 있는데, 바로 그 사람으로부터 깨달음이 유래한다. 지구의 어느 곳에는 누군가가 있는데, 그는 그 자체가 깨달음이다." 그 학생은 자체가 깨달음인 자를 만나는 데 자신의 생을 바치기로 한다.

지금까지 작품의 대체적인 내용을 살펴봤다. 한 영혼에 대한 끝없는 탐색은 그 영혼이 다른 영혼에게 남긴 섬세한 반영을 통해 이뤄진다. 처음에는 미소를 짓거나 말을 하는 가벼운 얼굴이지만 마침내 이성, 상상, 선(善)이라는 다양하고 점증하는 광채로 나타난다. 주인공이 아주 가까이에서 알모타심을 경험한 사람들을 알아갈수록 그가 느끼는 알모타심의 신성함은 커져 간다. 하지만 그가 만난 사람들은 그저 거울에 불과할 따름이다. 수학적인 비유를 적용하자면 바하두르의 소설은 상승 급수이며, 최종 종착지는 "알모타심이라 불리는 사람"으로 예정되어 있다. 알모타심의 바로 앞에 선행하는 사람은 아주 예의 바르고 행복한 페르시아의 서적상이었다. 이 서적상에 선행하는 사람은 어느 성인이다. …… 수년 뒤, 학생은 어느 낭하(회랑)에 이르는데 "그 낭하의 끝에는 문과 수많은 구슬을 꿰어 만든 싸구려 발이 있었는데, 그 너머로 빛이 보였다." 학생은 두 번 문을 두드리고 알모타심을 찾는다. 한 사내의 목소리가(믿기지 않을 알모타심의 목소리) 들어오라고 한다. 학생은 발을 걷고 들어간다. 소설은 거기에서 끝난다.

내 판단이 맞다면, 이렇게 훌륭한 이야기를 쓰려면 작가는 두 가지 의무를 져야 한다. 첫째, 예언적 복선을 다양하게 창조할 것. 둘째, 그런 복선에 의해 예견된 영웅이 단순한 통념이나 환상이 아닐 것. 바하두르는 첫 번째 의무는 충족했지만 두 번째는 얼마나 충족하고 있는지 모르겠다. 바꿔 말하면, 들을 수도 볼 수도 없는 알모타심에 대해 따분하게 최상급의 찬사를 남발한다는 인상이 아니라 현실적 인물이라는 인상을 줘야 한다는 것이다. 1932년 판본에서는 초자연적인 묘사가 드문데, 여기서 "알모타심이라 불리는 사람"은 상징적이긴 하지만 개성적인 특징도 없지는 않다. 불행히도 이 훌륭한 문학 작업은 지속되지 못했다. 1934년 판본에서(현재 내가 가지고 있는 판본이다.) 이 소설은 알레고리로 전락한다. 알모타심은 신의 상징이 되고 주인공의 구체적인 여정은 일종의 신비로운 승화의 과정이 돼 버린다. 세부적인 내용 중에는 개탄스러운 것도 있는데, 코친이라는 유대계 흑인이 알모타심의 피부가 검은색이라고 한다거나, 한 기독교도가 그를 탑 위에서 팔을 벌리고 있는 사람으로 묘사한다거나, 붉은 법의를 입은 라마승이 "내가 타실룬포 사원[573]에서 만들어 먹기 좋아하던 야크 버터의 이미지"로 그를 기억한다는 내용이 그러하다. 이런 비유는 다양한 민족에서 다르게 표현되는 유일신을 암시한다. 내 생각에 이런 착상은 그다지 흥미롭지 않다. 하지만 다음과 같은 경우는 다르다. 신이 누군가를 찾고, 이 누군가는 우월한 누군가를(혹은 그저 불가결하고 동일한 누군가를) 찾고, 그런 식으로 시간의 끝까지, 정확히 말하자면 끝없이 계속된다는 혹은 순환적인 형태로 계속된다는 가정 말이다. 알모타심(여덟 번의 전투에서

---

573   타실룬포 사원은 티베트 시가체 지구에 있으며 라마
교 개혁파인 게르크파의 최대의 사원이다.

승리하고 8명의 아들과 8명의 딸을 낳고 8000천 명의 노예를 남겼으
며 8년 8일 밤낮을 통치한 아바스 왕국의 여덟 번째 왕의 이름)은 어
원상 "피난처를 찾는 자"라는 의미이다.[574] 1932년 판본에서 순
례의 대상이 어느 순례자라는 사실은 그를 찾기 어렵다는 것을
적절히 정당화하는 반면에, 1934년 판본에서는 내가 언급했듯
이 터무니없는 신학에 자리를 빼앗긴다. 우리가 이미 봤듯이, 미
르 바하두르 알리는 예술의 유혹 중 가장 강력한 유혹, 즉 천재
가 되려는 유혹을 피하지 못한 것이다.

앞서 쓴 글을 읽어 보니 이 책의 미덕을 충분히 부각하지 못
한 건 아닌지 마음이 쓰인다. 이 책에는 아주 발전적인 측면도
있다. 예컨대 19장에 나오는 논쟁이 그러한데, 거기에서 "자신
이 옳음을 논쟁에서 이기는 방식으로 보여 주지 않으려고" 타
인의 궤변을 배격하지 않는 논쟁자가 알모타심의 친구임을 예
측할 수 있다.

현재의 책이 과거의 책에서 유래한다는 것은 영예로운 일
이다. (새뮤얼 존슨이 지적하듯) 동시대 사람에게 빚지는 걸 좋
아하는 사람은 없기 때문이다. 조이스의 『율리시스』와 호머의
『오디세이』의 반복적이고 사소한 접촉은, 나로선 그 이유를 모
르겠지만, 여전히 비평계로부터 놀랄 만한 찬사를 받고 있다.
마찬가지로 파리드 우딘 아타르의 시집 『새들의 대화』와 바하
두르의 소설의 반복적 접촉은 런던은 물론이고 알라하바드와

---

574   8이라는 숫자는 순환과 무한대를 상징하는 것으로 기
      독교에서 새로운 요일의 시작을 의미하기도 한다.

콜카타에서도 이해할 수 없는 찬사를 받았다. 이런 예는 부지
기수다. 한 비평가는 바하두르의 소설의 첫 장면과 키플링의
『도시의 성벽에서(On the city wall)』라는 작품의 유사성을 열거
하기도 했다. 바하두르도 이를 인정했다. 하지만 두 책에 나온
무하람 열 번째 밤의 장면이 일치하지 않는 게 오히려 비정상
적이지 않느냐고 반박한다. 엘리엇[575]은 미완성의 알레고리 작
품인 『요정 여왕』[576]의 70개 노래를 언급하면서 지당한 주장을
한 바 있는데, 리처드 윌리엄 처치[577]가 비평하듯이, 이 노래에
글로리아라는 영웅적 여성이 한 번도 등장하지 않는다는 것이
다. 나는 바하두르의 선구자가 먼 과거에 있을 것으로 보고 아
주 조심스레 제시한다. 바하두르의 선구자는 바로 예루살렘의
카발라 신비주의 철학자인 이삭 루리아[578]다. 그는 16세기에 선
조나 스승의 영혼이 불행한 사람의 영혼에 들어가 그를 위로
하거나 가르침을 준다고 주장했다. 이 윤회의 한 양식을 '이부
르'라고 한다.[579]

---

575   토머스 스턴스 엘리엇(Thomas Stearns Eliot, 1888~
1965). 미국계 영국인으로 작가이자 문학 비평가.

576   *The Faerie Queene*(1590~1596)을 가리킨다. 영국의 시인
인 에드먼드 스펜서(Edmund Spenser, 1552?~1599)의
서사시인 이 작품에서 글로리아는 엘리자베스 1세를
가리킨다.

577   Richard William Church(1815~1890). 영국의 성직자
이자 작가, 비평가.

578   Issac Luria(1534~1572). 예루살렘 태생으로 카발라
신비주의 철학자.

579   이 글을 쓰던 중에 나는 페르시아의 신비주의자 피

리드 알딘 아부 탈립 무하마드 벤 이브라힘 아타르
의 『만티크 알 타이르(Mantiq al-Tayr, 새들의 대화)』
를 언급했다. 그는 자기의 고향인 니샤푸르가 약탈당
할 때 칭기즈칸의 막내 아들인 툴루이의 병사들에 의
해 살해됐다. 그의 시를 요약해 보면 도움이 될 것이
다. 새들의 오래전 왕인 시무르그가 중국의 중심에 빛
나는 깃털 하나를 떨어뜨린다. 지난날의 혼란이 두려
웠던 새들은 그 깃털을 찾기로 한다. 새들은 자기의 왕
의 이름이 '30마리의 새'라는 것과 그 왕의 왕궁이 대
지를 둘러싼 둥그런 산인 카프에 있음을 알고 있다. 그
들은 끝나지 않을 것 같은 모험에 맞닥뜨린다. 그들은
일곱 개의 골짜기 혹은 바다를 건넌다. 끝에서 두 번째
골짜기는 '현기증'이고 마지막 골짜기는 '궤멸'이다.
수많은 새가 순례를 포기하거나 죽음에 이른다. 순수
하게 자신의 과업을 달성하는 데 몰두한 30마리의 새
가 시무르그의 산을 밟는다. 마침내 시무르그를 바라
보는 순간, 그들은 자신이 시무르그이고, 시무르그가
그들 각자이자 모두임을 깨닫는다. (더불어 플로티노
스(『엔네아데스』 5권, 8장 4절)는 정체성의 원리에 관
한 천상의 확장을 언급하는데, "가지적(inteligible) 천
상에선 모든 것이 어느 곳에나 있으며, 어떤 것도 모든
것이 되며, 태양은 모든 별이고, 각각의 별은 모든 별
이자 태양이다.") 『새들의 대화』 불어판은 가르신 드
타시(Garcín de Tassy)가, 영어본은 에드워드 피츠제럴
드(Edward FitzGerald)가 번역했다. 이 주석을 달기 위
해 버턴의 『천일야화』 10권과 마가렛 스미스(Margaret
Smith)의 논문 『페르시아 신비주의자, 아타르』(1932)
를 참조했다. 이 시와 미르 바하두르 알리의 소설과
의 접점이 과도할 정도는 아니다. 20장에서 한 페르시
아 서적상이 알모타심의 말이라고 한 것은 아마도 알
모타심이 한 다른 말을 부풀려 말한 것 같다. 이런저런

모욕술

기타 문학 장르를 꼼꼼하고 열성적으로 공부하다 보니 독
설과 조롱이 상당한 가치가 있다는 생각이 들었다. 공격하는
자는 자기도 공격받게 된다는 것을 알고 있다. 스코틀랜드 야
드[580]의 성실한 경찰이 경고하듯 "무슨 말을 하든지 그 말이 되
돌아올 것임"을 알고 있는 것이다.(라고 나는 혼잣말을 했다.) 이
런 염려는 공격자가 자신의 말에 각별한 주의를 기울이게 하지
만 대개는 잊어버리기 일쑤다. 누구든 비난받고 싶지 않을 것
이며 정말로 비난받지 않는 경우도 있을 것이다. 폴 그루삭[581]의
선의의 분노와 애매모호한 칭찬을 대조하다가(스위프트, 새뮤
얼 존슨, 볼테르의 경우도 다르지 않다.) 문득 그런 생각이 들었다.
그런데 그루삭이 쓰는 방식을 살펴보려고 비웃음에 대한 즐거
운 독서를 그만두자 그런 생각은 사라져 버렸다.

그때 나는 한 가지 깨달은 게 있었다. 나의 추정에 담긴 근
본적 정당성과 미묘한 실수를 알게 된 것이다. 조롱하는 사람
은 주의를 기하여 행하지만 그 주의는 카드를 조작하는 노름

모호한 유사성은 '찾는 대상'과 '찾는 자'가 동일하다
는 의미일 수도 있다. 또한 '찾는 자'가 '찾는 대상'에게
영향을 미쳤음을 의미할 수도 있다. 이 책의 다른 장을
보면 그 학생이 죽였다고 생각하는 '힌두교도'가 알모
타심임을 암시하고 있다.(원주)

580   Scotland Yard, 1829년 창설된 런던 경찰국을 가리킨다.
581   폴 그루삭은 차갑고 괴팍한 성격으로 유명했으며 비
평에 있어서도 조롱과 풍자를 서슴지 않았다.

꾼의 주의이다. 노름꾼은 카드가 간사한 자들의 부패한 세계임을 알고 있다. 따라서 포커에서 세 장의 킹을 들고 있다고 해도 속임수 앞에서는 속수무책이다. 독설과 조롱으로 논쟁을 일으키는 비평가가 인습적 틀에서 벗어나는 것은 아니지만 길거리에서 쓰는 욕설은 논쟁거리가 될 만한 조롱에 대한 실질적인 모델이다. 코리엔테스 이 에스메랄다[582]의 모든 사내는 어머니의 직업(창녀)이 똑같다고 하거나, 다양한 이름으로 불리는 아주 흔한 곳(지옥)으로 즉시 꺼지라고 하거나, 흥분한 상대의 거친 소리를 흉내 내며 놀린다. 그런데 이런 모욕으로 망신당하는 사람은 욕을 하는 사람이 아니라 과묵하게 욕을 듣고 있는 사람이라고 생각하는 몰상식한 인습이 있다. 보통은 말도 필요치 않다. 엄지손가락을 물거나 벽 쪽을 차지하는 것은(삼손: 난 남자든 여자든 몬테규 가문 사람을 만나면 담 쪽을 차지할 거야. 아브람: 너, 우릴 보고 엄지손가락을 무는 거야?)[583] 1592년경엔 셰익스피어의 기만적인 베로나[584]나 런던의 술집, 집창촌, 곰 싸움장에서 도발자의 정당한 수단이었다. 아르헨티나 학교에서는 '피토 카탈란'[585]과 혀를 내미는 행위가 그런 목적으로

---

582   Corrientes y Esmeralda, 부에노스아이레스의 대중문화 중심 지역이다.

583   『로미오와 줄리엣』 I막 I장에 나오는 내용이다.

584   『로미오와 줄리엣』의 배경이 되는 이탈리아의 도시이다.

585   Pito catalán은 아르헨티나와 우루과이 등에서 엄지손가락을 코에 대고 나머지 손가락을 펴보임으로써 상대방을 조롱하는 손짓이다.

쓰이고 있다.

아주 일반적인 방식의 또 다른 비방으로는 '개'가 있다. 『천일야화』 146일 밤을 보면, 아담의 아들이 사자 새끼를 꼭 맞는 나무 상자에 가두는 용의주도함을 보여 주는데, 여기서 그는 "운명이 널 쓰러뜨렸으니 아무리 신중해도 일어나지 못할 것이다. 이 사막의 개여!"라며 사자를 꾸짖는다.

도발자가 쓰는 욕설에는 인습적인 말도 있다. 사람들이 대화를 나누면서 부주의하게 혹은 불규칙적으로 생략하는 '~씨'라는 호칭을 글에서 쓰면 모욕적이다. '박사'라는 호칭도 파괴적이다. 루고네스 '박사'가 '자행한' 소네트라고 언급할 때, 이는 그 소네트에 악평을 하고 그가 쓴 모든 메타포를 반박하는 것과 마찬가지이다. '박사'라는 말을 쓰면 신인(神人)은 죽어버리고, 붙였다 뗐다 할 수 있는 종이 옷깃을 달고 격일로 면도하며, 옷깃 때문에 숨이 막혀 죽을지도 모르는 공허한 아르헨티나 신사만 남는다. 그렇게 인간의 기본적이고 고칠 수 없는 허망함만 남기는 것이다. 하지만 음악이 될 수 있는 소네트 또한 남는다. (어느 이탈리아인은 괴테로부터 벗어나려고 짧은 글을 썼는데, 그 글에서 그는 괴테를 끈질기게 '볼프강 씨'라고 칭했다. 그런데 이는 아첨과 다를 게 없었다. 왜냐하면 그가 괴테에 대항한 강력한 논거가 있다는 사실을 몰랐다는 의미이기 때문이다.)

소네트를 자행하다. 글을 방출하다. 이런 표현은 논쟁에서 주로 사용되는 편리한 경멸의 레퍼토리이다. 어느 문인이 책을 배출했다거나 요리했다거나 징징거렸다고 말하는 건 너무나도 쉬운 일이다. 관료나 장사꾼이 쓰는 송부하다, 유통하다, 소비하다 같은 말은 훨씬 효과적이다. 이 무미건조한 말들이

다른 강렬한 말과 섞이면 상대방은 무한한 수치심을 느낀다. 한 경매사에 관한 질문에 누군가 대답하기를, 그 경매사의 뛰어난 언술을 보고 그 경매사가 온 힘을 다해『신곡』의 숨통을 끊고 있었다고 했다. 이 관용적인 표현은 기막힌 착상이 아니라 전형적인 메커니즘에서 나온 것이다. (모든 관용적 표현이 그렇듯이) 여기에는 혼동의 속임수가 있다. ('온 힘을 다해'라는 표현으로 강조된) '숨통을 끊다.'[586]라는 표현은 경매사를 돌이킬 수 없이 추접한 인사로 만들고, 단테 같은 그의 근면함을 상식 밖의 행동으로 만든다. 청자는 그 주장을 주저하지 않고 수용하는데, 그 말을 주장이라고 생각지 못하기 때문이다. 그 주장이 제대로 표현된다면 청자는 자신의 믿음을 철회해야 할 것이다. 첫째, 언술이 뛰어난 것과 경매를 진행하는 일은 밀접한 관계가 있다. 둘째, 오래전부터 뛰어난 언술의 자질을 가진 자는 대중 앞에서 말을 잘 할 수 있기에 경매사의 일에 적합했다.

(마세도니오 페르난데스[587]도, 케베도도, 조지 버나드 쇼[588]도 경시하지 못한) 풍자의 전통 중 하나는 무조건적으로 뒤집어 표현하는 것이다. 그 유명한 방법론에 따르면, 의사는 감염과 죽음

---

586   원문의 스페인어 'rematar'는 (일을) 끝내다, 숨통을 끊다, 죽이다, 소진하다, 입찰하다 등 다양한 의미로 쓰인다.

587   Macedonio Fernández(1874~1952). 아르헨티나의 작가이자 철학자. 보르헤스와 코르타사르를 비롯해 아르헨티나 지성계에 지대한 영향을 끼쳤다.

588   George Bernard Shaw(1856~1950). 아일랜드의 작가이자 비평가로 1925년 노벨 문학상을 수상했다.

을 자백해야 하는 불가피한 피의자다. 마찬가지로 대신 공문
서를 작성해 주는 대서인은 절도의 피의자고, 사형 집행인은
장수를 조장하는 장본인이다. 창작된 책은 독자를 재우거나
꼼짝 못하게 만들며, 떠돌이 유대인은 정착에 대한 피의자이
고, 재단사는 나체에 대한 피의자이고, 호랑이와 식인종은 채
식에 대한 피의자이다. 이 전통에는 다양한 표현이 있다. 예를
들어 "장군은 안락한 야전 침대 속에서 전투에 승리했다." 혹
은 "기지 넘치는 영화감독 르네 클레르[589]의 마지막 영화는 황
홀했다. 우리가 잠에서 깼을 때서야……."

또한 자주 쓰이는 다른 방식으로 기습적인 반전이 있다. 예
를 들어 "아름다움의 젊은 사제, 그리스의 빛에 교육된 정신을
지닌 고상한 남자, 그대는 (쥐)맛을 아는 진짜 남자." 또한 다음
의 안달루시아의 4행시는 정보에서 공격으로 급격히 선회한다.

의자 하나에는
스물다섯 개 막대기가 있지.
너의 갈비뼈에 대고
그 의자를 부숴 줄까?

이런 방식의 유희는 필연적으로 혼란스러운 논항들이 집
요하게 역전되는 데서 비롯된다. 하나의 명분을 진지하게 옹
호하는 일과 익살스러운 과장, 위선적 동정, 기만적인 양보, 꾸

---

589   René Clair(1898~1981). 프랑스의 영화감독.

준히 경멸을 남발하는 일은 양립할 수 없는 행위는 아니지만 그 변화가 너무 심하여 지금까지 누구도 활용하지 않았다. 나는 그 대표적인 예를 그루삭이 리카르도 로하스[590]를 깔아뭉개려는 방식에서 찾았다. 다음 내용이 그것인데 부에노스아이레스의 모든 문인의 입에 오르내린 바 있다. "책을 펴 보지도 않은 사람들이 공개적으로 칭송한 이 두껍기만 하고 쓸데없는 책에서 자기 과시적 문체로 쓰인 두세 부분에 대한 얘기를 어쩔 수 없이 듣고 나니, 나는 애초에 있지도 않았던 일을 풍요로운 역사로 만들어 버린 이 책의 개요나 목차에 즈음해서 독서를 멈추기로, 다음 페이지로 넘어가지 않기로 했다. 나는 특히 이 종이뭉치에서 인디오나 메스티소에 관해 주절거리는 도무지 이해할 수 없는 첫 번째 부분(네 권 중에 세 권을 차지하고 있다.)을 언급하지 않을 수 없다……." 그루삭은 상당한 불쾌감을 내비치며 풍자의 유희에 푹 빠진 비평의 전형을 보여 준다. 그는 로하스의 오류를 안타까워하는 척 하면서("어쩔 수 없이 듣고 나니") 가혹한 경멸을 암시하는 표현을 하고("두껍기만 하고 쓸데없는"과 "종이뭉치") 찬사를 남긴 뒤("'풍요로운' 역사") 기습적으로 그를 조롱한다. 그의 표현은 효과적이며 과오가 없으나 그가 말하는 내용에는 과오가 있다. 책이 두껍다고 비난하는 일, 그 지루한 책을 볼 사람이 없을 것이라고 암시하고 인디오나 물라토의 미련함에 관심이 없다고 밝히는 일은 콤파드리

---

590   Ricardo Rojas(1882~1957). 아르헨티나의 작가이자 정치가.

토[591]나 할 말이지 그루삭이 할 말은 아니다.

그루삭이 쓴 또 다른 비난의 글도 여기에 옮겨 본다. "피녜로 박사[592]의 문서가 시중에 출판된 과정은 그 책의 유포에 심각한 장애가 될 것이며, 외교관으로 떠돈 1년 6개월 동안 잘 익은 그 열매가 코니 출판사에 '인상'[593]을 주는 데 그칠 것이라는 점이 안타까울 따름이다. 별다른 일이 없는 한, 그리 되지는 않을 것이다. 최소한 그 책의 판매가 우리의 의지에 달려 있는 한 그 서글픈 목적은 달성되지 않을 것이다." 여기에는 또 다시 동정의 표현과 말장난 같은 구문이 들어 있다. 여기에도 놀랍도록 진부한 조롱, 즉 그 책에 관심을 가질 사람도 얼마 되지 않고 출판도 더딜 것이라는 비웃음이 들어 있다.

앞선 글의 부족함은 아리송한 풍자의 근원을 살펴봄으로써 품위 있게 보충될 수 있을 것이다. 풍자란 (최근의 논의에 따르면) 분노라는 마술적 저주에서 나온 것이지 이성적 추론에서

---

591   Compadrito는 아르헨티나와 우루과이에서 쓰는 말로 19세기 중반에 도시 변두리에 출현한 일종의 건달을 가리킨다. 이들은 탱고의 발전과 밀접한 관련이 있다.

592   노르베르토 피녜로(Norberto Piñero, 1858~1938). 아르헨티나의 변호사이자 정치인. 재무부 장관을 역임한 바 있다. 1896년 피녜로는 아르헨티나 독립의 핵심 인물인 마리아노 모레노(Mariano Moreno, 1778~1811)의 『작전 계획(Plan de operaciones)』을 발견하여 출판한다. 이에 그루삭은 그 문서의 출처를 의심하며 조작됐을 가능성을 제기한 바 있다. 하지만 진위 여부는 현재까지 가려지지 않았다.

593   원문의 'impresión'은 인쇄(물), 인상의 의미를 모두 포함하고 있다.

비롯한 게 아니다. 풍자는 이름에 난 상처가 그 이름의 주인을 덮치는 믿기지 않는 상태에서 파생한다. 사탄(satān)이라는 말은 보고밀파[594]가 숭배한 신의 반역적 자식, 사타나일(Satanail)에서 접미어 'il'이 제거된 것인데, 'il'은 사탄의 왕관이자 광채이자 예지력을 담보하는 것이었다. 사탄이 머무르는 곳은 불속이며 그의 손님은 권능의 분노이다. 카발라주의자[595]는 이와 반대되는 예를 보여 주는데, 애초에 아브람(Abram)은 아이를 낳을 수 없었으나 그의 이름에 'he'를 집어넣자 자식을 낳을 수 있게 되었다는 것이다.[596]

천성적으로 쓴 소리를 잘하는 스위프트는 르뮤엘 걸리버 선장의 여행기에서 중상모략을 일삼는 인간상을 보여 줬다. 레슬리 스티븐[597]이 지적하듯, 걸리버 선장의 초기 여행(소인국 릴리퍼트와 거인국 브롭딩낵 여행)은 인체 측정학적 꿈이기에 인간 존재의 복합성, 즉 인간의 뜨거운 열정과 차가운 엄정함은 전혀 다루지 않는다. 가장 흥미로운 세 번째 여행은 역전의 방식으로 경험적 과학을 조롱한다. 스위프트의 작품에 등장하는

594 　보고밀(bogomil)파는 10~15세기에 걸쳐 발칸 지방에 성행한 기독교의 종파로, 로마 교회의 탄압을 받고 소멸하였다.

595 　Kabbalah, 유대교 신비주의.

596 　이와 관련한 내용은 「창세기」 17장 5절에 있다. "이제 후로는 네 이름을 아브람이라 하지 아니하고 아브라함이라 하리니 이는 내가 너를 여러 민족의 아버지가 되게 함이니라."

597 　Leslie Stephen(1832~1904). 영국의 작가이자 비평가. 버지니아 울프의 부친이다.

난잡한 연구실에선 털이 없는 양을 번식시키고 얼음으로 화약을 만들고 대리석을 푹신한 베개로 만들며 불을 두들겨 얇은 금속으로 만들고 배설물에 들어 있는 영양소를 이용한다. (또한 이 책에는 노쇠의 불편함을 강하게 보여 주는 부분도 있다.) 마지막 네 번째 여행은 인간보다 짐승이 나음을 보여 준다. 이 여행은 일부일처제를 지키며 인간처럼 말을 하는 고결한 말(馬)의 나라에 관한 이야기로, 여기서 그 말이 부리는 인간은 네 발 달린 짐승처럼 떼를 지어 살면서 먹을 것을 찾아 땅을 파헤치고 소의 젖을 훔쳐 먹고 서로에게 똥을 뿌리고 썩은 고기를 게걸스럽게 먹어 치우며 악취를 풍긴다. 여기에서 볼 수 있듯이, 이 우화는 역효과를 노리고 있다. 그 외에는 문학적 구문이다. 결론에 이르면 이렇게 말한다. "나는 변호사, 소매치기, 대령, 바보, 귀족, 노름꾼, 정치인, 뚜쟁이를 봐도 불쾌하지 않다." 나열된 것 중에서 몇 단어는 원문과 다른 유의어이다.

마지막으로 두 가지 예를 보자. 하나는 우리를 가리키는 욕설에 대한 기막힌 패러디로 존슨 박사가 말한 것이다. "이보게, 그대의 부인이 집창촌에서 일한다는 구실로 밀수품을 판다네." 다른 하나는 내가 아는 것 중 가장 뛰어난 것인데, 이 모욕의 말은 저자가 문학에 남긴 유일한 비난이기에 더욱 각별하다. "신들은 산토스 초카노[598]가 교수대에서 죽음으로써 교수

---

598   호세 산토스 초카노 가스타뇨디(José Santos Chocano
Gastañodi, 1875~1934). 독특한 이력의 페루 시인. 멕시코에서는 멕시코 혁명을 주도한 판초 비야의 비서였고 페루의 리마로 돌아온 뒤 1925년 시인 에드빈 엘

대를 모욕하는 걸 허락지 않았다. 그는 아직 살아 있다. 불명예를 괴롭힌 이래로." '교수대를 모욕하다.'와 '불명예를 괴롭히다.' 바르가스 빌라[599]의 이 뛰어난 추상성 덕분에 그는 맹렬히 비난했음에도 불구하고 초카노의 대항을 피할 수 있었다. 그리하여 그는 다치지 않고 있을 것 같지도 않고 중요하지도 않으며 부도덕하다고 할 만한 사람이 되었다. 그는 초카노라는 이름을 스치듯이 언급하지만, (불명예의 징후와 부차적인 것까지) 악의적 고상함으로 자신의 말을 모호하게 하면서 누구든 그 저주를 재구성할 수 있게 한다.

앞서 밝힌 내용은 다음과 같이 요약할 수 있다. 풍자는 연인 사이의 대화나 생화(生花)에 관한 호세 마리아 몬네르 산스[600]의 고상한 소네트만큼이나 인습적이다. 풍자의 방법은 궤변을 넣는 것이고, 풍자의 유일한 법칙은 훌륭한 기지를 동시에 창작하는 데 있다. 한 가지 빠뜨린 게 있는데, 풍자는 기억에 남을 만해야 한다.

이와 관련하여 드 퀸시의 남자다운 화답을 보자.(『드 퀸시 전집』 11권, 226쪽) 신학 혹은 문학에 관해 토론하던 중, 어느 신사의 얼굴에 와인 잔이 날아들었다. 모욕당한 신사는 동요하지 않고 자기를 욕보인 사람에게 이렇게 말했다. "이보시오, 이

모레(Edwin Elmore)를 살해한다. 2년 뒤 출옥하여 칠레로 옮겨 갔으나 1934년 살해되었다.
599   호세 마리아 바르가스 빌라(José María Vargas Vila, 1860~1933). 콜롬비아의 작가.
600   José María Monner Sans(1896~1987). 아르헨티나의 지식인으로 변호사와 작가로 활동했다.

건 본론에서 벗어난 것 아닌가. 나는 그대의 주장을 기다리고 있단 말일세." (이 말의 주인공인 헨더슨 박사는 1787년 옥스퍼드에서 사망했지만 그가 우리에게 유일하게 남긴 그 적확한 말은 불후의 명성을 남기기에 충분할 정도로 아름답다.)

1차 세계 대전 말미에 제네바에서 들은 유명한 말이 있는데, 미카엘 세르베투스[601]가 자기를 화형에 처한 판관들에게 이렇게 말했다고 한다. "나는 불타겠지만, 그건 하나의 사건에 지나지 않소. 우리의 토론은 영원 속에서 계속될 것이오."

**1933년
아드로게에서**

---

601   Michael Servetus 또는 Miguel Servet (1511~1553). 스페인의 의학자이자 신학자. 삼위일체의 교리에 반론을 제기하여 화형에 처해졌다.

작품 해설

세계라는 건물에 나 있는
비이성이라는 영원한 실금

I부 『토론』　　　　　박병규 박정원 최이슬기

옥상옥(屋上屋)이라는 말이 있다. 불필요한 일을 자꾸만 쌓아 간다는 뜻이다. 보르헤스가 서문에서 간략하지만 압축적으로 작품을 꼬집어 가며 소개했는데, 이런 역자 해설을 또 덧붙이는 일이 바로 옥상옥이리라. 보르헤스가 서문에서 언급하지 않은 작품이 있다는 것, 우리 역자가 시간이라는 거인의 어깨 위에 앉아 있다는 것이 그나마 위안이 된다.

『토론』은 1932년에 처음으로 출판되었다. 보르헤스가 1899년생이므로 33살 때다. 이 시기에 보르헤스는 잡지《수르》편집진으로 활동하면서 이 잡지를 비롯하여 여러 잡지에 잡다한 글을 발표했다. 그 가운데 일부를 모아 『토론』이라는 제목으로 묶어서 출판한 것이다. 이후 『토론』은 재판이 나올 때마다 극심한 판본의 변화를 겪다가 1974년에 출판된 『보르헤스 전집 1923~1972』에 이르러서야 비로소 판본이 확정되었다.[602] 앞이 안 보이는 아들을 대신하여 어머니가 감수한 이 『전집』에는 오자, 탈자, 문장 누락이라는 흠결이 있다. 그런데도 이를 바로잡지 않은 채 40년 넘게 재간에 재간을 거듭하고 있으니 안타까운 일이다.

『전집』에 수록된 『토론』의 글들은 주제에 따라서 크게 다섯 그룹으로 나눌 수 있다.

첫 번째 그룹의 주제는 아르헨티나 문학으로 「가우초 시」, 「독자의 미신적인 윤리」, 「폴 그루삭」, 「아르헨티나 작가와 전통」이 여기에 속한다. 이 시기 보르헤스는 이전 세대의 보수적 민족주의 관점을 탈피하여 아르헨티나 문학을 새로운 지평에서 조망하고자 노력했다. 그리하여 가우초 시를 민족 서사시가 아니라 소설이라고 주장하고(「가우초 시」), 정확한 의미보다는 수려한 문체를 중시하는 스페인어권의 전통적 글쓰기 폐단을 지적하며(「독자의 미신적인 윤리」), 이방인이라는 이유로 문학적 탁월성을 인정하려고 들지 않는 아르헨티나인의 편협함을 지적한다.(「폴 그루삭」) 마지막으로 「아르헨티나 작가와 전통」에서는 지역색을 명시적으로 드러내지 않아도 아르헨티나 작품일 수 있다면서 이렇게 얘기한다.

저는 얼마 전에 진정한 토착성이란 지역색을 지양할 수 있고, 또 지양한다는 흥미로운 사실을 알게 되었습니다. 기번의

602　1932년의 초판본 토론에 실린 작품 15편 가운데 전집의 『토론』에서 수정 없이 살아남은 작품은 10편이며, 이런 작품은 말미에 발표 연도가 붙어 있다.

『로마제국 쇠망사』에서 이런 사실을 확인한 것입니다. 기번은 아랍 서적, 특히 『쿠란』에 낙타가 등장하지 않는다는 사실에 주목했습니다. 만약 누군가 『쿠란』의 진위를 의심한다면 낙타가 등장하지 않는다는 사실만으로도 아랍의 책임을 증명하고도 남는다고 생각합니다. …… (마호메트) 낙타가 없어도 아랍인일 수 있다는 사실을 알고 있었습니다. 우리 아르헨티나인도 마호메트와 유사하다고 생각합니다. 지역색을 많이 드러내지 않아도 아르헨티나인일 수 있다고 믿는 것입니다.

두 번째 그룹의 주제는 문학의 픽진성(또는 개연성)이다. 20대에 아방가르드 운동의 세례를 받은 적이 있는 보르헤스는 앙드레 브르통과 마찬가지로 현실을 있는 그대로 재현하려는 사실주의를 거부한다. 그리고 「문학에서 상정하는 현실」과 「서사 기법과 주술」에서 보듯이, 문학에서는 현실 재현보다는 픽진성이 훨씬 중요하다고 강조한다. 그렇지만 보르헤스의 주된 관심사는 시였고, 근대 소설 이론이나 비평에는 밝지 못한 탓에 비평 용어("정황의 창조"(「문학에서 상정하는 현실」), "마술적 인과성"(「서사 기법과 주술」))의 사용이라든가 작품 예가 고답적이어서 현대의 독자에게는 논의 자체가 낯설게 보일 수도 있다.

보르헤스는 서구 문화의 주류를 형성한 정전보다는 비주류에 해당하는 문헌을 문학적으로 잘 활용한 작가인데, 이와 관련하여 흥미를 자극하는 작품이 「카발라에 대한 옹호」, 「가짜 바실리데스에 대한 옹호」, 「지옥의 존속」이다. 이단의 옹호라는 어구로 아우를 수 있는 이들 작품의 대강을 살펴보면, 「카발라에 대한 옹호」에서는 카발라주의자의 성서 해석 방법을 살펴보고, 「가짜 바실리데스에 대한 옹호」에서는 영지주의자 바실리데스의 세계관을 소개한다. 그리고 「지옥의 존속」에서는 지옥이라는 기독교 교리가 안고 있는 문제점을 밝히며 "지옥을 믿는 것은 반종교적"이라고 결론짓는다. 해당 분야에 대한 이해가 충분한 독자라면 재미있게 읽을 수 있는 글이다.

네 번째 그룹의 주제는 제논의 역설과 무한이다. 「아킬레우스와 거북의 영원한 경주」는 제논의 역설에 대한 철학자들의 견해를 소개하는 데 그치고 있다. 이에 반해 「거북의 변모」는 제논의 역설에 내포된 무한 소급의 문제를 다루기는 하지만 세계를 사물의 배열이 아니라 '말〔言語〕의 배열'로 보는 보르헤스의 면모가 유감없이 발휘된 작품이다.

이제 우리는 모든 관념론자가 인정한 것을 인정하자. 세계가 환영 같다는 사실을 말이다. 그리고 어떤 관념론자도 만들지 못한 것을 만들어 보자. 달리 말해서, 세계가 환영 같다는 것을 보여 주는 비현실성을 찾아보자. 우리는 이를 칸트의 이율배반과 제논의 변증법에서 발견할 수 있다고 생각한다.(「거북의 변모」)

"세계가 환영 같다는 것을 보여 주는 비현실성"이 바로 보르헤스의 『픽션들』이나 『알레프』에 수록된 대다수 작품의 핵심어일 것이다. 이런 유희적 비현실성이 극단으로 치달은 경우를 우리는 「종말 직전 단계의 현실에 대한 견해」에서 발견할 수 있다. 여기서 보르헤스는 그때가 되면 아마도 "인류는 공간이 있었다는 사실조차 망각할 것이다. 앞도 보이지 않고 육신도 없는 그런 삶도 지금 우리의 삶과 마찬가지로 열정적이고 또 절실할 것이다."라고 말했다.

마지막 그룹은 외국 문학(「호메로스 서사시의 번역본」, 「또 다른 휘트먼」, 「월트 휘트먼에 관한 노트」, 「『부바르와 페퀴셰』에 대한 옹호」, 「플로베르와 본보기가 된 운명」), 1940년대 영화(「영화 평」), 다양한 외국 신간 서적(「평론」)에 대한 평인데, 비록 잡다하고는 하나 뜻하지 않은 글에서 보르헤스의 창의적인 사고의 편린을 만날 수 있을 것으로 확신한다.

보르헤스 문학의 발전 단계에서 보면『토론』은 초기에서 완숙기로 넘어가는 과도기에 속하는 작품집이다. 초기 보르헤스의 작품집(『내 희망의 크기』, 『심문』, 『아르헨티나 사람들의 언어』)은 아르헨티나의 지역성을 난삽한 바로크 문체로 표현했고, 완숙기의 보르헤스 작품집(『픽션들』, 『알레프』, 『또 다른 심문들』등)은 보편적인 주제를 투명한 문체로 형상화했다. 이에 비해『토론』은 지역적인 성격의 작품과 보편적인 성격의 작품이 뒤섞여 있다. 문체도 이전처럼 바로크적이지는 않으나 여전히 모호하고 함축적인 어휘를 많이 구사한다. 게다가 쓸데없는 현학적 표현이나 지적 자만심도 간간히 눈에 띄어서 독자에 따라서는 '내가 아는 보르헤스가 아닌데.'라며 의아해하기도 할 텐데, 이 모두를 30세 전후의 패기만만한 보르헤스가 남긴 발자취로 이해해 주기를 바란다.

끝으로 이 책의 1부 「토론」 부분에 실린 19편의 글 가운데 「가우초 시」와 「월트 휘트먼에 관한 노트」는 박정원이 번역했고, 「종말 직전 단계의 현실에 대한 견해」부터 「영화 평」까지 내리 7편은 최이슬기가 번역했으며, 나머지는 10편은 박병규가 번역했다. 역자들이 원고를 상호 검토하였으므로 실질적으로는 모든 작품을 공동으로 번역한 것이나 마찬가지다. 번역하는 동안 여러 사람의 도움을 받았다. 특히 고려대학교의 양운덕 선생님은 철학과 관련한 내용에 큰 도움을 주셨다. 또 민음사 편집부의 노고 덕분에 번역의 완성도가 제고되었다. 깊이 감사드린다.

현실의 허구성을 넘어
무한한 허구 — 현실 세계 창조로

2부 『영원성의 역사』   이경민

『영원성의 역사』는 완연한 장년기를 맞은 보르헤스가 첫 단편집인 『불한당들의 세계사』를 출판한 이듬해인 1936년에 네 편의 에세이와 두 편의 글을 묶어 출판한 저작으로, 이후 1953년 판본에 두 편의 에세이 「순환적 시간」과 「메타포」가 추가되었다. 이 에세이집은 영원성과 시간의 문제를 다룬 「영원성의 역사」, 「순환 이론」, 「순환적 시간」, 문학적 수사법을 다룬 「케닝」과 「메타포」, 문학 작품 생산과 번역의 문제를 다룬 「『천일야화』의 역자들」, 그리고 찾는 자와 찾는 대상에 관한 소설적 에세이 「알모타심으로의 접근」과 독설과 풍자의 문학적 가치를 가늠해 보는 「모욕술」로 구성되어 있다.

시간의 문제는 보르헤스의 사유와 작품 세계를 가로지르는 주요한 주제 중 하나이다. 『영원성의 역사』에서 시간은 「영

419

원성의 역사」, 「순환 이론」, 「순환적 시간」에서 구체적이고 실증적으로 다뤄진다. 여기에서 보르헤스는 세 가지 관점, 즉 플라톤의 이데아론, 기독교 세계관, 니체의 영원 회귀가 설정한 영원성과 시간의 문제를 추적한다. 하지만 이 세 관점에 대해 논리적 해석과 반박을 제시하면서도 일정한 결론을 도출하지는 않는다. 그는 영원성의 역사를 영원에 대한 두 가지의 연속적이고 적대적인 꿈, 즉 고정된 원형을 갈구하는 실념주의적 꿈과 원형의 진리를 부정하고 우주에 대한 세부 사항을 모으려는 유명론적 꿈의 역사로 간주한다. 다시 말해, 보편과 개체 중에서 무엇이 우선하느냐에 대한 논쟁의 역사적 맥락을 서술할 뿐, 영원성과 시간에 대한 독자적 정의를 구명하지는 않는다. 「영원성의 역사」 서두에서 그가 영원을 연속성이라는 견디기 힘든 압박으로부터 우리를 자유롭게 해 주는 훌륭한 '기교'라고 규정하듯이, 영원은 인간의 의식과 사유가 창조한 문화적 산물일 따름이다. 혹은 인간이 해석할 수 없는 무한자의 불가해한 영역일 것이다. 그가 '영원성'이 아니라 '영원성들'로 규정하는 까닭 또한 인간이 무한한 미지의 우주를 파악할 수 없기에 무수한 개념의 미로를 창안해 왔다는 사실에 기인한다.

시간의 개념 또한 그런 이해의 틀을 공유한다. 「틀뢴, 우크바르, 오르비스 테르티우스」에서 "세계란 공간을 점유하고 있는 물체들의 집합이 아니다. 세계는 독립적인 행위들의 이질적 연속이다. 그것은 연속적이고, 시간적이지 공간적인 게 아니다."라고 밝히듯, 보르헤스에게 세계는 시간으로 규정된다. 그리고 "현재란 규정되지 않으며, 미래란 현실적 실체가 없는

마치 현재적 기다림과 같고, 과거란 현실적 실체가 없는 현재
적 기억과 같다."라는 언급으로 유추할 수 있듯이, 그는 시간
을 동질성, 인과성, 연속성의 개념으로 파악하지 않는다. 『영
원성의 역사』에서 보르헤스는 시간에 관련한 형이상학적, 과
학적 논리에 의문을 제기한다. 예컨대 니체의 형이상학을 칸
토어의 수학적 논리로 파괴하는 장면은 양자가 인간의 사유가
구축한 허구적 구조물이자 조작이라는 사실을 확인하는 것으
로 수렴된다. 따라서 시간에 대한 보르헤스의 입장은 인간이
창안한 직선적 시간성, 기독교의 절대적 시간성, 영원 회귀, 동
일한 혹은 유사한 순환의 문제를 넘어 시간이라는 개념 자체
에 대한 부정 혹은 시간의 근원적 양상을 표현하려는 인간의
모든 노력을 해체한다. 그러나 이는 역설적으로 시간의 가능
성을 무한히 열어 주는 것이며, 이후 보르헤스는 그 가능성을
『픽션들』(1944), 『알레프』(1949) 등을 통해 문학적으로 구체
화한다.

　「케닝」과 「메타포」는 문학적 수사법을 다룬 에세이다. 보
르헤스는 케닝이 고대 노르드 문학에서 활용된 수사로 언어
조합의 성격이 강한 완곡어법이라면 메타포는 사물 간의 아
날로지에 대한 직관과 정신 작용의 산물이라는 점에서 차이가
있다고 밝히면서 역사적으로 전개된 양자의 다양한 예를 제시
한다. 그런데 보르헤스가 제시한 꿈 —— 죽음, 꽃 —— 여인 등에
관련한 다양한 메타포의 역사는 「『천일야화』의 역자들」에 드
러난 문학의 본질적 성격에 대한 입장을 공유하고 있다. 「콜리
지의 꽃」에서 보르헤스가 "문학사는 작가들의 역사나 그들이
겪은 사건 혹은 작품을 쓰게 된 과정에 대한 역사가 아니라 문

학의 생산자이자 소비자라 할 수 있는 절대 정신(Espíritu)의 역사이리라."라는 폴 발레리의 말을 인용하면서 문학 텍스트가 기존 텍스트에 대한 독서-다시쓰기의 행위로 구현된 상호·메타텍스트라는 인식이 그것이다. 즉 읽기와 글쓰기는 동질적인 행위이다. 따라서 개별 작가의 존재와 텍스트의 독창성은 폐기된다. 이는 「틀뢴, 우크바르, 오르비스 테르티우스」에서 "저자의 이름이 있는 책은 매우 드물다. 표절이라는 개념은 존재하지 않는다."라거나 "소설들은 상상할 수 있는 모든 변형을 동원하지만 단 하나의 동일한 구조를 가지고 있다."라는 선언적 표현으로도 확인할 수 있다. 「『천일야화』의 역자들」에서 보르헤스는 번역의 문제 또한 그 맥락을 벗어나지 않음을 제시하고 있다.

「알모타심으로의 접근」의 서술자 또한 "현재의 책이 과거의 책에서 유래한다는 것은 영예로운 일"이라고 주장함으로써 글쓰기가 기존의 작품에 대한 가능성을 다른 방식으로 구체화한 것이라고 정당화한다. 주목할 점은 보르헤스가 가공의 인물이 쓴 가공의 소설에 대한 가공의 비평을 통해 소설과 비평이 어우러진 작품을 선보였다는 사실이다. (그로 인해 이 작품이 《수르》에 처음 발표됐을 때 사람들은 인도의 실존 작가의 작품에 대한 서평으로 이해했다.) 따라서 이 작품은 소설의 형식에 대한 보르헤스의 성찰을 드러내고 있다. 서술자는 순례의 대상이 순례자라는 사실 때문에 알모타심을 찾기 어렵다는 1932년 판본, 알모타심이 신의 상징이 됨으로써 터무니없는 신학에 자리를 빼앗긴 1934년 판본, 찾는 자와 찾는 대상이 순환적으로 지속된다는 가정, 그리고 마지막으로 법대생이 죽었다고 믿는

무슬림이 바로 알모타심인 경우를 제시함으로써 문학이 차이
를 생성하는 변형적 반복의 과정이며 그 과정이 존재하지 않
는 것을 찾는다는 것, 즉 부재에 근거해 무한히 전개될 수 있음
을 암시한다. 그로 인해 시간이 그렇듯이 문학 역시 끊임없이
증식한다는 의미이다. 그러나 해체와 부재로 생성된 가능성의
세계는 무한한 풍요로움일 수도 있으나 역설적으로 완전한 무
로 환원될 가능성 또한 품고 있다.

『영원성의 역사』는 1930년대에 출판된 보르헤스의 마지막
저작이다. 1940년대에 접어들면 『픽션들』과 『알레프』등 보르
헤스의 대표적 단편집이 출판된다. 따라서 1940년대에 출판된
작품들은 1920~30년대에 에세이로 구체화되던 그의 철학적
사유가 소설 형식으로 온전히 옮겨 갔음을 의미하며 『영원성
의 역사』는 그 전환적 기점에 위치한 저작으로 파악할 수 있다.
「알모타심으로의 접근」이 『두 갈래로 갈라지는 오솔길들의 정
원』(1941)과 『픽션들』에 포함됨으로써 소설과 에세이의 양면
성을 지닌다는 사실이 이를 방증한다. 『영원성의 역사』에 뒤이
어 출판된 그의 단편집 『픽션들』에서는 다양한 철학적 개념이
삽입된 에세이식 소설이, 이 보다 뒤늦게 출판된 『알레프』에
서는 소설 형식이 훨씬 강하게 나타난다. 그런 점에서 보르헤
스의 삶과 문학적 궤적을 고려할 때 「알모타심으로의 접근」은
『영원성의 역사』에서 가장 주목할 작품이라 할 수 있다. 이 작
품이 세계에 대한 인간적 해석이 허구임을 허구를 통해 드러
내기 때문이기도 하고, 이 작품을 기점으로 철학적 사유와 문
학적 형식이 결합된 보르헤스 특유의 에세이적 소설이 출발하
고 있기 때문이기도 하다. 물론 보르헤스는 1939년에 발표된

「피에르 메나르, 『돈키호테』의 저자」를 자신의 첫 번째 단편으로 꼽지만 말이다.

작가 연보

1899년 8월 24일 아르헨티나 부에노스아이레스에서 변호사의 아들로 태어남.

1900년 6월 20일 산 니콜라스 데 바리 교구에서 호르헤 프란시스코 이시도로 루이스 보르헤스라는 이름으로 세례를 받음.

1907년 영어로 다섯 페이지 분량의 단편 소설을 씀.

1910년 아일랜드의 작가 오스카 와일드의 『행복한 왕자』를 번역함.

1914년 2월 3일 보르헤스의 가족이 유럽으로 떠남. 파리를 거쳐 제네바에 정착함. 중등 교육을 받고 구스타프 마이링크의 『골렘(Golem)』과 파라과이 작가 라파엘 바레트를 읽음.

1919년 가족이 스페인으로 여행함. 시 「바다의 송가」 발표.

1920년 보르헤스의 아버지가 마드리드에서 문인들과 만남. 3월 4일 바르셀로나를 출발함.

1921년 부에노스아이레스로 돌아옴. 문학 잡지《프리스마(Pris-ma)》창간.

1922년 마세도니오 페르난데스와 함께 문학 잡지《프로아(Proa)》창간.

1923년 7월 23일, 가족이 두 번째로 유럽으로 여행을 떠남. 플리머스 항구에 도착하여 런던과 파리를 방문하고, 제네바에 머무름. 이후 바르셀로나로 여행하고, 첫 번째 시집『부에노스아이레스의 열기(Fervor de Buenos Aires)』출간.

1924년 가족과 함께 바야돌리드를 방문한 후 7월에 리스본으로 여행함. 8월에 리카르도 구이랄데스와 함께《프로아》2호 출간.

1925년 두 번째 시집『맞은편의 달(Luna de enfrente)』출간.

1926년 칠레 시인 비센테 우이도브로와 페루 작가 알베르토 이달고와 함께『라틴아메리카의 새로운 시(Indice de la nueva poesia americana)』출간. 에세이집『내 희망의 크기(El tamano de mi esperanza)』출간.

1927년 처음으로 눈 수술을 받음. 후에 노벨 문학상을 받게 될 칠레 시인 파블로 네루다와 처음으로 만남. 라틴아메리카의 최고 석학 알폰소 레예스를 만남.

1928년 시인 로페스 메리노를 기리는 기념식장에서 자신의 시를 낭독. 에세이집『아르헨티나 사람들의 언어(El idioma de los argentinos)』출간.

1929년 세 번째 시집『산마르틴 공책(Cuaderno San Martin)』출간.

1930년 평생의 친구가 될 아돌포 비오이 카사레스를 만남.『에바리스토 카리에고(Evaristo Carriego)』출간.

1931년 빅토리아 오캄포가 창간한 문학 잡지《수르(Sur)》의 편집 위원으로 활동함. 이후 이 잡지에 본격적으로 자신의 글을 발표함.

1932년 『토론(Discusión)』 출간.

1933년 여성지《엘 오가르(El hogar)》의 고정 필자로 활동함. 이 잡지에 책 한 권 분량의 영화평과 서평을 발표함.

1935년 『불한당들의 세계사(Historia universal de la infamia)』 출간.

1936년 『영원성의 역사(Historia de la eternidad)』 출간.

1937년 버지니아 울프의 『자기만의 방(A Room of One's Own)』과 『올랜도(Orlando)』를 스페인어로 번역함.

1938년 아버지가 세상을 떠남. 지방 공립 도서관 사서 보조로 근무함. 큰 사고를 당하고 자신의 지적 능력이 상실되었을지 몰라 걱정함. 프란츠 카프카의 『변신』 번역.

1939년 최초의 보르헤스적인 작품으로 평가되는 「피에르 메나르, 『돈키호테』의 저자(Pierre Menard, autor del Quijote)」를《수르》에 발표함.

1940년 아돌포 비오이 카사레스와 실비나 오캄포와 함께 『환상 문학 선집(Antología de la literatura fantástica)』 출간.

1941년 『두 갈래로 갈라지는 오솔길들의 정원(El jardin de senderos que se bifurcan)』 출간. 윌리엄 포크너의 『야생 종려 나무(The Wild Palms)』와 앙리 미쇼의 『아시아의 야만인 (Un barbare en Asie)』 번역.

1942년 비오이 카사레스와 공저로 『이시드로 파로디의 여섯 가지 사건(Seis problemas para Isidro Parodi)』 출간.

1944년 『두 갈래로 갈라지는 오솔길들의 정원』과 『기교들(Artificios)』을 묶어 『픽션들(Ficciones)』이라는 제목으로 출간.

1946년 페론이 정권을 잡으면서 반정부 선언문에 서명하고 민주주의를 찬양했다는 이유로 지방 도서관에서 해임됨.

1949년 히브리어의 첫 알파벳을 제목으로 삼은 『알레프(El

Aleph)』 출간.

1950년   아르헨티나 작가회의 의장으로 선출됨.

1951년   로제 카유아의 번역으로 프랑스에서『픽션들』이 출간됨.

1952년   에세이집『또 다른 심문들(Otras inquisiciones)』출간됨.

1955년   페론 정권이 붕괴되면서 국립 도서관 관장으로 임명됨.

1956년   '국민 문학상' 수상. 부에노스아이레스 대학에서 영국 문
학과 미국 문학을 가르침. 이후 12년간 교수로 재직.

1960년   『창조자(El hacedor)』출간

1961년   사무엘 베케트와 '유럽 출판인상(Formentor)' 공동 수상.
미국 텍사스 대학 객원 교수로 초청받음.

1964년   시집『타인, 동일인(El otro, el mismo)』출간.

1967년   예순여덟 살의 나이로 엘사 아스테테 미얀과 결혼. 비오
이 카사레스와 함께『부스토스 도메크의 연대기(Croni-
cas de Bustos Domecq)』출간.

1969년   시와 산문을 모은『어둠의 찬양(Elogio de la sombra)』출간.

1970년   단편집『브로디의 보고서(El informe de Brodie)』출간. 엘
사 아스테테와 이혼.

1971년   영국 옥스퍼드 대학에서 명예 박사를 받음.

1972년   시집『금빛 호랑이들(El oro de los tigres)』출간.

1973년   국립 도서관장 사임.

1974년   보르헤스의 전 작품을 수록한『전집(Obras completas)』
출간.

1975년   단편집『모래의 책(El libro de arena)』출간. 어머니가 아
흔아홉의 나이로 세상을 떠남. 시집『심오한 장미(La rosa
profunda)』출간.

1976년   시집『철전(鐵錢, La moneda de hierro)』출간. 알리시
아 후라도와 함께『불교란 무엇인가?(¿Qué es el bu-

dismo)』출간.

1977년 시집『밤 이야기(Historias de la noche)』출간.

1978년 소르본 대학에서 명예 박사를 받음.

1980년 스페인 시인 헤라르도 디에고와 함께 '세르반테스 상'을 공동 수상. 에르네스토 사바토와 함께 '실종자' 문제에 관한 공개서한을 보냄. 강연집『7일 밤(Siete noches)』출간.

1982년 『단테에 관한 아홉 편의 에세이(Nueve ensayos dantescos)』출간.

1983년 미국 위스콘신 대학에서 명예 박사를 받음. 프랑스 국가 최고 훈장인 레지옹 도뇌르 훈장을 받음.『셰익스피어의 기억(La memoria de Shakespeare)』출간.

1984년 도쿄 대학과 로마 대학에서 명예 박사를 받음.

1985년 시집『음모자(Los conjurados)』출간.

1986년 4월 26일에 마리아 코다마와 결혼. 6월 14일 아침에 제네바에서 세상을 떠남. 1936년부터 1939년 사이에《엘 오가르》에 쓴 글을 모은『나를 사로잡은 책들(Textos cautivos)』출간.

『토론』 중 「서사 기법과 주술」, 「폴 그루삭」, 「지옥의 존속」, 「호메로스 서사시의 번역본」, 「아킬레우스와 거북의 영원한 경주」, 「거북의 변모」, 「『부바르 파퀴셰』에 대한 옹호」, 「플로베르와 본보기가 된 운명」, 「아르헨티나 작가와 전통」, 「평론」 옮긴이

박병규

고려대학교 서어서문학과를 졸업하고 멕시코 국립 대학교(UNAM)에서 문학 박사 학위를 받았다. 현재 서울대학교 라틴아메리카연구소 HK 교수로 재직 중이다. 옮긴 책으로 『파블로 네루다 자서전』, 『1492년, 타자의 은폐』, 『드러누운 밤』 등이 있다.

『토론』 중 「가우초 시」, 「월트 휘트먼에 관한 노트」 옮긴이

박정원

서울대학교 서어서문학과를 졸업하고 미국 피츠버그 대학교에서 라틴아메리카 문학 및 문화 연구로 박사 학위를 받았다. 노던콜로라도 대학교 교수를 역임했으며 현재는 경희대학교 스페인어학과 교수로 재직 중이다. 미국-멕시코 국경 서사, 이주 문학, 라틴아메리카 영화와 대중문화를 연구하고 있으며, 옮긴 책으로 『하위주체성과 재현: 라틴아메리카 문화이론 논쟁』 등이 있다.

『토론』 중 「종말 직전 단계의 현실에 대한 견해」, 「독자의 미신적인 윤리」, 「또 다른 휘트먼」, 「카발라에 대한 옹호」, 「가짜 바실리데스에 대한 옹호」, 「문학에서 상정하는 현실」, 「영화 평」 옮긴이

최이슬기

고려대학교 서어서문학과를 졸업하고 미국 펜실베이니아 대학교 대학원에서 중남미 문학 석사 학위를 받았다. 지구지역행동네트워크 페미니즘 학교에서 스페인어를 강의했고, 현재 서울대학교 대학원 중남미 문학 박사 과정에 있다. 다큐멘터리 「모든 것의 절반(La mitad de todo)」, 『루틴 씨』 등을 번역했으며 제12회 한국문학번역신인상을 수상했다.

『영원성의 역사』 옮긴이

이경민

조선대학교와 서울대학교에서 수학하고 멕시코 메트로폴리탄 자치
대학교(UAM)서 문학 박사 학위를 받았다. 현재 서울대학교 라틴아메
리카연구소 HK 연구 교수로 재직 중이다. 옮긴 책으로 『제3 제국』, 『참
을 수 없는 가우초』, 『살인 창녀들』(공저), 『「보편인종」, 「멕시코의 인
간상과 문화」』 등이 있다.

영원성의 역사
보르헤스 논픽션 전집　　2

1판 1쇄 펴냄	2018년 1월 31일
1판 2쇄 펴냄	2022년 3월 14일

지은이	호르헤 루이스 보르헤스
옮긴이	박병규 박정원 최이슬기 이경민
발행인	박근섭 박상준
펴낸곳	(주)민음사

출판등록	1966. 5. 19. 제16-490호
주소	서울시 강남구 도산대로 1길 62(신사동)
	강남출판문화센터 5층 (우편번호 06027)
대표전화	02-515-2000　팩시밀리　02-515-2007
홈페이지	www.minumsa.com

한국어판　© (주)민음사, 2018. Printed in Seoul, Korea

ISBN	978-89-374-3650-5 (04800)
ISBN	978-89-374-3648-2 (04800)(세트)

* 잘못 만들어진 책은 구입처에서 교환해 드립니다.